KB159290

토네이도의 환상

토네이도의 환상

김광수 에세이

도화

차례

서문

세상이 미쳐 돌아간다. 특히 정치가 광란의 춤을 추고 있다. 오죽하였으면 여의도 국회의사당을 개사육장이라 하겠는가. 2018년 1월 15일부터 2018년 6월 15일까지 미쳐 돌아가는 세상을 생각나는 대로 기록하였다. 날마다 쏟아지는 소식들은 광란의 춤을 추는듯하다. 서민들의 삶은 날로달로 팍팍하여지고 인심도 예전만 같지 않다고들 한다. 나라 일을 맡은 자들이 어련히 잘 알아서 하실 것으로 철석같이 믿고 먹고사는 것 외의 다른 여타의 것에는 관심 밖이다. 먹물 먹은 자들 몸보신 하느라 땅속 쥐구멍으로 들어가 입구마저 닫았다.

함성은 분명히 있는데 온전히 전하지 못하는 적화 되어버린 언론들이다. 하늘 높이 외치는 함성의 주인공들은 바로 늙은이들이다. 이들은 공산주의와 민주주의를 온 몸으로 체험하면서 평생을 쌓아온 살아있는 경험의 지식을 가지고 태극기 휘날리고 있다. 공기라고 하는 언론은 있으나마나 한 붉은 무리들의 선전도구로 전락한지도 꽤나 오래된 듯하다. 보다 못한 나라의 원로들께서 일어서셨다. 국민들이여 깨어나라고 외쳐보았지만 찻잔에 이는 미풍이 되고 말았다.

이 모두가 적화된 무리들의 방해공작이다. 좁은 땅덩어리에 오순도순 살아야 할진데 날밤 가리지 않고 갈등만이 만연하다. 남북의 갈등에 이어서 동서갈등으로 지역마다 단체마다 집단이기주의로 나라가 거들 나게 되었다. 통합은 하여야 한다고 하는 소리도 점점 사그라지고 있다. 외부로는 통합을 내부로는 갈등을 부추기는 정치 집단들 때문에 통합은 요원한 이야기가 되었다. 사람 사는 세상에 갈등은 없을 수는 없겠지만 이제는 갈라 서자는 소리가 높아지고 있다. 참담한 상황이 점점 목을 조여오고 있다. 배신의 결과가 이렇게 심각한 사태를 몰고 왔다. 한 번의 배신은 두 번 세 번 이어진다. 정치의 세계는 배신자들만이 가득하다. 이들을 믿고 선택하여준 백성들의 잘못이 원인이지만 민주주의 제도상의 한계점이다.

신념이라는 것이 조석으로 변한다. 이해(利害)에 따라서 춤을 추는 모양이다. 믿음이 없는 세상이 되었다. 언덕이 있어야 비빌 것인데 어디에 찾아보아도 없다. 세상은 온통 거짓으로 가득하다. 진실이라는 말은 조롱의 대상이 되었다. 마음의 갈등은 어떻게 나타나는 것인가 생각하니 바로 화병으로 나타난다. 가슴이 답답해지고 열이 위로 올라 붉은 혈색을 나타내며 감정을 제어할 수 없다. 인간 개개인에게도 갈등은 병으로 표현되기도 한다. 하물며 사람 사는 세상에 왜 갈등이 없겠는가마는 갈등은 발전의 계기가 되기도 하지만 일정한 규칙과 용인되는 수준이라면 모두가 바라는 일일 것이다. 갈등은 경쟁의 인자일 수 있다. 갈등을 무조건 나쁜 것만은 아니다. 갈등을 조절한다면 비온 뒤에 땅이 굳 듯이 한 단개 성숙하기도 한다. 그런데 갈등이 심화되면 상황이 달라진다. 지금 우리사회의 갈등은 심화과정을 지나 되돌릴 수 없는 지경에 이르렀다. 남북 간의 갈등이 이제 와서 남남갈등으로 더욱 심화되어 봉합의 소리도 희귀하게만 들린다. 금 긋고 갈라서자고 하는 소리도 들린다. 문제의 본질은 두고 곁가지만 가지고 난투극을 벌이고 있다. 옆가지 한둘 잘라낸다고 해결될 문제가 아니다. 주춧돌이 잘못놓여 성벽이 일그러지는 현상을 어긋난 중간 돌 한둘을 고친다 하여도 해결될 문제가 아니다.

내가 앉은 방석과 의자가 썩어 문드러졌는데 카버를 간다고 하여 썩은 방석이 새로워질 수 없는 것이다. 근본을 바라보자. 근본을 고치지 않는다면 희망이 보이질 않는다. 우파가 죽던 좌파가 죽던 결전의 장이 다가오고 있다. 이는 나도 알고 너도 알고 우리 모두가 알고 있다. 그 시기가 언제쯤일까. 공산화가 되어 교조적 유일사상이 지배하는 흑암의 세계를 맞이하던지 아니면 자유민주주의와 시장경제가 지배하는 나라로 남을 것인지 선택의 기로에 섰다. 화살은 쏘아졌다. 혹자들은 되돌릴 수 없는 시점이라고 한다. 붉은 무리들은 모든 사회구조를 연방제를 준비하기 위한 체제로 바꾸었다. 카운트다운을 기다리는 실정이다. 소용돌이는 거대한 갈등으로 나라는 바람 앞에 등불이 되었다. 믿고 싶지 않지만 이것이 현실이다. 아무리 부정한다하여도 흘러간 물은 되돌아오질 않는 이치가 세상사다. 이상(理想)의 세계가 아니다. 현존하는 현실세계를 외면하는 모습에 참담함을 금할 수 없다. 지금의 시국은 모든 것이 모든 것을 흡수하는 토네이도에 빨려들어가고 있다.

2018년 11월 만추에.

夢室에서 김광수

새벽은 반드시 돌아온다 2018년 1월 15일

전직 대통령 중에 한 분이 하신 말씀이 생각한다. 닭의 목을 비틀어도 새벽은 온다는 말이 기억난다. 자유대한민국 건국 70년사에 한때 민주화란 바람이 거세게 불어온 시기가 있었다. 그때 민주화 투사로 양두마차 깃발을 높이 들고 투쟁하였던 분 중에 한 분이 하신 말씀이다. 정치적 핍박을 빗대어 한 말로 기억된다. 아무리 핍박(닭의 모가지를 비틀어도) 하여도 새벽(민주화)은 온다는 것이다. 요사이 암울한 우리의 정치 사회현상을 보니 이 말이 딱 들어맞는 것 같아서 하는 이야기다.

현 정부의 태생부터가 광화문 촛불 폭력을 이용하여 선전선동의 나팔수들의 광기 어린 세뇌 보도와 국회의 불법 탄핵에 이어 헌법재판소의 불법 인용으로 이루어진 정권이라 한다. 그래서 현 정권의 정당성에 수많은 국민들이 의의(疑義)를 제기하고 있다. 지금도 영하의 혹한에도 주말이면 전국 각지에서 끊임없이 태극기 집회가 이어오고 있다. 그리고 국가 원로들에 이어서 나라를 걱정하는 각 단체들, 지식인들의 시국선언이 이어오고 있다. 지성의 전당이라는 대학에까지 대자보라는 이름으로 또는 모임을 통하여 우려하는 목소리가 커져가고 있다. 새 정부가 약 8개월 동안 추진하여 온 국정이 크게 적폐 청산이란 이름으로 광야의 총잡이들을 연상하게 한다. 전 정부와 전전 정부에 회자되었던 일들, 의혹(疑惑)이 제기되었던 문제들을 TF 팀(민간인들로 구성됨)을 부처마다 구성하여 토끼몰이 하듯 잡아들이고 있다. 수사를 한다는 명목으로 압수수색도 함께 이루어진다. 심지어 각 나라와 체결된 문서는 30년 동안 비공개의 원칙을 어겨가면서 일반 문서 보듯이 공개함으로 외교 문제까지 비화되었다. 이로써 국가 간의 신인도가 땅바닥에 뒹굴고 있는 상황이 바로 국정 농단이 아니고 무엇이냐. 내가 하는 것은 로맨스고 남이 하는 것은 치정이며 불륜이냐? 드러난 보도를 통하여 알려진 내용만 보자.

사드와 원전 문제로 용광로와 같은 갈등을 증폭시키고 미국과 동맹관계에 이상기류가 흐르기 시작하였다. 국민 동의없이 전시작전권을 조기 회수한다 하였다. 국가보위에 우려를 낳고 있다. 더구나 군인들의 복무 기간을 단축하고 병력수를 대폭 줄이는 국방 대책은 모든 국민들이 걱정하고 있다. 특히 한미 동맹은 건국 70년 동안 굳건히 이어왔다. 6·25전쟁을 극복하고 경제건설에 전념하여 오늘의 번영을 이룩하게 한 힘의 배경이 된 그들과 틈이 나는 모양새는 일반 국민들도 알고 있다. 북한이 끊임없이 비핵화에 걸림돌이라는 주장을 받아들여 한미 합동군사훈련 축소와 한미 동맹 약화에 이어서 미군 철수를 주장하여왔으니 소름 끼치게 한다. 백번 양보해서 대통령의 외국 순방에 어설프고 푸대접 받은 일들은 접어두고라도 무슨 신남방정책이며 신북방정책으로 방향을 선회하겠다고 발표하였다. 남방정책은 별것도 없이 전 정부에서 추진하여왔던 일들을 이름만 붙인 격이고 신북방정책은 대중국 외교에 중점을 두겠다는 계획이다. 중국이 과연 미국처럼 우리의 우방이 될 것이라 확신하는 사람은 별로 없을 것이다. 왜냐고 묻는다면 북한 중국 러시아의 삼각 축은 아마도 북한이 지구촌에서 사라지지 않는다면 계속 지속될 것임은 삼척동자도 모두 알고 있다. 이런 빙벽에 짝사랑을 한다고 해빙이 되어 돌아올 것인지 아닌지는 자명한 일이 아닌가?

신북방정책을 펼칠 것이 아니라 이에 대항해서 새로운 축을 만들자는 것이다. 한국과 일본 대만을 새로운 삼각축으로 하였으면 제안해 본다. 그것이 오히려 강력한 빙벽을 구축하는 일이 될 것이다. 국제무대는 어제의 적이 오늘의 우방이 된다고 하여도 하등의 이상한 일이 아니다. 맞는 말이다. 중국은 과거 역사는 분명 적이었다가 우방이 되기도 한 전력이 많이 있지만 우선 가까운 6·25전쟁에서는 분명히 적이었다. 남북의 분단의 책임의 한 축이 그들이다. 그런데 왜 일본하고는 안 되는 것인가? 경제정책은 선진국에서는 법인세를 대폭 낮추어 자국 기업의 경쟁력을 강화시키고 있는데 반하여 우리는 대폭 인상하여 경쟁력을 낮추어 기업 활동에 암울한 분위기를 조성하고 있다. 기업이 설자리가 점점 좁아지는 꼴이다. 자유시장경제 시대는 끝이 났다는 말도 오가고 있다. 이들이 개발하여 상품을 만들고 외국에 팔아 그 이득금으로 우리가 먹고 사는데 중대한 변환점에 이르렀다고들 걱정하고 있다. 가상화폐의 문제도 아침에 이랬다가 저녁에는 아니라고 한다. 국민들이 무엇을 믿어야 할까 혼동이 거듭되고 있다. 건강보험 재정 활용 방안도 믿을 수 없는 거짓이 드러나고 있다. 국정은 삼류 코미디가 아니다. 5천만 국민의 운명이 갈리는 일들이다. 어설픈 데모 전문가들로 구성된 톱 타워가 하는 일로 보면 이해가 가지만 이것은 이해할 성질의 것이 아니다. 진정으로 국정 농단을 하는 것이 현 정부가 아니기를 간절히 바란다. 또 다른 적폐의 대상이 되지 않기를 축원해 본다. 입이 모자라서 못하는 것이 아니고 가방끈이 짧아서 안 하는 것이 아니다. 귀담아들었으면 좋겠다.

탈춤 두 번째 마당 2018년 1월 15일

오늘이 두 번째 탈춤 한마당이 열린다고 한다. 판문점의 북측 지역 통일각에서 탈춤 두 번째 마당의 막을 올린다고 한다. 먼저 우리 측에서 평창올림픽 실무회담 개최를 제안하였으나 북측에서는 예술단 파견 실무접촉을 하자는 수정 제안에 대하여 우리 측에서 받아들여 이루어진 무대다. 우려스러운 점이 나타나기 시작하였다. 수령님 나라에서 제안한 저의를 짐작이 가고도 남는다. 주인공들 문제를 먼저 합의하고 기타 부수적인 문제를 협의하는 것이 일반적인 상식임에도 본말이 전도되었다. 올림픽 잔치에 선수가 주인공일진데 선수 이야기는 뒷전에 밀리고 대신 대단위 예술단이 선수로 참여하는 모양이다.

마치 흘러간 봉숭아학당을 연상케 하는 코미디 한판에 웃음이 절로 나온다. 수령님의 통 큰 배려로 25개월 만에 우리 측 평화의 집 탈춤 한마당이다. 총론은 합의하였으니 구체적인 의제 중 대표와 선수단 구성 등 필요한 사항은 국제올림픽위원회(IOC)에서 협의하고 있으니 그에 따르고, 이번에는 북측이 자랑하는 예술단을 먼저 논의하고자 수정 제안하였다고 한다. 이어서 선수단과 응원단, 태권도 시범단 등이 협의할 것으로 보인다.

지난 협상에서 예술단 합동 공연 개최에 있어 의견 접근을 보았다고 하였으니 그에 따른 협상으로 이해하고자 한다. 무엇을 노리는 것인지 심도 있게 검토되어야 할 것이다. 그들이 자랑하는 예술단은 평화의 사도로서 던지는 메시지가 매우 클 것으로 판단하고 대규모 파견을 준비 중에 있다고 한다. 핵 개발로 유엔의 강력한 재제는 육상과 해상은 물론 공중에 이르기까지 전 방위 감시를 받는 상황이다. 이 엄중한 상황을 전환시키려는 절호의 기회로 보고 올림픽 참여를 빙자한 거대한 음모가 있다는 것을 알아야 한다. 그들이 노리는 것은 무엇일까. 외부로는 우리는 결코 폭력 국가도 아니고 테러리스트는 더구나 아니다.

국제규범을 준수하는 유엔의 회원국으로서 불평등을 바로잡고자 노력하기 때문에 세계 평화에 일조하고자 올림픽에 참여하였다. 우리는 평화의 사도로서 이곳에 왔다. 특히 남한 내부의 주체사상자들에게 큰 힘을 실어주고 아직도 미망에서 깨어나지 못한 사람들에게 예술 공연으로 평화공세와 체제의 우월성을 보여주기 위해서다. 또한 남한 내의 갈등을 증폭시키는 계기로 삼아 적화통일에 기여하고자 하는 저의가 숨어있다. 결국에 그들은 이슈화된 핵 개발과 인권문제를 풀기 위하여 일거다득(一擧多得)을 노리는 계기로 삼을 것이다. 지금까지 알려진 그들의 예술 공연은 철저하게 체제 우월성과 수호에 초점을 두고 있다. 예술 공연은 최고지도자의 우상화에 맞춰왔다는 사실 하나만으로도 우리 사회를 교란하기에 충분할 것이다. 이뿐만 아니고 대규모 응원단도 같은 맥락에서 보아야 할 것이다. 이들이 올림픽 기간 내에 행하는 일거수일투족 모두가 세계 90여 개 나라의 기자들이 사용할 프레스센터를 통하여 지구촌 곳곳으로 전파될 것을 상상해 보자. 그 효과는 금전으로는 환산이 되질 않을 것이다. 국내는 지금까지 핵 개발로 위협하여 온 것에 대하여 경계심이 높아졌다지만 하루아침에 무너지고 말 것이기에 특히 관심을 가지고 협상에 임하여야 할 것이다.

작은 바람구멍 하나가 커져서 막을 수 없는 사례들을 많이 보아왔다. 그것이 우리의 5천 년 역사에 외적의 침략을 받아왔기에 더욱 경각심을 가져야 할 것이다. 국가나 개인이나 한 번의 실수는 천추의 한을 남기기 때문이다. 협상에 임하는 자들 모두 자유대한민국을 지키고자 하는 투철한 국가관이 있는 자들로 구성되었으면 하는 바람이다. 우리는 무엇을 얻을 것인가? 저들이 연출하는 탈춤에 방관자로서 아니면 지원자로서 우리 민족끼리 하는 춤이니까 부화뇌동하고자 하는 것은 아닌지 철저한 감시가 필요할 것이다.

산 넘어 산 2018년 1월 16일

인생길 몇 구비냐! 노래 가사 말이 생각난다. 12구비라는 말도 있는듯하다. 풍파 많은 세상 살다 보면 어려운 일들 많이 경험한다. 한 고개 넘으면 또 한 고개가 앞길을 가리고 있다. 그래서 산 넘어 산이란 말이 있는 모양이다. 개인의 삶들이 평생 산을 넘는 곡예사는 아닌지 착각이 들 때도 있다. 그래서 사람들은 산만 바라보며 산속에서 생활하는 산 사람의 삶이라 표현해 본다. 요사이 TV를 통해 산 사람의 생활을 즐겨 보기도 한다. 문명세계와 단절된 자연과 더불어 하나 되어 깊은 산속의 사람들을 바라보노라면 모두가 12구비를 넘다가 마지막 찾은 곳이 자연과 하나 되는 길을 택하였다고 한다.

국가도 마찬가지 12구비를 넘는다. 아니 수많은 산을 넘고 또 넘어 역사라는 이름으로 후세에 전하여질 것이다. 그때 우리 조상님들께서 잘못하여 백성의 삶은 도탄에 빠지고 이유 없는 죽임을 당하는 침입자들에게 나라를 빼앗겼다. 또는 다른 시대의 조상님들은 밤낮을 가리지 않고 굶어가면서 피나는 노력으로 번영을 이루었다. 나라의 흥망성쇠 역사를 동화책 읽듯이 평가하고 기억할 것이다. 아니면 왜곡되어 전하기도 한다.

우리의 5천 년이란 반만년의 역사는 입에 담기도 힘이 빠진다. 어찌하여 우리나라는 그 수많은 날들을 남에게 의지하면서 명줄을 이어왔을까? 산을 넘기 위하여 굴복하고 시키는 대로 요구하는 대로 할 수밖에 없었는지 통탄하지 않을 수 없다. 지금도 우리들 앞에는 수많은 산들이 갈 길을 막고 있다. 태생에 많은 문제점을 가지고 태어난 정부는 옆도 돌아보지 않고 손뼉 칠 일들만 날마다 발표한다. 북한 핵 개발에 세계 각국이 반대하고 있음에도 유엔의 재제에도 퍼주기를 주저하지 않는다. 우리 민족끼리니까? 잘 하신 일이다. 나라를 지키기 위하여 사드를 배치하였는데 지지층을 동원하여 저지하고 갈등을 부추겼지만 우리 민족끼리이니까? 잘하신 일이다.

박수 받을 일이다. 공사 중인 원전 5, 6호기를 중단하여 천억 이상 국민 세금을 도둑질하였지만 원전의 위험성을 알렸으니 박수 받을 일이다. 에너지 정책을 원전에서 천연가스로 바꾸신 일도 찬사 받을 일이다. 평화란 이름으로 수령님에게 구걸한 결과 평창 동계올림픽에 통 크게 시혜를 받은 일도 역사에 길이 축복받을 일을 하였다. 우리 민족끼리니까? 선수는 겨우 10명 내외에 체제 선전선동에 500여 명이 수도 서울과 강릉에서 단독 또는 협연이 이루어진다니 민족의 경사가 아니냐? 대한민국 평창 동계올림픽에 주최국 태극기를 들지 않고 한반도 깃발을 들고 입장할 계획이라는 문체부 장관님의 말씀에 축제 분위기이다. 이 또한 우리 민족끼리이니까. 이쯤 되면 자유대한민국은 수령님께서 접수한 것과 다름없으니 낮은 단계의 연방제가 현실화되었으니 단군 성조께서 개국 이래 최대의 경사스러운 일이다. 북한이 개발한 핵문제는 남의 나라 이야기가 되었으니 바라고 바라던 일이다. 5천만 명 우리 백성들의 운명을 아낌없이 넘겨주어 모든 것이 국유화되고 개인의 삶도 수령님을 위한 일에 바치게 하였으니 역사에 길이 남을 일이다. 간첩 잡는 일도 경찰에 넘겼고, 권력의 시녀인 검찰도 이빨을 빼버리고 국정원은 있으나 마나 하게 하여 수령님이 기뻐하실 일을 하였으니 축하할 일이다.

나라의 간성인 군부도 개혁의 이름으로 수령님이 원하시는 일을 하신다니 우리 민족끼리가 아닌가? 전시작전권을 조기에 환수하여 미군을 철수시키고 한미 동맹을 파기하여 외세를 추방하고 예전같이 중국에 사대하신다니 참으로 선견지명이 있다. 우매한 백성들은 설마하면서 관망하다가 광화문 광기에 죽은 괴벨스의 가르침을 받아 벌인 축제의 마당에 속아 수많은 산이 가로막고 있다. 괴벨스의 이론은 히틀러의 시대에서 대한민국 내에 잠입하여 광화문 광기로 나타났다. 지금까지 관망하던 백성들이 깨어나기 시작하였다. 괴벨스는 저들만의 전유물이 아니다.

지금까지 저들이 추진한 일들이 무엇을 뜻하는지 백일하에 드러났다. 손뼉 치고 격려하여 모든 국민들이 공분하게 하여 새로운 시대를 열어야 한다. 산속에 살다 보면 산이라는 것이 산이 아니고 생활의 터전이 되는 것이다. 광화문 태극기가 아니라 온천지가 태극기로 심판하여야 할 것이다. 아무리 많은 산이 우리 앞에 있다 할지라도 우리는 결단코 극복할 것이다.

비몽사몽(非夢似夢) 2018년 1월 17일

아침에 눈뜨고 일어나면 흔히들 잠이 깬 상태인지 아니면 잠을 자고 있는지, 몽롱한 상태를 누구나 겪어 보았을 것이다. 아직도 잠에 취한 상태를 흔히들 비몽사몽이라 한다. 하는 일들이 잘 풀리지 않아 벽에 막혀 이러지도 저러지도 못한 상태가 지속되기도 한다. 때로는 자포자기하고 한시라도 빨리 벗어나고 싶은 심정을 경험한 일이 없다면 그 사람은 참으로 행복한 사람일 것이다. 그런데 대부분의 사람들은 평생을 살아오면서 이러한 경험을 하여보았을 것이다. 때로는 비몽사몽 상태를 원하기도 하였을 것이다. 현재의 우리의 상황은 정말로 피하고 싶은 심정이다. 아무것도 손에 잡히질 않는다. 다른 여타의 것을 생각할 수도, 하던 일도, 미루었던 일들도, 손을 댈 수가 없다. 왜 일까? 내가 몸담고 청춘을 불태우면서 자아실현(自我實現)의 장으로 적응하면서 살아온 무대를 기획된 칼잡이들이 판을 바꾸려고 시도하고 있기 때문이다. 천길만길 낭떠러지에서 홀로서 있다는 자

괴감에 생각도 행동도 멈춘 지 오래이다. 긴박하고 절박감이 나를 비몽사몽 지경으로 인도하는 모양이라 생각하니 더욱 나를 자책할 수밖에 없는 실정이다. 이것이 정녕 나의 잘못으로 이루어진 현상일까? 반문도 하여 보지만 생각은 백치(白痴)다.

길은 흑암(黑暗)이며, 행동은 세월(歲月)이란 카테고리에 꽁꽁 묶여 코로 숨만 쉬고 있는 살아있는 송장이다. 친구들로부터 또는 지인들로부터 과학문명의 이기(利器)를 통하여 날마다 시시각각으로 삶이 풍요롭고 지적 세계를 넓혀주면서 정신세계도 한층 업그레이드할 수 있는 영상이며 글들을 보내주지만 어느 것 하나 관심 밖의 일이 되었다. 참으로 안타까울 수밖에 없다. 무엇이 나를 목각으로 만들었나? 아무리 생각하고 풀어보아도 답은 한 가지다. 깨어버리며 바꾸고 있는 무대를 회전시키는 일 밖에 없다는 결론에 이르니 날마다 자판기 앞에서 두드리는 일에 심취할 수밖에 없다. 한 사람이 보던 열 사람이 보던 동병상련(同病相憐)의 동지들이 많아지기를 기대할 뿐이다. 그것이 나의 일상이 된지도 몇 달이 지났다. 이 나이에 머리띠 두르고 길거리마다 쫓아다닐 수 있는 한계도 지났으니 할 수 있는 일이라는 것이 지금이 최선이라 생각된다. 아직도 비몽사몽 잠에서 깨어나지 못한 수많은 사람들에게 코털이라도 건드려 깨어나기를 기대하면서 오늘 이 시간에도 키보드 판을 두드려 본다. 헛소리가 되었던 참소리가 되었던 하지 않으면 병 보전하고 자리에 누울 수밖에 없는 절박감이 나를 엄습하기 때문이다. 이것이 내 가족을 살리고 내 피붙이를 살리며 지우님들 그리고 몸담고 있는 지역의 이웃들과 나아가 자유대한민국을 바로 세우는 일에 밑거름이 되고자 기대한다.

나와 같은 사람들이 점점 늘어난다. 아직은 빙산의 일각이지만 서광이 보이기 시작하였다. 나라의 원로님들께서 일어나셨고 전직 외교관 모임에서 동조하셨다. 퇴역하신 군 원로들도 일어났다. 지성의 전당에도 훈기가 돌고 있다. 특히 젊은 청년층에서 세상을 바로 볼 수 있는 지혜들이 그들의 감고 있는 눈을 뜨게 하며 생각에 햇빛이 들어오고 있다. 앞으로는 아직도 귀 막과 눈 감고 입 닫고 있는 사람들도 발 벗고 앞장설 것이기에 살아있다는 것에 감사할 일이 아닌가? 감사하고 또 감사하여야 할 것이다.

깨어나자! 2018년 1월 18일

깨어난다는 말은 잠자고 있다는 말과 대칭되기도 한다. 깨어있다는 말은 의식(意識)이 있다는 의미다. 의식은 그 대상이 정신적이든 물질적이든 생각하거나 느끼고 있다는 뜻이다. 다시 말해서 자신이 직접적으로 주관적인 체험들을 총칭하는 개념들이다. 깨어있다는 것은 시대에 따라서 가변적일 수 있다. 당시의 가치관이 어디에 있는지에 따라서 의식도 변화할 수밖에 없다. 따라서 의식은 자신의 정체성(正體性)과 충돌하게 된다. 정체성은 불변성을 가지기 때문이다. 내가 여기서 이야기하고자 하는 것을 정체성을 찾기 위하여 깨어나자고 주장한다.

내가 태어나 자라던 시기는 조국 광복과 6·25전쟁 와중에 혼란스러운 시대상황 속에서 성장하였다. 이 시기는 조선의 명분주의에 살았던 부모님 세대로부터 성리학적 명분주의의 교육을 받았고 서구 민주주의에 바탕을 두고 있는 개인주의 교육을 받으면서 자랐다. 민주주의의 오해와 왜곡은 결국 자유가 방종(放縱)의 혼란을 초래하였던 시대를 바라보았으며, 또한 소름끼친 공산주의가 선배 세대들에게 전파되어 나라를 두 쪽 내었던 암울한 시대의 혼란스러운 가치관 속에서 자랐다.

두 개의 서로 다른 가치관은 남과 북이라는 지역을 배경으로 고착화된 지 70년이 지나가고 있다. 지금 우리의 상황을 돌아보면 여러 문제점들이 가감 없이 노출되고 있다. 원인과 과정 그리고 결과 모두 진단되고 밝혀졌다. 그런데 왜 갈등만이 증폭되어 어려움이 지속되는지 길을 찾자는 것이다. 다시 말해서 오늘날의 가장 큰 문제는 우리 사회가 크게 두 가지 이념이 충돌하고 있기 때문이다. 그 하나는 자유민주주의 가치를 지키자는 것이고, 다른 하나는 공산주의 사회주의 가치관을 도입하자는 것으로 대변된다. 여기서 내가 태어나 자라면서 성장한 시대에 전수된 사상적 배경과 자유민주주의라는 문화 속에서 배우면서 생활하여온 주관적 객관적 모든 것들을 의식화한 것이 바로 나의 정체성이라 생각한다.

다시 말해서 인본주의 바탕에서 명분을 중시하는 자유민주주의 가치관이 바로 나의 정체성이다. 나는 이것을 지키기 위해서 존재 의미를 찾아왔다. 젊은 세대들과의 같은 땅에서 민주적인 교육을 받았지만 용광로와 같은 그들의 왕성한 혈기를 해소할 수 있는 터전이 없어 그들을 화나게 한 것 또한 사실이다. 용암과 같은 열기는 독재 항거라는 명분에 갇혀 접하지 말아야 할 공산주의 이론을 음지에서 공부하고 의식화되었다는 차이가 존재한다. 소위 PD 계열의 종주국인 구소련이 붕괴되어 지구촌에서 사라질 즈음에 살아남기 위해 주장된 것이 김일성 주체사상이다. 소위 NL 계열로 통칭된다. 양대 세력이 경쟁하였으나 지금에는 PD 계열은 거의 사라지고 NL 계열만이 세포 번식하듯 이 나라를 붉게 물들이고 있다. 결국에는 정치권력을 단숨에 거머쥐게 되었다. 그렇다면 지금까지 쌓아온 지고한 자유민주주의 가치를 버리고 그들이 주장하는 주체사상을 도입하여 공산주의로 가던 사회주의로 가던지 판단하여야 할 것이다. 그도 아니면 주체사상을 택하던, 이것도 아니면 나 몰라라 방관만 할 것인지 때늦은 감은 있지만 선택의 여지는 있다고 본다. 아마도 그들도 진정으로 국가 체제를 바꾸고자 할 것은 아니라 믿고 싶다.

이념이 아무리 무섭다 할지라도 자신의 조상님들 숨결이 살아 있고 자신들이 좋던 싫던 교육받으며 살아왔고 그들의 후손들이 살고 있고 앞으로 살아가야 할 세상이기에 결코 무리수는 두지 않을 것으로 믿고 싶은 심정이다. 이제 깊은 잠에서 깨어나야 할 시점이다. 우리가 지금까지 살아왔고 또 앞으로 영원히 지키며 살아가야 할 터전이기에 깨어나자. 무엇이 나를 위하고 우리를 위하는 일인지 조금만 생각해 보면 금방 알 수가 있다. 오늘도 자유민주주의의 고귀한 가치를 지키기 위하여 분투하신 모든 분들에게 감사를 드리고자 한다.

참 즐거워라 2018년 1월 20일

어제오늘은 날씨가 포근하여 마치 봄날처럼 마음도 덩달아 편안한 날이었다. 얼마 전에 권 사장으로부터 기쁜 전화가 왔었다. 항상 그래왔지만 얼굴 모습처럼 말씨도 참 아름답게 상대방을 편안하게 하는 분이다. 언제 한번 만나자는 연락이었다. 날짜를 한번 잡아보는 것이 어떻겠느냐 하는 내용이었다. 즉석에서 좋다고 하였다. 그리고 돌아보니 우리가 그간 만난 것이 몇 달이 훌쩍 지나버렸다. 날마다 소식은 주고받고 있지만 어디 만나는 것에 비할 손가. 만나지 않으면 정은 멀어지는 것이 인지상정이다. 움직이지 않으면 앉은 자리에 잡초만 무성하다고 한다.

가는 세월은 사람들을 탓하지 세월을 탓하는 것은 아니다. 해서 움직일 수 있을 때 자주 만나라는 선인들의 충언을 가슴에 새기고 아름답게 늙어야 하지 않겠는가? 눈총이 가는 곳에 걸린 금년도 달력을 쳐다보니 1월 19일이 손 없는 날인 것을 확인하고 권 사장에게 전화하였다. 항상 그래 왔듯이 나머지 부분은 권 사장님에게 일임하였다. 내가 할 수 있는 일이 별로 없기 때문이다. 박 사장, 김 국장, 박 소장, 두루 연락을 취하고 의사 타진을 하며 만남의 즐거운 기대치를 날마다 증폭시키면서 손꼽아 기다렸다. 며칠 전까지 근년에 없던 맹추위에 삼천리 방방곡곡 꽁꽁 얼어붙었으니 사람들의 마음도 빙벽처럼 얼어 여기저기 피해가 속출되었다. 혹에라도 만남에 차질은 없을까 걱정도 되었다. 다행히 날씨가 큰 부조를 하여 순조로운 만남이 되었다. 어려서 함께 즐겁게 성장할 때의 세상이 모두 내 것인 것처럼 기고만장하던 때를 생각하니, 아! 나도 그런 시절이 내게 있었던가? 호랑이 담배 피우던 이야기라 할지도 모르지만 그것은 철없이 세상을 마음대로 재단하던 시절을 성장통이라 하여도 좋고 성장의 그림자라 하여도 좋다. 누구에게나 모두 있는 아름다운 청춘일기다. 그때가 항상 마음 한구석에 자리 잡고 있으니 때때로 그립기도 하고 그때로 돌아가고 싶은 마음이다.

앞만 바라보고 살아도 모자랄 세상인데 무슨 잠꼬대 같은 소리냐고 비난받을런지는 모르지만 과거는 현재의 거울이라 하지 않은가? 과거 없는 현재는 있을 수 없기에 하는 말이다. 치기 어린 그때의 친구들의 모습들이 하나하나 떠오를 때면 내가 살아있다는 것에 희열을 느끼고 감사함이 솟아난다. 날 낳아 주신 부모님께 감사하며 오늘까지 의식이 깨어있게 하여주신 하나님에게도 감사하였다. 내가 죽어 육신과 이름들은 잠깐 사이에 흔적 없이 사라진다면 모두가 부질없는 일이기에 감사 기도를 하여야 할 것이다. 나는 안동에서 박 소장과 함께 경주로 내려가고 박 사장과 김 국장은 대구에서 권 사장

만나 경주에서 만나기로 하고 출발하였다. 이 무렵은 원래 절기상으로 대한 무렵이라 추위가 엄습할 시기임에도 불규칙한 지구온난화의 영향으로 포근하여 드라이브에 딱 좋은 날씨였다. 중앙고속도를 따라가다가 군위에서 영천으로 새로 뚫린 고속도로를 따라 남진하다가 다시 경부고속도로를 타고 경주에 입성하였다. 대구에서 온 친구들과 만나 반갑게 인사를 하고 식당가에서 중식을 하고 보문단지로 이동하였다. 그간의 적조하였던 때의 이야기를 하면서 웃고 웃으면서 감포 가는 길 연도에 해수 목욕탕에서 피로를 풀었다. 감포 해변에 전영두 선배님이 운영하시는 신창 식품으로 이동하였다.

영두 선배님은 작년에 태국 여행에 동행하여 깊은 인상을 남기신 분이다. 금년에 81세의 고령임에도 얼굴은 동안이며 마치 소년처럼 치기 어린 모습이 나를 감동케 하였으며 특히 그분의 체력은 날다람쥐처럼 기민한 모습에 감탄을 하였다. 좁은 길을 돌아 해변가에 위치한 회사에 도착하였다. 이곳에서는 멸치젓과 멸치 액젓을 대량 생산하여 전국 각지에 공급한다고 한다. 그 맛이 일품이라 알려졌다고 한다. 후배들이 찾아왔으니 그냥 있을 수 없다 하여 멸치젓과 액젓을 선물로 한아름 받았다. 그리고 모두 보문단지로 이동하여 현대호텔에서 권 사장님이 예약한 레스토랑에서 비싼 뷔페식으로 식도락을 즐겼다. 식대는 모두 권 사장이 부담하였다. 영두 선배님은 돌아가고 우리는 한화리조트로 이동하여 체크인하고 2부 행사를 시작하였다. 나는 일찍 잠자리에 들었다. 꿈인지 생시인지 모처럼 편안하고 즐거운 시간을 가졌다. 아침에 늦게 기상하고 온천장으로 이동하여 피로를 풀고 객실에서 흔적을 정리를 한 다음에 귀로에 올랐다. 변두리

식당가에서 아침 겸 중식을 해결하고 박 소장과 김 국장과 힘께 안동을 거쳐 집으로 돌아왔다. 권 사장은 박 사장을 대구까지 동행하고 서울로 가도록 하고 돌아갔다. 꿈은 꾸는 자에게 찾아오는 것이다.

기다림(희망) 2018년 1월 22일

의식(意識) 속에는 기다림도 있다. 의도된 기다림도 있고 그러하지 않은 기다림도 있다. 기다림은 그 종류도 많을 것이다. 소식을 기다리고 대화를 기다리며 강의를 기다리는 등 사람을 기다리는 것, 또는 필요한 사물들을 기다리기도 하고 형이상학적인 세계를 기다리기도 하며 종교적 기다림도 있다. 일일이 열거하기도 부족할 그런 것들을 총칭하여 기다림이라 표현한다. 또 다른 표현으로는 고대하다, 학수고대하다, 관망하다, 바라다는 등 의도된 기다림이 있는 가하면 의도하지 않은 기다림 즉 시간의 기다림, 세월의 기다림 또는 기다려지지 않은 기다림도 있다. 각종 사고들 전쟁 질병 기타 해악들이 의도되지 않은 기다림들이다. 사람들은 기다림의 일생이라 하여도 무방할 것이다. 매시간 기다림의 연속이기 때문이다. 오늘도 기다림이다. 북한이 핵을 포기하는 기다림이다. 평창 올림픽이 북의 체제 선전장이 되지 않기를 기다려지기도 한다. 제발 자유민주주의 체제가 존속

되기를 학수고대하기도 한다.

전교조가 교단에서 퇴출되기를 기다리고, 강성노조들이 노동시장에서 물러나기를 기다리며 언론노조들이 물러가기를 기다린다. 종북주의자들이 이 땅에서 물러나기를 고대하기도 한다. 정치보복이 이 땅에서 영원히 물러나기를 기원한다. 죄 없는 자 감옥소에서 하루속히 석방되기를 기다린다. 폭력이 없는 사회, 사기와 강박이 없는 사회, 아름다운 사회가 오기를 기다린다. 나도 너도 모두가 기다린다. 그런데 이러한 기다림이 너무나 많은데도 이루어지지 않은 것은 무엇 때문일까? 이러한 기다림을 이루기 위해서는 막연하게 마음속에 묻어둔 기다림 때문이 아닐까 생각해 보아야 할 것이다. 뜻은 있으되 행동하지 않은 기다림이라 표현하고자 한다. 전에 어느 누가 한 말 중에 행동하는 양심이란 말을 들은 적이 있다. 양심은 행동에 옮길 때 비로소 빛을 발하듯 기다림도 행위를 수반할 때야 효과를 거양할 것이다. 다시 말해서 행동하지 않은 기다림이란 말은 표현되지 않았으며, 조직화되지 않았고, 세력화되지 않았기에 날마다 때때로 그림자에 지나지 않는 기다림이다. 이런 상황은 백 년이 가고 천년이 가도 꿈에 지나지 않을 것이다. 혹자들은 외부의 충격을 이야기하기도 하는데 물론 가능한 일일 것이다. 그것은 최후의 기다림이라 본다. 탕자가 집을 나갔다가 돌아오기를 기다리시는 하나님처럼 기다림의 시간들이 허락한다면 무슨 문제가 되겠는가,

그러나 광속으로 변하는 오늘날에는 시간을 다투는 일이다. 개인의 삶도 전선(戰線)이며, 국제관계는 더욱더 전쟁(戰爭)이다. 이러하기에 현상에 안주하는 자세는 염치없는 일이 아닐까 한다. 작년도에

는 헌법재판관 8명에 대하여 8적(敵)이라 하였는데 저들이 주장하는 적폐(積弊)는 약과다. 진정으로 우리 내부의 적(敵)들은 썩어빠진 국회며, 잠자는 국회, 놀고 세비 받아먹는 국회, 특권 국회, 끼리끼리 파당 제조 국회, 국민 갈등 조장하는 갈등 국회를 포함하여 불법을 자행하는 노조 경제를 말아먹는 귀족노조, 정치노조도 적(敵)이다. 교단을 붉게 물들여 빨갱이 양산하는 전교조도 적(敵)이며 횡설수설하다 못해 거짓선동의 나팔수가 된 언론도 적(敵)이다. 자유민주주의를 부정하는 좌익 정치인들 좌익 정치단체들, 붉게 물든 사회단체들도 적(敵)이다. 이들 모두는 자유민주주의를 부정하는 적(敵) 들이다. 어떻게 할 것인가? 그대로 주저앉아 기다린다면 적화되고 말 것이다. 꽃제비처럼 우리 어린아이들은 거리에서 유리걸식할 것이다. 인민재판에 공개 총살을 당하고 말 것이다. 아니면 강제수용소에서 죽을 때까지 개처럼 노동교화라는 고통을 감수해야할 것이다. 결단의 시점은 점점 다가오고 있다. 조국 근대화와 현대화의 피나는 노력으로 이룬 5천 년의 처음 있는 번영을 이어가야 할지는 오로지 우리들이 결정할 문제이다.

요동치는 터 2018년 1월 23일

사람은 누구나 터 위에서 생활한다. 터 없는 곳에서는 사람을 비롯하여 동식물들도 생존이 불가하다. 또 생존을 위하여 거처하는 처소를 비롯하여 각종 문화적 시설이나 편익을 위하여 만들어진 모든 것들은 터 위에서 축조되고 건설되었다. 터는 지표를 비롯하여 지하와 수중일 수도 있다. 형상이 있는 것이 대부분이지만 형상 없는 창조문화도 터라는 기반 위에서 발전되어왔다. 터가 없다면 아무것도 존재하지 않는대도 그 고마움을 잊고 살아온 것이 인간의 군상들이다. 2016년도 9월 12일에 경주시 남쪽 8km에서 발생한 5.8지진으로 많은 피해를 가져왔다. 1978년 우리 기상청에서 계기 관측한 이래 최대 규모의 지진이라 발표하였다. 또 2017년 11월 15일에는 포항에서는 규모 5.4의 지진으로 홍해읍 일대는 아수라장이 되었다. 지금도 이 추운 엄동에 집에 가지 못하고 합숙을 하는 모습에 안타까운 걱정들이다.

설날은 20여 일 남았는데 학교 강당이나, 마을 회관, 교회당 등등에서 추위와 씨름하는 주민들을 보면 남의 일 같지가 않다. 전문가들에 의하면 지진은 우리나라도 안전지대가 아니라고 한다. 철저히 대비하여야 한다는 이야기다. 가까운 일본의 지진으로 쓰나미가 도시를 삼키는 모습을 보았다. 원자력 발전소의 방사능 누출로 지금도 고통에 신음 하는 사람들이 부지기수라고 한다. 반면교사로 삼고 사전 준비만이 재앙을 막을 수 있을 것이다. 그런데 터라고 하는 것이 이것만 있는 것이 아니다. 대한민국이라는 나라의 터는 무엇일까? 당연히 한반도와 그 부속도서로 한다고 헌법에 명시하고 있다. 그런데 한숨 자고 일어나니 나라의 터를 바꾸려는 세력들이 들불처럼 일어났다. 몽롱한 의식 속에 저들의 공격에 반격 한번 하지 못하고 당하고 말았다. 나라의 터를 정한 헌법에의 국체(國體:대한민국의 주권은 국민에게 있고, 모든 권력은 국민으로부터 나온다)를 바꾸려는 세력들이 정권을 잡고 거침없이 질주하고 있다. 다시 말해서 자유민주주의와 시장경제체제를 사회주의식 체제로 바꾸려는 정황이 각 곳에서 드러나고 있다. 말은 법치라 하고 있는데 법치는 사라져버렸다. 칼자루 쥔 사람들에 의해 무소불위의 권력을 휘두르고 있다. 전 정부나, 전전 정부에 일하였다는 것이 죄가 되어 정치망으로 포획하여 잡아넣고 있다. 대한민국의 터를 바꾸려고 혈안이 되어 있다는 말이 된다.

자유민주주의는 비판이 생명인데 하지 말라고 SNS 상에 전파되고 있다. 지금까지 비판의 글을 올렸다면 무조건 삭제하여라는 글들이 떠돌고 있다. 생명수 같은 비판의 주장도 못하게 입에 재갈을 물려

독재체제로 가자는 것인지 알 수 없는 시국이 지속되고 있다. 우리가 지금까지는 완벽하지는 않았지만 자유민주주의와 시장경제체제를 지속하여 살만한 세상을 이루었다는 것에는 모두가 동의한다고 굳게 믿고 있다. 이러한 지고한 가치를 갖고 있는 대한민국의 터를 바꾸는 것에 대해여는 절대로 성공할 수 없으며 용인해서는 안 될 것이다. 다른 나라는 뛰어가는데 우리는 무엇 하는 것인가? 밥이 나오는 것도 아니고, 떡이 나오는 것도 더욱 아니다. 자유가 샘물처럼 나오는 것도 아니다. 부가 보장되는 것도 아니다. 개인은 존재하지 않는다. 모든 것이 국가의 소유이며 수령님의 것이기 때문에 생명 없는 허수아비가 되는 것에 동의하는 사람들 한 사람이라도 있겠는가? 진영이라는 카테고리를 깨어버리자. 창공을 훨훨 날아다니는 붕새가 되어 보자. 자유대한민국의 터를 확실히 지키는 것만이 우리가 사는 길이다.

바람도 좋고 구름도 좋다 2018년 1월 24일

속담에 "도" 아니면 "개"도 좋다는 말이 있다. 돌아가던 질러가던 서울만 가면 좋다는 이야기도 있다. 자유가 그만큼 보장된다는 이야기의 비유적인 말이다. 경직된 곳에는 운신의 폭은 그만큼 좁아진다. 가다가 막히면 꼼짝없이 기다리는 수밖에 없다. 사람이 모태로부터 태어날 때 큰 울음으로 세상에 왔음을 고하는 것은 성스러운 의식이다. 모태 속에서 운신의 폭은 한계가 있었지만 일단은 큰 울음으로 세상의 빛을 보았다는 것은 한 인간으로서의 자유를 부여받은 천부권이다. 이것은 절대권이다. 다른 어떤 것도 이를 구속할 권한은 없다는 것이다. 이러한 천부권을 최대한 보장받는다는 것은 행복권을 보장받는 것과 같은 말이다. 그런데 이러한 천부권도 가족의 구성원으로서 사회의 일원으로서 나라의 백성으로서의 공동체는 신성불가침도 일부는 유예를 하고 있다. 이것이 공동체의 자유다. 대한민국은 민주공화국인데 자유민주주의를 표방하는 나라다. 그런데 북한도 민주국가라고 한다. 조선민주주의인민공화국이 그들의 국호다. 그러니 민주주의 인민공화국인데 왜 시비를 하느냐는 것이다. 인민을 위한 민주주의에 인민이라고 하는 것은 일당 일인 수령만을 위한 인민이며 3대 세습에 독재주의를 표방하는 나라다. 나라의 통치는 수령님의 말로써 다스려지는 나라가 그곳이다.

보통, 평등, 직접. 비밀이 보장되는 선거체제는 어디에도 없다. 수령의 말씀으로 결정되는 나라를 어찌하여 자유민주주의 대한민국과 비교를 할 수 있겠는가. 우리 사는 사회는 자유가 너무나 많이 허용되었다. 포만 상태가 되다 보니 자유의 진가를 외면하고 아예 자유가 없는 나라인 북한을 동경하게 되었다. 그것이 밥줄이 되었으니 버릴 수도 없고 전향할 수도 없는 자들이 나라의 근본을 뒤집으려고 시도를 하는 중이다. 정상이 저긴데 고지가 저곳인데 8부 능선까지 왔으니 이제는 모두 우리들의 세상이 되었다고 광기 어린 춤을 추고 있다. 평창 동계올림픽을 천신만고의 노력으로 유치를 하였는데 붉은 마수의 물결이 본격적으로 평화라는 이름으로 러브콜 하여 그저께는 현 아무개가 와서 융숭한 대접을 넘어 중국 국빈 방문 환영보다 더 큰 환대와 대접을 받고 돌아갔다. 모든 나팔수들은 물 만난 고기처럼 난리 북새통을 치고 돌아갔다. 기막힌 소식들이 날만 새면 속속 드러나니 없던 병도 생길 지경이다. 대한민국의 태극기는 나라를 상징한다. 그런데 주최국의 태극기를 게양하지 않고 한반도기를 들고 입장한다고 한다. 한반도기가 어느 나라 깃발인가? 국적 없는 깃발이 아닌가? 이걸 평화라는 방패로 가리고자 하는 발상은 어느 누가 하였는지 반드시 반국가행위에 대한 책임을 져야 할 것이다. 또 기막힌 이야기가 나온다.

나라의 국호를 세계 공통어로 사용하는 영문 표기가 KOREA(대한민국)인데 결정한 것은 COREA(북한)로 정하였다니 이것은 완전히 북한 올림픽이며 평양 올림픽이 맞지 않는가? 이런 사실을 눈 가리고 입 막는다고 될 일인가? 된장인지 똥인지 분간 못하는 우민(愚民)이라 우습게 보는 정부가 아닌가 한다. 이럴 수는 없는 것이다. 평화! 평화 입만 열면 평화를 부르짖는데 나라 안에서도 평화를 못하는데 어찌하여 그들에게만 평화를 부르짖는지 알다가도 모를 일이다. 답답한 마음 어디 가서 풀어 볼 것인지 바람이라도 좋고 구름 이라도 좋다. 자유가 보장된다면 살만한 세상이 아닌가? 바람이나 구름이나 그들은 가고 싶은 곳이면 자유로이 가고 올 수 있다. 산도 넘어가고 물도 거침없이 건너간다. 그들을 제어할 아무것도 없는 것이다. 이것이 진정한 자유가 아니고 무엇인가. 이를 포기하면서 종북을 신념으로 살아가는 사람들, 당신들의 공로는 이미 높아졌거늘 이제 그만했으면 좋겠다.

올림픽 대목 잡기 2018년 1월 25일

세기(世紀)의 빅쇼가 얼마 남지 않았다. 근대 올림픽은 평화, 친선, 도약의 3대 정신을 구현하고자 1896년 제1회부터 지금에 이르고 있다. 올림픽의 정신은 인류가 추구하는 이상이다. 우리나라에서 열리는 제23회 동계올림픽은 강원도 평창에서 2018년 2월 9일부터 25일까지 17일 동안 세계인의 축제가 열린다. 3수라는 각고의 노력으로 2011년 7월 6일 개최된 제12차 IOC 총회에서 과반의 득표로 확정되었다. 우리는 1988년 서울 하계올림픽을 성공적으로 개최하여 동북아의 작은나라 대한민국을 전 세계에 일리는 계기가 되었고 국력신장의 디딤돌을 마련하였다. 이제 그 여세를 몰아 30년 만에 평창에서 동계올림픽을 개최하기에 이르렀다. 이 기회를 통하여 완전한 선진국에 이르기를 기원하는 절호의 기회를 맞이하고 있다. 여기에는 대한민국 정부가 국론을 통일하고 국민의 힘을 빌려 성공적인 행사가 되도록 하여야 할 것이며 그렇게 되기를 모든 국민들이 간절히 바라는 바다. 그러할진대 현 정부는 제사(祭祀)에는 관심이 없고 잿밥에만 관심을 갖고 있는 모양이다. 극한적인 남북 대치 상황에 온 세계가 북 핵을 규탄하고 제재하는 현 상황에 국민은 안중에도 없고 오직 평화라는 이름으로 김 수령의 뜻에 맞추어 대목 장사를 하고 있는 모습에 손 놓고 할 말도 잊었다.

북한은 절호의 기회를 맞이하였다. 진퇴 양단에 빠져 이러지도 저러지도 못하여 백성은 도탄에 빠지고 나라 경제는 침몰 직전이다. 우호적인 국가들도 등을 돌리며 하루하루가 위기의 연속이다. 이때에 판을 역전시키려는 기회로 평창 동계올림픽이라는 장터를 놓칠 수는 없었다. 더군다나 남한에는 종북 좌빨 정부가 들어섰으니 금상첨화였을 것이다. 그들은 무엇을 노리는 것일까? 첫째는 핵을 완성시킬 시간을 벌자고 할 것이다. 둘째는 평화라는 이미지를 전 세계에 알리는 기회로 이용할 것이다. 셋째는 나라의 우월성을 보이기 위하여 체제 선전에 적극 활용할 것이다. 넷째는 남한 내의 종북 좌빨 정부를 지원하고 자유민주주의 체제를 뒤엎고 주체사상을 지향하는 모든 세력들에게 용기를 심어 투쟁의 선봉에 서기를 강요할 것이다. 다섯째 그들의 평화 메시지는 국제사회가 등을 돌렸던 핵 패기의 분위기를 바꾸어 인정받으려는 목표를 달성하고자 광분할 것이다. 문재인 정부가 8개월 동안 국정추진 과정을 보면 우려스러운 점이 한둘이 아니다. 눈 뜨면 놀랍고 걱정스러운 소식이 쏟아져 나온다. 적폐 병에 걸린 것은 아닌지 지나온 것은 무조건 적폐로 몰아 마녀사냥 하는 식으로 몰아가고 있다. 국가보위는 대통령의 고유 권한이다.

그런데 병력을 12만 명 감축한다고 한다. 10개 사단 규모를 줄인다는 말이다. 동북아 힘의 균형이 미군 주둔으로 유지되는데 자국의 병력을 감축한다는데 우려하지 않은 국민이 있겠는가? 그러면서 전시작전권을 조기에 환수하겠다는 소리는 무슨 소리인가. 치매에 걸린 정부는 아닌지 시급히 진단하고 올바른 처방을 하여야 할 것이다. 그뿐만이 아니고 복무 기간도 18개월로 하겠다는 것이다. 이는 국방의 개념이 없는 정부가 아닌가 한다. 간첩이 지천에 널려있는데 이들 잡는 부서를 없애버린다고 한다. 간첩 천국이 될 것임은 자명한 일이다. 백번 양보하더라도 나라의 체제를 흔들어 본다든가 뒤집기를 하는 일은 절대로 해서는 안 된다. 그것은 곧 죽음과 패망을 재촉하는 첩경임을 잊지 말아야 할 것이다.

지지자만이 국민이고 백성이다 2018년 1월 26일

오늘도 변함없이 동창(東窓)은 밝았다. 눈이 부시도록 환한 빛이 엄동의 창문을 지나 거실까지 오신 반가운 손님이다. 매일매일 반복되는 손님이지만 오늘은 유난히도 밝고 아름답다는 느낌이다. 우리는 예부터 손님맞이에 각별한 접대를 하여왔다. 잘 살면 잘 사는 대로 못 살면 못 사는 대로 있는 그대로 극진히 접대하는 문화를 유산으로 전해 받았다.

받아 놓은 평창동계 올림픽 잔칫날이 14일 남았다. 나라가 온통 축제 분위기여야 하는데 갈등만 증폭되어 걱정이 앞선다. 날마다 거리에는 집회로 조용할 날이 없다. 지금 회상해보니 88 하계올림픽 손님맞이는 대청소를 하고 집안은 물론이며 거리마다 보이는 가시권 전체를 꽃으로 장식하여 아름다운 국토를 조성하고 동시에 친절교육을 대대적으로 실시하여 오시는 손님을 맞이하였다. 70억 명의 세계인들이 찬사를 거듭하였다. 그런데 지금은 잘못되어도 크게 잘못된 길로 가는 것 같다. 정부는 이런 사태가 올 것으로 알고 있었지만 국민의 뜻과는 상반되는 방향으로 가기 때문에 국민들이 우려하고 있는 것이다. 문 대통령은 41.08% 당선되었기에 나머지 58.92%의 국민은 그의 안중에는 없는 것이다. 대한민국 대통령이 그를 지지해준 자들만이 국민으로 보고 나라를 다스려 간다. 그러다 보니 갈등은 점점 심화되고 있는 것이다. 아무리 주장하지만 마이동풍이다. 김 수령과 대화에 목을 메고 있다. 대화하지 않으면 나라가 망하는 것으로 착각을 한 것인지는 모르지만 대화의 문이 열리면 모든 것이 해결되는 것처럼 하여왔다.

김 수령은 핵 개발로 국제사회로부터 왕따를 당하여 아사 직전까지 몰리고 있는 때에 빠져나올 출구를 찾던 중에 평창 동계올림픽을 절호의 기회로 보고 마치 큰 시혜를 베푸는 것처럼 평화 올림픽이 되도록 기여하겠다고 하였다. 학수고대하던 문재인 정부는 즉각 환영하면서 급속히 진행하여왔다. 진행하는 것 까지는 그렇다 하여도 그 내용은 도저히 납득이 가질 않는다. 선수는 10여 명이 오는데 선전선동 요원들이 500명이 온다니 기막힌 일이 벌어질 것은 자명한 일이다. 아이스하키 선수단이 진천 훈련장으로 조용히 입국한 것의 보도에 비하여 며칠 전에 현송월이라는 삼지연 관현악단장이 입국하는 보도는 마치 외국 원수가 국빈 방문하는 것처럼 야단법석을 떨었다. 이게 말이나 되는 일인가? 또 합의한 내용을 보니 올림픽은 마치 북한에서 하는 것 같다. 나라 국명을 북한식 COREA로 표기한 유니폼을 입는다고 하니 북한 올림픽이 맞지 않는가? 몸통은 사람인데 머리는 김 수령이다. 외국 기자단들은 무엇이라 하겠는지. 개회식과 폐회식에 한반도 깃발을 들고 입장한다고 한다. 한반도 깃발은 어느 나라 깃발인가? 아마도 낮은 단계의 고려연방제의 깃발로 잠정 정하고 합의한 것인지 분명히 밝혀야 한다. 국가는 애국가가 있음에도 아리랑으로 정하였다니 이 또한 황당하다 못하여 언제 누가 대한민국 애국가를 아리랑으로 바꾸었는지 설명이 있어야 할 것이다.

올림픽은 분명 평창에서 열리는데 마식령 스키장은 왜 가는지, 금강산에서 전야제는 무엇 때문에 하는 것인지 그것도 그날 평양에서는 대규모 군사 퍼레이드를 군중 동원하여 한다고 하는데 무엇 하자는 것인지? 우리에게는 태권도가 없어서 북한 태권도 시범단의 절도 있는 시연을 보이며. 또한 아름다운 젊은 여성 응원단이 대거 몰려와서 무엇을 할 것인지는 삼척동자도 모두 아는 사실이다. 현송월은 강릉에서, 또 서울에서 연주회를 한다니 이들 모두 정예화되고 기계화된 저들의 병기들이다. 어떤 결과가 올 것인지 된장인지 똥인지 분별도 못하는 어리석은 백성들에게 환상의 그림을 보여줄 때 또 한 번의 크나큰 홍역을 치르게 될 지도 모를 일이다. 양식 있고 나라 걱정하는 애국자들이 이 모습을 보고 손뼉 칠 것을 기대하는 것은 아니겠지. 이후 일어나는 모든 것은 문재인 정부의 책임이 될 것이다. 받아놓은 밥상 물릴 수도 없는 상황이다. 모든 국민들은 미망에서 하루속히 깨어나야 한다.

혼돈(混沌)의 요지경(瑤池鏡) 세상 2018년 1월 27일

아침에 눈뜨면 캄캄한 어둠 속에서 새로운 세상이 전개된다. 전조(前兆)인 여명(黎明)이 나타나기 시작하다가 수평선이나 지평선 또는 산마루에 떠오르는 밝은 태양이 세상을 조명(照明)한다. 하나님은 말씀으로 삼라만상을 창조하시면서 밤이 있으면 또 낮을 만드셨다. 왜일까? 밤에는 쉬고 낮에는 일하라는 뜻일 것이다. 하나님의 창조물은 반드시 활동한 후에는 휴식하도록 하셨다. 사람도 예외는 아니다. 낮에는 열심히 일하다가 밤이 되면 쉬도록 창조하셨다. 한데 문명이 발달하고 세상이 복잡하여지니 밤과 낮을 구별하기도 혼미한 세상이 되었다. 밤에 일하고 낮에 쉬는 족들이 늘어나고 캄캄하여야 할 밤은 대낮처럼 불빛이 요지경 세상을 만든다. 전통사회(농경사회)에는 생활이 단순하여 밤과 낮의 순리에 잘 적응하였다. 산업사회를 통과하면서 문화가 융성하여지고 일자리도 다양해져 2부제 3부제를 하였다. 마치 낮이 밤이 되고 밤이 낮이 되는 생활에 임하는 사람이 늘어나기 시작하였다. 이를 계기로 대낮과 같은 밤의 문화도 함께 발전하였다. 다양화된 세상이 전개되었다. 다시 정보화 사회로 이동하면서 문화의 대중화가 인류의 삶을 풍요롭게도 하고 시간의 개념도 변하면서 세상을 하나로, 지구를 하나의 마을로 만들었다.

나는 전통사회에서 태어나 자라며 교육받고 사회에 나와 산업사회에 몸바쳐 청춘을 불살랐다. 함께 정보화 사회에 서투른 유아기를 적응하다가 시민으로 돌아왔다. 세상은 광속으로 변하고 있다. 지금에는 융합시대와 4차 산업시대를 맞이하면서 준비하고 있다. 앞으로 10년 내지 20년 사이에 문명의 대변혁이 온다고 한다. 문명의 발달이 어디까지가 인류를 위한 최적인지 연구 보고된 바도 없다. 과학문명의 발달이 신의 영역까지 침범하기에 이르렀다. 기존의 수백만 개의 일터가 없어진다고 주장하고 있다. 인간의 생로병사도 사전에나 나오는 시대가 곧 온다고 한다. 그러니 질병을 완전히 정복할 날도 멀지 않았다는 것이다.

나이가 많고 적음에 관계없이 오래전부터 컴맹이란 용어에 익숙해졌다. 문명의 정보기기(情報機器)들을 이용하지 못하면 뒷방 신세를 면할 수없는 것이다. 이것이 오늘의 세상인데 향후 10~20년 후에는 어떻게 될까? 살아있는 송장이나 다름없을 것이다. 혼돈은 밤의 세계를 가져올 것이다. 가치관은 무엇인지 모를 요지경 세상이 불원 지간에 닥쳐온다고 한다. 무엇을 준비하여야 할까 고민하여도 모자랄 시점인데 우리는 지금 무엇을 하고 있는 것일까? 죽을 때까지 연구하고 공부하지 않으면 의식 없는 쓸모없는 살아있는 송장이 된다는 말일 것이다.

수백 수천만 명의 실업자들이 양산되면 무엇을 하여야 할지 앞이 보이질 않는다. 아마도 낙오자들에게는 아프리카가 천국이 되어 꿈의 대륙으로 이민의 물결이 일어날지 누가 알겠는가. 깨어나야 되는데 아무리 부르짖어 보지만 쇠귀에 경 읽기다. 분명히 말할 수 있는 것은 유물로 수장고(공산주의 또는 주체사상)에 있어야 할 이념이란 괴물이 아직도 이 땅에 존재한다. 갈등을 넘어 나라의 체제까지 바꾸려는 세력들이 황금 같은 시간을 소모하고 있다는데 대다수 국민들이 걱정을 하고 있다. 200여 개의 나라들 중에 유일하게 우리나라에만 일어나는 현상이다. 이들이 깨어나기를 두 손 모아 기도하자. 하나님을 의지하고 기도로서 혼돈과 요지경 세상을 바로잡아야 하지 않겠는가?

바람이 오는 소리 2018년 1월 29일

금년도 대한 절기는 이름값을 톡톡히 하는 것 같다. 근년에 유례없는 강추위가 연속되고 폭설도 사흘 멀다 않고 내린다. 뱃길도 하늘 길도 끊기고 여기저기 화마(火魔)의 참상은 수많은 인명을 앗아가기도 하면서 몸과 마음이 얼어 참담한 심정이다. 곳곳에 전기가 단전(斷電)되고 수도(水道)가 얼어 터지며 시설하우스들이 무너졌다. 고통스러워하는 주름 패인 농민들의 한숨 바람이 하루하루 스무 고개를 넘는 것 같다. 설상가상으로 매서운 바람은 썰렁한 앞가슴을 헤집고 파고들어 서민들의 한숨소리는 모든 것을 얼어붙게 한다.

이렇게 자연이 주는 바람이 있는가 하면 사람들이 일으키는 바람도 온풍(溫風)일 수도 있고 열풍(熱風)과 태풍(颱風) 그리고 한풍(寒風)일 수도 있다. 우리가 벌여 놓은 세기의 잔치 한마당이 2월 9일부터 17일 동안 강원도 평창에서 열린다. 열과 성을 다하여 준비한 모든 에너지를 아낌없이 발휘하여 대한민국이 크게 성장하는 계기로 삼았으면 하는 마음 간절하다. 지금까지 피땀으로 노력하여 이룩한 번영의 바탕이 있었기에 하계올림픽이며 월드컵 대회 세계육상선수권대회에 이어서 동계올림픽까지 대한민국에 사는 우리들이 이룩한 자랑스러운 바람이 아닌가 한다.

이 위대한 바람을 5천만 명의 대한민국 국민들이 기도하는 심정으로 신풍(新風)을 일으키자. 이것이 우리가 하여야 할 천명(天命)이다. 하나님이 주신 크신 바람이며 은혜다. 이 은혜를 저버린다면 징벌(懲罰)이 따른다는 인과응보(因果應報)의 법칙은 뿌린 대로 거둔다는 평범한 이치(理致) 임을 잊어서는 안 될 것이다. 북풍을 좋아하는 사람이 일으키는 무서운 바람이 하늘을 가리어 국민들이 우려하고 있다. 이를 북풍(北風)이라 한다. 북쪽에서 불어오는 바람이 온풍(溫風)을 넘어 열풍(熱風)처럼 밀려오고 있다. 북풍이라는 용어는 정치권에서 많이 사용하는 바람이다.

해방 이후부터 북풍으로 얼마나 많은 사람들이 죽고 나라는 초토화가 되었던가. 1천만 명의 이산가족들이 부르짖는 처절한 바람이다. 지금도 북풍은 꺼지지 않고 시시각각으로 우리를 위협하고 있다. 북풍은 원폭과 수폭을 완성하고 평창올림픽을 접수하려고 몰려오고 있다. 미혹(迷惑) 한 정치권에서 깨어나기를 기대하지만 어디에도 싹수가 보이질 않는다. 초록은 동색이라 여권이든 야권이든 그렇고 그런 사람들이다. 그들은 백성들은 안중에도 없다. 하고 싶은 대로 하고 결과는 어느 누구도 책임지질 않는다. 국고는 보는 사람이 임자라는 말처럼 말 한마디에 천억이 날아가고 수조원의 국부도 바람 앞에 공수표가 되어버렸다. 북풍은 드디어 감추어 놓았던 청구서를 서서히 공개하기 시작하였다. 무려 80조 원이라는 방송 보도를 보았다. 아연실색이다. 이것은 아예 상납하라는 명령이다. 누구에게? 5천만 대한민국 백성들에게 명령한 것이다. 만에 하나 이 명령을 어길 시에는 그 후과를 너희들의 몫이라는 것과 다름없는 것이다. 서울 불바다가 현실로 다가오고 있다. 어디 서울뿐이겠는가. 말로만 듣던 인질이 바로 북풍이 태풍 되어 하늘을 가리고 있다. 이제 와서 누구를 원망한다고 해결되겠는가. 타의에 의존한다고 해결되겠는가. 죽든 살든 우리들의 책임이고 우리들의 몫이다. 만시지탄이지만 백성들이 이제라도 깨어나야 한다. 그리고 나라의 주인답게 자신의 권리를 지키는 길 밖에 없음을 알아야 할 것이다.

블랙홀에 대비하자 2018년 1월 30일

사람들은 간혹 블랙홀이란 용어를 사용하기도 한다. 백주에 도로 한복판이 내려앉아 커다란 구멍이 생겨 지나는 사람들이 빨려 들어가는 현상을 비유적으로 사용하기도 한다. 말 그대로 검은 구멍이란 말이다. 과학에서는 상대성이론에서 말하기를 빛보다 빠른 물체는 없으므로 모든 물질을 흡수하는 것이 블랙홀이라 표현한다. 우주에 존재하는 은하계와 은하계 사이에 존재하면서 그 질량이 태양의 수백만 배라는 사실이 정설이란다. 그래서 지금도 과학자들은 이 분야에 일생을 바치는 사람들도 있다. 혹여라도 지구가 블랙홀에 흡수되지나 않을까 하는 우려에서 연구한다. 블랙홀은 자연만의 문제는 아니다. 자연에서만 일어나는 것이 아니다. 인류사는 역사를 통하여 증언하고 있다. 사람들이 만든 블랙홀이 있는데 이를 전쟁이라 한다. 전쟁이란 블랙홀은 상대를 죽이고 빼앗아 점령하는 역사로 점철되어 왔다. 오늘을 살아가는 사람들은 이것을 마치 그 시대의 문화현상으로 보고 의식 없이 넘어간다. 블랙홀에 휩쓸려간 사람들은 누구인가.

나의 조상일 수도 있고 당신의 조상일 수도 있다. 직접적으로 나와는 무관하니 알 바 아니라 한다면 그만이라 생각하는 지도 모를 일이다. 과연 그럴까? 우리나라의 경우도 980여 회의 전쟁의 참상을 겪었다고 역사는 기록하고 있다. 말이 980여 회이지 5천 년의 장구한 역사라 자랑하는데 거의 5년 주기로 전쟁의 블랙홀에 빨려 들었다는 이야기다. 이 땅에 무엇이 남아 있겠는가? 하도 한이 많아 눈물도 말라버렸는지, 마음속의 정의(正義)도 간곳없고, 통곡의 소리도 들리지 않는다. 그때의 일은 그때의 일이다. 나와는 직접적인 관련이 없는데 먹고살기도 바쁜 세상에 옆도 돌아볼 수 없는 것이라고 한다면 동정의 여분이 있겠지만 그런 것이 아니고 이 아름다운 세상에 즐기기도 바쁜데 무슨 잠꼬대 같은 블랙홀 타령이나 하고 있는지. 이것이 현주소다. 학교에서는 무엇을 가르치고 무엇을 배웠는지 나라에서는 무엇을 어떻게 통치하였는지 지식인들은 머릿속에 똥만 담았는지 격려보다 원망이 앞선다. 68년 전 이 땅에 무슨 일이 있었는지도 가마득한 옛이야기가 되어버린 6·25전쟁은 피아(彼我)를 합하여 약 200만 명이 전쟁이란 블랙홀에 희생되었다는 통계를 보았다. 그들 속에는 우리의 형제자매들 비롯하여 부모와 일가친척 그리고 이웃들이 그 후유증을 지금도 앓고 있다. 1953년 휴전협정 이후 수많은 그들의 침략을 받아왔다.

지금 우리는 어디쯤 와 있는 것일까? 초근목피의 한을 넘어 오늘의 번영의 결과물, 풍요의 물질들이 차고 넘쳐 나지만 머리는 텅텅 빈 깡통이 되어버렸다. 거짓 인민민주주의를 분별하지도 못하고 거짓 평화공세에 현혹되어 핵을 개발하도록 방조하지는 않았는지, 그것이 지금에는 부메랑이 되어 머리에 이고 살 수밖에 없는 블랙홀에 빠지게 되었다. 아마도 김 수령은 이번 동계올림픽을 기사회생의 장으로 삼아 생명줄을 이어갈 것이다. 시간을 벌어 암묵적인 핵보유국으로 인정받아 앞으로 우리를 가지고 놀 것임에 틀림없어 보인다.

모든 문제는 시간이 해결한다고 한다. 아마도 시간은 우익 편이 아닌 모양이다. 칼자루 잡고 있는 자들은 기회는 두 번 다시 오지 않는다는 심정으로 속전속결하고 있다. 대미(大尾)는 언제쯤일까. 아마도 6월 지방선거가 마지막 선이 될 것임에 틀림없다고 생각된다. 그들의 시나리오는 6월 지방선거에 국체(國體) 변경까지 포함하여 원하는 바를 이루려고 모든 역량을 집중할 것이 틀림없어 보인다. 우익은 죽었는가? 살았는가? 피할 수 없다면 용기 있게 앞장서야 할 것이다. 그것이 블랙홀을 막는 최후의 일전이 될 것이다.

뒤집기의 달인들 2018년 1월 30일

그러니 했는데 역시나 개 버릇 남 못 주듯 뒤집기에 여반장으로 3류 코미디를 연출하였다. 원래 뒤집기는, 우리의 전통 씨름 경기에서 관중을 열광하게 하는 기술이다. 샅바를 잡고 낮은 자세로 파고들어가 위로 뒤집어 승리하는 절묘한 기술이다. 그런데 김 수령께서는 이런 뒤집기 기술을 무소불위로 사용하여 지구촌 사람들을 당혹하게 하고 웃기기도 한다. 그리고 그 대상을 가리지 않는다. 인간 세사에는 약속을 하면서 질서를 만들어가는 문화가 지구촌 어디에나 있는 일이다. 약속에는 구두로 하는 약속이 대부분이며 중요하다고 할 경우에는 문서로서 또는 증인을 세워서 한다. 이러한 약속도 상대방의 양해 없이 약속을 없는 것으로 뒤집는다면 그 사람은 신용에 심각한 타격을 받게 된다. 이후에는 어느 누구도 이 사람과는 약속을 하지 않게 되는 것이다. 속된 말로 표현하면 왕따를 당하는 것이다. 일상의 삶은 신용으로 또는 믿음으로 사회가 유지되는 것이기에 하는 이야기다.

그런데 나라와의 약속을 뒤집는다면 어떤 현상이 올까? 분쟁의 중요 원인이 되기도 한다. 최근에 우리는 약속을 뒤집어 인접국 일본과 외교적 갈등을 초래한 바 있다. 그것도 문서로 서로 약속하였는데 우리는 일방적으로 뒤집어 국제사회에 비난의 꼬리표를 붙이고 말았다. 잘 아시는 바와 같이 위안부 문제를 전 정부에서 합의한 30년간의 공개 원칙을 무시하고 공개하고 뒤집음으로써 열강의 웃음거리로 만들었다. 지금도 그 문제는 해결되지 않는 체 갈등으로 남아있다. 이러하니 남을 탓할 입장도 아니다. 그러나 이 문제의 갈등은 국민 모두가 동의하는 바는 아니라고 생각된다.

머가 뭐를 욕하는 격이라는 속담도 있지만 김 수령의 뒤집기는 혹시나 하는 찰나에 터져 나왔다. 동계올림픽에 저들의 놀이마당을 내주었더니 그 하는 짓이 기고만장하여 혹시나 했는데 아니나 다를까 본색을 드러내고 말았다. 김 수령님의 생각은 잔치마당을 우리가 접수했으니 우리 식으로 치르겠다는 계획이 만천하에 드러났다. 저들이 말하는 건군 기념일을 왜 이 시점에 2월 8일로 바꾸어 평창 동계올림픽 전야제에 대규모 군사 퍼레이드를 하고자 하는 것인지, 우리의 상식으로는 이해할 수 없지마는 역지사지(易地思之)의 입장에서는 당연한 수순이다. 남한과의 약속은 동등한 약속이 아니라 상하의 불평등 약속으로 평가절하하고 있음을 보면서도 우리는 아직도 잠에서 깨어나지 못하고 있다.

아니 이것을 기대하는 무리들도 있을 것이다. 우리 사회는 좋은 말로 표현하자면 다양화된 사회이니 이런저런 의견이 나올 수도 있지 않느냐 할 것이다. 진짜로 웃기는 일은 저들의 건군 기념일 변경에 대하여 우리의 우려하는 바를 보고 2월 5일 금강산에서 문화행사를 전격 취소한다고 통보하였단다. 바로 이어서 우리는 유감을 표하였지만 언제까지 저들에게 끌려가야 하는지 답답한 심정이다. 아직도 여러 가지 암초들이 남아있을 것이다. 언제 무슨 일로 시비를 걸어올지 마음 졸이는 기간이 계속 이어질 것이다. 무사히 치러질지도 염려가 되기도 한다. 합의 내용이 국민들의 자존심을 너무나 많이 상처 내어 축하잔치에 재를 뿌리지는 않을는지 참으로 염려가 되기도 한다. 일하면서 어려움에 봉착할 때는 항시 원칙을 고수한다면 국민의 지지를 받을 것임을 위정자들은 명심하여야 할 것이다. 원칙과 정도가 무엇이지 우리를 성찰하여 보았으면 좋겠다.

나는 봉(鳳)이옵니다 2018년 2월 2일

나는 봉(鳳)이라는 사람이다. 어수룩하고 바보 같아 이래저래 마음대로 이용하기 쉬운 봉이다. 앉으라면 앉고 서라고 눈총만 주어도 서며 또한 땅바닥에 기라고 하면 두말없이 기는 사람이다. 나 자신이 있는지 없는지도 잘 모르겠다. 아침을 먹었는지 세안과 칫솔질을 했는지도 아리송하다. 된장인지 똥인지도 분별하기가 어렵다. 혹시나 치매는 아닌지 걱정도 되지만 무엇 하나 주체성은 지나가는 미친개에게 맡겨 놓았는지 허벅지를 꼬집어 붉은 피를 보지만 누구 것인지 헷갈리는 세상에 살고 있는 나는 무엇일까?

나는 봉이라는 사람이다. 오늘 아침도 매우 추운 날이다. 추운 날이 연속되다 보니 춥다는 것이 정말로 추운 것인지 분별이 잘 안 되는 듯하다. 의식이 마취된 상태가 이런 경우일 것이다. 내가 생각하고 행하는 일들이 누구나 모두 그러리라고 생각게 하는 보편적 가치가 있는 행위인지 분별이 잘 안 되는 세상에 살고 있다. 가만히 생각해 보니 나만 그런 줄 알았는데 나와 같은 사람들이 주위에 너무나 많다는 것을 알게 되었다. 사람은 환경에 지배를 받는다고 한다. 그런데 지금의 환경이 수많은 사람들을 봉으로 만들었구나. 지배자와 피지배자 간의 환경이 봉을 양산하지는 않았는지? 주권자인 백성이 언제 봉의 신세로 전락하였는지는 아주 쉽게 알 수 있다고 한다.

누구를 원망하고 탓할 일들이 아니다. 의식 있는 41.08%의 주권 행사로 당선시킨 현명하신 분들이 만든 환경이다. 그러하니 나머지 58.92%는 그러느니 하면서 봉이 되는 것이다. 그런데 문제는 봉으로 살아갈 수 있는 터와 체제까지 빼어버리려는 것이 난마(亂麻) 같은 문제를 야기하였다. 아무리 봉이라지만 지렁이도 밟으면 꿈틀거린다는 속담처럼 봉들도 깨어나기 시작한 것 같다. 왜 아니겠는가? 쥐도 쥐구멍을 보고 쫓으라는 말처럼 삶의 보장을 받을 수 있는 환경은 만들어주고 쫓아야지 그냥 벼랑으로 밀어버린다면 누가 가만히 있겠는가? 지금이 그런 형국이다.

특히 봉들은 감성에 아주 약하여 감언이설에도 쉽게 넘어가는 약점들이 있다. 저들은 그것을 긁어주는 달인들인 모양이다. 원인과 과정과 결과에 관계없이 춥고 배고프며 그늘진 곳을 조금의 배려만 한다면 우군으로 끌어들일 수 있기에 그런 곳에는 어김없이 나타나 위로하고 해결에 필요한 지원을 해준다고 하니 어느 누가 좋다 하지 않겠는가? 무소불위의 권력이 휘두른 칼에 봉들은 늦가을 볕에 떨어지는 낙엽이다. 원전 5, 6호기 공사 중지 말씀 한마디에 1천억 원이 날아가 버렸다고 한다. 1천억 원이 누구 돈인가. 국민 세금이다. 나랏돈은 보는 사람이 임자라는 말처럼 그 책임도 묻지 않는다. 1천억 원을 어려운 가정에 1억 원씩 나누어준다면 1천 가구를 살리는 길인데 참담한 심정이다.

또 생각나는 것이 평화공존이다. 평화라는 단어는 참으로 매력적인 단어다. 칼자루 잡은 사람들의 평화는 북쪽 사람들의 평화와 별반 차이가 없는데 큰 문제가 있다. 그들이 해방 이후 지금까지 변치 않고 사용하는 평화는 우리끼리 평화라는 것이다. 이것이 무슨 이야기냐? 외세(外勢)를 몰아내고 즉 주한미군을 몰아내고 너와 내가 평화적으로 문제를 풀어가자는 것이다. 김대중 정부 5년 노무현 정부 5년 도합 10년 동안 깔아놓은 레드 카펫에 만난 것이 김 수령과 문재인 정부다. 절호의 기회다.

이 기회를 놓치면 다시는 호시절은 오지 않는다고 보고 속전속결로 가고 있다. 이명박 정부에서 3수를 하면서 동계올림픽을 유치하였는데 이후 수십조를 투자하여 일주일이면 개막을 두고 있는데 평화에 마취된 자들이 협상하였다는 내용은 아무리 봉들이지만 도저히 용납이 되질 않는다. 나라의 운명을 칼잡이들이 도박을 하고 있다. 누구를 위하고, 무엇을 위하여, 무엇을 이루고자 광분하는 것인지 역사는 지켜보고 있다. 영원한 역적으로 남을 것인지 아니면 나라를 구하는 우국충신으로 남을 것이지 염려가 되어 횡설수설하였다.

뻐꾸기의 탁란(托卵) 2018년 2월 5일

날씨가 몹시도 춥다. 노소를 막론하고 외출할 때는 대비를 철저히 하여야겠다. 자연계에도 기이한 현상들이 많이 있다. 육식 동물이 초식동물에게 당하는 모습을 간혹 화면을 통하여 보기도 하는 것처럼. 알려지지 않은 기이한 일들이 깜짝 놀라게 한다. 사람들의 마음속에는 항상 약자를 우선 생각하는 양심이 존재한다. 그래서 경쟁에서 약자가 승리하기를 바라고 응원하며 박수를 보낸다. 우리에게 잘 알려진 뻐꾸기란 새는 참으로 편하게 살아가는 새라고 한다. 사람들은 조금 어리숙한 사람을 빗대어 새대가리 같은 사람이라는 말도 서슴없이 하곤 한다. 그런데 뻐꾸기의 장점은 새의 지능이 아니고 사람을 능가하는 지능을 가지고 있는 것이 분명하다. 그는 다른 새들을 통하여 번식 양육하고 있으니 이 얼마나 지능이 높은 수준인지 알 수 있는 일이다. 왜 아니겠는가? 자기의 알을 때까치나 멧새 둥지에 낳는다고 한다. 그런데 기이한 일은 알을 낳으면 자기가 부화시키고 먹이를 공급하여 길러야 하는데 그렇지 않다고 하니 더욱 기절초풍할 일이다.

부화시키고 기르는 일들을 둥지의 주인인 때까치나 멧새가 한다고 하니 뻐꾸기는 양심이나 염치가 없는 수준이 아니고 폭군이나 강도나 다름없는 새다. 뻐꾸기처럼 인륜지도(人倫至道)에는 있어서는 안 되는 일들이 종종 우리들 주변에 일어나고 있다. 요사이 TV 드라마를 볼라치면 예외 없이 탄생의 비밀을 가지고 장난질을 하고 있다. 국민의식을 올바른 길로 선도하여야 할 언론들이 새대가리를 닮은 것은 아닌지 의심이 가기도 한다. 평창 동계올림픽 개막식도 이제 4일 남았다. 날씨 관계로 차질이 생길는지 염려가 되기도 한다. 우려가 되는 것이 어찌 이리도 많은지 걱정에 걱정을 더하는구나.

참가 선수의 규모는 10여 명 내외인데 어찌하여 500명이 넘는 사람들이 무슨 목적으로 오는 것인지 납득이 가질 않는다. 또한 명단에도 없는 사람이 왔다고 하는데 정말로 미스터리 한 일이다. 평화라는 이름으로 가리고 다른 무슨 목적이 있는 것은 아닌지 심히 유감이다. 남이 차려놓은 밥상에 주인이 누구이며 손님은 어디에서 오는 누구인지 헷갈리는 것이 사실이다. 오늘은 뉴스를 보니 아이스하키 선수들의 유니폼이 어떤 사람의 머리에서 나온 것인지 역사에 길이 남을 작품이라 한다. 기왕에 인공기를 표현하려면 제대로 하여야지 붉은 줄로만 표시할 것이 아니라 거기에 별도 그려 넣었더라면 금상첨화로 5천만 국민들의 박수를 받을 것인데 하는 아쉬움이 남는다.

일부에서는 평양 올림픽이라는 말이 있는데 맞는 말인 것 같다. IOC에서 대한민국 평창에 개최지로 선정되었는데 그렇다면 당연히 대한민국을 대표하는 태극기를 게양하고 들며 표시하여야지 한반도기라고 하는 깃발은 어느 나라 깃발 인고, IOC가 한반도라는 나라에 개최하도록 한 것이 아니지 않은가. 애국가도 아닌 아리랑을 부른다니 아무리 동족이라 하지만 엄연히 적국으로 대치상태인데 이건 마치 때까치나 멧새가 뻐꾸기에게 내 둥지에 알을 낳아달라고 애걸복걸한 것이나 다름없는 것이 아닌지 생각해 보자. 저들은 지금까지 해방 이후 대한민국이라는 둥지에 수많은 알을 낳았다.

그리고 머저리 같은 때까치와 멧새는 그들을 젓 먹이고 애지중지 키워 이제 와서는 그 빛을 유감없이 발휘하여 대한민국을 거의 붉게 물들이고 드디어 나라를 접수하고 무소불위의 권력을 남용하고 있다. 이것이 평양 올림픽이라는 말의 근인이나 원인이 되고 있다. 오직 하였으면 개막식 날 모두 태극기를 게양하고자 하겠는가. 이제 와서 물릴 수도 없으니 쏘아놓은 화살이 아닌가. 가보는 데까지 가보는 도리 밖에 없다. 이후 일어나는 모든 문제는 현 정부에 있는 것을 명심하였으면 좋겠다.

2월의 속죄 2018년 2월 8일

날씨가 엄청 춥다. 방안이라 해서 다를 바가 없고, 몸이 움츠려지며 기동력이 떨어져 멘붕 상태가 연속이다. 어쩌다 볼일이 있어 밖에 나가면 완전히 시베리아에 오관(五官)이 얼붙는다. 봄의 시작을 알리는 절기 입춘이 지난 지도 며칠 되는데 유례없는 장기간 추위가 한반도를 꽁꽁 얼게 한다. 저희들의 죄가 너무나 커서 하나님의 노하심을 어찌 감당할 수 있겠는가. 아마도 분기 탱천하셔서 벌을 내리시는지도 모르겠다. 저희 죄를 용서하소서. 저의 이기심이 하나님을 노하게 하셨다. 저의 욕망이 하나님을 슬프게 한 것은 아닌지. 내 가족들을 사랑하지도 못하였고 내 형제자매들과 일가친척들 그리고 친구들에게도 용서하고 사랑하지도 못한 죄가 크다. 내가 살고 있는 사회와 나라에도 주민된 도리와 국민된 의무를 하지 못하였다. 하나님의 외동아들이신 독생자는 낮고 낮은 마구간에 오신 의미를 잊어버리고 방황한 죄가 너무나 크구나. 힘없고 능력 부족하며 고통 속에 살아가는 이웃들을 사랑하고 배려하지도 못하였다.

하나님께서 너는 도대체 무엇하며 그 나이 먹도록 살았느냐 하신다면 사탄의 유혹에 죄라는 올가미 속에서 살아오다 보니 나이만 먹었습니다, 라고 한다면 너무도 철면피한 답변일 것이다. 죄는 죄를 잉태하고 전염병처럼 전파시키는 것이 사탄의 본질이다. 기다리던 평창 동계올림픽 전야제가 오늘 저녁에 열린다고 한다. 세 번의 도전 끝에 유치한 쾌사이며 다시 한번 도약(跳躍) 할 수 있는 기회를 잡았는데 그간 모래알처럼 많은 국고를 투자하여 준비하였던 오늘이 아니던가. 그런데 왜 이렇게 불안함이 연속되는 것일까? 날마다 즐겁고 기쁘게 찬사를 보내야 할 것이데. 5천만 국민들이 한마음으로 손님을 맞이하여야 하겠는데, 성공한 올림픽으로 기록되어야 하는데, 어찌하여 이리도 세상이 온통 갈등의 연속이다. 한치 앞을 바라볼 수 없는 세상이다. 오랜 옛날에 이념(理念)이라는 카테고리에 갇혀 나라가 두 쪽이 난지도 고희(古稀)가 지났다. 아직도 그 상처가 깊어 날마다 물어뜯고 죽기 살기 식으로 전쟁의 연속이다. 이 땅에 자유대한민국이란 무대를 우리에게 허락하시고 오직 가난만큼은 벗어나자고 밤새워 일하여 세상이 부러워하는 나라로 성장 발전시켰다. 사탄의 장난인지 시샘인지 하나 되지 못한 죄가 크다 아니할 수 없다. 올림픽을 이용하려는 무리들이 대한민국을 뒤흔들고 있으니 하는 이야기다. 어찌하여 이 땅에서 개최되는 올림픽이 평양 올림픽이라는 말이 나돌고 있는지 기막힌 일이다.

오늘 전야제 행사가 김 수령이 보낸 자들로 무대를 장식하며 평양에서는 대규모 건군 기념일을 변경하여 개최한다니 자유대한민국에서 개최하는 올림픽은 찾아볼 수 없는 것이 아닌가. 그러하니 평양 올림픽이란 말이 나온 것이 아닌가? 우려스러운 말들이 인터넷을 통하여 널리 퍼지고 있는데 정부에서는 묵묵부답이다. 아예 무시하고 일고의 가치도 없이 취급한다는데 화가 치민다. 삼지연 교향악단의 연주는 얼빠진 국민들을 휘젓고, 응원단과 태권도 시연단들의 화려한 무대는 내국인은 물론 세계의 언론이 찬사를 보낼 것이다. 만경봉호의 묵호항 입항 조치도 많은 우려를 낳고 있다. 올림픽 참가 이면 조건은 없는지 국민들은 예의 주시하고 있다. 이것이 평화올림픽의 필수조건인지 상수인지 묻지 아닐 수 없다. 저들이 참여하지 않으면 평화 올림픽을 담보할 수 없다는 것인지 명쾌한 답변으로 국민들에게 보고하여야 할 것인데, 칼잡이들의 일방적인 결정에 수많은 국민들의 동의하지 못하는 현실을 어떻게 감당할 것인지 정말로 우려스럽다. 하늘보고 침 뱉는 일이지만 나의 죄과가 너무나 큰 모양이다. 누구를 탓할 마음은 조금도 없다. 모두가 나로 인한 악연들인지 인연인지 모두 내 탓이다. 나의 죄가 너무나 크기에 하늘을 볼 수가 없다. 일찍이 죄의 인자들이 발붙이지 못하게 단속하지 못은 나의 죄를 탓할 수밖에 없다.

막걸리에 취한 대한민국 2018년 2월 9일

우리의 민속주인 막걸리는 누구나 즐겨 마시는 음료수다. 사람 모이는 곳에는 반드시 막걸리가 자리를 빛내게 하는 매개체이기도 하다. 반주로 한 사발 쭉 들이켜고 새참에 또 한 잔으로 허기진 배를 채우는 생활 음료수다. 지금도 건강음료로 발전되어 해외에까지 수출되는 문화수출 상품으로 톡톡히 자리매김하고 있다. 막걸리도 한 잔 두 잔 계속 마시다 보면 취하여 의식이 몽롱해지기도 한다. 가랑비에 옷 젖는다는 말처럼 한 잔이 여러 잔으로 더하여지면 그것은 결국 덧셈이 아닌 곱셈이 되어 횡설수설하게 되는 것이 일반적이다. 목하 대한민국이 바로 전통주 막걸리에 취하여 의식이 비몽사몽에 헤매는 것 같다. 우리가 지금 무엇을 하는지도 잊어버리고 꿈속에 세상 시름 걱정 문제들 모두 머리에서 지워버렸다. 올림픽이라는 막걸리에 취하여 혼수상태가 되어버렸다.

은하계에 거대한 블랙홀이 주변의 모든 별들을 흡수 용해하는 것처럼 올림픽은 마치 우리 민족의 운명이 걸린 문제도 빨려 들어가 가마득히 옛이야기가 되는 것은 아닌지, 정말로 우려가 된다. 우리는 당사자이지만 한발 비켜선 우방들뿐만이 아니고 전 세계 여러 나라들이 우려하고 있는 북한 비핵화는 우리들의 의식 속에서 사라지고 말았다. 마치 동계올림픽이 우리의 운명을 결정해 주는 것처럼 점점 평창 동계올림픽이란 용광로에 빨려 들어가고 있다. 이러한 현실은 개탄스럽다 못해 이래도 되는 것인지 늙은이의 노파심인지는 모르지만 걱정이 태산이다. 북이 요구하는 것은 모두 들어주어 편의뿐만 아니라 체제비용까지 부담하여 선전하고 선동하는 장을 마련하여 주었다. 또한 올림픽이란 가림막 뒤에는 평화란 이름으로 선전선동의 최대의 호기를 맞이하였다. 세기의 이벤트 중에 올림픽만 한 것은 없다. 그러하니 몇 년 전부터 치밀한 계획하에 핵 완성의 기회로 삼기 위한 목적을 실현시키고자 왔다. 우리 좌파 정부는 왜 국민들이 우려하는 여러 조건들을 들어주면서 합의하였을까? 모름지기 외면상으로는 평화 올림픽이 되도록 위함일 것이다. 진정한 좌파 정부의 뜻은 무엇일까? 저들이 참여하면 평화적 올림픽이 되고 참여하지 않으면 평화적 올림픽이 되지 않는다는 것인지 설명이 없다. 또 정부의 주장처럼 평화적 올림픽이 되면 비핵화가 이루어지는 것인지 오리무중이다.

비핵화는 민족의 운명이 걸린 최대의 목표가 올림픽이라는 이벤트로 전락되어 버렸다. 어쩌자는 것인가? 적어도 올림픽을 위한 남북 간의 합의점으로부터 끝나는 날까지는 저들에게 시간을 벌어주는 계산서가 나온다. 저들에게 비핵화는 애초부터 계획에 없다. 국가의 모든 에너지를 핵 개발에 쏟아 부었는데 지금에 와서 비핵화라 믿는다면 잠꼬대 같은 소리로 들릴 뿐이다. 우리의 우방인 미국과 유엔이 비핵화를 강력 추진하니 겉으로는 동조하는 척 춤을 추고 내심으로는 핵 개발에 적극 지원한다는 뉘앙스를 지울 수가 없다. 입버릇처럼 평화를 부르짖고 있는데 진정한 평화는 안으로부터 강력한 에너지가 충전될 때 이루어지는 것이 정설이다. 다시 말해서 평화는 내부로부터 이루어져야 진정한 대외 평화를 추진할 힘의 원천이 된다는 것이다. 그런데 우리의 내부는 갈등이 점증됨에도 모르쇠로 하고 대외 평화만 부르짖는다면 정말로 진정한 평화를 이룰 수 있겠는가? 수구좌파 정부는 하는 일들 하나하나 모두를 적폐로 간주하고 올인하고 있다. 향후 30년 동안 좌파 정부의 무대라고 호언하던 사람들에게 감히 한마디 하고자 한다. 앉은 방석이 썩지 않은지 수시로 확인해 보았으면 한다. 국정은 쇼가 아니다. 국정은 국민들의 삶이다. 국정은 국민들의 가족이며 형제자매들이고 일가친척들과 이웃들의 희망을 실현하여야 한다. 지금이라도 깨어나기를 간절한 마음으로 기도한다. 어디 우리가 남이 아니지 않은가? 올림픽이 끝나면 우리는 어떤 환경에 봉착할지에 대하여 생각해보았으면 좋겠다.

뚜껑이 열리다 2018년 2월 10일

평창 동계올림픽 개막식이 2018년 2월 9일 오후 8시부터 10시까지 화려하게 전 세계인의 이목을 집중시켰다. IT 기술과 예술이 융합한 올림픽 개막식은 새로운 패러다임을 활짝 열었다. 캄캄한 밤하늘에 별자리를 배열한 소우주를 보노라면 대한민국 국민들에게는 긍지와 자부심을 갖기에 충분하다. 또한 세계인에게는 놀라움과 부러움을 사기에 충분한 종합예술이라 할 것이다. 또한 드론을 통하여 반딧불을 띄우고 별을 밤하늘에 수놓는 모습도 신기에 가깝다. 나 같은 늙은이가 무엇을 알겠냐마는 바라보는 눈과 느낌은 연륜에 쌓아온 경험으로 말한다. 연출되는 장면마다 흥분의 연속이었다.

올림픽 역사에 영원히 기록될 것이기에 더욱 가슴 뿌듯하다. 아직은 전문가들의 종합적인 평가는 없지마는 우리의 기술과 문화 그리고 예술은 세계 정상에 우뚝 섰다는데 모두가 동의하여야 할 것이다. 우리에게 무엇이 있어 이렇게 지칠 줄 모르는 은근과 끈기와 추진력이 오늘의 번영을 이루었는지 올챙이 시절을 생각하면 눈물이 앞을 가린다. 이런 추세라면 반드시 앞에 보이는 항룡(亢龍)에 오르게 할 것으로 굳게 믿는다. 그것이 단군 성조께서 나라를 개국하고 홍익인간을 가르쳐온 결과가 아닐까 한다. 우리는 세계 스포츠제전의 꿈으로 불리는 그랜드슬램을 세계 200개국 중에 5번째로 입성한다고 한다. 이 얼마나 가슴 떨리는 일인가. 하계올림픽과 동계올림픽 그리고 FIFA 월드컵 축구 대회 마지막으로 IAAF 세계육상선수권대회를 개최한 국가를 말하는데 지금까지 프랑스 독일, 이태리, 일본에 이어서 대한민국이 다섯 번째로 이룩한 쾌거다. 1988년도 서울 하계올림픽을 개최하였고, 2002년에는 FIFA 월드컵 축구 대회를 성공적으로 치렀으며, 2011년에는 대구에서 개최한 IAAF 세계육상선수권대회를 화려하게 개최하였다. 그리고 이번에 비로소 IOC 평창 동계올림픽을 개최함으로써 스포츠의 꿈의 제전인 그랜드슬램에 5번째로 당당히 입성하였다.

그간 스포츠 제전을 경험하면서 쌓아온 노하우를 이번 동계올림픽에 유감없이 발휘하고 있다. 3수를 하면서 유치한 꿈의 제전을 적은 비용으로 투자하여 효과를 극대화하여 최고의 감동을 이루기 위하여 남은 역량을 아낌없이 발휘하여 폐회식까지 성공적인 제전이 되기를 손 모아 빌어야 할 것이다. 여기에는 어떤 정치적 종교적 기타 어떤 이념적인 문제들이 개입되어서는 안 된다. 오직 올림픽 이념에 충실함으로써 세계인에게 귀감이 되는 제전으로 전 세계인들로 기억되게 하는데 우리 모두가 힘을 합쳐야 할 것이다. 기회는 여러 번 있는 것이 아니다. 기회가 왔을 때 잡아야 한다.

우리는 이번 동계올림픽을 통하여 다시 한번 도약할 수 있는 기회로 삼아야 한다. 만약에 이 절호의 기회를 놓친다면 천추의 한으로 남을 것이기에 하는 이야기다. 그간 우리에게 현안(懸案)으로 떠올랐던 북 핵의 비핵화가 올림픽이란 이벤트로 완전히 뒷마당으로 밀려 물 건너가는 것은 아닌지 우려가 되고 있는 것 또한 사실이다. 또 이를 이용하여 비핵화를 무력화시키려는 세력들이 이를 이용하려는 조짐들이 여기저기에 수면에 떠오르고 있다는데 우려하지 않을 수 없다. 어떤 경우가 되었던 비핵화는 반드시 이루어져야 하는 것이 이 시대의 사명이다. 이것만이 모두가 사는 길임을 명심하고 실천하기를 바란다.

다가오는 그림자 2018년 2월 11일

게임의 마당은 평창에 동계올림픽이라는 이름으로 활짝 펼쳐졌다. 누가 무어라 해도 주객은 남과 북이다. 여타는 모두가 들러리다. 그런데 게임이란 항상 정당한 게임이어야 하는데 그렇지 못하니 공정성과 형평성은 물 건너갔다. 그간 아무리 외쳐 보았지만 쇠귀에 경(經) 읽기였다. 대등한 입장에서 게임을 한다면 관전에 흥미진진할 것인데 일방적인 게임이 아닌가 한다. 누구 말처럼 짜고 치는 고스톱이라는 냄새가 물신 풍기니 이 어찌하여야 할 것인지 광박을 쓰고 말 것인지 아니면 피박을 확 씌울 화력이 있는 것도 아니니 미치고 환장할 일이 아닌가. 아(我)는 취임과 동시에 한반도 평화를 노래처럼 국내에서나 국외에서 평화의 사도로서 역할을 충실히 하여왔다. 때로는 우군에 불편함을 감수하면서도 평화를 띄우기에 올인하였다. 결국 평창 올림픽에 맞추어 착착 진행되어 왔다고 단언하게 이르렀다.

그것의 구체적 실행 방안으로 북을 참여시키고자 러브콜을 하여왔다. 국내의 여러 문제는 저들이 좋아하는 적폐 청산을 전 방위로 진행하면서 우리도 너희들과 같은 동병상련(同病相憐)의 입장이라는 것을 알리기에 온 힘을 다하였다. 우군에게는 한 손에는 칼을 또 한 손에는 평화를 쥐고 무당 춤추듯 웃지 못할 주술사가 되기도 하였다. 과연 우군에서는 주술사가 펼치는 술수에 넘어갔을까? 아니면 알면서도 모른척하고 있는 것일까? 넘어갔다고 생각한다면 주술사가 아닐 것이다. 그렇다면 알고 있다고 판단하면서도 강행하였을까 하는 미스터리가 발생한다. 그것이 이번 평창 동계올림픽에 저들을 참여시키는 핵심이 숨어있다.

무슨 삼지연 교향악단이 오고 만경봉호가 묵호항에 입항하고 태권도 시연단과 미모의 응원단이 입국하였다. 10여 명의 선수단들이 육로를 통하여 월경하는 등의 일련의 사건들과 우리가 마식령 스키장에서 연습이란 이름으로 쇼를 펼치는 일들은 모두가 들러리다. 그것이 마치 전부인 것처럼 모든 언론은 호들갑을 떨어가면서 선전선동의 앞잡이가 되어 국민들을 호도하고 있다. 전야제에 강릉에서는 삼지연 교향악단이 연주를 하고 북에서는 건군 기념일을 변경하면서까지 열병식을 하여 북의 선전장으로 만들기도 한데는 우리의 언론의 역할이 지대함을 잊어서는 안 될 것이다. 모름지기 김 수령은 그들에게 축하 메시지 정도는 있을 것으로 생각하는 대목이다.

기다렸던 베일은 백두혈통이라 하늘같이 모시는 김여정이 입국함으로써 절정에 이르렀다. 백두혈통이라는 그 위력을 실감하였을 것이다. 서열 2위인 김영남 인민위원회 위원장도 그를 깍듯이 예를 갖추는 모습을 보았다. 또 기록을 경신한 일은 백두혈통이라는 자가 분단 이후 처음으로 남한에 왔다는 사실을 무엇으로 해석하여야 할 것인지에 설왕설래가 있을 것이다. 백두혈통이 올림픽 구경하러 비행기 타고 왔을까? 무엇 때문에 왔는지는 곧 밝혀지리라 생각된다. 아(我)와 만남의 타임이 다가오고 있다. 카드에 숨어있는 한 수는 아(我)도 알고 있고 우(右)도 알고 있으며 저들도 알고 있는 내용인데 멍청이 주권자인 일반 국민들만 모르고 있다는데 통탄할 일이다. 두 사람이 만날 때 빈손으로 왔을까 의심을 한다면 바보 중에 바보일 것이다. 몇 가지 픽션을 그려보면 지금까지 예상되었던 남북 4월 위기설이 있으니 4월 중에 이산가족 상봉을 하는 대신 금강산 관광을 하자. 또는 8월 광복절을 기하여 정상회담을 하는 조건으로 개성공단도 함께 재가동하자는 등, 그것도 아니면 외세를 철수시키면 비핵화에 동의하겠다는 것도 예상해 볼 수 있다. 이것은 결국 저들의 페이스에 동의하는 것으로 귀결될 것이 아닌지? 이런 시나리오로 간다면 북 핵은 고착화로 간다는 것이 아니고 무엇인가. 우(右)는 여기에서 하여야 할 카드가 별로 없어 보인다. 이것이 문제다. 이것이 우리의 운명을 저들에게 맡기는 결과가 될 것이다. 사즉생(死卽生)의 결기(決起)로 대응하여도 부족한 실정이 되었다.

설날도 지났다 2018년 2월 17일

설날이 지나고 다음 날이다. 찬란한 태양은 잊지도 않고 솟아올랐다. 마치 기다리고 있듯이 찾아주니 고맙고 감사할 뿐이다. 매일매일 보는 밝은 빛이지만 더욱 빛나 보인다. 먹고살고자 손바닥만 한 땅덩어리에 여기저기 흩어져 살던 형제자매들도 만나고 금쪽같은 자식과 손 자녀들도 찾아왔다. 만남의 기쁨도 잠시 썰물 빠지듯 돌아갔다. 텅 빈 방 여기저기에 그들의 체취가 물신 풍기는구나. 어딘지는 모르지만 꼭 찍어서 말하기는 어렵지만 가슴 한구석이 텅 비어버린 듯 허전하구나. 전능하신 하나님의 사랑이 그들의 삶에 함께 하기를 축원해 보았다.

지금껏 살아오면서 나와 더불어 함께한 친구 분들과 지인들 기억나는 데로 그려보니 지나온 수많은 세월이 너무나 소중하다. 그분들이 있었기에 내가 오늘이 있지 않았나. 돌아보니 이 또한 감사의 조건들이다. 날마다 감사하라는 하나님의 가르침은 새삼 소중함을 일깨운다. 앞으로도 죽을 때까지 남은 여로에 동반자가 되어 주실 분이기에 없어서는 아니 될 보배들이다. 이분들을 위하여 기도의 제목으로 올려 날마다 기도하련다. 친구 분들 금년에도 만사여의(萬事如意)하시기를 간절히 기도한다.

봄의 전령은 빨리 다가올 것이다. 전통사회(농업사회)에서는 설날부터 정월 대보름까지를 즐거운 명절로 지내왔다. 보름이 지나면 본격적인 영농 철에 접어들기 때문이기도 하지만 사전 준비하는 기간이었다고 보인다. 별 보고 농장에 나가 별 보고 귀가하는 생활이 시작되기 전에 각종 세시풍속(歲時風俗)을 즐겼다고 기억된다. 무술년의 새로운 봄이 시작되었다. 모두가 깊은 잠에서 깨어나 새로이 열리는 세상에 적극적으로 대응하고자 하는 계절이다. 지금 우리는 어디쯤 와있는 것일까. 한 번쯤 뒤돌아보아가면서 적극적인 자기의 삶을 열어가야 한다고 믿는다. 평창에 동계올림픽이 한창 열리고 있다.

나팔수들이 물 만난 고기들처럼 설레발을 떨고 있는 모습에 치매증상이 너무나 심하다 하지 않을 수 없다. 그렇게도 우려하던 북한 핵은 어디로 가버렸는지 기억상실증에 걸리지 않는다면 이럴 수는 없는 것이다. 올림픽이 5천만 명 대한민국 국민의 생명과 재산을 보호해 주는 것은 아니지 않는가. 무엇이 선(先)인지 후(後)인지를 망각한 광기 어린 여러 집단들을 보노라면 국민 모두를 화병에 걸리도록 축원하는 것 같다. 아마도 올림픽이 끝나면 바로 이어서 남북 간의 후속 회담이 이어질 것으로 믿는다. 북 핵이 주제로 떠오르지 않도록 화해와 평화공존의 분위를 띄울 것이다. 우리의 우방인 미국이나 유엔에서 비핵화를 위한 후속 조치가 이루어지지 않도록 치밀한 계획에 따라 진행될 것이 불문가지(不問可知)다. 예를 들면 4월의 따뜻한 봄날 이산가족 상봉을 위하여 예비회담을 개최하자, 또는 첨예하게 대립하고 있는 군사 회담을 개최하자는 등의 수많은 난제들이 우리를 기다리고 있다. 하나씩 회담장으로 끌어들일 것이다. 이것은 무엇을 뜻하는가. 비핵화를 무력화시키기 위한 저들의 고도의 전략이고 전술이다. 교묘하게 미국과 유엔이 손을 쓸 수 없게 하 기 위한 고도의 술수다. 이 모든 것이 북에게 시간을 벌어주어 핵을 완성하게 하는 결과를 초래할 것이다. 분단 이후 저들의 적화통일은 하나도 변한 것이 없는데 우리만 짝사랑하고 있다. 북은 왜 핵을 개발하였을까?

인민들을 소모품으로 여기면서까지 국가의 에너지를 모두 동원하는 것도 모자라서 지금까지 좌파 정부에서 가져다 바친 달러까지 사용하여 핵을 개발하고 있는데 누구를 위협하려고 하였을까? 입만 열면 미국을 위한 것이라 말하지만 말도 안 되는 소리다. 남한을 흡수적화하려고 개발되었다는 것을 국민 모두는 알아야 한다. 화해 평화공존이란 말에 마취되어 너도나도 좋다고 한다면 돌이킬 수 없는 적화의 운명이 기다리고 있다는 것을 알아야 한다. 설날을 기하여 조상님에게 제사를 드리고 가족들과 이야기 나누었으니 뜻을 모아야 한다. 잠에서 깨어나는 개구리처럼 우리도 깨어나야 할 절체절명의 시간은 다가오고 있다. 우리의 운명은 우리가 결정해야 한다. 그것도 자유 민주국가 대한민국을 위하여 너도나도 깨어나야 한다.

갈림길 2018년 2월 21일

길이란 우리에게 무엇일까? 오늘도 누구나 길 위에서 주어진 숙명적인 삶을 살아간다. 길이 너무나 많아 선택의 어려움도 있음을 많이들 경험하고 있는 것이 현실이다. 하늘에는 하늘길이 거미줄처럼 얽혀있고 지상에는 길 없는 곳이 없을 정도로 연결되어있다. 두 갈래 세 갈래 네 갈래 길 등등이 기다리고 있고 지하에도 수많은 길들이 존재한다. 그뿐만 아니고 수중에도 수도(水道)가 오대양(五大洋) 어디에도 연결되어있다. 이러한 자연적인 길 외에도 심도(心道)라는 것도 있다. 보이지는 않지만 각자 자신만이 가는 길이 마음의 길이라는 것도 있다고 한다. 이러고 보니 산다는 것 자체가 길 위에서 살아가는 인생들이 아닌가 한다. 국민 5천만 명이 각자의 길을 가고 있다. 동행하는 자들도 있고 가다 보면 반대편으로 가는 사람들도 있다. 외길을 가다가 반대편에서 오는 사람들과 부딪치기도 한다.

좁은 협곡 같은 길을 힘들여 가는 사람도 보이며 광장 같은 넓은 길을 활개치며 으스대며 가는 사람도 있다. 흑암에서 살아가는 무뢰배들의 길도 있다. 각양각색의 사람들은 자신이 선택한 길을 숙명처럼 사는 사람도 있고, 불평불만으로 세상을 뒤집어 새로운 길을 갈망하는 사람도 있다. 또는 선택한 길을 잘 활용하면서 인생을 즐겁게 살아가는 길도 보인다. 나는 지금 어느 길에서 방황하는가. 내가 선택한 길이 올바른 길인지 아니면 잘못된 길을 가고 있는 것은 아닌지 돌아본지도 7십 중반이 되었다. 무엇이 나를 지금 이 시간에 이 글을 쓰지 않을 수 없게 압박하는지 알지 못하는 자력(磁力)에 의하여 타이핑한다. 이것은 내 마음이 아니고 내 영혼의 명령에 따라서 홀로 외쳐 보는 것이다.

누가 듣든지 말든지 그것은 별개로 하고 무조건 외쳐 보는 것이다. 보이는 길이 하늘로 가는 길과 지옥으로 가는 길이 확연히 보이는 선택의 갈림길에 5천만 명의 운명을 선택하여야 하는 길에 섰기 때문이다. 그간 자가도취에 빠져 헤매는 동안에 독초들은 들불처럼 자라 어렵게 이룩한 노력의 결실들을 하루아침에 무너뜨리려 하고 있다. 불온한 세력들이 자유대한민국과 국민들을 지옥(地獄)으로 몰아가기 위하여 적폐(積幣)라는 이름으로 법의 무당(巫堂)들을 이용하여 단죄(斷罪) 하고 있다.

선택의 시간은 자꾸 다가오고 있다. 논쟁의 시간도 무의미해지는 시기다. 모두가 알고 있다. 무엇이 옳고 그름인지를 무엇이 정의이고 불의인지를 알만한 원인들이 노출된 만큼 다 알고 있는 것이다. 분명한 것은 저들은 자유대한민국과 시장경제체제를 원하지 않는다는 것이다. 저들이 그간에 주장하여온 사회적 정치적 편력을 보노라면 극명하게 드러났다. 무슨 감언이설로 변명하여도 잠에서 깨어난 대다수 국민들에게는 쇠귀에 경 읽기가 되었기 때문이다. 평창 동계올림픽에서 보여준 음모도 하나하나 드러나고 있다. 올림픽이 끝나고 또 다른 위기가 온다고 수많은 사람들이 우려하는 시점이지만 저들은 또 다른 음모를 진행할 것이 의심의 여지가 없다.

우매한 백성들은 늦게나마 깨어났지만 이제 행동으로 옮겨야 할 순간이 다가오고 있다. 며칠 후면 3·1절이 다가오고 있다. 선조들께서는 나라를 구하고자 태극기 하나로 독립을 외쳤던 그날이다. 혼연히 일어나자고 국가 원로들과 기독교 총연합회와 우국 단체들과 국민들의 거국적인 나라 구하기 행사가 광화문 일원에서 개최된다고 한다. 이제는 기다릴 시간적 여유도 주저할 이유도 없어졌다. 모두 일어나야 한다. 참여하여야 한다. 가자 광화문으로 나라의 주인인 국민의 힘으로 제2의 건국하는 길에 동참하자.

아름다움을 기대한다 2018년 2월 22일

평창에서 동계올림픽 개막이 열린지 벌써 14일째다. 3일이면 폐회식으로 열전 17일을 마무리하게 된다. 각 경기장에서는 추운 영하권의 날씨에도 젊음의 열기를 용광로처럼 달구었다. 지난 4년 동안 피땀으로 고된 훈련의 결과를 이날을 위하여 아낌없이 최선을 다하였다. 우열을 가리는 것은 형식적 요건이지만 세계 젊은이들이 한자리에 모여 아름다운 기량을 뽐내는 노력이 더욱 빛날 것이다. 이러한 스포츠를 통하여 인간의 성숙과 아름다운 경기를 통하여 세계 평화를 기하고자 노력하여 왔다.

올림픽 표어에서도 잘 나타난 바와 같이 [보다 빠르게, 보다 높게, 보다 강하게(Citius, Altius, Fortius)] 와 같이 스포츠의 정신을 잘 나타내고 있다. 젊음, 용기, 평화, 이상을 함축한 표어는 "아르퀼 대학" 학장이었던 "헨리 디데옹" 목사가 학교 운동선수들의 공로를 높이 사고자 하신 말을 근대 올림픽 창시자인 쿠베르탱이 인용하였다고 한다. 또한 "올림픽 제전의 의의는 승리하는데 있는 것이 아니라 참가하는데 있으며, 인간에게 중요한 것은 성공보다는 노력하는 것이다"라는 쿠베르탱의 말은 올림픽 강령 속에서 그의 이상을 단적으로 잘 보여준다.

전 세계인들의 축제장인 올림픽은 해를 거듭하면서 우여곡절을 겪으면서 오늘에 이르렀다. 익히 아는 바와 같이 1, 2차 세계대전 등을 통하여 3번이 중단되기도 하였으며 테러로 위기를 맞기도 하였다. 최근에 들어와서는 국가 간의 국력을 과시하는 전시장으로 변모하여 본래의 이상을 흐리게 하고 있다. 이뿐만 아니고 국제정치 분야에서는 자국의 이익을 위해 올림픽의 정신과 이념을 흐리게 하고 있는 실정이다. 올림픽 개최지 결정을 놓고 검은 뒷거래가 있었다는 보도를 보았으며, 선수 선발을 놓고 알력이 있는 등의 잡음들이 끊임없이 일어나고 있다.

우리의 경우도 예외는 아니다. 그간 힘든 유치 경쟁에서 3수를 하면서까지 유치한 올림픽 제전을 국제 평화에 이바지하자는 취지에서 남북 간의 협의를 거쳐 북한을 참여케 하였다. 하지만 목적과 과정이 투명하지 못하여 우려하였던 일들이 드러나고 있는 현실에 국민들은 우려하는 바다. 참가 조건으로 뒷거래는 하지 않았는지? 선수들의 선발과정에서 피나는 노력들이 물거품이 되지는 않았는지? 선수 규모에 비하여 들러리가 500여 명이라니 그들이 보여준 체제 선전 쇼를 바라보는 국민들의 마음을 조금이라도 헤아려 보았는지? 소통이 대명사처럼 된 현 정부는 소통에 얼마의 노력을 하여 결정하였는지 어느 누구도 설명하는 소리를 듣지 못하였다.

경기의 결과도 중요하지만 평화를 앞세워 북한을 참여케 하였는데 그 평화의 대상이 단순히 올림픽 경기를 무사히 치르는데 국한되었는지 거기에 초점을 두었다면 그들을 참여시키지 않고는 평화적 올림픽이 될 수 있는 다른 방법은 없는지 묻지 않을 수 없다. 나아가 비핵화에 이바지하겠다는 의도였다면 이는 3류 정치에 지나지 않는다. 분단 이후 70년이 되었지만 적화통일은 변하지 않았는데 혼자 애걸복걸한다고 될 일인가. 그것도 아니면 너희들이 변함없이 주장한 고려연방제에 동의하니 우리 정부에 힘을 실어달라는 참여인지 베일에 가려있지만 밝혀지리라 믿는다.

우리의 정치게임에서 파생되는 이야기들이 시중에 회자되기도 하고 인터넷상에서도 게시되는데 각종 루머식 정보들이 시간이 지나면 사실로 드러나는 현실이다. 그러하니 믿는 확률이 더욱 높아진다는 것이다. 누가 만든 것인지 흘린 것인지 아니 땐 굴뚝에 연기가 왜 나느냐는 우리 속담이 애벌 된 증거가 아닐까. 올림픽이 끝나면 우려되는 목소리들이 있는 것은 단순하게 기우에 그칠 것인지, 또 다른 소통 없는 우려사항들이 국민들의 삶에 암울한 그림자가 되지 않기를 간절히 바라는 바다. 정부가 하는 일들을 이제는 민초들도 모두가 관심을 가지고 바라보고 있다는 것을 명심하였으면 좋겠다. 정치는 먼 곳에 있는 것이 아니고, 가까운 가족과 형제자매들 그리고 일가친척과 지인들 그리고 이웃들을 위한 정치가 진정한 왕도정치라는 것을 충언한다. 듣든지 말든지 오늘도 백수가 주장하였다.

나는 팔불출(八不出)이다 2018년 2월 24일

세상이란 광장에 수많은 사람들과 인과 관계를 맺어오는 중에 팔불출이란 말들을 하면서 살아왔다. 정확한 뜻도 모르면서 저 친구 팔불출이야 어딘지 모자라는 바보 같고 천치 같은 사람들을 이르는 말이라 하면서 비아냥하기도 하였다. 팔불출의 원래 의미는 만삭 출산을 하지 못하고 여덟 달 또는 일곱 달 만에 태어나는 팔삭둥이에서 비롯되었다고 한다. 사람들의 희망은 완전히 무결하기를 바라지만 대부분의 사람들은 팔불출의 범주에서 벗어나지 못한다. 온전하고 완전하게 갖추어진다는 것은 없다는 것이다. 그래서 팔불용(八不用) 또는 팔불취(八不取)라고도 한다. 어리석은 사람을 이르는 말로써 조금 모자라는 말, 덜떨어진 사람, 약간 덜된 사람을 의미하기도 한다.

팔불출의 어휘(語彙)는 태어나 성장하는 과정에서 경계하여야 할 계훈(誡訓)으로 알려지고 있는데, 첫째로 저 잘났다고 뽐내면서 거드름을 피우고 남을 업신여기는 놈. 둘째 평생 동행하는 마누라 자랑하면서 희희낙락하는 놈. 셋째 애지중지 키워온 자식 자랑하는 놈. 넷째는 조상 자랑과 아비 자랑하는 놈. 다섯째 자신보다 잘나 보이는 형제 자랑이라고 한다. 여섯째 출신학교와 누구누구의 후배라고 자랑하는 놈. 일곱째는 태어난 고향 자랑하면서 우쭐하는 놈. 새털 같은 수많은 날을 살아오는 중에 팔불출은 의식하지 못하는 사이에 일상화가 되기도 한다. 듣는 입장에서는 조금은 역겨운 일면도 있지만 나 또한 일상에 범하는 팔불출이다. 해서는 안 된다는 것은 누구나 알고 있지마는 지켜지지 않은 것 또한 인간지사다. 항상 앞만 바라보고 위만 쳐다보는 인간의 속성들이기에 누구를 비난하거나 욕하고자 하는 것은 더욱 아니다. 이것이 우리의 민낯(화장을 하지 않은 본래의 얼굴)이기 때문이다. 일전에 친구 분 중에 한 사람이 호랑이 담배 피우던 시절 이야기 아닌가 하면서 세상이 천지개벽하다시피 하였는데 자네도 사고(思考)의 전환이 절실히 필요하구나, 자기 피알(자랑) 시대에 살아온 지도 수십 년이 되었는데 라는 이야기를 들은 바가 있다. 그때는 단순한 이야기로 넘겨버렸는데 지금 와서 돌아보니 그 친구의 말이 맞는 것 같다.

세상이 변하면 사람의 생각과 환경도 변한다. 인간의 지켜야 할 절대적인 도(道)는 있지마는 그 외의 것은 모두가 변할 수 있다는 것이다. 농경사회의 생활 문화는 산업사회와 고도산업사회를 거치고 정보사회에서 융합사회로 이르는 과정에 변화하는 문화에 적응하여야 하는 것은 당연한 사고다. 자랑하고 뽐내야 할 대상이 있다는 것만으로 행복한 인생이 아닌가 한다. 자랑하여야 할 자식이 있다는 것, 조상이 있다는 현실, 마누라와 해로하고 있다는 사실들, 잘난 형제자매들이 있고, 자랑할 만한 친구와 선후배가 있으며, 아직도 고향이 있다는 것이 얼마나 자랑스러운 일이 아닌가.

팔불출의 진정한 의미는 아마도 잘은 모르지만 겸손(謙遜)으로 설명이 가능할 것이다.

우리 사회의 미덕(美德) 중에 빼놓을 수 없는 것이 겸손이다. 겸손은 상대방을 배려한 최고의 덕목(德目)이기 때문이다. 자신을 낮추고 상대방을 높이려는 뜻이기에 팔불출을 경계(警戒) 해야 한다는 가르침일 것이다. 내일이면 평창 동계올림픽도 끝나는 날이다. 세계 젊은이들의 잔치에 축하하고 성공적으로 끝나기를 비는 간절한 마음이다. 그간에 팔불출은 하지 않았는지, 겸손의 미덕을 실천하였는지, 무엇이 옳고 바른 것인지 돌아볼 겨를 없이 온통 올림픽이 전부인 분위기를 의도적으로 조성하지는 않았는지 반성하여야 할 것이다.

당면한 우리의 문제를 덮어두고 애써 외면한 것은 없는지 어제는 트럼프 대통령의 딸인 이방카 여사가 입국하여 대통령과 만찬 하는 모습을 보았다. 오고 간 대화는 우리나라는 대화를 강조하고 미국은 압박을 강조하였다. 이날에 맞추어 미국은 지금까지 유례없는 해상 봉쇄를 단행한다고 발표하였다. 우리의 운명을 좌우할 비핵화에 소홀한 점은 없었는지 반하는 일은 없었는지 솔로몬의 지혜를 짜내어야 할 터인데 적을 이롭게 하며 엇박자로 가는 현 정부의 대북 정책들을 바라보는 국민들의 마음만 우울할 뿐이다. 팔불출도 좋고 칠불출도 좋다. 다만 자유대한민국을 훼손하는 일만큼은 절대로 허용될 수도 없고 용인되어서도 안 될 것이다.

뛰는 놈 밑에 기는 놈도 있다 2018년 2월 26일

우리말에 뛰는 놈 위에 나는 놈도 있다는 속담이 있다. 흔히들 일상에 사용하는 글이다. 우리의 의식(意識) 속에는 겸손(謙遜)이 미덕임을 교육받고 행하여왔다. 겸손의 비유적인 말이 나보다도 나은 사람들이 많이 있으니 언행에 경계(警戒)하여 라는 표현으로 보인다. 일사 백사가 행(行) 함에 앞서 역지사지(易地思之)의 입장에서 돌아보고 행하라는 선인들의 교육관이었다. 적어도 내가 성장하였던 청소년 시절에는 모든 것이 부족하고 어려운 시절이었다. 단순한 전통사회(농업사회) 환경에 사람은 사람답게 살라는 교육을 받아 왔다. 뒤돌아보면 잠꼬대 같은 소리를 하고 있다고 비난하는 사람도 있을 것이다. 그러나 이익(利益)을 쫓으며 현실에 익숙한 사람들은 가물가물 기억에 잊어져 가는 지도, 잊어버렸는지도 모를 가치(價値)가 되었다. 복잡함이 고도화된 사회 환경으로 치부하기에는 너무나 아깝다는 이야기다. 세상이 아무리 이익에 좇아간다 하여도 사람은 역시 사람이다.

사람이 사람답다는 말은 반대로 사람답지 않은 사람이 너무나 많다는 것이기에 사람답기 위해서는 금수(禽獸)와 달라야 하는데 어떻게 다를 것인가? 여기에 공자(孔子)는 인(仁)의 교육을, 여러 나라를 전전하면서 인본교육을 실시하였다. 메말라버린 인성(人性:인간의 성품)을 회복하는 교육이 배우는 학도들에게 필요하지 않을까 생각해보았다. 어제는 지난 17일간 강원도 산촌 평창에서 동계올림픽이 끝나는 날이었다. 세계 젊은이들이 한자리에 모여 지나온 4년 동안 힘들고 어려운 훈련으로 다져온 기량들을 유감없이 발휘하였다. 아름다운 실수로 안타까운 경기 장면도 있었으며 낮고 낮은 위치에서 사람들의 시선에서 사라진 보배 같은 꼴찌도 있었다. 노력과 천부가 주신 역량으로 시상식 단상에서 뽐내는 선수들의 환한 웃음과 감격의 눈물도 보았다. 기대만큼 아니었지만 중위권 그룹에서의 다짐의소리가 차기에는 더 나은 경기를 하여야겠다는 아름다운 외침도 있었다. 개막식과 폐막식에서 보여준 여러 문화행사들은 국민들을 놀라워하기에 충분하였다. 말로만 듣던 우리의 IT 강국이라 하였는데 정말로 환상적인 연출이었다. 특히 잊을 수 없는 일은 드러나지 않게 음지에서 봉사하시는 봉사의 손길과 연출자들은 올림픽의 조역(助役)이 아니라 바로 주역(主役)이었다는 사실로 평가받아야 할 것이다. 17일 동안 밝혔던 성화도 꺼졌다.

모두 끝나고 자기의 위치로 돌아갔다. 차분하게 뒷마무리를 하여 오래도록 기억되게 하여야 할 것이다. 올림픽에 보여주듯 세상사는 항상 뛰고 나는 놈만이 있는 것이 아니다. 뛰고 날 때에 묵묵히 땅에서 기어가는 놈도 있다는 사실들을 기억하여야 할 것이다. 사람들에게는 땅 위에 기는 놈은 항상 관심 밖의 일이다. 인간의 속성이 위로만 보아라는 것은 아니기에 아래도 바라보면서 살았으면 좋겠다. 토끼와 거북의 경주를 상기해 보아야 할 것이다. 토끼에게는 오만과 자만이 함축되어있고 거북에게는 겸손과 끈기가 승리의 주역이라는 가르침을 주는 동화다. 가는 길이 순탄한 길인지 위험은 없는 것인지 두루 살피면서 한발 한발 꾸준히 자기의 길을 가다 보니 정상에 올랐다. 승리의 월계관(月桂冠)이 반드시 뛰고 나는 놈에게만 있는 아니라는 교훈이다. 이제 미루었던 우리의 문제를 돌아보고 어떻게 대처하여야 할 것인지에 지혜를 모아야 할 것이다. 유물사관(唯物史觀)의 낡은 사상에 오염된 자들이 자유대한민국을 공산화로 운전하는데 온 국민들이 우려한다는 것을 저들도 알고 있을 것이다. 그런데도 멈추지 못하고 쾌속하고 있다. 정상궤도를 일탈(逸脫) 하여 달리는 열차를 멈추고자 3월 1일 통합 태극기 집회가 광화문, 대한문(시청) 앞 남대문 일원에서 개최한다고 한다. 잠자는 자들아 일어나라, 애써 외면하는 자들도 깨어나라, 입 다물고 있는 지식인들도 동참하여라. 갈피를 잡지 못하는 친구들아 무엇이 옳은지 그른지를 올바로 판단하여라. 가자 태극기 들고 뛰어가던지 날아가던지 기어가던지 각자 능력대로 가자.

쇠귀에 경(經) 읽기 2018년 2월 27일

앞뒤가 꽉 막힌 사람을 일러 쇠기에 경(經) 읽기란 말을 하곤 한다. 경(經)이란 의미는 일반적으로 경서(經書)를 말하는데 옛 성현들의 사상과 교리 등을 써 놓은 책을 말하고 있다. 기독교의 교리를 담은 책은 성경(聖經)이라 하고, 또 불교의 교리를 집대성한 전적(典籍)을 통틀어 불경(佛經)이라고 한다. 유교에 관련된 경전(經典)을 통틀어 경서(經書)라 말하고 있다. 이뿐만 아니고 무당이나 박수가 액을 쫓거나 병을 낫게 할 목적으로 무경(巫經)이 있다. 우리가 살아가는 세상에는 더불어 공존의 가치를 실현하기 위하여 지켜야 할 기본적인 행위가 있다.

질서가 있는 것이다. 이러한 질서와 행위에 반하게 되면 미친놈이라 평하고 일정한 제약들이 따르게 되어있다. 이런 자들을 일명 쇠귀에 경 읽기라 말하기도 한다. 아무리 좋은 말씀을 하여도 듣지 않고 딴죽을 거는 경우를 이르기도 한다. 소(牛)는 경(經)이 무엇인지 모른다. 아무리 좋은 말을 하여도 모르는 것처럼 인간은 몰라서 못하는 사람도 있지만 알면서도 못하는 척하는 무리들도 있다. 전자는 모르니 그럴 수 있겠다고 이해가 가지만 알면서도 모르는 척하는 놈은 공공의 풍속과 질서를 해치려는 의도로 보아 사회적으로 합의된 일정한 제약이 따라야 하는 것이 자유 민주질서에 합당한 처사라 하겠다. 이는 인세(人世)에만 해당하는 것은 아니다. 나라에도 마찬가지다. 작금의 시국(時局)은 참담하다 못해 통곡하고 싶은 심정이다. 몰라서 못하는 경우라면 심화(心火)에 정도의 차이는 있겠지만 알면서 의도된 계획에 나라를 시궁창에 던져 넣는 모습은 미쳐서 회생 불능 상태에 이르렀다고 보인다. 이러하니 국민들의 심화는 자제하고 믿어왔던 신념에 금이 가기 시작하였다. 파도치던 망망대해에 묵묵히 순항하던 대한민국호의 선장을 촛불이라는 광란의 파도로 돛대는 꺾어지고 선장은 강제로 끌어내려 영어(囹圄)의 몸이 되었다.

법이라는 칼자루를 잡은 무당들은 새로운 무경(巫經)을 적용하여 죽이려는 찰나(刹那), 그 끝이 어디인지 미루어 짐작이 가고도 남는다. 또 동계올림픽을 통하여 북을 참여시키기 위하여 애걸복걸하였다는 증조들이 곳곳에서 나타나고 있다. 사전에 밀사를 2회에 걸쳐 파견하고 그들이 요구 조건을 모두 수용하여 이루어졌다고 외신들은 전하고 있다. 위중한 남북의 상황을 개선하기 위하여 리고 하는 데는 대부분이 우려를 하면서도 암묵하였다. 저들이 휘젔고 체제 우월성 선전에 광분한 것들은 성공하지 못한 것으로 보인다. 삼지연 교향악단이 어떻고, 태권도 시연이며, 응원단 등등이 보여준 그림들은 삼류 연극단의 모습만 보여주었다. 다만 평가하고 싶은 것은 올림픽을 통하여 남북 분단의 벽을 넘어 북을 참여시킴으로써 세계 평화에 이바지하였다고 외신들은 전하고 있다. 과연 그렇다고 평가할 수 있다고 생각하기는 아직도 때 이른 감이 있다. 비핵화를 천명하고 협상장에 나올 때 비로소 합당한 평가가 이루어져야 할 것이기 때문이다. 그렇다면 평화에 이바지하였다, 라는 평가는 접어두어야 한다. 저들은 지금까지도 변하지 않았는데 변하리라고 믿는다면 쇠귀에 경 읽기가 될 것이다. 다수의 국민들은 그렇게 국정을 운영해서는 안 된다고 건의도 하고 비판도 하면서 시위도 끊임없이 하였지만 알면서도 모르쇠로 쇠귀에 경 읽기를 반복하고 있다.

올림픽을 통하여 나타난 몇 가지의 우려스러운 점들이 있다 먼저 미국 핵 항모가 부산항에 입항을 하고자 하였으나 거절하여 일본으로 돌아가게 하고 이웃 나라 일본도 입항 금지시킨 북한의 만경봉호를 묵호항에 입항케 하였다. 이를 합당한 일로 보는 국민들이 몇 명이나 있을까? 두 번째는 김여정이라는 백두혈통이 처음 한국에 왔다고 언론은 나팔수가 되었다. 한마디로 웃기는 코미디를 보면서 저것도 나라인가를 호기심으로 바라보았다. 그런데 국민들의 시선은 안중에도 없이 명색이 나라의 통일부 장관이라는 자가 김여정이 의자에 앉아 결재를 하는 옆에서 부동자세로 서있는 모습을 보고, 저게 우리의 통일부 장관 맞아라는 탄식과 모욕감을 갖게 한 자를 어떻게 장관이라 할 수 있겠는가. 하루속히 자리에서 스스로 내려와야 할 것이다. 세 번째 천안함 폭침의 원흉인 김영철을 받아들였다는 사실이다. 그것도 예정된 도로가 아닌 군사보호구역으로 몰래 개구멍으로 남방하였다고 한다. 이거 정말로 대한민국 맞아라는 소리가 천지를 진동하는 것도, 도로 남 타불로 외치고 있다. 전 정부에서는 김영철을 만나도 되고 현 정부에서는 만나면 안 되느냐는 선동은 기막혀 입이 열리지 않는다. 분명히 알아야 할 것은 전 정부에서는 판문점에서 천안함 폭침과 관련된 회담을 하기 위하여 만난 것인데 어떻게 비교할 수 있는 일인가.

마치 같은 것 아닌가 호도하는 모습은 측은하고 불쌍하기까지 하다. 그를 올림픽 폐회식에 참석 시키겠다는 일방적인 통보에 고맙다는 식으로 받아들인 처사는 도저히 묵과할 수 없는 일이었다. 넷째 흉악한 살인범 김영철을 만난 자리에서 대한민국의 국민을 대표한 대통령이 마치 종놈이 높고 높으신 상전에게 머리 숙여 인사하는 것처럼 인터넷에 떠돌아다닌 사진 한 장은 충격에 충격이었다. 적어도 그에게는 국민은 안중에도 없었다. 주권자인 국민 없는 홀로 대통령이다. 무엇인지 냄새가 진동한다. 말 못할 무슨 사연이 있는지 저들에게 발목 잡힐 크나큰 비밀이 있는 것은 아닌지 우려스러운 마음 금할 길이 없다. 지금도 알토란같은 자식들이 나라 위하여 순직한 천안함 46용사들의 부모님들은 밤잠을 이루지 못하고 있다는 사실을 쇠귀에 경 읽기가 아닌 우리의 모두의 것으로 받아들여야 할 것이다.

정의는 거대한 파도 되어(1) 2018년 3월 2일

오늘은 3·1 절이다. 버스는 숭례문 부근 신한은행 앞에서 주차하고 하차하였다. 오후 1시 5분이다. 오늘 태극기 통합 집회를 광화문 광장과 대한문 앞, 청계천, 서울역 일원에서 개최한다고 하였다. 박승열 회장으로부터 서울역 2번 출구 부근에 있다는 카톡을 받고 당초 시청 도서관 앞으로 가려다가 서울역으로 방향을 선회하였다. 이곳은 친 박을 주축으로 한국 애국당의 집회 장소다. 피눈물 흘리면서 전국 방방곡곡 밤낮을 가리지 않고 박근혜 대통령의 정치적 탄압의 부당함을 알리는 애국시민들이 모이는 행사장이다. 오가는 사람들이 태극기를 손에 들고 각자의 집회 장소로 이동하는 모습에 분위기는 서서히 달아오르고 있다. 돌고 돌아 지하통로와 지하도를 거쳐서 2번 출구로 나오니 거대한 인파는 발을 움직이기도 어려웠다. 좌우 찾아보았지만 쉽사리 찾을 수 없었다. 연사들의 절규는 확성기를 통하여 천지를 진동하며 메아리의 물결이 멀리멀리 펴져 나갔다. 정원으로 변화된 고가도로에도 수많은 사람들이 태극기 물결이다. 앞뒤 고개 돌려보니 어디선지 본 듯한 깃발이 눈에 잡혔다. 혹시나 하고 살펴보니 안동중학교 14회 깃발을 보았다. 반가워 확인하고 다가가니 아니나 다를까, 김동봉 회장을 비롯하여 윤정모 교수, 박승열 회장, 박창일 사장, 김방한 국장, 김견우 사장도 이휘성 사장도 만났다.

반갑게 악수하고 감격하였다. 마치 오랫동안 잃어버린 소중한 보석을 찾은 심정이었다. 물론 매일 IT 기기(스마트폰)덕분에 소식을 주고받지만 직접 만남과의 온도 차이는 비교가 되질 않았다. 잠시 후 거대한 태극기는 정의라는 깃봉을 달고 움직이기 시작하였다. 행진하는 대열에 우리도 함께 흡수되어 이동하면서 수많은 사람들의 나라 찾자고 외친 독립의 함성을 기억하면서 서울이여 깨어나라 대한민국 국민들이여 태극기 들자, 라고 울부짖었다. 간간히 이 친구 저 친구들과 앞으로 뒤로 함께하면서 정담을 나누면서 확성기에서 울려 나오는 구호에 따라 외치면서 태극기를 흔들었다. 이것은 누가 강요한 바도 없고 지시한 바도 없다. 모두 자비들여 삼삼오오 모여 산과 같은 파도를 만들었다. 지금까지 태극기집회에 여러 번 참석하였지만 이렇게 많은 사람이 참여한 것은 전에도 볼 수 없었고 앞으로도 없을 것이다. 얼마나 많은 사람들이 모였는지 셈하기도 추정하기도 불가능하다. 이들은 왜 이곳에 왔을까? 놀 곳이 없어서 왔을까. 아니면 구경하로 왔을까. 하는 일이 없어서 왔을까. 무엇을 찾고자 바람 불고 추운 날에 왔을까. 한마디로 나라가 누란에 처하였다는 판단에서 만사를 접어두고 마음속에 정의를 반드시 살려내어 나라를 구하자는 일념과 사명감으로 참여하였다고 믿는 바다.

얼마나 자랑스러운 일인가. 속담에 지렁이도 밟으면 굼틀댄다는 말처럼 오직 촛불만이 국민의 뜻이라 선전선동에 광분한 역적질을 두 눈 부릅뜨고 보았다. 설마하니 저놈들이 지금까지 발전시키고 성장시켜온 위대한 업적을 모른다고는 하지 않을 것이다. 선진국들에게는 경쟁의 대상이었으며, 개발도상국에서는 본받아야 할 아이콘으로 만들기까지 밤과 낮을 기리지 않고 일하여 오늘의 이 번영을 아니라고는 말 못할 것이다. 그러니 자유대한민국을 어찌하겠는가라는 안일한 생각에 머물러 있었다. 자만에 머물러 있는 동안 역적질에 이골이 난 놈들은 앉은 방석을 좀먹기 시작하더니 결국에는 정부를 접수하였다. 우려스러운 면은 있었지만 설마하니 저놈들이 나라를 어찌하겠는가 하는 일말의 자존과 희망 때문에 잠시 동안 외면한 것이 돌아가기에는 너무나 먼 곳까지 왔다는 판단이 애국 국민들을 깨우치기 시작하였다. 남녀를 불문하고 어린아이에서부터 청소년 중장년, 노년층에 이르기까지 태극기가 하늘을 가리게 되었다. 얼마나 감격스러운 일인가. 눈물이 핑 돌고 콧물이 나온다. 이런 현상이 나 혼자만의 감격인가. 아닐 것이다 적어도 여기 참여한 모든 구국 열사님들에게도, 직접 참여하지 못하신 분들도 같을 것이다. 몸은 늙어 기력도 쇠하지만 이때만큼은 어느 누구에게도 뒤질 생각은 추호도 없다.

희망이 보인다. 이제 죽는다 하여도 여한은 없지마는 고사리 손에 까만 어린 학생들의 눈동자를 보노라면 눈물이 절로 나온다. 어찌하여 누가 무엇을 하고자 저렇게 밝고 천진난만한 보배들을 꽃제비로 만들려고 하였는지 절대로 용서할 수 없다는 생각이다. 검은 먹구름이 걷히고 밝은 태양이 솟아올라라. 메말랐던 가지에도 물이 오르고 새로운 잎도 꽃도 피어라. 무럭무럭 잘 자라 잎이 무성하여 하늘을 가리어라. 오가는 길손들이 편안히 쉬어가게 잘 자랐으면 좋겠다.

정의는 거대한 파도 되어(2) 2018년 3월 3일

행진은 서울역에서 숭례문을 지나 한국은행으로 직진하고 있다. 완급(緩急)을 조절하면서 확성기에서는 쉼 없이 나라를 위한 행진곡과 정부의 실정을 신랄하게 비판하는 선창에 복창으로 화답하면서 정의를 세우고자 외치는 함성, 바로 이것이 민심이고 국민의 뜻이다. 인사 참사, 대북 참사, 경제 참사, 외교 참사, 국방 참사 등등 참사 공화국이라 맹공하면서 차가운 바람도 추위도 잠재우면서 의기양양하게 나아가면서 지나는 연도의 시민들에게도 태극기로 흔들어 인사하고 지나는 차량에도 전하였다. 귀 있고 눈 있으면 듣고 보기만 하여도 가슴이 후련할 것이다. 우리 국민들이 보통 국민들이 아니지 않은가. 세계에서 교육률이 가장 높은데, 하나를 보고 들으면 열을 미루어 짐작할 수 있는 양식이 누구에게나 있는데 좌파 종북 정부가 무엇을 하였는지, 하고 있는지 드러난 자료들을 바탕으로 깨어나기 시작하였다. 북풍도 계속 불어라. 고려연방제도 좋고 사회주의도 좋다 하면서 계속 일로 전진하였다. 지금까지 거짓 보도 방송을 일삼아온 언론들 그들의 하수인 역할을 앞으로도 계속하기 바란다. 기존의 우방에게는 등을 지고 홀대하며 신북방정책을 더욱 발전시켜라.

한미 동맹을 무력화시키고 연합사를 해체하고 주둔 미군을 모두 몰아내어 고려연방제의 꿈을 실현시켜라 그것이 공약이 아니던가. 사유재산도 국유화하고, 모든 기업도 국유화하여라. 국가 배급제로 모든 사람이 평등한 사회가 목표이니 얼마나 좋은 세상이 오겠는가. 국고를 열어 계속 퍼주자 북쪽에도 많이 퍼주고 우군 만들기에 쉬운 계층에게 무조건 퍼주자. 대가 없이 퍼주어야지 잘한다 할 것이다. 돈이 모자라면 기업을 협박하여 많이 뜯어내어라. 국체도 발행하여라. 말을 듣지 않으면 계속 목을 옥죄어라. 문을 닫는 숫자가 많으면 많을수록 좋지 않겠는가. 외국으로 탈출하게끔 속도를 내었으면 좋겠다. 근로 조건을 대폭 완화하여 근로자 공화국을 만들었으면 좋겠다. 기업환경을 더욱 척박하게 하여 이 땅을 떠나는 기업이 많았으면 좋겠다. 어차피 고려연방제의 꿈이 실현되면 모두가 바라던 일들이 아닌가. 국방도 모병제가 아닌 지원제로 변경하고 규모도 반으로 줄이며 복무 기간도 18개월로 한다니 하루속히 병역의무에서 해방시켜라. 인사도 끼리끼리 특정지역 사람들을 등용하여 지역 간의 갈등을 극대화하였으면 좋겠다. 각 시도별로 독립 정부를 만들어 각자 살게 하자. 향후 30년은 종북 좌파 정부의 시대가 왔다고 어느 종북 인사가 기고만장하였으니 그리 되도록 적폐 청산을 속도 내어 한다면 천국 같은 세상이 올 것이 아닌가.

여보시오! 벗님네여 잘 보고 잘 들었으니 천국이 바로 눈앞에 왔다는 거 아닙니까? 어떻게 생각하시는지 양심의 소리는 아니더라도 흘러가는 노랫가락으로 한 구절 한 구절 읊어보는 것인 어떨는지? 지금까지 감언이설에 얼마나 많이 당하여 왔는지 생각이 나 해 보았는지. 무턱 대고 나팔 수 언론들의 선전선동에 우리는 생각 없이 그냥 믿어왔다는 것 아닙니까. 믿으면 편한 세상인데 무엇 때문에 먹고살기도 어려운 세상에 신경 쓰면서 살아야 합니까. 나 자신의 일만으로도 살기에 벅찬데 어찌 다른 일들을 돌아볼 겨를이 있는가. 지금까지 그렇고 그렇게 살아왔다.

나도 당신도 그렇단다. 살기가 어렵고 힘든 것은 나만의 그런 것은 아니다. 모두가 그렇게 어렵다고 한다. 무엇이 어려운가. 다른 사람들이 언론이 날마다 어렵다고 세뇌하니까 어렵다는 말을 입에 달고 사는 것은 아닌지 자신의 삶을 돌아본 적이 있는가. 날씨가 풀리고 나들이하기 좋은 날이 오면 길거리에 차고 넘치는 차량들은 무엇을 증명하는 것인지, 우리는 일 년에 몇 번이나 나왔는지, 집집마다 자동차 한두 대 없는 가정이 없다고 하는데 무엇을 말하는 것인지, 행여 나들이 철이 되면 농민들은 땀 흘려 일하는데 자동차를 운전하면서 거드름을 피우지는 않았는지 생각해 본적 있는가.

비교 문화가 너무나 발달되어 친구가 좋은 옷 입으면 나도 그 옷을 입어야 하고 좋은 음식을 먹으면 나도 먹어야 하는데 너무나 익숙하여있다. 친구가 좋은 학교에 가면 너도나도 그 학교에 가야 하는 것이다. 경쟁하다 실패하면 내 탓이 아니고 남 탓을 하였다. 내 밥그릇이 얼마가 되는지도 모르고 없으면 은행의 힘을 빌려서라도 하여야만 성정이 풀리는 것이 우리가 아니었던가. 뗏새가 황새걸음을 따라

가려면 가랑이가 찢어진다는 속담이 이런 경우를 가리키는 것일 것이다. 믿거나 말거나지만 일일삼사(一日三思) 하자는 것은 아니더라도 한 번쯤은 돌아보았으면 좋겠다. 선두 그룹은 한국은행을 지나 KT 건물을 바라보면서 좌회전하여 안국동으로 나아가고 있다. 어쩐지 점점 행진하는 사람들이 많아지는 것 같다. 앞에도 뒤에도 한도 끝도 없이 이어지고 있다. 이런 경우를 장사진(長蛇陣)이라 하던가.

정의는 거대한 파도 되어(3) 2018년 3월 4일

거대한 여수로(餘水路)에 가득히 흘러가는 물결처럼 태극기의 물결 속에서 너도 나도 결연한 의지들이 가득하였다. 친구들은 어디에 있는지 앞과 뒤를 두루 살펴보았지만 찾을 길이 없었다. 박승열 회장과 함께 이야기하면서 이동하는 중에 선두 행렬이 좌회전하여 나아가기 시작하였다. 여기저기에 집회장에서 연사들의 힘찬 목소리가 점점 가까워오는 것을 보니 목적지인 광화문이 가까워오는 것을 느낄 수 있었다. 아니나 다를까, 전면에 정부종합청사가 보이기 시작하였다. 이곳은 현직에 있을 때에 몇 번 다녀간 기억이 있어 바로 알아볼 수 있었다. 청와대가 가까워 오니 안내하는 봉사자들의 인도(引導)에 따라서 광화문 앞에 멈춰 주위를 살펴보았다. 변한 것은 별로 없고 광화문만이 새로 단장한 것 같았다. 기록사진을 찍고 친구들이 어디에 오는지 살피기 시작하였다. 집회 참석자들이 구름같이 몰려오기 시작하였다. 박 회장은 전화로 친구들과 연락하여 약속한 장소로 이동하였다. 이곳은 나라의 핵심지역이다. 조선을 건국한 이성계는 개성에서 이곳으로 천도하여 5백 년간 이어온 왕도의 중심지역일 뿐만 아니고 대한민국의 대통령이 머물며 국정을 구상하고 추진하는 핵심지역이다. 2016년 11월부터 넓은 광화문 광장을 종북 좌익세력에게 특혜를 주어 사용케 하였다.

반정부에 촛불 들고 박 대통령 탄핵에 결정적인 무대로 사용되었던 기억이 새롭다. 이들 종북 좌익세력들 때문에 오늘 이렇게 구름 같은 태극기 물결이 바다를 이루게 되었다. 계획된 구역별로 연사들의 함성이 봄바람을 타고 널리 퍼져나갔다. 중간 중간에 대형 스크린을 설치하여 어느 누구도 어느 곳에서 바라보던 시청이 가능토록 배려하였다. 박 회장의 뒤를 열심히 따랐다. 교보문고 뒤편에서 만나자는 약속에 따라 인파를 헤집고 가는 중에 바로 옆에서 김문수 전 경기지사가 열변을 토하고 있다. 먼 발 치에는 기수단들이 대기하고 열기는 하늘을 찌를듯하였다. 수백만 명이 왜 여기에 모였을까. 돈이 생기는 일도 아니고 먹을 것이 생기는 것도 아닌데 어린아이 어른 할 것 없이 무엇 때문에 오지 않으면 안 되게 하였는지 아직도 미망에서 헤매는 사람들은 보고 생각이라는 것을 했으면 좋겠다. 전국 각지에서 이른 아침부터 전철 타고 버스 타고 자가용 타고 여객선이며 멀리에서 비행기 타면서 미친 듯이 불의를 타파하고 정의를 세우자고 꿀벌처럼 모였다. 이곳에 오면 바라고 기대하였던 일들을 바로잡을 수 있다는 희망 하나로 눈물 콧물 흘리면서 작은 힘이라도 보태자고 태극기를 들었다. 1919년 3월 1일 기미독립운동은 가진 것이라곤 오직 태극기 하나로 일제의 총검과 맞서 외쳤던 선열들의 숭고한 뜻과 가신님의 넋을 기리는 국경일이다.

그 숭고한 뜻을 이루고자 우리들이 모였다. 대상은 일제가 아니라 같은 피를 나눈 우리의 형제자매들이라는데 문제의 심각성이 있다. 그것도 자유대한민국이 아니라 공산화를 위하여 속전속결하는 모습에 더 이상 이들에게 나라를 맡길 수 없다는 구국 민초들이 모였다. 백성들이여 보시기 바랍니다. 생각하여 봅시다. 당신의 자유를 누군가가 제약한다면 어떻게 하시겠습니까. 당신이 피땀 흘려 이룩한 모든 것을 빼앗아 가도 좋다는 것은 아니지요. 그곳은 식량이 모자라 정부 배급도 끊어졌다고 합니다. 군인들도 베가 고파 탈출하였다는 보도는 먼 나라 이야기가 아니고 피를 나눈 동족들이라 합니다.

눈 있고 귀 있으면 월남한 새터민들의 생생한 증언을 코미디로 보지는 않았으리라 믿습니다. 제발 정신 차렸으면 좋겠습니다. 자유는 찾아보려 해도 어느 개가 물어갔는지 24시간 감시 속에 살아가는 모습을 상상해보면 정말로 소름 끼치는 일이 아닙니까. 소 잃고 외양간 고치는 우는 범하지 말아야 할 것으로 믿고 이곳에 모인 이 거대한 물결을 바라본 당신은 분명 자랑스러운 자유대한민국 국민입니다. 국민이 국가에 무엇을 하여줄 것을 바란다면 국가를 위하여 무엇을 하였는지, 권리를 찾기 이전에 내가 하여야 할 의무는 무엇이며 어떻게 하여야 하는지 생각이라는 것 한번 해보았으면 좋겠습니다.

친구가 거름(퇴비)지고 장(場:장터)에 가니 나도 생각 없이 그냥 좋아서 따라 간 적은 없습니까. 그 친구가 행하는 일이 좋은 일인지 나쁜 일인지를 알아보지도 않고 좋다고 손뼉 친 일은 없는지. 이건 단순히 우정의 문제가 아니고 자신의 운명을 결정짓는 엄중한 일임에도 동행하지는 않았는지. 그가 무엇을 생각하든지 무슨 일을 하든지 외면하지는 않았는지, 아니면 그것은 아니라고 충언은 하여보았는지 생각해 보았으면 좋겠습니다. 여기는 기독교인들의 무대이고 저기는 한국당의 무대며, 국가 원로들의 무대와 퇴역한 군인들의 무대에서도 외치고 있다. 종북 쓰레기 세력들은 모두 물러가라고 모두 모두 외치고 있다. 나라 구하자는데 너와 내가 따로 없다.

정의는 거대한 파도 되어(4) 2018년 3월 5일

서울시민이 모두 이곳에 모인 것 같다. 오고 가는 사람들 틈에 끼여 오르고 내리면서 좌로 우로 돌고 돌아 교보문고 빌딩 뒤편에 도착하였다. 주위에는 온통 태극기 물결과 참석자들의 구국 함성과 연사들의 피를 토하는 절규들이 서울 하늘을 가득 울려 펴져나갔다. 경찰들은 차벽을 길게 쳐놓고도 모자라 전경 수천 명을 동원하여 인의 장벽까지 동원하여 통제하고 있다. 어린 아기를 유모차에 태우고 그곳에 태극기를 꽂아 눈물 흘리는 젊은 모성애는 바라보는 사람들의 마음을 슬프게 한다. 학생인 듯 보인 젊은 이들은 끼리끼리 또는 부모님의 손을 잡고 틈새를 휘젓고 다니면서 구국 대열에 동참하였다. 젊은 청년들과 장년들이 유난히도 많아 보이며 그들의 일거수일투족들이 장하여 보였다. 차세대들이 아닌가. 이 나라를 지키기 위하여 나왔다고 한다. 기력이 쇠한 고령자들도 뒷방에서 분연히 일어나 위난의 자유대한민국을 구하고자 전국 방방곡곡에서 모여 거대한 사람의 폭풍을 만들어냈다. 역시나 노병은 죽지도 않았고 사라지지도 않았다. 아직도 혈기왕성한 젊은이 못지않은 활동을 바라보니 희망이 보인다. 가능성이 보인다. 누가 이 엄청난 바람을 보고 전율하지 않겠는가.

99년 전 할아버지의 아버지께서 일제의 만행을 규탄하면서 독립만세를 불렀던 그날이 아닌가. 그 위대한 선조들의 피를 이어받은 우리가 아닌가. 시공간의 차이는 있겠지만 그 기개와 우국충정은 하나도 변한 것이 없어 보였다. 참석하지 못하신 국민들 안심하시라. 대한민국 정부 수립 후 이렇게 많은 사람들이 구국 대열에 동참한 역사적 사실은 전에도 앞으로도 없을 것이기 때문이다. 이 어마어마한 인파를 보고도 애써 외면한 그들은 크나큰 위기로 보았을 것이다. 아마도 지금쯤 어떻게 대처하여야 하는지를 밤새워 고민할 것이다. 반역대열에 동참한 그들과 그들의 가족들 친인척들 그리고 동조한 모든 사람들 똑바로 보시기 바란다. 역사는 반복된다고 하였다.

지금 우리의 상황이 해방 후 좌우익의 갈등과 무엇이 다른가를, 그때의 좌익분자들은 어떻게 심판받았는지 역사는 증명하고 있다. 남로당 괴수 박헌영은 어떻게 처단되었는지. 지금의 좌익분자들의 운명은 바람 앞에 촛불이라 생각되지 않은가. 저들은 과거의 실패를 분명히 알고서 시간은 저들의 편이 아니라고 보고 속도전을 내고 있다. 1원 한 장 받은 바도 없는 대통령의 통치행위를 국정 농단으로 몰아 탄핵하였다. 그것도 모자라 감옥소에서 수십 개월을 고생하시는 대통령을 반드시 복권하여 대한민국의 정의를 바로 세워야 할 것이다.

이것이 두려워 대통령을 모셨던 수십 명을 올가미를 씌워 감옥소에 가두고 한국경제의 상징인 총수도 잡아넣었다. 이것으로도 한이 풀리지 않는다하여 전 전 대통령과 관련자들을 말도 안 되는 적폐로 몰아 토끼잡이를 하면서 즐기고 있다. 또 다른 적폐를 양산하고 있다. 천안함 폭침으로 알토란 같은 우리의 아들 46명을 수장시키고도 부족하여 휴전선 철책에 목함지뢰를 설치하여 병사 두 명을 영구 불구자로 만든 그 원흉 김영철을 크게 환영하였다. 그렇게도 입국 반대하였음에도 군사보호 구역을 몰래 통과시키는 이적 행위를 서슴없이 행하였다. 그뿐만이 아니고 특사 대접에 피 같은 국민의 세금으로 황제처럼 모셨다니 입이 다물어지지 않는다. 59%의 국민은 안중에도 없는 막가파식 정부다. 그동안 이런 정부를 듣지도 보지도 못하였는데 칠순 중반에서야 보게 되다니 통곡할 일이다. 보도에 따르면 초등학교 보조 참고서에 국군은 적이라고, 박정희 전 대통령은 나쁜 사람으로, 이북의 김일성 수령은 좋은 사람이라니, 이런 사례가 빙산의 일각이라니 개가 웃고 소가 방귀 뀔 일이다. 어린 내 기억에는 자유당 정권 말기에 장기집권과 부정부패를 보다 못한 학생들이 4·19혁명을 일으켜 일단을 수습하고 민주당 장면 정권이 집권하게 이른다. 아직은 민주시민 의식이 정착되지 못하고 자유가 방종으로 극히 혼란한 정국이 계속되다 보니 매월 개각을 단행하였고, 질서는 무너지며 부정과 부패가 만연하여 망하기 일보 직전에 구국하고자 군인들이 일어났다.

이것이 변곡점이 되어 번영의 발판이 되고 오늘의 위대한 대한민국을 만들었는데 누가 감히 간덩이도 크지 자유대한민국을 해체하려는 것인가. 망하게 하려고 하는 것인가. 고려연방제를 1차 목표로 다음에는 조선민주주의 인민공화국으로 간다는 것은 모두 알고 있는 비밀 아닌 비밀이다. 흩어졌던 친구들을 다시 만났다. 모래사장에 바늘 찾기처럼 어렵사리 만났다. 시간상으로 오후 4시경이 되었다. 출출할 때라 이곳저곳 돌아보았지만 모두 만원이라 겨우 한 곳을 찾아 한잔하면서 못다 한 이야기를 이어갔다. 옆 좌석에서도 모두들 쓰레기들을 성토하는 분위에 편성하여 우리들도 함께 스트레스를 풀었다. 다 하지 못하여 남긴 이야기는 다음으로 미루었다.

정의는 거대한 파도 되어(5) 2018년 3월 6일

알코올은 몸의 상태를 끌어올리는 묘약이다. 잠자던 기능들도 깨어나는 것 같다. 시간을 보니 5시가 가까웠다. 모두 같이 밖으로 나왔다. 약속 장소에 6시까지 가야 하기 때문에 작별을 하였다. 친구들은 자고 가라고 권하는데 고마운 말씀이지만 그럴 수는 없다고 하면서 다음에 만날 것을 기약하고 발길을 돌렸다. 신한은행 앞까지는 30분은 걸어야 할 것으로 보아 광화문 광장에서 대한문으로 이어서 숭례문을 향하여 이동하였다. 오늘의 태극기 구국 집회는 여러 곳에서 개최하다 보니 조금은 산만하여 집중효과가 떨어졌지만 우익세력들이 모처럼 하나 되어 참여하였으니 국민들의 뜻은 어디에 있는지 분명히 보여 주었다고 평가해 보았다. 그동안 이합집산 되어 한목소리를 내지 못하였었는데 다행한 일이다. 국가 원로회의 의장이신 전 국회부의장을 역임하신 97세의 장경순 의장께서 앞장서 주선하였다고 들었다. 원로님들의 나라 사랑하는 마음은 젊은이들보다도 더욱 높고 깊다는 것을 깨달았으니 백만 원군을 얻는 기분이다.

아무리 세월이 흘러도 굳건하게 이어온 자유민주주의 가치의 지고한 정신을 높게 그리고 영원히 지켜야 한다는 다짐도 하면서 걸었다. 이 길은 태극기 집회 때마다 족적을 남긴 익숙한 도로다. 오가는 행인들 차량의 물결들. 꿈의 현장에서 마감하고 깃을 접으려는 시간들이다. 주차장에 도착하여 2호 차에 탑승하니 벌써 먼저 오신 분들도 있었다. 며칠 전에 충주 의병장이신 노승일 대장으로부터 집회의 안내를 받고 바로 간다는 신청을 하였다. 2016년 11월부터 시작된 태극기 집회장에는 약방 감초처럼 수고하시는 노승일 대장이 있어 우익은 죽지 않고 살아있어 큰 위로가 되었다. 이번에도 중소도시에서 버스 4대가 상경하였다. 이 지역에 나라 지키자는 구국 인사들이 많이 있다는 것을 보니 자랑스럽고 자긍심이 들기도 하였다. 물론 앞장서신 분들이 잠자고 있는 시민의식을 일깨우는데 크게 이바지하였기 때문이다. 노승일 대장을 비롯하여 2호차 인솔 대장이신 중원 교회 한연기 교수 겸 장로님의 애국 열정에 감사하는 바다. 또한 원로이신 이현곤 장로, 시무하시는 조병진, 이회학, 이작민 장로를 비롯하여 남부교회 원로이신 조준길 장로님들의 자유대한민국을 지키는 등불이 되고 있다. 얼마나 자랑스러운 일이 아닌가. 또한 수안보 안 사장님의 애국정신은 모두의 표상이 되었다. 매회 자비로 저녁 식사를 준비하시고 부족 부분을 채워주시는 살아계시는 활불이다.

보시(普施)는 아무나 하는 것이 아니다. 그의 열정은 현세의 귀감이고 후세에 길이 전하여야 할 것이다. 특히 이번에는 기름 부은 하나님의 종이신 목사님도 3분이나 함께하였다. 또한 동고동락하였던 전근태 님, 김형구 님도 가는 길이 험하지만 동행에 너무나 고마웠다. 은퇴하신 교장선생님도 가는 길에 힘을 실어주었다. 봉사하시는 분들과 함께 참여하여 주시는 모든 시민들에게 감사의 인사를 드린다. 돈이 나오는 것도 아니고 밥이 나오는 것도 아닌데 오직 나라 걱정하는 마음 하나로 구국 대열에 동참하신 분들이다. 빌딩의 그림자가 도로 위를 드리울 때쯤 출발하였다. 갈등없는 사회는 없겠지만 이것은 갈등을 넘어 전쟁이다.

이념 전쟁이 100여 년 넘도록 이어진다는 것에 참담한 마음 금할 길 없다. 상해 임시정부 때부터 이념의 갈등으로 피를 튀는 경쟁 아닌 전쟁을 하여왔었다. 이제 와서 밥술이나 먹고 살만한데 사라졌다고 생각하였던 붉은 이념이 쓰나미(津波)가 지나듯 자유대한민국을 삼켜버렸다. 지금에 와서야 그 심각성을 조금씩 알아가고는 있지만 만시지탄(晩時之歎)은 아닌지 걱정을 넘어 두렵기까지 하다. 잠자고 있는 국민의식을 일깨워야 한다. 어떻게 할 것인지에 대하여 모두들 관심을 가져야 할 것이다. 저들은 일당백의 잘 훈련되고 실습을 거친 투사들로 똘똘 뭉쳐있다. 이 아성을 어떻게 뚫고 허물 것인지에 대하여 지혜를 모아야 할 것이다.

우리는 보았다. 그들이 무슨 생각을 갖고 있는지 보고 들었다. 지금까지 드러난 것만 하여도 충분한 증거가 된다. 자유대한민국을 뒤엎으려는 생각을 가진 자들이 모여 행하는 국정이 바로 국정 농단이 아니고 무언가. 피아(彼我)가 분명하게 드러났다. 파면 팔수록 피의 냄새가 천지를 진동하게 뭉실뭉실 풍겨 나온다. 벗님내야 이대로 그들이 추진하는 공산화에 손벽 치며 춤을 추고 사라질 것인지 결정의

순간이 다가오고 있다. 월남 패망을 보고 희열을 느꼈다는 것 아닌가. 이에 우리가 패망하면 천국이 왔다고 외치며 춤을 출 것이다. 이 땅이 어떤 땅인가.

우리가 살다 묻힐 곳이며 우리의 후손들이 행복하게 살아가야 할 둘도 아닌 단 하나의 땅이 아닌가. 이곳은 바로 우리의 목숨이며 삶의 터전이란 말이다. 이곳을 세계사에도 유례가 없는 독재 세력에게 넘겨주고 유리걸식하며 지옥이라도 좋다는 뜻은 아닐 것으로 믿고 있다. 깨어나자 잠에서 털고 일어나자. 당신의 가슴에 손을 얹고 귀 기울여 보시기 바란다. 분명히 양심의 소리를 들을 수 있을 것이다. 우리에게는 전략도 없고 전술도 없다. 권력도 없으며 가진 것이라곤 칼날을 잡고 사즉생(死則生)의 마음으로 무장하고 달걀로 바위를 치는 마음으로 부딪쳐야 한다. 뜻이 있는 곳에 길이 있다는 말이 있지 않은가. 하나님이 보우하신 나라가 아닌가. 이번 3·1절을 맞이하여 통합 태극기 휘날리며 구국 집회에 참석하고 몸으로 느낀 바를 5회에 걸쳐 기록하여 보았다. 동행하신 모든 분들에게 진심으로 감사를 드리는 바다.

특사(特使)들의 임무 2018년 3월 6일

3월 5일 대한민국 청와대 안보실장 정의용 일행이 특별한 임무를 띠고 방북하였다. 문재인 정부 출범 처음 방북하는 공식적인 외교 사절이다. 믿거나 말거나 한 언론 보도에 따르면 인민궁전 진달래관에서 김정은 위원장과 무려 4시간 동안 만찬이 진행되었다고 한다. 아마도 이곳에서 문재인 대통령의 메시지가 전달되었을 것으로 보이고 구두 메시지도 전하였다고 언론은 보도하였다. 그 메시지란 것이 상대를 배려하여 판을 깰만한 내용은 없으며 일반적인 호혜 원칙에 입각한 상호교류를 하였으면 좋겠다는 정도의 수준이 아니었나 정도로 보이는데 이는 어디까지나 나의 주관적인 시각이다.

대화라는 것이 오픈할 것도 있겠지만 그렇지 못한 경우도 있을 것이다. 북한은 김정일 사후 급격한 체제 강화에 국력을 집중하였다. 그중에 크게 문제 된 것은 모두가 다 잘 알고 있는 핵 개발이었다. 일파만파의 충격을 주었으며 세계 역학 질서를 어지럽히기에 충분한 효과를 거두었다고 그들은 자평하고 있다. 남한을 인질로 삼아 미국과 핵 거래를 하고자 호전성을 유감없이 발휘하였다. 다시 말하여 핵 보유국으로 인정하라는 것이다. 이것만 얻는다면 그간의 굶주림도 참아가면서 핵 개발에 전념한 고생은 한 번에 해결된다는 것이다. 대한민국이 그들의 요구 조건을 들어주지 않으면 안 되는 핵을 가졌기 때문이라는 계산이 깔려있는 정도는 누구나 알고 있는 사실이다. 이것이 김정은의 생각이다. 그런데 우려스러운 점은 우리의 기자단들이 한 사람도 동행하지 못하였다는 것이다. 그곳에 일어나는 상황은 북한이 전하는 보도와 우리의 특사 일행이 전하는 소식 외에는 아무것도 알 수 없다는데 의심이 증폭된다. 외견상으로는 특사의 형식을 취하였지만 실제는 밀사의 임무를 띠고 있다 할 것이다. 지금까지 좌편향된 우리의 정부는 급속히 중도도 아닌 사회주의 체제로 가고자 총력 경주하고 있다.

차제에 자유대한민국의 정체성을 변경하려고 몸부림을 치는 과정에 있다. 그것의 노골적인 시행단계가 평창 동계올림픽을 매개로 하였다. 국민들에게 노골적으로 우려스러운 발언들과 행동이 지금까지 잠자고 있는 국민들의 의식을 일깨우는 효과를 거두기도 하였다. 하지만 칼자루를 잡은 저들은 이제는 잠수하여 추진하는 시기는 지났다고 판단하고 있다. 이적 행위를 노골적으로 드러내어도 되겠다는 자신감의 표현이다. 아니면 가야할 길이 많이 남았기에 강공으로 선회한 것은 아닌지 경각심을 가져야 할 것이다. 위기는 안으로부터 오는 것이다. 5천 년의 역사가 항상 반면교사로 가르쳐 주지만 미련한 우리는 이를 외면하여 나라의 주권도 빼앗기고 영토도 빼앗겼다.

6·25전쟁이 발발하여 200만 명이란 엄청난 사람이 죽기도 하였다. 십여 년 전 북한의 사상가의 대부인 황장엽 비서가 월남하여 알려준 경계의 말씀 중에 5만 명의 고정간첩들이 있다고 손에 쥐여줘도 잡지 못한 것인지, 아니면 잡지 아니한 죄과가 지금의 위기를 자초하지는 않았는지. 발등을 찍는 도끼는 항상 우리 안에, 우리 손에 있는 것이 증명되었다. 지금 만찬을 하고 있는 중에도 미국의 북한 전문매체인 삼팔 노스가 보도한 내용에 따르면 영변의 5MW급 원자로 재가동 징조를 나타내고 있다는 뉴스를 보았다. 기막힌 일이다. 김정은이 특사를 불러 회담을 하면서도 뒤로는 핵 개발을 한다는 것은 새로운 일도 아니다. 이들은 항상 그래왔으니 저들이 하는 행동과 하는 말들의 내용은 전혀 믿을 수 없다는 것은 우리만 모르고 있는 것인지, 알고도 모르는 척 하는 것인지 알다가도 모를 일이다. 저들은 항상 이이제이(以夷制夷) 수법으로 적을 공략하였다. 우리는 동족이라는 감성적 관념에 빠져 저들이 원하는 것을 모두 들어주었다. 이러한 사실을 외국에서는 모두 잘 알고 있는 사실이다. 그런데 우리 정부에서는 정말로 모르고 있는 일인가. 아니라고 생각된다.

다른 나라에서 아는 사실을 우리만이 모르고 있다는 것은 설득력이 없다는 이야기다. 그럴 것이라 익히 잘 알고 있다는 것은 무슨 의미인가. 초록은 동색인 것처럼 우리 정부도 마찬가지라고 하는 것과 같은 것이다. 우리가 우리 정부를 못 믿는 것은 어쩌면 당연한 일일 것이다. 콩이 콩이라 해도 믿지 못하는 근거들이 명확하게 나타났다. 그런데 무엇을 찾고자 무엇을 기대하고 특사를 보냈을까? 또한 우려스러운 것은 특사를 파견하기 직전에 화학무기를 사용하여 형 김정

남을 살해하였다는 보도를 어떻게 이해를 해야 할지, 역시나 그들은 말로서는 국제질서에 함께 할 수 없다는 것이라 생각된다. 특사 일행이 돌아오면 여러 가지 이야기들이 있을 것이지만 어느 수준까지 밝힐 것인지 초미의 관심사다. 기대할 것은 없겠지만 작은 희망의 씨앗은 없는지.

대북 특사단의 보따리에는 2018년 3월 7일

정의용 대북 특사단 일행이 돌아왔다. 언론에 공개한 내용을 보면 첫째 비핵화 의지를 밝혔다. 둘째 정상회담을 판문점에서 4월 말에 하기로 합의하였다. 셋째 대화중에는 핵 실험이나 미사일을 시험 발사를 하지 않겠다. 넷째로 북·미간 비핵화를 위한 대화를 하겠다. 다섯째 체제 안정이 보장된다면 핵을 보유할 필요가 없다. 여섯째 한·미 연합훈련이 연례적이고 방어적이라는 점을 이해하였다.

이를 두고 설왕설래하고 있다. 정부여당과 그들을 지지하는 입장에서는 획기적인 성과라고 거양하였다. 특히 미국과의 협상을 위하여 비핵화를 분명히 밝힌 점을 높이 평가하고 정상회담까지 이끌어냈다는데 크게 고무되고 있는 듯하다. 반대로 야당과 우익 진영에서는 무늬만 결과이며 약속을 식은 죽 먹는 식으로 파기하는 그들의 말을 어떻게 믿을 수 있겠냐 하는 입장인 모양이다. 우리 속담에 돌다리도 두들겨가면서 건너라는 말이 있다. 진리의 말씀이다. 특히 5천만 명의 운명이 걸린 이보다 더 중요한 일은 없기에 딱 맞는 말이다. 회담은 상호주의에 입각해 소기의 목적을 이루는 노력이다. 상호주의란 서로의 현재를 이해하고 존중하며 인정하고 신뢰가 보증될 때 비로소 성과를 이룰 수 있다는 이야기다. 여기서 문재인 정부의 세상을 확 바꾸겠다는 정책들이 좌편향을 넘어 사회주의 또는 공산주의로 가기 위한 몇 달동안의 일련의 과정을 돌아보면 소름 끼치는 일들뿐이었다.

취임과 동시에 북을 향하여 러브콜을 계속하여왔다. 목적에 거의 가까이 왔다고 판단한 북쪽에서의 반응이 평창 동계올림픽 참석이었고 이어서 특사 파견이었다. 김대중 정부와 노무현 정부에서 추진하였던 낮은 단계의 고려연방제를 문재인 정부에서는 본격적으로 실현시키기 위하여 전 방위로 속도전을 내고 있다. 자유민주주의로는 북의 응대를 이끌어 낼 수 없다는 생각에서다. 우리도 너희들과 공동목표인 낮은 단계의 고려연방제를 위하여 80% 정도는 왔으니 함께 하여도 되겠다는 판단에서 이루어진 결과물이다. 목표는 고려연방제다. 익히 알려진 바와 같이 전문가들이 분석하고 발표된 내용은 절대로 안 된다는 것이다.

고려연방제는 바로 북에 편입되는 결과를 초래한다는 것이다. 이 목표를 달성하기 위하여 문재인 정부의 노력을 인정하였기에 특사를 받아들이게 된 동기였다. 더도 덜도 아닌 것이다. 저들의 속셈이 적나라하게 드러났다. 여기에는 시간상 한계점이 다가오고 있기 때문이라 한다. 그간 4월 위기설이 우리나라에서도 미국에서도 솔솔 불어왔다. 4월 중에 한·미 합동군사 훈련이 있다. 문재인 정부에서는 어떡하던 미국정부를 설득하여 4월 위기설을 넘기야 된다는 절박한 목표가 있었다. 북에서는 체제 유지에 절대적인 시기로 보았음은, 공동의 목표라는 인식하에 대응하기 위한 동의였다고 보인다.

북의 속셈은 분명히 드러났다. 체제 유지가 최대의 위기로 보았다는 점이다, 살아남기 위해서는 문제인 정부를 이용하여야 갰다는 추론이 가능하다. 비핵화를 한다느니, 체제 유지만 된다면 핵은 필요없다는 등, 또 남북정상회담 등은 정치적 쇼에 지나지 않을 것이다. 그들이 과연 수십 년을 국운을 걸고 개발한 핵을 포기하겠다는 말을 믿을 수 있다고 생각하는 사람은 하나도 없을 것이다. 지금까지 북한주민을 겁박하여 핵을 개발하면 쌀밥을 먹을 수 있다고 감언이설 하였다. 핵 포기가 몰고 올 후환을 감당할 수 없다는 것 우리도 저들도 알고 있는 사실이다. 또 우리 사회가 암흑 같은 그들 사회에 편입되어도 좋다는 것인지, 지금까지 누려왔던 자유민주주의를 포기하여도 되는 것인지, 우리에게도 절박하기는 저들과 마찬가지다. 이것은 우리에게는 죽고 사는 문제다. 이러한 그들의 속셈을 정확히 파악하고 철저히 대비하여야 할 것이다. 평화는 그저 오는 것이 아니다. 철저히 준비하고 지키자는 의지에 따라서 가능하다고 생각된다.

막이 열렸다 2018년 3월 9일

특사단이 가지고 온 보따리 속에는 따끈따끈한 먹을거리가 많이 있다고 하면서 광풍 몰이를 하고 있다. 아마도 당분간은 좌파에 속하는 모든 기관이며 단체 언론 지식인들을 총동원하여 여론몰이를 할 것으로 보인다. 적어도 이것은 우리의 운명을 걸고 한판 승부를 겨루어야 할 일이기에 더욱 주목을 받는 일이다. 평화의 길이 오니 모두들 동참하여야 한다. 평화에는 남과 북이 따로 없는 것처럼 여야가 따로 없다는 것이다. 달콤한 말이 아닌가. 정상회담에 장애요인이 없도록 분위기 조성에 동참하라고 몰아붙일 것이다. 핵과 미사일은 남쪽을 향하여는 쏘지 않겠다고 했다.

체제 보장만 되면 핵 같은 것은 필요 없다고 하였다. 선대로부터 물려받은 유훈이 비핵화라고 달콤한 사탕발림을 하였다. 이제는 북으로부터 핵의 위험에 벗어났다고 거짓 언론은 앞장서서 총대를 멜 것이 불을 보는 것 같다. 우리는 선택의 기로에 서 있다. 먼저 4월 한미합동군사훈련을 어떻게 실시할 것인지 관심사다. 4월 위기설의 진원지이기 때문이다. 그것은 코피 작전일 수도 있고 일소 작전일 수도 있기 때문이다. 북의 입장에서는 매우 심각한 문제였을 것이다. 살아남기 위한 마지막 카드로 평창 동계올림픽을 빙자하여 특사를 받아들였고 4월 말 남북 간의 정상회담까지 합의하였다.

그런데 왜 이 시점에 정상회담을 4월 말경을 선택하였을까 하는 의미에서 바라보면 한미합동군사훈련을 방해하기 위한 카드로 의심의 여지가 없다. 이 엄청난 정책들을 주저함 없이 받아들였다는 것은 문재인 정부와 북과의 공통의 목표가 있기 때문이라 보인다. 고려연방제가 되었던 중국 홍콩처럼 일국 양 체제가 되었던 그 목표에 방해가 되는 일은 있어서는 안 되기 때문이다. 오늘 국가 안보실장과 국정원장이 미국 트럼프 대통령에게 설명하러 떠난다고 하였다. 가지고 가는 가방 속에는 김정일의 메시지가 있는지 아니면 알려지지 않은 또 다른 무엇이 있는지는 모르지만 목표를 달성할 것인지에는 의문의 여지가 있다.

미국이라는 나라는 대한민국을 위하여 존재하는 나라가 아니라는 것을 특히 보수가 되었든 진보가 되었든 분명히 알아야 한다. 손자병법의 지피지기는 백전백승을 인용하지 않더라도 일반적인 상식이 아닌가 한다. 자국의 이익을 위하여 트럼프 대통령은 선거공약으로 당선되었다는 것을 명심하여야 한다. 세계 경찰국으로서 활동과 자유민주주의 대부로서의 위치는 우리에게 유리할 것이다. 그러나 북 핵이 미국을 겨냥한 것이라 공언하고 있는 마당이다. 미국에 이익이 가는 메리트가 무엇인지는 모르지만 설득하느냐 아니냐는 전적으로 그들의 이익과 직결되었다는 것을 한시도 잊어서는 안 될 것이다.

남과 북의 평화공존은 남과 북의 문제이지 미국의 문제는 아니라는 말이 된다. 만에 하나 미국이 남북 정상회담을 의도적으로 4월 말경에 하였다는 것을 인지하는 날에는 전적으로 아웃 당할는지 모르기 때문이다. 그것은 아마도 우리와는 별개로 후 폭풍을 누구도 감당하지 못할 것이기에 우려하지 않을 수 없다. 평화공존은 남과 북의 문제이지 미국과는 아무런 관련이 없다는 입장이다. 미국은 미국을 지키기 위하여 할 수 있는 모든 조치를 할 것이다. 다른 우려스러운 문제들은 어제오늘의 문제가 아니고 우리의 내부의 문제이다. 오늘은 비핵화 하겠다, 하면서 한밤자고 일어나면 핵은 우리의 정당한 권리라 하는 등 이중적 자세를 우리는 분명히 알아야 한다. 우리가 한 번 두 번 속은 것이 아니기 때문이다 남북이 대화를 하는 중에도 도발을 계속 이어왔기 때문이다. 약속을 식은 죽 먹는 듯 하는 저들이 아닌가. 무엇이 진실인지 가짜인지 정상회담의 시기는 한미합동 군사 훈련을 방해하려는 의도가 아닌지 우려스럽다. 핵만 개발하면 일거에 먹고사는 문제는 해결된다고 주민들을 선동하였다. 얼마나 많은 백성들이 죽고 굶어가면서 충성하였는데 성과가 없다면 무슨 일이 일어날지는 보지 않아도 짐작이 가고도 남는다. 그래서 다른 곳에서는 핵 폐기를 전제로 중국과의 협상을 하고 있다고 한다.

홍콩 아보뤄신문망(阿波羅新聞網)이 현지 월간지 쟁명(爭鳴) 5월호를 인용 보도에 따르면 북한은 6000억 불을 무상원조 조건으로 핵 폐기를 하겠다고 중국에 비쳤다고 한다. 북한의 요구 조건에는 중국, 미국, 일본, 러시아, 한국이 향후 10년 동안 매년 600억 달러(약 67조

8,600억 원)를 제공하고 유엔의 제재를 철회하며 북·미간 평화협정을 체결하는 조건을 제시하였다는 보도다. 아울러 중국과 러시아는 북 체제 안정을 보장하여야 한다는 조건이라 한다. 우리의 1년 정부 예산이 약 400조 원인데 핵 폐기 조건에 매년 약 70조 원을 상납하여야 하는 계산서가 나온다. 우리는 이에 대하여 무엇을 하고 있는지 앞이 캄캄하다.

새로운 변곡점(變曲點)에 2018년 3월 10일

경기(驚氣)할 일이 2018년 3월 8일 발표되었다. 정 실장의 행랑에는 분명 놀랄만한 무엇인지는 모르지만 있을 것으로 예측은 하면서도 막상 오픈 되고 보니 세기의 관심사였음이 드러났다. 특히 대한민국 국민과 북조선 인민들의 운명을 결정지을 수 있는 중대한 사안이 김정은의 제의로 트럼프 대통령이 흔쾌히 받아들여졌다는데 크게 놀랄 수밖에 없다. 비단 우리뿐만 아니다. 북은 핵 개발로 전 세계를 위협하여왔기에 관심이 동북아의 작은 한반도에 집중되고 있다. 보도된 내용은 김정은이 트럼프 대통령을 초청하였다고 한다. 그리고 대화하는 동안에는 핵이나 미사일을 발사하지 않겠다는 짤막한 메시지이며, 이에 트럼프는 바로 받아서 5월 중에 만나겠다, 그리고 모종의 합의점이 나올 때까지는 제재(制裁)는 계속하겠다는 것이 전부다. 핵 컨트롤 열쇠를 쥐고 있는 미국의 입장에는 수십 년간 북 핵으로 별반 성과 없이 지루하게 북에게 끌려왔기에 더는 두고 볼 수 없다는 입장이다. 단독으로 또는 우방과 협력하고 그리고 유엔을 통하여 강력한 제재를 취하여왔는데 그 첫 번째 결실이 왔다. 그리고 하반기에 중간선거가 있으니 무엇인가 성과물을 내야 하는 상황이다. 그래서 좋은 기회로 보고 있는 듯하다.

여기서 김정은은 무엇을 얻으려고 할 것인지 트럼프는 무엇에 초점을 두고 국익을 얻으려 할 것인지가 핵심으로 떠오른다. 또한 삼각 축의 하나인 대한민국은 핵 위협으로부터 벗어날 수 있을는지 통일의 가능성은 어디까지인지 첨예한 물밑 전쟁 아닌 전쟁이 있을 것으로 보인다. 앞으로 상대방과 또는 다자간의 특사라는 이름으로 물밑 협상이 시작될 것이다. 치밀한 잠수복을 준비하고 물밑에서 밀고 당기는 협상이 일어날 것이다. 남의 일이 아니라 바로 우리의 운명과 직결된다는 것을 모든 국민들은 알아야 하며 감시를 더욱 철저히 하여야 할 것이다. 지난 역사를 돌아보면 세기의 협상가로 알려진 미국의 키신저 씨는 공산 월맹과의 100회가 넘는 파리 평화 회담을 성공시키고 월남에서 유엔군을 철수하였다. 바로 이 틈을 이용하셔 월맹의 대부 호지명은 서명한 협상을 파기하고 공산 월맹화를 하고 말았다는 역사적 사실을 반면교사로 삼아야 할 것이다. 가장 중요한 문제는 미국과 북한이 마주 앉아 무엇을 만들어 낼까. 우선 북의 입장에서는 미국의 경제적인 제재조치로 나라가 파산지경에 이르렀으니 핵을 미끼로 체제 안정과 경제원조에 초점을 두지 않을까 생각해 보았다. 이 두 가지의 과제는 따로따로 독립된 것이 아니고 하나이다. 체제를 지키고 인민을 살리기 위하여 그간 세계를 상대로 협박도 하고 사기도 치고 불법도 서슴없이 감행하였다.

하루아침에 공든 탑이 무너지기에 이르렀기에 더는 버틸 수 없다는 판단에서 이를 한꺼번에 해결해 줄 수 있는 나라는 세계 유일하게 미국 밖에 없다는 것을 누구보다도 잘 알고 있다. 지금 이러한 상황에서 정상회담 제의는 최선의 선택이 아니었을까. 미국의 트럼프 대통령은 알려진 바와 같이 사업가였다. 모든 국정을 사업의 관점에서 추진한다는 것에 초점을 두고 보면 비핵화에 성공함으로써 위상을 높이는 계기가 될 것이다. 경제적 지원의 문제는 최대의 수혜자인 한국, 중국, 일본, 러시아라 보고 너희들이 분담을 하라고 하는 것이 가장 이상적일 것이다. 이 매뉴얼이 확정된다면 미국과 북한은 모두 바라는 바를 얻을 수 있다는 셈법이다. 이 중에 가장 곱사등이 되는 나라는 한국임은 두말할 것도 없다. 모름지기 지원의 대부분이 한국이 부담하는 사태가 도래할지도 모른다. 단순히 비핵화에 따른 부담이다. 북한이 중국에 비친 내용을 보면 6,000억 불을10년 동안 무상원조를 하라고 한다니 나라가 거들 나게 된다는 이야기다. 설령 관련국들이 부담한다고 해도 쥐꼬리만큼 생색만이 낼 것이고 그를 미끼로 남북 간 이권에 깊이 개입하려고 할 것이다. 현재 좌익 정부가 추진하는 정책들이 고려연방제에 맞추어 질주하고 있다.

금년도 6월에 있을 지방선거에 헌법을 개정하여 좌익 노선에 확실한 쐐기를 박을 것으로 전망된다. 때문에 어떻게 슬기롭게 저지할 것인지가 4월 말로 예정된 남북 간의 정상회담이다. 이 회담이 남북 간의 문제뿐만 아니고 북미 간의 정상회담에도 크게 영향을 미칠 것이기에 최대의 현안이 될 것이다. 그것을 위하여 문재인 정부는 승부수를 띄웠다. 남북 간의 해빙에 초석을 놓았다. 그리고 북미 간의 중재 역할을 다하여 성공적인 비핵화에 이바지하였다는 성과를 대대적으로 홍보한다면 지방선거와 헌법개정은 문제없다고 자신할 것이기 때문이다.

준비하는 자 만이 행복하다 2018년 3월 13일

사람은 언제나 무엇인가에 대하여 준비하고 이행하여 성취감도 가지며 기쁨을 함께하기도 한다. 인생에 중대한 목표를 위하여 밤낮없이 준비하면서 한 단계 한 단계 올라가는 것이다. 가정 경제를 일으켜서 월세방에서 전세방으로 그리고 내 집을 갖는 꿈을 실현하는 과정은 괴롭고 고달프기도 하지만 한 단계씩 성취하는 기쁨도 함께 갖는 것이 우리들의 평범한 삶이다. 또 자아 실현을 위하여 미루었던 책들도 보면서 지식을 쌓아가기도 한다. 또한 자신의 정체성이 무엇인지에 대하여 알고자 노력도 하고, 자신의 건강을 위하여 무엇을 할 것인지에 대하여 실천하기도 한다.

이러한 평범한 목표들을 이룩하자면 혼자만의 노력으로 가능한 분야도 있지마는 그렇지 않은 분야도 있다는데 문제가 있다. 우선 나 자신을 둘러싼 여러 환경들을 스스로 개선하고 나아가 사회와 국가에서도 안정되고 지속적인 환경을 조성해 줄 때 비로소 성취를 할 수 있다는 것이다. 비교 우위에 서려고 준비하여 선의의 경쟁을 거치면서 인류 문화는 찬란하게 발전되었다. 그 터전이 되는 이 작은 땅은 금수강산이라 노래하면서 성장하였다. 지금에서야 돌아보니 정말로 금수강산이다. 많은 곳은 아니지만 좋다고 하는 이름 있는 곳도 보았지만 역시 내 것이 우리의 것이 최고라는 확신을 갖기에 충분한 대한민국이다. 이 아름다운 대한민국을 자자손손 물려주려면 항상 준비를 게을리 해서 안 된다. 주변에는 항상 노려보는 무리들이 있다는데 경각심을 가질 때 지킬 힘이 만들어지는 것이다. 그렇지 않고 나 하나쯤이야 하는 방관자적인 자세는 곧 노리는 이리들의 먹이가 되고 말 것이다. 특사단이 북한을 방문하고 돌아오면서부터 대한민국 하늘에는 우려스러운 먹장구름들이 5천만 국민들을 불안케 하고 있다. 4월 말에 남북정상회담이 있다는 보도에 놀랐고, 5월경에 북미 간의 정상이 만난다고 하는데 무엇 때문에 만나는 것인가.

우리의 운명이 바뀔지도 모르는 엄중한 시점이 시시각각 도래하고 있다. 세상은 아는 만큼 보인다는 말처럼 우리는 그간 먹고 사는데 정신 팔려 여타의 모든 것은 돌아볼 여유도 없었다. 이번 만큼은 그래서는 절대로 안 된다는데 그 심각성이 존재하기 때문이다. 국민은 국민의 도리를 할 때 비로소 국민으로서의 대접을 받는 것이라 본다. 4월 말에 있을 남북 간의 정상회담에는 무엇이 협상 탁상 위에 오를까, 생각해 보자는 것이다. 남북 간의 가장 현안이 되는 것은 비핵화일 것이다. 비핵화는 2000년 6·15공동 선언 마무리 이행에 선결조건이며 북미 간의 대화의 선행조건이다. 6·15공동 선언 제2조에는 "남과 북은 통일을 위한 남측의 연합제안과 북측의 낮은 단계의 연방제 안이 서로 공통성이 있다고 인정하고 앞으로 이 방향에서 통일을 지향시켜 나가기로 하였다"라고 명시되었다. 2000년 남북 간의 최초 정상회담에서 국가연합을 해 놓고서도 서로 간의 대사관을 설치하지 않고 있다. 국가연합의 선행조건에는 우선 교류 확대를 하고 다음에 각 수도에 대사관을 세워서 공식적으로 상주 외교를 하는 것이다. 이것이 이루지면 다음에는 연방국가나 단일국가로서 군대가 통합 수순을 밟는다. 유엔에서는 서로 외교활동을 하고 있으나 서울과 평양에는 대사관 설치를 서로 반대하고 있다.

6·15 공동선언의 낮은 단계의 연방제는 남과 북이 서로 다른 정부와 제도를 유지하면서 각각 정치, 외교, 군사권을 비롯한 현재의 기능과 권한을 지니되 그 위에 민족 통일 기구를 설치하여 하나의 연방 국가를 이루는 형태다. 6·15 공동선언에 미제로 남아있는 것 중에 대사관의 설치와 민족통일 기구 설치 문제와 이의 실현을 위한 비핵화가 남아있다. 4월 남북 정상이 만나 이 문제를 어떻게 풀어 갈 것인가에 초점이 될 것이라 예측되는 것이다. 북은 미국과의 5월 정상회담을 반드시 이루어 체제 보장을 받고 경제 지원을 받으면서 여타의 국가들과 같이 국가 반열에 오를 수 있기 때문에 남한을 지렛대로 삼고 정상회담을 수용하는 것이라 분석해 보았다. 4월 회담이 성공한다면 5월 회담도 낙관할 수 있을 것이며, 4월 회담이 실패하면 5월 회담도 없다고 보는 것이다. 지금까지 북한은 오직 핵을 개발하면 모든 것이 일거에 해결될 것이라고 국민을 겁박하고 고통을 감수케 하였는데 과연 요설이 아닌 진정한 비핵화를 이를 수 있을 것인가에 대하여는 많은 의문을 갖게 한다. 우리 정부의 그간 국정의 행태

는 매우 우려스러운 면들이 국민들을 불안하게 하고 있다. 그들이 추진하는 모습은 이곳이 마치 공산화로 가는 것이 아닌가 의심을 지울 수 없다. 오늘 아침 뉴스에 대통령은 역사상 중요한 변환점에 왔으니 나라를 위하여 좌익이든 우익이든 하나로 국력을 모아달라고 비서관 회의에서 발언하였다.

그들이 하여 온 국정은 통합은 아니더라도 갈등의 봉합이라도 이루어 놓고 하는 것이 순서일진데 모래밭에 물을 쏟아놓고 주워 담으려 하면 그것이 담길 것인지에 대하여 어떻게 생각하시는지. 이것이 아니면 국민은 안중에도 없고 우리가 하면 된다는 오만으로 대한민국을 통치하겠다는 생각은 아닌지, 조선시대에도 있을 수 없는 일들을 저들은 서슴없이 달려가고 있다. 국민들은 이번 기회에 낮은 단계의 연방제가 무엇을 뜻하는지 분명히 알아야 할 것이다. 알아야 주권을 행사하지 않겠나. 4월 정상회담에 눈 크게 뜨고 바라보아야 할 것이다. 무지렁이 촌로가. 〈위키 백과 참조〉

통일에 제시된 여러 방안들(1) 2018년 3월 14일

고려연방제

4월 말 남북정상회담을 앞둔 우리나라가 지금 매우 중요한 때라는 것은 대부분의 국민들도 알고 있는 사실이다. 1953년 7월에 6·25 전쟁을 휴전하는 체제로 전환된 이후 남과 북은 여러 통일 방안에 대하여 제시한 바 있다. 그러나 간단한 일과성으로 지나고 보니 관련자 외에는 국민들이 모르고 있는 것이 현실이 아닌가 한다. 책 속에 덮어둘 일이지 왜 지금 이 시점에 조명을 받아야 하는지는 바로 4월 정상회담을 앞두고 있기 때문이다. 우리 정부가 좌파 정부라는 것은 누구나 알고 있다.

이들이 10개월 동안 추진한 국정은 매우 우려스러운 일들이 연속되고 있다. 국민 통합에 전력을 경주하여도 모자랄 시점인데 갈등만 부추겨왔기 때문이다. 한마디로 혼란스러운 분위기 속에 정상회담에 남과 북이 하나 되는 큰 합의를 하였다고 선포하고 여론몰이를 할 것인지에 심히 우려스럽기 때문이다. 지금은 정상회담 준비팀이 구성되어 특사단이 가지고온 사안들에 대한 정보를 수집하고 분석하여 대안을 선택하고 보고하여 결정짓는 과정을 추진할 것이다. 또한 지금껏 좌파적 이념을 숨김없이 보여주었기에 또 다른 놀랄만한 안을 합의할 것인지에 대하여 우려하지 않을 수 없다. 이에 잊어진 통일방안은 무엇이 있었는지 나 자신을 비롯하여 모두가 알아야 할 의무와 책임이 있다고 판단되었다.

고려연방제란 무엇인가?

〈과정〉

▲첫째 1960년 8월 14일 김일성의 "8·15해방 경축대회 연설"에서 처음으로 제시되었는데, 과도적 대책으로 남북의 현 정치체제를 그대로 두고 양 정부의 독자적인 활동을 보장하도록 하였다.

▲둘째 1973년 6월 23일, 김일성은 "조국 통일5대 방침"을 제시하면서 "고려연방공화국"이라는 단일 국호에 의한 남북연방제 실시를 주장하였으며

▲셋째 1980년 10월 제6차 당 대회를 통해 "고려연방공화국"에 민주라는 수식어를 붙인 후 최종 정리된 통일 방안으로서 "고려 민주연방공화국 창립 방안"을 제시 한 바 있다.

〈내용〉

▲연방통일정부 수립 후 남북 양 지역 정부가 내정을 맡고 외교와 국방은 중앙정부가 맡는 1민족, 1국가, 2제도, 2정부 형태를 지

향하고 있다.

▲창립 방안은 크게 1) 자주적 평화통일 선결조건 2) 연방정부의 구성 및 운영원칙 3) 연방정부의10대 시정 방침을 제시하고 있다.

▲자주 평화통일을 위한 선결조건 1) 남한에서 군사통치 청산과 민주화 2) 미국과 평화협정 체결과 미군 철수를 통한 긴장상태 완화와 전쟁 위험 제거 3) 미국의 "두 개 조선" 조작 책동 저지와 남한 내의 내정에 대한 미국의 간섭 종식.

▲연방정부 •구성 남북이 동등하게 참가하는 "민족통일정부"를 세우고 ⇒ 남북이 동등한 권한과 의무를 갖는 각각의 지역 자치제를 실시한다. •최고의 의결기구로 남북 동수의 대표와 적당한 수의 해외동포 대표로 "최고민족연방회의"를 구성하고 그 상설 집행기구로 "연방 상설위원회"를 두어 지역 정부를 지도 감독. • 연방의 운영원칙은 최고 민족 연방회의와 연방 상설위원회의 공동의장과 공동위원장은 남북 윤번제로 실시한다.

이상의 주장은 그들의 홀로 주장이며 우리의 입장에는 일고의 가치도 없는 내용이기에 고려민주연방공화국의 10대 시정방침은 생략하였다.

〈변천〉

1991년 김일성은 신년사에서 잠정적으로 지역 자치 정부에 더 많은 권한을 부여하는 "느슨한 형태의 연방제"를 수정 제의한 바 있다.이후 2000년 6월 남북정상회담에서 김정일은 "낮은 단계의 연방제"를 주장하였다. 낮은 단계의 연방제는 "1민족, 1국가, 2제도, 2정부의 원칙에 기초하되 남북의 현 정부가 정치, 군사, 외교권을 비롯한 현재의 기능과 권한을 보유한 채 그 위에 민족 통일국가를 구성하는 것."

〈의의와 평가〉

위의 고려연방제 통일 방안은 남과 북의 사상, 제도를 그대로 두고 하나의 연방 국가를 지향하면서도 다른 한편으로는 선결조건을 요구하는 등 논리적으로 일관성이 없으며 독재체제와 자유체제의 고려 없이 의사 결정기구 구성을 남북이 동수로 하자는 등의 주장은 받아들이기 어렵다. 이상의 고려연방이 무엇인지에 대하여 정보를 발췌해 보았다. 지나온 세월 동안 별로 관심 밖의 영역으로 치부하였던 나의 무지가 참으로 부끄럽기 짝이 없다. 이 엄청난 주장들은 4월 정상회담을 앞두고 좌파 정부에서 자유대한민국이 수용할 수 없는 합의를 할 수 있다는 기우(杞憂)에서 관심사항이 아닐 수 없다. 이어서 낮은 단계의 연방제는 무엇인지에 대하여 기고(寄稿) 하고자 한다. 〈한국민족문화 대백과 인용〉

통일에 제시된 여러 방안들(2) 2018년 3월 15일

1. 북의 낮은 단계의 연방제

낮은 단계의 연방제는 북한이 지금까지 주장한 통일 방안 중 실효성 있는 통일 방안이다. 1973년 김일성의 고려연방제의 문제점을 인정하고, 1994년 김일성 사후에 비공식적으로 통일의 첫 단계는 국가연합이 되어야 함을 인정하기 시작하였다. 제1차 남북정상회담이 있은 후 2000년 10월 6일 고려민주연방공화국 제20주년 기념식에서 조국평화통일 위원회 안경호 서기 국장은 고려연방제를 접고 새로운 통일 방안을 제시하였는데 이것이 "낮은 단계의 연방제"라는 것이다. 주요 내용은 북과 남에 존재하는 두 개 정부가 정치, 군사, 외교권 등 현재의 기능과 권한을 그대로 갖게 하고 그 위에 "민족 통일 기구를 내오는 방법"이라고 밝혔다. 여기서 주장하는 민족 통일 기구의 구성에 대하여 많은 난제들이 있을 것으로 보인다.

2. 한국의 통일 방안

가. 노태우 대통령의 한 민족공동체 통일 방안

〈경과〉

▲한민족 공동체 통일 방안은1989년 9월 11일 노태우 대통령의 특별선언을 통해 발표되었다. 1982년에 발표된 "민족 화합 민족민주 통일 방안"은 단일국가 통일인데 비해, 최초로 국가연합 통일안이다. 자주, 평화, 민주를 3대 원칙으로 한다. 발표 당시 조선민주주의인민공화국의 연방제 통일안에 가장 근접시켰다는 평가를 받기도 하였다.

〈내용 ⇒ 3단계로 통일을 이룬다.〉

▲민족공동체 헌장 채택

- 통일이 될 때까지 남북 관계를 이끌어갈 수 있는 규칙을 새운다.

▲남북연합

- 민족공동체 헌장에 근거하여, 남북 정상 회의와 실행기구인 남북 각료 회의, 남북평화회의 등의 과도 기구를 설치한다.

▲통일헌법 제정으로 통일 민주공화국 건설

- 남북평화회의에서 마련한 통일헌법을 바탕으로 총선거를 실시하여 통일 국회, 통일 정부를 구성한다.

〈남북에 미친 영향〉

▲2007년을 기준으로, 1989년에 발표된 노태우 대통령의 한민족 공동체 통일 방안은 꾸준히 추진되어 6·15 남북 공동선언이라는 민족공동체 헌장이 채택되었고, 남북정상회담이 개최되었으며, 남북장관급회담이 개최되고 있다 하겠다. 유일하게 남은 과제는 남북평화회의 구성이다.

나. 김영삼, 민족 공동체 통일 방안

▲노태우 정부의 한민족공동체 통일 방안을 약간 수정하였다. "한민족 공동체 건설을 위한 3단계 통일 방안"이라고 한다. "선 교류 후 통일"의 원칙하에, 즉 1) 화해협력 단계. 2) 남북연합 단계. 3) 통일국가 완성 단계를 제시하였다.

다. 김대중 정부의 연합제 통일 방안

▲1980년 재야 시절부터 자주, 평화, 민주를 통일의 3대 원칙으로 하는 3단계 통일을 주장해 왔다. 김영삼 정부의 민족공동체 통일 방안을 계승 보완하고 있다. 즉 김대중 정부의 연합제 통일 방안은 김영삼 정부의 민족공동체 통일 방안에서의 남북연합 단계를 말한다.

▲김대중 정부는 햇볕정책으로 평화통일 제1단계인 남북화해 협력 단계를 크게 진척시켰다고 한다. 즉 햇볕정책의 3대 원칙은1) 북측의 무력도발을 허용치 않는다. 2) 남측은 흡수통일을 시도하지

않는다. 3) 남측은 화해와 협력을 추진한다.

라. 대한민국 민간 및 연구기관 통일 방안

▲대한민국 헌법과 법률을 바로 조선민주주의인민공화국이 통치하는 북한 지역에 도입하는 흡수통일 방안이다. 이를 자유통일이라고도 한다. 한때는 대한민국의 공식적인 통일 방안이었으나 남북화해 분위기 속에 공식적으로 추진하지는 않는다고 밝혔다. 지금은 보수진영에서 요구하는 통일 방안이다. 그러나 헌법에 따라 대한민국은 북한 지역에서 대한민국 주도의 평화적 흡수통일을 원하게 될 경우 즉시 응할 의무가 있다.

마. 북한 경제 분리안

▲한국의 통일 이후 북한 지역의 경제를 한시적으로 남한지역과 분리하는 통일 방안이다.

▲독일 통일이 단계적 통일이 아니고 바로 통합된 지 20년이 지났는데 아직도 동독 지역에는 가난을 벗어나지 못하고 있는 사례를 보아 우리는 한시적으로 분리하여 북한 지역 경제를 어느 정도 끌어올려서 통합 경제로 간다는 취지이다.

3. 6·15 선언의 탄생

▲2000년 6월 15일 대한민국의 김대중 대통령과 조선민주주의인민공화국 김정일 위원장 간의 회담에서 6·15선언 제2조에서 "남

과 북은 나라의 통일을 위한 남측의 연합제 안과 북측의 낮은 단계의 연방제 안이 서로 공통성이 있다고 인정하고 앞으로 이 방향에서 통일을 지향시켜 나가기로 하였다"라고 명시하였다.

4. 소의(素意)

▲지금까지 6·25전쟁이 이후 남과 북의 여러 통일 방안에 대하여 고찰하였다. 통일은 하여야 하는데 어떻게 할 것인가에 대하여 기록된 문헌을 통하여 많은 것을 생각나게 하였다.

▲통일의 대의명분은 인정하면서도 북측에서는 적화통일에 입각한 통일 방안이었으며, 남한 역시 흡수 통일 방안을 선호한 것 또한 사실이다. 분단의 70년 지난 세월에 엄청난 변화와 차이가 노정되고 있는 국력을 바라보면 과연 통일이 가능할는지 의문이 들기도 또한 사실이다.

▲6·15 공동 선언의 합의처럼 남북이 연합이 되었든 낮은 단계의 연방이 되었든 그 실행의 문제였지만 지금에 와서는 지켜지지 않은 사문화된 합의가 되고 말았다. 이는 오직 북측의 핵 개발로 6·15 공동선언은 말장난에 기만적 전략에 지나지 않는 고도의 정치술수라고 보인다. 만약에 북측이 비핵화에 동참하였다면 자주, 평화, 민주 통일의 3대 원칙이 충실히 지켜질 가능성이 있지 않았을까.

▲작금의 문제는 북측의 비핵화의 문제와 더불어 우리의 문재인 정부는 낮은 단계의 연방제 통일을 적극 추진하려는 것 또한 문

제가 아닐 수 없다. 나 홀로 사랑한다고 하여 그 사랑이 이루어질 것인지 이것은 어느 개인의 문제가 아니고 국가 간의 문제이기 때문이다.

▲현 정부가 4월 예정된 남북정상회담에 휴전협정을 종전협정으로 대치상태를 평화무드로 바꾸고자 한다는 보도에 또 한건 인기몰이에 집착한다는 생각이 들었다. 나 같은 사람이 있는가 하면 이를 적극적으로 지지하는 사람들도 있을 것이기에 경계를 하지 않을 수 없는 현실이다. 남과 북의 문제는 원인 제공을 한 북측의 비핵화 없이는 다른 여타의 것은 모두 공염불에 지나지 않기 때문이다. 시작과 끝이 모두 비핵화에서 시작되고 종결된다는 것을 명심하여야 할 것이다. 〈한민족문화 대백과 인용〉

꿈은 역사를 쓴다 2018년 3월 17일

누구에게나 꿈은 있다. 갓난아기에서부터 늙어 천수를 다하고 죽는 순간까지 꿈을 먹고 산다고 한다. 꿈은 사람의 새로운 피를 수혈하는 것과 같다. 자동차가 움직이려면 휘발유가 필요한 것처럼, 사람도 이와 같이 꿈이란 수혈을 통하여 성장한다는 이야기다. 꿈은 희망이고 바람일 수도, 목표가 되기도 한다. 화초에 물을 주지 않으면 곧 시들어 죽는 것과 같은 이치이다. 꿈은 의식의 자양분이다. 꿈이 있기에 인류의 역사가 쓰이고 문화는 발달하는 것이다. 나라도 마찬가지다. 1갑 자 전만 하여도 우리나라는 세계 최빈국이었다. 1인당 국민소득 60불 정도였다니 소원이 쌀밥 한번 먹어보는 것이었다. 꽁보리밥도 감지덕지한 시절이 있다. 먹을 것이 없어서 푸성귀를 뜯어서 삶아 먹기도 하였으며 소나무 껍질을 벗겨 죽을 쑤어 먹기도 하였다. 하루 삼시 세끼 꼬박 챙겨 먹는다는 것은 꿈이었다.

중식은 으레 걸렀으며 하루 한 끼만 먹기도 하고 배가 고프면 냉수로 배를 채우기도 하면서 그 어려운 시절을 경험하기도 하였다. 어떻게 하면 잘 살아볼 것인지에 대하여 국민 모두의 꿈이었다. 대한제국은 그렇게도 바라던 독립의 꿈을 2차 세대전이 종식됨과 동시에 타의에 의한 해방을 맞았다. 정돈되지 못한 2년을 미 군정이 관리하였고 드디어 1948년 8월 15일에 대한민국을 건국하여 만천하에 선포하였다. 또 냉전의 산물로 북쪽에는 또 다른 공산주의 북조선이 탄생하였다. 좁은 땅이 두 쪽 나고 말았다. 남과 북의 갈등은 지속되었다. 결국에는 북의 남침으로 피아간(彼我間)에 무려 200만 명 이상 아까운 목숨이 사라졌다. 백지 위에 터를 다지고 주춧돌을 놓고 기둥을 세우며 대들보와 서까래를 엮어 기와를 이는 작업을 어설프고 서툴지만 우방의 도움을 받기도 하면서 하나하나 착실히 꿈을 쌓아갔다. 상상만 하여도 기적 같은 일이 아닐 수 없다. 자원 하나 없고 지식인 집단이 별무하니 인적자원 빈곤 속에 모래사장과 황량한 세파에 시달려야 했다. 좌우의 갈등은 오래전 임시정부부터 노출되기 시작하여 갈등의 연속이었다. 오직 정치적 이익에만 눈이 멀어 백성은 안중에도 없었다. 위정자들의 집단은 진영논리에 매몰되어 정치적 투쟁이 국정의 전부였다.

선전선동이 일상의 구호가 되기도 하였다. 거리마다 지지하여 달라는 스피커 소리에 당파에 휩쓸리는 백성들도 꿈은 사라진지 오래되었다. 정치는 마약과 같다고 아버님으로부터 교육받기도 하였다. 그 영향으로 오늘까지 당에 가입한 바 없다. 준비 없는 민주주의라는 옷이 맞지 않아 자유가 방종으로 무질서의 쓰나미가 덮쳐오기도 하였다. 정치권력에 맛을 들인 위정자들은 장기집권을 꾀하다가 4·19

라는 젊은 혈기에 막을 내렸다. 새로운 정부는 꿈을 펴보기도 전에 정치 폭풍에 휘말려 사분오열하였다. 나라는 일촉 즉발의 위기에 처하기도 하였다. 이를 바라보던 군인들이 5·16군사 혁명을 일으켰다. 한마디로 잘 살아보자는 것이다.

혁명구호 5개항을 발표하고 의욕적으로 정리하기 시작하였다. 물리적으로 정리할 일들은 과감하게 하나하나 정리하였다. 나라의 질서가 바로 잡히기 시작하였고 국민들의 꿈을 실현코자 구걸외교의 쓴맛도 보기도 하였다. 경제개발에 진력하면서 국민의식을 깨우기 위하여 하면 된다는 새마을 운동을 제창하였다. 5천 년 동안 이루지 못한 새로운 꿈을 실현하는 동력이 되기도 하였다. 이것이 오늘의 세계 10위권의 선진국에 당당히 이르게 되었다. 개발도상국에서는 성장의 모델이 되었다. 혹자들은 이를 압축성장이라 하고 있다. 한강의 기적은 그냥 이루어지는 것이 아니다. 밤잠 거르고 일하고 또 일하여 오늘의 쌀 밥 먹는 꿈도 이루었고, 세계가 주목하는 자랑스러운 나라로 발전하였다.

하극상으로 잠시동안 나라가 혼란에 처하기도 하였다. 새로운 군부 정치인들이 등장하여 혼란기를 수습하였다. 부정부패에 물든 자들과 불법을 감행한 자들을 의법조치 하고 경제개발에 전념하였다. 밤에 집 밖을 나가기 무서워하였던 일들이 없어지기도 하였다. 그만큼 사회가 안정되었다는 소리들이 들리기 시작하였다. 그러나 민주주의를 갈망하는 사람들에 의하여 시국은 광주 5·18로 이어져 많은 사람들이 희생되는 아픔을 겪기도 하였다. 아직도 그때의 상황이 정리되지 못하고 설왕설래하고 있는 실정이다. 그럼에도 불구하고 나라 경제는 계속 활발히 성장하기 시작하였다. 세상에는 밥만 먹고는 못 사는 모양이다. 민주주의를 갈망하는 정치인들에 의하여 6·29선언이 발표되고 새로운 정부가 들어섰다. 세계 유일의 분단국가에서 88올림픽이 성대히 성공적으로 개최하여 국위를 크게 선양하였다. 실질적인 문민정부의 시대가 되었다. 즉 좌파 정부 10년 동안에 또 다른 갈등이 불거지기 시작하였다. 고도성장에 따른 불평등을 치유하고자 분배에 초점을 두었다, 햇볕정책을 추진하면서 남과 북의 화해무드 조성으로 두 차례의 남북정상회담이 이루어지기도 하였다.

6·29선언으로 낮은 단계의 통일 방안이 힘을 받기 시작한 시기이도 하다. 장밋빛 통일 분위기가 무르익는 가운데도 북은 핵을 개발하여 세상을 깜짝 놀라게 하였다. 다시 우파 정부 9년 동안 비핵화에 초점을 둔 대북 정책으로 남과 북은 대결 국면이 되었다. 서해안 도발로 이어져 연평도를 포격하여 민군의 사상자가 발생하였으며, 천안함 폭침으로 장병 46용사들이 차가운 수장을 목도하기도 하였다. 휴전선 일대 철책에 목함지뢰를 설치하여 장병 2사람이 영구 불구가 되기도 하였다. 국정 농단이라는 듣지도 보지도 못한 그물을 쳐서 현직 대통령을 탄핵하고 파면하여 감옥소에서 가두기도 하였다. 1년이 넘도록 조사하였으나 1원 한 장 받은 바 없으니 통치 행위로 집행한 국정원 특수 활동비를 걸고넘어졌다. 이는 명백한 정치적 탄압이 아닐 수 없다. 그것도 모자라서 전 전 대통령을 있으나 마나 한 법 앞에 세워 칼을 갈고 있다. 문재인 정부는 주사파 핵심요원들인 586세대들을 청와대로 모셔와서 사회주의 로드맵을 속도감 있게 진행하고 있다. 평창 동계올림픽에서 보여준 모습들이 그를 반증하였다. 특사를

보내어 비핵화라는 카드로 남북정상회담을 위한 준비단을 구성하여 추진 중이며 특사단은 미국으로 건너가 트럼프 대통령에게 설명을 하고 5월 중 북미간 만나자는 언론 보도를 보았다. 이어서 주변국 중국, 러시아, 일본에도 특사단을 파견하여 설명하였다고 한다. 6월 지방선거에 맞추어 헌법을 개정하고자 하는 정부 초안이 언론에 돌고 있는데 우려스러운 게 한 둘이 아니라고 한다. 만약 이것이 통과가 된다면 대한민국은 간판을 내리는 결과가 될는지도 모를 일이다. 지금까지 해방 이후 대한민국이 걸어온 발자취를 달밤에 구름 가듯 내가 기억한 되로 보고 들은 대로 정리하였다.

매화(梅花)는 피었는데 2018년 3월 19일

날마다 마음 둘 곳 없어 방황의 연속이다. 하늘은 먹장구름 첩첩한데 밝은 태양은 어디로 숨어버렸는지 미로에 갈피를 잡지 못하고 있으니 답답함이 도를 넘은 것 같다. 새벽 4시경에 일어나 매일 하여 온 운동에 몰입하면서 근심 걱정 뒤로하고 2시간 30분 의식을 최고로 끌어올렸다. 아침 소식이 무엇인지 열어보니 영(嶺) 너머 아랫마을에 매화꽃 축제를 한다고 한다. 매화철이 돌아왔단다. 황량한 민초들의 가슴에도 매화꽃이 활짝 피었으면 좋겠다. 계절은 변함없이 반복하기를 얼마나 하였던가. 몸담고 있는 지구가 존재하는 한 진리다.

무엇이 그리도 급한지 잎 나기도 전에 꽃부터 존재감을 나타내는지 하나님의 섭리를 알 수는 없지만 뜻하는 바 없지 않을 것이 분명하다. 행락(行樂)철이 시작되는 모양이다. 원색의 청춘 남녀들은 고고한 매화를 만나 심신을 새롭게 하고 기록하여 추억을 쌓기 위하여 산과 들로 나온다. 길고 긴 엄동에 죽지 않고 살아남아 참고 참았던 에너지를 잎도 나기 전에 봉화(烽火) 불이 되었을까. 수많은 경쟁자들을 물리치고 독야청청 피었을까. 이별이 서러워서 가시려는 임의 발길에 향기라도 뿌려 보려 함인가.

고생 끝에 낙이 온다는 말처럼 고생의 의미를 가르치려 함인지, 세상이 광속으로 변한다는데 편승하여 일을 그르치는 일은 없는지 기다림의 의미를 내포하고 있다. 청순하고 고고한 꽃잎은 수 만년을 살아온 화신의 가르침으로 위대한 스승일 것이다. 아직도 엄동은 잔설이 남아 북풍의 매서운 바람을 못 잊어 하지만 매화는 아랑곳없다. 앞가슴에 스며드는 냉기는 가시지 않고 잔풍(殘風)이 남아있다고 위협하여도 꺾이지 않은 기품은 존경스럽기까지 한다. 하얀 5개의 꽃잎 속에는 꽃술들이 허전한 공간을 가득 메워 풍요함을 보이기도 한다.

반쯤 피다만 꽃망울은 너무나 귀엽다. 토실한 강아지며 노란 병아리처럼 방긋 웃는 어린 아기처럼 아름다움의 진수를 보여주고 있다. 매화는 보통 3월 중순경에 핀다. 매화의 종류도 여러 가지가 있다. 보통 매화라고 하면 백매화를 말한다. 꽃잎을 싸고 있는 받침은 붉고 꽃잎은 흰색이다. 그리고 청매화라는 종류도 있다. 푸른색이 감돈다 하여 청매(青梅)라 이름하였다. 또 강렬한 이미지를 가지고 있는 홍매화가 있다. 꽃잎이 붉은색을 띠고 있으며 꽃잎이 여러 겹인 경우에는 만 첩 홍매화라고 한다. 또 잎과 꽃술이 노란색을 띠고 있는 노란 매화가 시선을 끌고 있다. 이밖에도 황매화라는 것도 있다. 근년에 보기 드문 강추위에 산천도 얼어붙었고 사람의 몸과 마음도 동토가 되었다. 더구나 폭설로 피땀 흘려 일구어 놓은 곳에 피해를 입기도 하였다. 오가는 길이 막혀 삶의 고통도 있었다. 만선을 꿈꾸면서 띄운 뱃길은 높은 파고에 휩쓸리기도 하였다. 부처는 삶 자체를 고행(苦行)이라 가르쳐 왔다. 사람에 따라서 처한 입장에 따른 느낌일 것이다. 그러기에 매화를 바라보는 사람에 따라서 생각과 느낌 또한 다를 것이다. 그렇더라도 한 가지 공통점은 아름답다는 것은 하나일 것이다. 화무십일홍(花無十日紅)이라는 말처럼 잠깐 왔다 사라지는 꽃이기에 아름다움은 더할 것이다. 지열(地熱)은 서서히 올라오고 있다.

누가 오라고 해서 오는 것도 아니고 오지 말아라고 해서 오지 않는 것도 아니다. 이것은 인간의 영역이 아니고 하나님의 창조물이기 때문이다. 이 위대하고 거대한 자연의 섭리(攝理) 앞에 서로 잘났다고 다투는 모습이 우리들의 진면목이다. 우습고 가여우며 불쌍하다 하지 않겠는가. 무엇이 그리도 잘 났다고 밤낮으로 다투기만 전부인 것처럼 세상을 뒤집으려고 하는가. 그만하였으면 좋겠다. 옛날 을지문덕(乙支文德) 장군이 수나라 장수 우중문(于仲文)에게 보낸 오언 고시를 되새겨 보았으면 좋겠다. 신책구천문(神策究天文), 묘산궁지리(妙算窮地理), 전승공기고(戰勝功旣高), 족지원언지(足知願言止) 고등학교 때 배운 을지문덕 장군이 수나라 우중문과 전쟁에서 이겨 승자로서의 패장에게 보낸 오언절구(五言絶句)로 기억된다. 마지막 절구가 마음에 든다. 족지원언지(足知願言止), 이제 그만하자는 내용이다. 매화꽃 피고 봄은 무르익어 가는데 만물이 화생(化生)하는 계절인데 언제까지 검은 것 흰 것 가리며 싸움질만 하겠는가. 날마다 말없이 진리를 전해주는 꽃을 바라보자 그곳에 모든 답이 있다 하지 않은가. 먼 곳 바라보지 말고 가까운 자신부터 날마다 돌아보았으면 좋겠다. 문제의 해결이 그곳에 있다고 한다.

우리는 북 핵을 얼마나 알고 있나(1) 2018년 3월 21일

세계의 이목이 집중되고 있는 북한 핵에 대하여 직접적인 관련국인 우리는 북 핵에 대하여 얼마나 알고 있는지 어떻게 대응하는지 지금껏 책임 있는 정부의 설명 들은 바 없다. 마치 크나큰 비밀인 것처럼 언론 보도 외에는 아무것도 없다. 대한민국이라는 국가와 구성원인 국민의 생명을 담보하는 일인데 설명 없이 비밀로 추진하고 있는 것에 대하여 우려를 금할 수 없다. 모든 것은 평화라는 말로 덮어버리고 국민들은 내가 하는 일이 한반도 평화에 관한 일이니 무조건적으로 따라와라 하는 일방통행식이다. 이는 선거 공약으로 다 설명되었다, 라고 한다면 민주주의는 아니라고 본다. 선거에 58%의 반대한 국민들의 의사를 무시하는 독재와 무엇이 다른 것인가? 일과성 설명이 아닌 매년 수시로 설명이 이루어져야 하는 것이 위정자들의 소임이라 본다. 그런데 북한과 관련된 얘기만 나오면 북풍이라 상투적으로 몰아붙인다. 정치판은 국민의 생명을 지키는 일과는 아무런 관심 없다는 것이 아니고 무엇인가. 이것은 42%의 지지 국민들만 상대로 국정을 운영하여 왔다. 그러니 날마다 데모 천국이고 시위 천국을 애써 무시하고 있다. 이러하니 국정은 절대로 성공하지 못한다는 것은 우리의 현대사가 증명하고 있다. 마치 간을 배 밖에 내놓고 모르쇠로 하면서 성공적인 정부로 평가받을 것인지 반문하지 않을 수 없다.

〈북 핵의 문제는 언제부터인가〉

1989년으로 거슬러 올라간다. 그해 9월에 프랑스의 상업위성 SPOT2호가 촬영한 북의 영변 핵시설 위성사진이 공개됨으로 야기되었다. 이 사진에는 건설 중인 원자력발전소, 핵연료 재처리시설, 방공포 등 군사시설이 노출되었다. 이에 대하여

1) IAEA(국제원자력기구)는 북한에 전면 안전조치 협정 체결을 권고하였다.
2) 또 남한은 제5차 남북고위급회담에서 북한이 IAEA의 핵 사찰을 수용한다면 그간 북침이라 비난하여온 팀스피리트 훈련을 중지하겠다고 제안하였다.
3) 북한은 이에 합의하여 1991년 12월 31일 비핵화 공동선언 채택되었다.
4) 이에 따라서 1992년 5월부터 IAEA의 핵 사찰이 시작되었다.

〈IAEA 사찰 경과〉

1) 북한은 1992년 5월 초 국제원자력기구(IAEA)에게 1989~1990년까지 89개의 손상된 연료봉에서 플루토늄 90g를 추출했다고

보고하였다.

2) IAEA는 사찰 결과 북한이 신고한 양과 IAEA의 추정치 사이에 불일치가 있다면서 두 개의 미 신고시설에 대한 특별사찰을 요구했다. 이에 북한은 미 신고시설이 핵과 무관한 군사시설이라면서 주권 침해로 특별사찰을 거부하였다.

3) IAEA는 1993년 2월과 3월 북한에 특별사찰 수용을 촉구하는 결의안을 채택하였다. 또 한미 양국은 1993년 팀스피리트 훈련을 재개하기로 하였다.

4) 북한은 이에 반발해 3월 핵확산금지조약(NPT) 탈퇴를 선언한다. 이로써 1994년 6월에는 전쟁위기로까지 치달았다.

5) 이때 지미 카터 전 미국 대통령이 방북해 김일성과 북미회담 재개에 합의하면서 1994년 10월 21일 북미 제네바 기본 합의가 체결된다.

〈제네바 기본 합의〉

1. 내용

(가) 미국은 2003년을 목표로 2000MWe 용량의 경수로 발전소를 북한에 제공하고 (나) 1호 경수로 완공까지 난방과 전력 생산을 위한 중유 50만 t을 제공하며 (다) 북한은 흑연감속로 및 관련 시설(영변 핵시설)을 동결한 뒤 경수로 발전소가 완공되면 이를 해체한다. (라) 북미관계 정상화 (마) NPT 잔류 및 IAEA 핵 사찰 수용 등이다.

〈제네바 합의 파기〉

북한은 제네바 합의 이후 NPT에 복귀하고 핵시설을 동결하였으며 대신 미국으로부터 매년 중유 50만 t을 공급받았다. 또 한·미·일이 참여한 한반도에너지 개발기구(KEDO)를 설립해 경수로 원자로를 짓기 시작했다. 그러나 2002년 2차 핵 위기 발생으로 제네바 합의는 파기되었다. 개인에게도 신뢰는 최상의 덕목인데 나라 간에는 더욱 신의가 있어야 한다. 그런데도 합의사항을 헌신짝 버리듯 파기하는 나라를 어찌 믿을 수 있겠는가. 위조지폐며 가짜 담배 불법 마약거래 불법 자금 세탁 등등 입에 담기도 민망할 불법행위를 저질렀다. 적발되어 제재를 당하는 나라를 어찌 국가라고 인정하겠는가? 창피하여 동족이라는 말하기도 부끄럽기 그지없는 일이다. 국제연합(UN)의 일원이라면 멤버로서의 지켜야 할 의무를 이행하고 어려우면 협조를 구하는 것이 기본일진대 동족을 죽이려고 핵을 개발한다. 국가이기를 포기하고 테러집단임을 스스로 인정하는 것이 아닌가 한다. 특히 나라 안에 이들을 동조하는 세력들은 모두 북으로 보내자. 그들이 그렇게도 좋다고 하니, 천국 같다고 하니, 보내자는 운동을 하였으면 좋겠다. 어느 아주머니 말처럼 금 긋고 살자는 말처럼 같이 살수 없다면 말이다. 〈다움백과 인용〉

* MWe(megawatts electric) ⇒ 순산소 석탁연소 발전시스템개념 설계

우리는 북 핵을 얼마나 알고 있나(2) 2018년 3월 22일

북한은 핵에 목숨 걸고 3대에 걸쳐 위기를 조장하고 있다. 미국의 비둘기파의 대부인 카터 전 미국 대통령을 통하여 김일성과 합의하여 제네바협정을 하였으나 결국 미신고 시설에 대하여 사찰 거부로 제네바협정은 파기시키고 말았다. 그들의 무지의 소치이다. 감춘다고 감춰지는 것이 아니라는 것을 모르는지 알면서도 숨기면 넘어갈 것으로 알았는지 모를 일이다. 그렇지 않으면 미국의 정보력과 핵 억제 능력을 과소평가하였을 것으로 추정해 볼 수 있다. 결국 제네바협정 파기로 2차 핵 위기는 도래하였다.

〈2차 핵 위기. 6자 회담. 9·19 공동성명〉

▲2차 핵 위기

- 미국 국무부는 2002년 10월 16일 제임스 켈리 국무부 동아태 담당 차관보의 방북 결과를 설명하면서 “북한이 비밀 우라늄 농축

프로그램의 보유 사실을 시인했다"라고 밝혔다.

- 이에 11월 한반도에너지 개발 기구는 대북 중유 지원을 중단한다.
- 북한은 12월 핵동결 해제 선언하고 IAEA 시찰관을 추방한다. 2003년 1월 NPT 탈퇴 선언을 하면서 2차핵 위기가 본격화되었다.
- 결과 ⇒ 6자 회담(한국, 미국, 일본, 북한, 중국, 러시아)이 제시되어2003년 8월에 1차, 2004년 2월에 2차 회담이 중국 베이징에서 개최되었으나 미국은 "선 핵 해결에" 혹은 "완전하고 검증 가능하며 불가역적인 폐기(CVID)"를 고수하고. 북한은 "일괄 타결, 동시 행동"을 주장하며 평행선을 달려 논의에 진전이 없었다.

▲9·19 공동성명

- 2005년 9월 4차 2단계 회의에서 6자 회담 최초의 합의인 "9·19 공동성명"이 채택되었다.
- 내용

(1) 북한은 모든 핵무기와 현존하는 핵계획을 폐기.

(2) 조속한 시일에 NPT와 IAEA 안전조치에 복귀.

(3) 미국은 한반도 비핵화와 북한에 대한 침공 없음을 확인.

- 경과

(1) 성명서 발표 직후 미국의 대북 금융제재로 진전되지 못하였다.

(2) 미 재무부는 방코델타아시아(BDA)가 북한의 위폐 제조, 가짜 담배와 마약 밀수 자금의 돈 세탁 혐의가 있다며 이 은행에 예치된 북한의 금융자산 2400만 달러를 동결했다.

(3) 이후 6자 회담은 1년 넘게 답보상태.

(4) 북한은 2006년 7월 5일 대포동 미사일 1기를 포함한 미사일 시험 발사.

(5) 이어 10월 9일에는 1차 핵실험을 감행하였다.

(6) 이어 UN 안보리는 결의 1695호 및 1718호를 채택하였다.

(7) 긴박한 상황에서 2006년 10월 31일 베이징에서 미, 북, 중 3국의 6자 회담 수석대표가 만나 6자 회담 재개에 합의하면서 협상 국면에 이르게 되었다.

●6자 회담 재개

(1) 2007년 2월 8일부터 5차 6자 회담 3단계 회의가 개최되어 "9·19 공동성명 이행을 위한 초기 조치로 (2·13합의)가 타결되었다.

(2) 2·13합의 내용

(가) 60일 이내 영변 핵시설 폐쇄, 봉인.

(나) IAEA 요원 복귀.

(다) 대북 중유 제공 등이 제시됐다.

(라) 미 재무부는 2007년 4월 10일 BDA(방코 델타 아시아 은행) 북한 자금 동결을 해제했다.

(3) 같은 해 10월 제6차 6자 회담 2단계 회의에서는 "9·19 공동성명" 2단계 조치를 담은 "10·3 합의"가 채택되었다. 내용은

(가) 2007년 내 모든 핵 프로그램의 정확하고 완전한 신고.

(나) 인도적 차원에서 중유 100만 t의 대북 경제 에너지 지원 제공 등이다.

(4) 이에 따라서 북한은 2008년 6월에 핵 신고서를 제출하고 영변 원자로의 냉각탑을 폭파하였다.

(5) 2008년 6월 26일 미국은 북한의 테러 지원국 지정을 해제한다고 발표한다.

(6) 이어서 12월 열린 6자 수석대표회의에서 검증 의정서 채택 문제. 비핵화 2단계 마무리를 위한 불능화 및 경제에너지 공동 이행 문제 등을 논의했으나 핵심 쟁점이었던 검증 의정서를 채택하지 못했다.

〈오바마 정부 와 북한 3차 핵 실험〉

1) 2009년 1월 오바마 출범과 동시에 북한은 2009년 4월 5일 새벽 장거리 로켓을 발사했다. 미국은 이를 탄도미사일(ICBM) 시험 발사로 간주하고 UN 안보리에 회부한다. UN 안보리는 규탄하는 의장 성명을 채택했다.

2) 이어 북한은 5월 25일 제2차 지하 핵실험 강행으로 맞섰다.

3) UN은 이에 대하여 안보리가 6월 대북 결의안 1874호를 만장일치로 채택하자 북한은 플루토늄 재처리 재개 및 농축 우라늄 개발을 공식 선언했다.

4) 강경책으로 선회한 미국은 "전략적 인내"를 표방하면서

(1) 북한에 비핵화 6자 회담 복귀, 한국과의 관계 개선 촉구.

(2) 중국에 북 핵에 강경한 태도를 취할 것을 설득.

(3) 무기 수송 차단과 제재를 통한 북한 압박 등이다.

5) 미국이 "전략적 인내" 정책을 취하는 동안 북한은 핵 능력과 미

사일 능력을 강화하였다. 2012년 12월 은하 3호 장거리 로켓 발사 실험이 성공했고, 2013년 2월 3차 핵 실험이 강행되었다. 은하 3호는 위성발사용 로켓이나 대륙 간 탄도미사일 발사 기술을 과시한 것으로 평가한다.

〈북한의 3차 핵실험〉

1) 북한은 2013년 2월 12일 오전 11시 57분경 함경북도 길주군 풍계리에서 3차 핵실험을 강행했다. 국방부는 인공지진의 진도 4.9를 기준으로 할 때 핵실험의 위력이 약 6~7kt(킬로톤) 일 것으로 추정했다. 규모 4.5에 폭발력 2~6kt이던 2차 핵실험에 비해 파괴력이 커진 것이다.
2) 〈조선 중앙 통신〉에 따르면 "다종화 된 우리 핵 억제력의 우수한 성능이 물리적으로 과시됐다"라고 주장했다. 이는 1~2차 실험에 사용된 플루토늄이 아닌 고농축우라늄(HEU)이 사용됐음을 시사한다. 플루토늄 방식보다 HEU 방식이 탄도미사일용 핵탄두 제작이 유리하기 때문에 소형화 작업에 돌입했음을 의미하기도 한다. 북한의 우라늄의 가채량은 400만 t에 달해 천연우라늄 확보에 유리하다.

〈북한의 4차 핵실험〉

1) 2016년 1월 6일 오전 10시 30분(한국시간) 북한 양강도 풍계리 핵시설 인근에서 4.8의 인공 지진이 관측됐다. 2시간 뒤 북한 중앙 텔레비전은 정부 성명을 발표하며 주체 조선의 첫 수소탄 실

험이 성공적으로 진행되었다고 선언했다.

2) 미 국방 전문조사 기관인 IHS는 보도 자료에서 "수소폭탄 폭발이 아니라 북한이 흘린 허위정보일 가능성이 크다"라며 "수소폭탄을 만들려면 중수소화 리튬의 고체 원료가 있어야 하지만 북한이 그 같은 물질을 만들 수 있는 기반을 갖춘 지는 의문"이라고 지적하였다.

나는 오늘 이 글을 작성하면서 나 자신이 너무나도 한심하다는 느낌이 들었다. 30년 전부터 핵 개발에 온 국력을 쏟고 있을 때 먼 산만 바라보면서 내 다리가 아픈지 남의 다리가 아픈지도 모르고 지내 왔다는데 참담한 심정이다. 내 목숨을 노리고 칼을 갈고 있는데도 남탓만 하고 있었다니 기막힌 일이 아닌가. 사건이 터질 때만 반짝하는 보도가 지나면 언제 핵실험이 있었는지도 가마득하다. 잊힌 가사(歌詞)가 되었고 노래가 되었다. 생살여탈권(生殺與奪權)을 저들이 쥐고 농단을 하는 엄중한 상태임에도 편 가르기에 일상화가 되었다. 이제는 핵이 아니라도 남조선은 해방이 된 것이나 마찬가지가 아닐까 하는 우려마저 들기도 한다. 편 가르는 얼간이들아 무엇이 된장인지 똥인지를 분별하지도 못하느냐. 아니면 남조선이 저들 말처럼 해방이 되어야 말도 안 되는 불법적이고 부당하게 누려왔던 권익이 보전된다는 이야기인가. 자유대한민국으로 흡수 통일되면 너희들이 누려왔던 치부들이 드러날까 두려움에서 인지는 모르지만 진리와 정의는 영원한 것이다. 다시금 간곡히 애원한다. 이제 그만하자꾸나. 이것만이 너도 살고 나도 산다는 진리다.

우리는 북 핵을 얼마나 알고 있나(3) 2018년 3월 23일

우리 속담에 믿는 도끼에 발등 찍힌다는 말이 있으며. 또 설마가 사람 잡는다는 말도 있다. 그래도 부모 자식 죽이고 형제자매까지 죽인 전범자들이지만 동족인데 설마 하고 믿었는데 모두가 꿈이었나 보다. 다시 악마들의 마수는 전쟁을 하여서라도 남한을 해방시키고자 핵을 개발하였다. 그것도 30년 전부터 3대에 걸쳐서 핵 실험하기를 2016년 1월까지 4차에 걸쳐 핵실험을 하였다. 지금은 잠시 기회를 엿보고 있다. 30년 동안 백성의 고혈을 빨아 핵을 개발만 하면 원하는 것 모두 얻는다는 감언이설로 생지옥을 만들었다. 아이러니하게도 핵 개발에 햇볕정책이라는 기간에 핵 개발에 필요한 엄청난 돈을 바쳤다. 이것이 지난 10년 동안 좌파 정부의 업적이다. 핵 개발에 지대한 업적을 쌓았는데 지금 와서 이걸 어쩌나 비핵화 하겠단다. 세상을 또 속이려고 하고 있다.

전문가들은 거의 마무리 단계에 왔다고들 한다. 시간이 없다는 말인데 이런 엄중함을 익히 간파하고 시간을 벌어주기 위하여 평창 동계올림픽을 이용하였다. 특사를 통하여 남과 북의 4월 정상회담을 합의했다. 미국은 5월에 만나자고 하였다. 6월이면 지방선거가 있다. 이는 무엇을 의미하는 것인가. 적어도 6월까지 4개월이라는 시간을 벌어주는데 지대한 공헌을 하였다. 이러한 경과를 보면 좌파는 비핵화라는 외피를 걸치고 내면으로는 하루속히 핵을 완성하라는 전략적 비핵화가 아닌가를 의심하지 않을 수 없다. 지금 자유대한민국 정부가 맞는지 의심을 떨칠 수 없다. 적폐 청산으로 좌경화를 마무리하였다고 보아야 할 것이다. 그들은 지금 무슨 생각을 하고 있는가. 주사파들로 진치고 있는 청와대는 주체사상을 신봉하는 조선민주주의인민공화국이 주장한 낮은 단계의 연방정부를 실습하면서 준비하고 있는 것을 떨칠 수 없다. 나라 전체가 붉게 물들었다. 그대로 괴뢰정부에 흡수되고 마는 것은 아닌지 위급한 상황임에도 눈 감고 귀 막고 나와는 관련 없다는 것이다. 우리들의 자세가 더 큰 문제다. 헌법을 개정한다면서 초안이 나왔는데 그대로 사회주의로 가자는 내용이다. 자유민주주의 기본 질서는 간곳없고 사유재산도 언제라도 국유화하겠다는 토지공개념을 도입하겠단다.

지방분권을 하겠단다. 손바닥만 한 땅에 분권을 노래하고 있다. 독소조항이 한 둘이 아니다. 이제는 더 외면할 수도 방관할 수도 없는 상황이다. 우리의 민주주의 세력들은 거의가 가면을 쓴 사회주의자들이 아니면 공산주의자들이다. 민주주의 한다면서 피 흘려 투쟁에 몸담은 자만이 진정한 민주투사라고 그렇게도 외치면서 국민들을 선동하며 잘도 속여 왔다. 그 세력들이 지금 무엇을 하고 있는가. 자유대한민국의 마지막 보루인 기본법인 헌법을 사회주의 헌법, 또는 공산주의 헌법으로 개정하여 연방제를 완성하고자 하는 세력들이다. 대한민국에서 그렇게도 민주투사라고 외치던 자들임을 알아야 한다.

나는 적어도 비핵화는 극적인 비상 처방 없이는 불가하다고 본다. 국민들이 깨어나지 않는다면 그간 쌓아온 공든 탑이 하루아침에 허물어지고 말 것이다. 거리마다 광장마다 인민재판으로 시산혈해를 이룰 것이 눈에 선하니 통곡하지 않을 수 없다. 유리걸식하는 아이들이 길거리를 메울 것이며 아이 어른 할 것 없이 매일 학습을 받아야 하고, 있는 것 모두 밥숟가락까지도 신고하여야 목숨이라도 부지할 수 있을 것이다. 목숨 바쳐 이루어 놓은 보금자리와 가족은 하루아침에 해체될 것이며 종교는 금지되며 종교시설은 모두 국유화되어 인민들의 회당으로 변모될 것이다.

북한 핵은 바로 남한을 흡수하기 위하여 개발한 것에 지나지 않으며 실제로는 그간 남한에서 이룩하여온 모든 것들을 접수하여 김 씨 왕조를 대대로 이어가기 위한 목적이 있다고 믿는다. 똑바로 알고 가자. 만시지탄이 있지마는 지금이라도 우리나라에서 민주주의자들이라 외치는 자들의 일부가 사회주의자가 아니면 공산주의자들이라는 것을 알고 자유대한민국을 지키기 위하여 모두 일서야 할 것이다. 주권자인 국민이 권익을 지키기 위하여 깨어나야 한다. 이것이 살길이기 때문이다.

연곡해변의 솔밭 2018년 3월 25일

2018년 3월 24일 오늘은 토요일이다. 아직도 겨울이라는 두터운 외투를 벗어버리기에는 아쉬움이 남는지 쌀쌀한 봄바람이다. 해송(海松)이 우거진 솔밭 그늘에는 아직도 발길 닿기를 어렵게 하는 모양, 모두들 햇볕 드는 백사장에서 잔잔한 푸른 바다를 배경으로 추억담기를 한다. 주최 측에서는 금년도 처음 산행이라 매년 하여온 시산제(始山祭)를 솔밭에서 준비하고 있다. 준비한 제물들을 진설하고 뜻있는 회원들께서 기증한 물품들도 함께하여 금년도에도 변함없는 무사안녕의 산행이 되게 하여주십사 하고 천신(天神)에게 제사를 올리고 있다.

아침에 07:00시 출발 계획에 맞추어 새벽 4시에 일어나 6시까지 간단한 운동으로 건강을 체크하고 매일 새벽 음료로 애용하고 있는 토마토에 첨가물을 넣고 갈아 빈속을 채웠다. 준비물을 챙기고 핸들을 잡고 집을 나왔다. 근방에 김밥 집에서 도시락 두 개를 구입하여 집결장소로 이동하니 허병홍 형께서도 때맞춰 도착하였다. 반갑게 인사하고 대기한 버스로 이동하니 김순희씨, 김창환, 김무식 회장님과 인사를 나누고 승차하여 중간쯤에 자리를 잡았다. 벌써 많은 분들이 보였다. 오랜만의 산행이지만 지인들을 보니 마치 잊어버린 친구를 만난 듯 반가웠다. 개인적인 다른 일로 칩거하면서 계획하였던 일들을 준비하고 사색하면서 보낸 시간들이 작은 성취감을 맞보기도 하였다. 지금도 계속하고 있다는데 자위하면서 어수선한 시국에 새로운 환경에서 부족한 에너지를 충전하고자 허병홍 형에게 신청해 주십사 청하기도 하였다. 그는 평생을 동근하고 동행한 둘도 없는 나의 친구이며 조언자이다. 미국 어느 대학에서 수년 동안 장수에 대하여 조사한 결과물을 접하였는데, 첫 번째 조건이 친구가 많은 사람일수록 장수하였다는 조사 보고서를 읽은 일이 있다. 평생을 살아오면서 없어서는 안 될 친구 중에 한 분이 허병홍 형이다. 내 옆에 당신이 있어 정말로 감사하고 고맙다는 말씀을 드립니다.

버스는 7시 미명에 아침 공기를 가르면서 시가지를 벗어나 원주를 거쳐서 영동고속도로를 타고 강릉방향으로 달리고 있다. 버스 안과 밖의 기온차로 생긴 습기로 인하여 밖은 보이지 않지만 휙휙 지나는 바깥 그림자만 보아도 속도감 있게 달리는 것 같다. 김순희 회장님의 인사말씀과 준비과정이며 미비한 점이 있다면서 양해를 구하셨고, 7월경에 몽골 여행 계획이 있으니 신청하라는 말씀도 있었다. 그리고 김창환 회장과 김무식 회장님의 인사 말씀을 끝으로 음료수를 공급받았으면서 회비를 납부하였다. 잠깐 동안 졸음 중이었는데 휴게소라 한다. 비몽사몽 하차하여 볼일 보고 또 달리기 시작하였다. 시간상으로 8시가 넘었다. 밖을 바라보니 산이 많은 지역이라 평창이라는 것을 쉽게 알 수 있는 듯하다. 산마루에서부터 생채기들이 몇 줄씩 길게 아래로 이어졌다. 잔설(殘雪)이 녹지 않아 경기장으로 이용한 듯 보이는데 경관을 바라보는 국민들에게 눈살을 찌푸리게 하였다. 특히나 산골 마을에 설치한 경기장을 어떻게 활용할 것인지에 대하여는 설명 들은 바 없다. 바라보는 내 마음이 이럴 진데 다른 사람들도 마찬가지일 것이다. 강릉을 지나 연곡 해변으로 이동하여 하차하였다.

시산제를 올리고 음복(飮福)을 하면서 덕담(德談)을 주고받기도 하였다. 원래는 산을 타기로 하였는데 계획을 바꾸어 해파랑 길을 이용하여 주문진 항까지 약 10km를 도행(道行) 하는 것으로 변경하였다고 한다. 해파랑 길은 우리나라에서 가장 긴 트레일 거리이다. 부산 오륙도 해맞이 공원에서 시작된 제1코스는 강원도 통일 안보 공원 제50길까지 장장 700km라 한다. 동해안의 상징처럼 태양과 함께 사색(思索)하는 길로서 2010년 문화체육부가 동해안 탐방로 이름을 해파랑 길로 선정하였다. 이 해파랑 길 중에 하나인 연곡해변에서 주문진항까지 트레킹에 동참하고 출발하였다. 삼삼오오 짝을 지어 주문진항으로 나아갔다 바닷가를 끼고 걷는 기분은 상쾌하였다. 새로운 주위의 풍경을 감상하면서 사색에 잠기기도 하였다.

위로는 푸른 하늘에 바다는 파란 옥색 물감을 풀어놓은듯하고 오늘따라 파도는 잠잠하여 순한 양처럼 따뜻한 봄날을 상징이라도 하는 듯하다. 점점이 떠있는 조각배들 아득한 수평선은 우리를 유혹하고 있다. 친구야 여기가 천국이 아니던가. 천국은 따로 멀리 있는 것이 아니고 내 마음속에 있다는 것이 아닌가. 백사장에는 주말 낚시꾼들의 여기저기 낚싯대를 드리우고 있고 민물과 바닷물이 만나는 곳에는 투망을 던지는 사람도 보인다. 갈매기 빠질세라 비행에 잠수도 하는구나. 이어지는 도로변에는 먹고살기 위하여 즐비한 상가 모습은 오늘이 토요일 대목 장날이나 다름없다. 관광객은 하나둘 모여들기 시작할 무렵에 목적지 주문진 시외버스 터미널에 도착하였다.

지인들과 함께 식당을 찾아 주문하고 살아온 이야기며 궁금하였던 소식 이야기로 세월을 낚았다. 가지고 온 도시락과 함께 중식을 하고 자리를 옮겨 커피로 입맛을 아듀 하였다. 이곳저곳 아이쇼핑도 하면서 세상사람 민속 냄새 맡으면서 오가는 중에 출발시간 3시가 가까워져 승차하여 집으로 돌아왔다. 해파랑 길에서 트레킹의 묘미를 온몸을 던져 체험한 기쁜 하루였다고 오래도록 기억될 것이다.

위기에 처한 분열(分裂) 2018년 3월 27일

요사이는 듣고 보는 것 모두가 분열(分裂)의 극치다. 분열이란 용어는 원래 초대교회에서 뛰쳐나와 새로운 대립적인 교회를 만드는 집단을 가르치는 대서 나온 용어라 한다. 뜻과 생각이 맞지 않아 갈길을 달리하는 것이나, 철석같이 믿었는데 배신하는 원인도 천차만별이다. 가족 간에 친척 간에 친구는 물론이며 사회와 나라에서도 분열은 끊임없이 이어지고 있다. 작은 분열에서 돌이킬 수 없는 분열로 이어지기도 한다. 평생을 함께하고자 약속한 사이도 갈라서 남이 되기도 한다. 혈연관계도 어느 날 하루아침에 파기하기도 하고 용광로처럼 뜨거웠던 열애도 깨어지는 일들은 주변에 늘리고 늘려있다.

이는 인간의 가치관이 다양화되었다기보다는 인성의 결핍에서 오는 사회병리 현상일 것이다. 나는 항상 주장하지만 인성 함양에 모두가 관심을 가져보자고 하여왔다. 사회 구성 기초단위인 가정이 매우 중요하다. 건전한 가정을 위한 국가적 사회적 노력이 더욱 필요한 때이다. 인성은 교육에서 함양되어야 한다. 교육은 가정에서부터 시작이다. 가정이 건전한 가운데 자라는 아이들의 인성이 높아지는 것이라 믿는다. 가정이 이기적(利己的)이거나 비도덕적(非道德的)일 때는 문제가 발생하게 된다. 사람이 금수와 구별되는 것은 바로 인성이 있기 때문이다. 제도 교육이 더욱 중요시되는 현실이다. 그런데 작금의 교육 환경은 매우 좋아졌다고 하지만 하늘같은 스승님은 스승이기를 포기하고 노동자라 자처하고 거리로 뛰쳐나왔다. 아이들을 어떻게 가르칠 것인가에 연구하고 노력하여야 할 선생님들이 길바닥에서 투쟁하는 모습으로 교육하고 있으니 참담한 일이다. 교단을 지키고 아이들을 가르쳐야 할 것을 포기하고 붉은 머리띠 두르고 정치투쟁을 보여주는 모습을 보고 무엇을 배우겠는가. 더구나 염려스러운 일은 교단을 붉게 물들이고 있다는 것이다. 어린이 역사책에 김일성을 미화하는 내용에 말문이 막히는 내용이다.

김일성을 민족의 유일한 희망이자 영웅으로 표현하고 있다. 대한민국 정부는 수립이고 조선민주주의 인민공화국은 탄생이란다. 김일성은 민족의 영웅이고, 이승만은 미국의 꼭두각시라 표현하고 있다.(TV조선 참조) 우리의 어린이들이 받을 교육 내용이다. 자유 대한민국을 더욱 발전시키고 지켜야 할 자라는 아이들에게 이런 교육을 시킨다. 어떻게 생각하시는가. 부모님들의 등골 빠지게 일하여 대학이라는 곳에 보냈더니 공부는 뒷전이고 날마다 이념교육에 매몰되어 거리로 정치투쟁을 학습하는 모습은 때로는 나라를 혼란에 처하기도 하였다. 겉으로는 민주화를 외치면서 국민들의 뜨거운 박수도 받기도 하였다. 또한 검은 세력들은 이들에게 깊숙이 파고들어 저들이 유일사상이라고 하는 주체사상을 세뇌시키고 세포 분열하듯 반국가적 행위도 민주화라는 탈로 가리고 성장하였다. 이들이 왈 지금의 대한민국을 움직이는 실세들이라 한다. 그들은 민주화라는 가면을 쓴 김일성주의 유일사상이며 주체사상을 신봉하는 자들이다. 그러니 지나온 민주화 세력들은 철저하게 위장하여 독재에 항거한 민주투사로 성장하여왔다. 국가의 모든 기능이 좌경화를 벗어나 저들이 말하는 소위 낮은 단계의 연방제 또는 사회주의를 실현시키기 위하여 쾌속하고 있다. 분열은 이제 돌이킬 수 없는 상황이다.

자유민주주의가 무너지든지 아니면 붉은 세력들이 사라지든지 하는 마지막 단계에 왔다. 여기에는 5·18이라는 비극적인 사건이 성역이 되어 자리하고 있다. 아직도 규명되지 않은 갈등을 두고 헌법 전문에 그 정신을 넣고자 한다. 헌법 전문은 대한민국의 정체성을 표시하면 그만이다. 다른 어떤 것도 들어가면 안 되는 것이 일반적이다. 혹자들은 봉합이라 하는데 이제는 요단강을 건넜다. 다시 돌이킬 수 없다는 이야기다. 70년이 넘도록 밤낮으로 지켜온 자유대한민국을 그들에게 상납하여야 할 것인지에 대하여 모두 하나로 뭉쳐야 한다. 이것만이 살길이기 때문이다. 그리고 저들이 포기하고 전향할 것이라는 꿈같은 생각일랑 바로 버리시길 바란다. 저들의 속셈은 백일하에 드러났다. 저들은 뜻하는 바를 관철시켜야 만이 거짓의 정체를 영원히 감출 수 있다고 보기 때문이다. 5·18과 관련된 여러 의문의 증거들이 그곳에 있기 때문에 5·18로 인하여 받은 국가적 불법적인 시혜를 지키기 위하여 절대로 봉합이나 전향은 있을 수 없다는 결론이다.

이것 때문에 문 정부 조각은 바로 남쪽 사람들로 구성한 배경일 것이다. 이것이 문 정부가 추구하는 목적임을 알아야 한다. 국가의 모든 기능은 완전히 붉은색으로 채색하였다. 이제 남은 일은 헌법만 바꾸면 목적을 달성하는 것과 진배없을 것이다. 죽느냐 사느냐 하는 문제다. 쥐구멍에도 볕들 날이 있다 하지 않은가. 분명히 있다고 믿는다. 다만 실행이 되느냐 하는 문제만이 남는다. 뭉치면 살고 흩어지면 죽는다는 이승만 대통령의 위대한 말씀을 되새겨 보아야 할 것이다.

예상된 얽혀버린 판세 2018년 3월 29일

자고 나면 놀라운 소식들에 아둔한 국민들은 인질(人質)이라는 족쇄(足鎖)가 되었다. 깨어진 쪽박들고 춤을 추어야 하는 날들이 이어지고 있다. 그간 숨통을 조여 온 압박에 숨쉬기도 어려울 정도로 몰아붙여 반상(盤上)의 돌을 놓기 시작하였다. 누가 이기고 지는지를 관전하는 입장에는 여러 가지 예측이라는 명암에 국민은 분열되며 나라는 위기를 맞이하고 있다. 또한 주변에서는 국물이라도 얻어먹으려는 세력들이 있다. 관전에서 머물다가보면 꿩도 놓치고 매도 놓친다는 생각에 안절부절못하였는데 이제야 기회를 잡았다 하면서 훈수를 넘어 다자간의 대국자(對局者)로 등장하였다.

미국의 눈치만 보아오며 이인자라 자처하던 중국이 움직이기 시작하였다. 남 중국 해의 문제로 전 방위 공격을 받는 중에 또 무역 불균형의 공세에 판을 흔들어 주도권을 찾기 위하여 북한 핵을 이용하고자 반상에 돌을 직접 놓기 시작하였다. 그래서 김정은을 불러들인 것이다. 북이 주장한 단계적 해결방안에 동의하였다. 유명무실해진 육자 회담 위원장으로서의 위상을 되찾아 미국을 견제하겠다는 수순이라 보인다. 북은 거대한 힘의 위력 앞에 사면초가(四面楚歌)에 몰리자 후원자가 절실하였다. 그간에 북중 우호관계에서 소원(疏遠) 하여지고 어려워지기까지 한 대중국 간의 해빙이 필요하다는 판단에서 처음 국제무대에 등장하였다. 오늘은 4월 말경 남북정상회담에 필요한 것들을 논의하기 위하여 판문점에서 예비회담이 열린다고 한다. 초록은 동색이라 어려움 없이 합의에 이를 것으로 보인다. 날짜를 정하고 비핵화를 어떻게 할 것인지에 대하여 주제가 될 것이나, 물 밑에서는 5월 중 북미 간의 만남에 초점이 맞춰질 것으로 보인다. 중국의 동의를 받은 "단계적 해결방안"으로 어떻게 미국을 설득하느냐에 달린 회담이 아닐까 한다. 오래전부터 북은 치밀한 계획하에 남한에 동조세력을 넓혀왔다.

드디어 좌파 정부가 청와대에 깃대를 꽂는 성과에 힘입어 평화의 상징이 된 평창동계올림픽을 적극적으로 이용하였다. 여세를 몰아 비핵화 뉘앙스를 풍기며 특사를 받아들였다. 월척(越尺)의 미끼를 가지고 돌아와 4월 정상회담을 공개하였다. 이어서 워싱턴으로 건너가 남북 간의 협의 내용을 설명드리고 트럼프는 전격적으로 5월에 만나자 하였다. 소외되었던 일본과 러시아에도 특사를 보내어 반상에 훈수라도 둘 기회를 주었다. 지금까지 미국 주도의 비핵화가 다자간으로 바뀔 여지가 만들어졌다. 이것은 무엇을 의미하는 것인가? 비핵화의 길이 가까워졌다는 분위기였는데 북한의 판세 흔들기에 동조한 세력들이 한국을 비롯하여 북한, 중국, 러시아 등 4개국이며 반대는 미국과 일본이다. 이렇게 보면 주도권은 중국에 넘어간다고 보아야 할 것이다. 이것은 곧 비핵화는 물 건너간 것이나 다름없다. 북은 핵보유국으로 인정을 못 받더라도 핵보유국이 되었다는 것이다. 이러한 시나리오가 성립한다면 우리는 완전한 핵 인질이 되고 마는 것이다. 핵 인질이라는 것은 저들이 원하는 것은 무조건적으로 주어야 하는 것이다. 나라를 받쳐라 하면 받칠 수밖에 없다. 이것이 인질이다. 인질이 되었다는 것은 쉽게 말해서 칼날 위에 목을 놓았다는 말이다. 6월까지는 잔머리로 시간을 벌어주었다.

이제는 숟가락 들고 있는 자 모두 밥상에 진치고 있다. 사공이 많으면 배는 산으로 간다는 말처럼 비핵화는 물 건너간 것이나 다름없다. 작금 반상의 판세는 북의 계획대로 이루어지고 있다고 보아야 할 것이다. 어떻게 할 것인가? 대세는 기울었는가? 떠들어 보았자 쇠귀에 경 읽기인가. 시간은 우리의 소원이 이루어지도록 기다려주지 않고 야속하게 빨리도 간다. 엄중한 판세를 뒤집으려는 묘수는 정녕코 없는 것일까? 전에도 이야기한 바 있지만 6월에 있을 지방선거가 분기점이 될 확률이 점차 높아지고 있다. 이때 헌법도 개정한다고 한다. 넘어야 할 큰 산이 앞을 가로막고 있다. 또한 그전에 무슨 변고가 있을 것이라는 막연한 희망도 사라졌다. 국물이라도 얻어 보려는 세력들이 많아졌기 때문이다. 집권세력들은 수단 방법을 가리지 않고 총 공세를 펼칠 것이다. 법치는 무너져 무법천지가 되었으며 어쩌다 적용되는 법들도 마음대로 해석하고 집행하는 세상이다. 인권은 간곳없고 공갈협박이 판을 치는 세상이다. 평화라는 미명으로 국민을 선동선전의 굴레에 두고 마음대로 요리하는 세력들이니 무엇인들 못 이루겠는가. 참담함을 금할 길이 없다. 나라의 원로들이 호소하지만 찻잔속의 미풍에 그치고 있다. 청년들의 주장이 늘어나고 대학가에도 변화가 시작되고 있다.

거리마다 태극기 물결이 넘쳐나지만 외면으로 한 줄 한 커트도 보도되지 않은 암흑의 세상이다. 말로만 인권이며 주권을 부르짖지 말아야 할 것이다. 올바로 주장하고 실행하여야 할 것이다. 우리의 운명이 결정되는 것이 6월 지방선거이다. 지방선거에서 반드시 이겨야 하지마는 더욱 중요한 것은 헌법 개정은 결단코 막아야 할 것이다. 어떻게 막을 것인가. 올바른 투표를 할 때 서광이 보일 것이기 때문이다. 이로써 체제 보장을 확실히 하고 다음에는 비핵화를 포기하고 그들과 같이 핵을 가질 때 비로소 대등한 위치에 이를 것이다. 너와 내가 함께 할 때 꿈은 이루어지는 것이다.

거짓은 하늘을 가리고 2018년 3월 31일

손바닥으로 하늘을 가릴 수 있겠는가라는 말이 있다. 개인이든 집단이든 기업이든 국가이든 추구하는 꿈을 실현하고자 목표를 정하고 그 목표를 달성하기 위한 광범위한 정보를 수집한다. 대안을 준비하여 토론이란 과정을 거쳐서 선택한다. 그리고 선택된 안을 공개 또는 비공개를 할 것인지를 정하고 실행하여 결과를 평가한다. 잘 된 점은 계속 발전적으로 재투입하고 잘못된 점은 버리는 시스템이 최선의 방안이라는 것은 교과서적 가르침이다.

몸담고 있는 우리 사회가 아니 우리나라가 어찌하여 이처럼 혼란이 거듭되는지 안타까움뿐이다. 단순한 전통사회를 지나서 개발이라는 이름으로 산업사회를 거치면서 세포 분열하듯 핵가족 사회로 이어졌다. 다시 초고속의 정보사회라는 감당하기도 버거운 문화에 접하고 보니 가치관에 대혼란이 현재 우리가 살아가는 세상이다. 우리가 잊고 살아가는 것들이 너무나 많다. 우리의 선조께서 70년 전 중

대한 선택을 하였다. 남쪽에는 자유대한민국을 북쪽에는 공산주의 북조선이 탄생하였다. 북에서는 대한민국을 해방시키기 위하여 전쟁도 불사하였으며 크고 작은 국지적인 도발을 감행하여왔다.

지금까지도 침략하여 왔고, 앞으로도 계속 이어지리라 믿는다. 우리의 목표 설정 결과는 비교가 안될 만큼 압도적 우위에 이르렀는데 비하여 북조선은 발전 목표를 핵 개발이라는 잘못된 판단으로 세계 최빈국에 가까운 실정이라 한다. 체제 경쟁은 끝이 났다는 것은 저들도 알고 우리도 모두 알고 있다. 그런데 우리는 왜 이 시점에 이리도 방황하고 있는가. 거짓과 위선이 매일매일 가득하니 나라의 장래가 심히 걱정이 된다. 현 정부의 탄생은 거짓 선동과 불법으로 탄생되었다는 것이 갈수록 정황이 짙어지고 있다. 정당성을 얻지 못하여 갈등이 증폭되고 있다. 가야 할 길을 사회주의로 정하고 이를 거짓과 위선으로 속여 오다가 점차 감추어 온 베일이 드러나게 되었다.

참으로 안타까움이 더하여지는 것이다. 70년 동안 배곯아가면서 잠자지 않고 구걸하다시피 열심히 일하여 이룩한 이 나라를 북한식 주체사회나 아니면 중국식 사회주의로 가는 것이 거의 확실시되고 있다. 대통령이라는 사람이 베트남에 가서 사회주의를 운운하였다니 공개적으로 밀어붙이겠다는 것이다. 오늘 또 경악할 정보들이 돌고 있다. 개성공단이 돌아간다는 것이다. 끊어버린 전력을 우리 정부가 몰래 이어주어서 제품을 생산하고 중국으로 수출을 한다니 도저히 믿기지 않은 일들이 계속 이어진다. 세계 역학 질서가 미국 주도로 이어지고 있는 것은 세상이 모두 알고 있다. 그런데 왜 무엇 때문에 비핵화를 위하여 30여 년이 넘도록 퍼다 주고 달래면서 압박을 하였으나 번번이 속아온 미국이다. 모든 수단과 방법을 동원하여 목을 조여 주니 견디다 못한 북한은 비핵화를 하겠으니 만나자는 것이다. 그래서 마주 앉을 테이블까지 끌어냈는데 아직도 정신 차리지 못한 우리 정부는 완전 비핵화가 될 때까지 제재와 압박을 계속하겠다는 UN 결의에 역행하겠다는 것이다. 최대의 우방인 미국의 노력을 저버리고 짓밟아버리며 UN 제재를 어기면서까지 개성공단을 재가동 시켰다는 것이다. 한마디로 세계질서에 이탈하겠다는 것과 미국 주도의 역학 테두리에서 탈피하겠다는 것 아니고 무엇인가. 북의 핵 완성을 위하여 공개적으로 도와주고 있다.

중국을 끌어들여 비핵화를 무력화시키고 핵 완성에 일조하게끔 하는 것이 신북방정책의 하나일 것이다. 어디 이것뿐만이지 않다. 헌법을 개정하여야 할 필요성도 없는데 선거공약이니 해야 하겠다는 것이다. 그 초안이 공개되었는데 헌법학자들도 이것은 아니라 한다. 이 헌법이 통과된다면 사회주의가 완성되는 것이라고 전문가들은 말하고 있다. 기막힌 일이 21세기 선진국인 대한민국에서 일어나고 있다. 70년 전 좌우익의 갈등이 첨예하게 대립하였던 것이 오늘의 대한민국이 처한 현실이다. 거짓과 위선이 이 나라를 병들게 하였다. 정한 목표 추진에 어려움이 있으면 거짓과 위선을 동원하여 목표를 달성하고자 한 데서 가치관의 대 혼란으로 이어졌다. 그리고 지난 10년간의 좌파 정부는 사라진 이념들이 자랄 수 있게 토양을 만들어주었다. 여기에 독버섯이 창궐하듯 잠식하여 우매한 국민들을 거짓과 선동과 협박 테러로 거대한 세력을 형성하였다. 우리는 모두 보았다. 현직 대통령을 탄핵하기 위한 광화문 촛불시위라는 도저히 믿기지 않은 광란의 테러를 보았다. 그들은 왜 광기(狂氣) 어린 미친 짓을 하였을까? 귀순한 황장엽 비서는 남한 내에 고정간첩이 5만 명이라 하였다. 이들이 암약하여 그에 포섭된 수가 얼마인지 짐작이 가고도 남는 일이다.

그들이 활동하는 수단들은 살인 방화 거짓과 위선으로 무장하여 선전선동의 결과가 마치 선무당의 굿판을 연상케 하고 있지 않은가? 어제 남북의 접촉에서 4월 27일에 판문점 남측 평화의 집에서 정상회담을 한다, 라고 발표하였다. 무엇을 할 것인지에 대하여 대충 짐작이 가고도 남는다. 북한과 중국 간의 단계적 비핵화에 동의하였다고 하는데 미국이 결사반대를 하고 있는 마당에 이들이 만나 무엇을 논할지가 관심의 포인트다. 지금의 분위기로 보아 정상회담이 이루어질지도 의문이 남는 것이다. 한치 앞을 예단할 수 없는 엄중한 시점이다. UN 결의안을 어기면서 개성공단에 전력을 공급하여 재가동을 하게 하였으니 국제사회의 일원으로서의 앞날이 어두운 그림자를 넘어 암담하기까지 한다. 한마디로 우리끼리를 지금까지 주창한 북의 입장에 동조하여 신 쇄국을 하겠다는 것이 아닌지 염려가 되는 대목이다. 지구촌으로 가는 길은 모두 막히는 것은 아닌지 조선은 쇄국과 세도정치로 망하였다. 저들이 상용으로 애용하는 거짓과 위선이 넘쳐 나라가 망하게 되면 나도 없고 너도 없는 오직 남는 것이라고는 대대로 김 씨 왕조 세습밖에 없다는 것을 명심해야 한다. 여기에 무슨 세월호 유가족이 있으며, 5·18이 남아있겠는지 곰곰이 생각해 보고 자유대한민국을 지키기에 앞장서기를 간절히 바란다. 오늘도 "이승만 대통령님의 뭉치면 살고 흩어지면 죽는다"는 말을 기억한다.

황사(黃砂)와 단비 2018년 4월 4일

밤새 몽중(夢中)에서 노니다가 새벽녘에 똑똑 우수통에 떨어지는 빗물 소리에 선잠 깨어 일어나니, 고운 님 기다리는 심정 아시는지 단비가 오시는구나. 봄철 계속되는 황사(黃砂)로 생활의 어려움을 일소하는 단비가 아닌가. 때때로 봄 가뭄으로 갈급하였는데 만물이 화생(化生)하는 생명수 되어 찾아오니 기쁘지 아니한가. 물을 생명수라고도 한다. 사람이나 만물이 물로 생명을 이어가기 때문이다. 물이 없으면 곧 말라 비틀어져 고사(枯死)하고 만다. 지난 동절기에 눈이 많이 와서 아직은 봄 가뭄의 우려는 없는 것 같다. 봄철 찾아오는 가뭄도 중요하지만 더욱 우려스러운 것은 매년 반복되는 봄철 미세먼지는 황사와 더불어 심각한 수준에 이른다고 한다. 황사는 중국과 몽골의 황토 지방에서 건조기에 강한 봄바람을 타고 발생하는 미세한 모래 알갱이를 말한다. 이 미세먼지는 높은 고도에 이르면 편서풍을 타고 각종 유해물질을 함께 동반하여 서해를 건너 우리의 하늘을 뒤덮고 서서히 하강하는 현상을 말한다.

그 영향이 일본을 건너 태평양, 북아메리카까지 미친다고 한다. 황사는 해가 지날수록 그 유해물질의 농도가 더욱 진하여 생활에 불편은 물론이며 건강에 치명적이라 한다. 기상청에서는 황사주의보를 발표하고 있지마는 원인 발생지에 대한 책임을 물어야 하는데 형식에 그치고 있는 모양이다. 중국은 자연적인 현상이라면서 책임을 회피하는 실정이다. 황사는 국제적인 환경문제로 대두되었다. 국가 간의 협력이 더욱 필요한 시점이지만 눈치만 살피고 있다. 하루하루 지내기가 어렵다고 한다. 외출하기가 힘들어지고 집을 나갈 때는 반드시 황사 마스크를 하라고 보도하고 있다. 가전제품 판매소마다 공기청정기가 불티난다.

생활의 필수 가전기기가 되었다. 봄철은 만물이 화생(化生)하는 계절인데 황사로 인하여 고생(苦生)하는 계절이 되었다. 황사의 발생하는 일수도 해가 더 할수록 점점 늘어난다고 한다. 또한 중국의 경제 개발에 따라서 유해물질도 더욱 많이 함유되었다고 한다. 전에는 봄철에만 황사가 있었는데 이제는 동절기에도 황사가 있다니 1 년 중 거의 반은 황사로 몸살을 앓아야 한다. 반갑지 않은 황사는 특히 건강에 많은 문제를 야기한다. 호흡기 질환을 비롯하여 각종 질병을 유발하고 있으며 또한 산업 활동에도 크게 영향을 미친다고 한다. 기상청에서 발표하는 대기정보를 보면 4단계로 구분하고 있다. 보통—나쁨—매우 나쁨—위험 순으로 보도하고 있다.

언제부터인지는 모르지만 아마도 근년인 것으로 기억된다. 작년도에 며느리가 공기청정기를 구입하여 보내왔었지만 시험 운행을 해

보고 보자기에 싸서 넣어두었는데 금년에 황사의 정도가 심하여지는 것 같아 거실에 놓고 사용하고 있다. 공기오염 측정기가 없으니 얼마나 좋아졌는지 수치는 모르지만 감으로 좋아졌다는 생각이 나를 조금이나 안심케 하는 것 같다. 매일 새벽에 일어나면 창문 열어 약 500m 전방에 보이는 대림산(大林山)이 흐린지 깨끗한지를 보고 황사(黃沙)가 많다 적다를 내 눈으로 측정하고 대처한다. 대처한다는 것이 별것도 아니지만 창문을 닫는 일과 외출을 자제하며 공기청정기를 가동하는 일 정도다. 황사가 생활의 패턴도 변화시킨다. 노소를 막론하고 건강이 최대의 관심사항이다. 시중에 회자(膾炙) 되는 노래가사를 보면 더욱 실감이 난다. 누가 불렀는지는 모르지만 구십 구세까지 팔팔하게 살다가 이삼일 아프다가 죽는 것이 좋다는 내용이다. 사람이면 누구나 꿈꾸어볼 만한 노랫말이다. 여기에 강력한 방해 물질인 황사(黃沙)가 등장하였다. 국가는 국민 건강을, 개인은 자신의 건강을 지키는 일이 황사를 어떻게 극복할 것인지에 달렸다고 보인다. 오늘 새벽에 기다리던 단비가 내렸다. 반가운 손님이 아닐 수 없다. 빗방울이 하강하면서 미세먼지와 황사를 함께 흡수하여 내리니 잠시간이지만 대기는 깨끗함을 볼 수 있어서 좋았다. 대림산(大林山)의 풍경도 청정함을 볼 수 있으니 단비가 아닐 수 없다. 과욕(過慾)이지만 황사가 있을 때마다 봄비가 조용히 내렸으면 희망해 본다. 단비는 정말로 반가운 손님이다.

샘물은 대해(大海)를 꿈꾼다 2018년 4월 6일

오늘까지 연 3일 동안 궁창(穹蒼)이 뚫렸다. 듣는 노래도 자주 들으면 싫증이 나듯 만사가 그렇다. 첫날에는 단비였는데 다음날에는 봄비구나 하는데 3일째가 되면 봄장마가 아닌가 하는 생각이 들기도 한다. 이렇듯 사람들은 환경에 민감하다. 토층에 흡수된 빗물은 필요한 양만큼 사용하고 넘치는 양은 다른 곳으로 보내는 것이 자연이다. 한방울 두방울이 모이면 실개천이 되고 뿌리 깊은 샘이 되기도 하면서 강물이 되어 바다로 스며든다. 어린 아기가 태어나 부모 슬하에서 잘 자라 학교라는 경로를 거치면서 필요한 지식과 인격 형성을 한다.

그리고 사회라는 큰 바다에 나와서 독립적인 자신의 삶을 살아가는 영역과 같은 것이 아닌가. 산골 깊은 곳의 샘물은 대해(大海)를 꿈꾸면서 골짜기마다 흐르는 물길을 따라서 모이고 모여 개천을 이루고 강을 만들어 굽이굽이 돌고 돌아 여울을 이루기도 하고 소(沼)에 이르면서 침묵(沈默)의 시간도 갖는다. 마을을 이루고 전답을 만들어 생명수를 공급하기도 한다. 때로는 암초에 부딪쳐 깨어지면서 하얀 아픔의 물보라도 일으키기도 한다. 급할 때는 속도를 내기도 하고 때로는 천장 만장의 낭떠러지에 폭포를 만들기도 하면서 세파에 오염된 실체를 새로운 모습으로 거듭 태어나기도 한다. 수중 생물체들의 안식처를 제공하기도 사람들의 생활 공간으로 또는 생명수로 공급되면서 값 달라는 말 없었고, 칭찬해 달라는 말 없다. 아무 대가 없이 모두가 공짜로 주는 것이다. 몰지각한 사람들로 인하여 오염되어도 한마디 불평 없는 것이 물이다. 호수에 갇힌 오염된 물도 아랫물은 위로 윗물은 아래로 자리바꿈하면서 자정력(自淨力)을 발휘한다고 한다. 위에서 아래로 주어진 여건에 불평 한마디 없이 적응하는 것이 하늘이 주는 진리(眞理)다. 대학에 격물치지(格物致知)라 하였다. 자신을 알기 위해서는 물(物)의 본성을 알아야 한다는 것이다.

다시 말해서 나를 알기 위해서는 물의 실체(本性)를 알아야 한다는 내용이다. 격물치지(格物致知) 하지 않고는 나를 알 수 없다는 이야기일 것이다. 나를 안다는 것은 곧 물의 실체를 알았다는 것인데 이는 진리를 알았다는 말이다. 물은 이(利)를 탐하지 않으며 친구들과 잘 융합하면서 대해(大海)라는 목적지에 도달하는 꿈을 갖고 밤이나 낮이나 가리지 않고 쉼없이 흘러간다. 바다는 바로 자기완성을 의미하기도 한다. 사람은 무엇을 위하여 노력하는가. 자신을 이루기 위하여 또는 잘 살기 위하여 주야간 일한다. 명예를 얻기 위하여 열심히 노력한다. 가문을 일으키기 위하여, 또는 건강을 지키고자 등등 몇 가지 되지 않은 꿈을 이루려고 노력을 하는데 목숨을 걸고 있다. 뜻대로 되지 않으면 탈법 불법도 서슴지 않는다. 남을 속이고 기만하면서 폭력과 협박을 사용하기도 한다. 방화 살인 등도 나타나기도 한다. 민심이 천심이라 한다. 맞는 말이다. 민심은 때로는 선동과 선전에 잘못 알려져서 일탈(逸脫) 할 때도 있지만 올바른 민심을 그르칠 수는 없는 일이다. 이를 두고 손바닥으로 하늘을 가릴 수 없는 이치(理致)라 한다. 민심이라는 것은 작은 물방울이 모여 강(江)을 이루고 대해(大海)에 이르는 이치와 같은 것이다.

현재 대한민국의 민심은 어디에 있는 것일까? 불법으로 점령한 세력들에게 한때는 거짓과 선동에 현혹되어 지지하였지만 이제는 아니라고 한다. 그들이 자행(恣行)한 일들이 70년 동안 밤과 낮을 가리지 않고 노력한 공든탑을 하루아침에 무너뜨리는 작태들이 하나하나 드러나고 있음을 민초들이 알기 시작하였다. 이것이 민심(民心)이라 하는 것이다. 아무리 손바닥으로 하늘을 가리고자 하나 넘을 수 없는 산이 있다는 것을 알아야 한다. 오늘 박근혜 대통령을 법의 칼날로 심판을 한다고 한다. 누가 누구를 심판하는 날인지 분명히 알아야 한다. 인간이기를 포기한 정치 모리배들이 배신의 극치를 보여 주었다. 이들과 더불어 사람이기를 포기한 정치 들개들과 야합하여 5천 년 역사에 길이 남을 탄핵을 하고 파면하였다. 수감한지 1년이라는 동안 1원 한 장 받은 바 없는 한국 정치사에서 유례를 찾아 볼 수 없는 청렴한 대통령을 오늘 1심을 판결한다는데 웃기는 이야기다. 법관 놈들이 무슨 자격으로 판결한다는 것인지 적반하장도 유분수다. 그들은 분명히 알아야 한다. 오늘의 심판은 국민들이 불법으로 정권을 잡은 자들과 그들의 주구들과 주범(主犯)과 종범(從犯) 모두에게 또는 법관들을 심판하는 날이라는 것을. 하늘이 무섭지 않은가? 이놈들아!

보나 마나 한 결과 2018년 4월 7일

오늘 오후에 박근혜 대통령에 대한 1심 판결이 나왔다고 한다. 역시나 보나 마나 한 판결이다. 24년 징역형을 선고하고 180억 원의 벌금에 처한다는 내용인 모양이다. 개(犬)들은 역시나 개소리에 지나지 않는다. 개가 어찌 사람 소리를 내겠는가. 우리나라에 일말의 법의 양심이 있다면 조금은 희망을 걸어 보았겠지만, 법이라는 것이 법전에만 있었지 법을 공부하고 운영하는 자들에게 법은 개가 지껄이는 주문에 지나지 않았다. 불법으로 탄생된 정부의 하수 종견(從犬)들인데 무엇이 나오겠는가. 이제 참혹한 대가를 치르기를 기다려야 할 것이다. 우리 헌정사에 길이 남을 명판결이며 자자손손 대를 이어 그 이름이 기록되어 전할 것이다. 대다수 국민들은 오늘의 개가 읽은 주문을 기억할 것이다. 그리고 심판할 것이기 때문이다. 법의 잣대가 아니라 국민의 권리로 심판의 불벼락을 맞을 것이다. 공산주의에 일조한 모든 개들은 결과에 대한 후과를 책임져야 한다. 대한민국은 영원할 것이기 때문이다. 미친개들은 오늘의 법의 칼날에 희희낙락하면서 가슴에 자리한 암 덩어리를 하나 제거했다고 기고만장할 것이다,

너희들의 세상이 다 온 것 같지만 천만의 말씀이다. 박근혜 대통령을 죽이는 것은 잠시 동안이지만 그의 정신은 영원히 살아 국민들의 가슴속에 활화산이 될 것이기 때문이다. 거짓과 선동으로 이루어진 권력은 곧 아침이슬에 사라지듯 빨가벗겨 사라질 것이기 때문이다. 그들이 하는 것들을 모두 보았다. 믿기 어려울 정도로 빠른 속도로 공산화에 열을 올리지만 말 없는 대다수 국민들의 결정적인 순간에 토하는 무서움을 곧 실감하게 될 것이다. 그것이 자유를 갈망하고 지켜온 민의(民意)라는 것을 간과(看過)하지 말아야 할 것이다. 지금까지는 너도 살고 나도 산다는 생각이었지만 앞으로는 나는 살고 너는 죽는다는 것이다. 대한민국이 수립되기 이전부터 시작된 각종 빨갱이들의 테러를 지금에 와서 모두 민주화로 뒤집으려는 공산주의자들이다. 그리고 보상 폭탄을 투하하려고 준비 중이란다. 정부의 재정은 전혀 고려 대상이 아니다. 국민들이 고혈을 짜면 되기 때문이다. 이것도 모자라면 세금 폭탄을 투하할 것이고 기업에게 명령하면 해결되기 때문이다. 그러하니 생색내기에 열을 올린다. 놀고 있는 사람들도 실업수당이라며 주고 청년들에게는 청년수당을 주며 명목을 못 찾아 못 주는 것이지 명목만 달면 무상이다. 무상복지 무상교육 모두가 무상으로 가잔다.

어차피 공산주의 사회가 되면 모두가 정부 소유물인데 사전에 연습하자는 모양이다. 조선시대 이전까지만 하여도 중국 놈들에게 빌

붙어 개돼지 취급당하면서 연명하다가 이제 좀 먹고 살만하니까 제 소리를 내어보고 있다. 하지만 종북 빨갱이들이 잡은 정권은 국빈 방문이라 그렇게도 선전에 열을 올렸지만 막상 뚜껑을 열어보니 이건 식민지 대우도 못 받는 참담한 대우를 받았다. 고개 숙여 사죄하여도 모자랄 참변을 당하고도 성공적인 국빈 방문이었다고 한다. 이것이 종북 빨갱이들의 수준이다. 지나온 것들은 모두가 적폐 청산이라는 죄목을 걸어 먼지떨이를 하고 있다. 털어보니 털만한 먼지가 없으면 손쉽게 만들어 손보면 되는 무법천지의 세상에 우리가 살고 있다. 나랏일이나 기업의 일들도 조직이 하는 것이다. 어느 개인이 하는 것이 아니다. 조직에는 조직 나름의 문화와 위계질서가 있다. 그런데 대한민국 정부에는 조직의 위계질서는 아무리 눈 닦고 찾아보아도 어디에도 없다. 대통령 비서들이 장관 머리 위에 있는 나라다. 북쪽의 비서들처럼 우리나라도 머지않아 연방제가 될 터이니 비서 정치를 하여 보는 모양이다. 장관들은 비서들의 하수인에 지나지 않는다. 머지않아 광풍이 밀려올 것이다. 이것은 외세의 문제가 아니다. 민주주의를 연습한지도 꽤나 오래되었다.

자유민주주의가 무엇인지 이제 조금씩 눈뜨기 시작하였다. 밟고 밟아도 잡초처럼 일어나는 것이 자유민주주의다. 70여 년 동안 체험하고 경험하면서 몸에 익혀온 옷이다. 이것을 벗기고자 한다면 참으로 아둔하지 않을 수 없다. 자유민주는 체질화되었고 매일 먹는 보약이다. 이것을 못하게 한다. 꿈속에라도 그런 생각을 하지 말아야 할 것이다. 결국 승리는 따 놓은 당상이다. 그러할진데 일찍이 보따리 싸고 북으로 가든지 중국 놈들의 개가 되든지 해야 할 것이다.

4계중에 봄의 애곡(哀哭) 2018년 4월 8일

시하(時下) 봄은 4계중에서 시작을 알리는 계절이다. 그래서 주렴계(周濂溪) 옹은 태극도설(太極圖說)에서 양(陽)이 변하면서 음(陰)을 합하여 수(水), 화(火), 목(木), 금(金), 토(土)의 오행(五行)이 생성되며, 이 5행이라는 다섯 가지의 기운이 골고루 퍼져 춘하추동의 사시(四時)의 계절이 운행된다고 주장하였다. 우주의 생성과 소멸 그리고 운행 원리를 설명한 중에 봄이라는 계절에 많은 사람들이 노래하여왔다. 만화방창 한때가 봄을 노래한 것이다. 우리는 지금 만화방창 한때에 무엇을 하고 있는 것인가?

수장고(收藏庫) 계절인 겨울 동안 에너지를 저장하고 보충하여 만화방창 한 계절에는 마음껏 활용하여 새로운 것을 창조하라는 것이 대자연의 운행 원리임을 가르친다. 우리는 지금 무엇을 하고 있는 것인가? 만화방창(萬化方暢)의 봄이라는 아름다운 무대를 활짝 열어주었는데 날마다 때마다 죽기 살기로 싸움질이다. 백척간두(百尺竿

頭)에 서있다는 말이다. 봄이 왔는지 가는지 꽃이 피었는지 지는지 초목의 잎이 돋아났는지 지고 있는지도 모른다. 손주 놈들이 개학을 했는지 의식도 느끼지도 못하고 몰려오는 흑암을 바라보면서 발을 동동 굴리고 있다. 힘써 밤낮 노력한 결과에 안주하여 주어진 자유의 고마움을 남의 나라 일로만 생각하고 살다 보니 언제부터인지 지고한 자유를 싫어하는 무리들이 늘어나기 시작하였다. 민주화라는 탈을 쓰고 거짓 대의명분을 내세워 나라의 정체성과 국민의 자유 의식을 송두리째 바꾸려는 무리들과의 전쟁이 시작된 지도 몇십 년에 이르고 있다. 설마했는데 설마가 사람 잡는다는 말이 실감 난다. 이제 흑암의 무리들이 권력의 권좌에 올라 무소불위의 큰칼 작은 칼 마음대로 휘두르고 있다. 어제는 하늘과 땅도 통곡을 하였다. 1원 한 장 받은 바 없는 오천 년 역사상 가장 청렴한 박근혜 대통령을 얼치기 무당이 주문(呪文)으로 사지 육신은 물론 정신까지 얽어 넣었다.

무슨 국정농단이라나, 기업에 압력을 넣었다나, 말도 안 되는 사유를 들었다. 국민들이 모두 보았고 알고 있는 데도 안중에도 없다. 붉은 이념으로 무장한 이들은 공산주의나 교조주의적인 유일사상에 심취되어 투쟁의 전사가 되었다. 요사이 세계를 경악케 하는 이슬람 분리 극단주의자들이 불특정 다수인을 대상으로 테러를 일삼는 모습을 보았다. 우리끼리라고 외치는 철의 장막 북쪽에 실력자들은 연평도를 포격하여 양민을 무차별 학살하였다. 금강산 관광객 박왕자 씨를 조준하여 사살하고도 사과 한마디 없었다. 천안함을 두 쪽 내고 46명의 금쪽같은 우리 해군 병을 수장시킨 마수(魔手) 들이다. 서해 NLL을 수시로 침범하며 서해 해전을 야기하였다. 그것도 모자라 휴전선 철책에 목함지뢰를 부설하여 경비병 두 사람을 영구 불구자로 만들었다. 이러고도 우리 소행이 아니라고 오리발 내미는 테러리스트들 침략의 사례는 수를 헤아릴 수 없을 정도 많다. 서해 도발의 주범인 김영철이라는 놈이 고개 바짝 들고 평창올림픽에 왔었는데 우리 정부에서 그들을 맞이하는 태도는 도저히 묵과할 수 없는 광경을 보여주었다. 그들에게 무슨 약점이 잡히지 않고는 이해할 수 없는 부분이다. 이것이 아니라면 우리도 너들이 주창하는 주체사상을 접수하였으니 실제로 우리는 하나라는 관점에서 극진하게 대접하였다고 볼 수밖에 없는 일이다.

그래서 국민들은 분노하고 있다. 서해 도발을 직접 책임지고 있는 놈이 왔는데 항의 한번 하지 못하고 보냈다. 그들은 북으로 돌아가서 무엇이라 했겠는지 보지 않고 듣지 않아도 훤히 알 수 있는 일이 아닌가. 남한 정부가 주체사상으로 무장하였으니 흡수통일은 바로 이루어질 것입니다, 라고 보고하였을 것이다. 이것이 오늘의 대한민국의 현실이다. 엘리엇의 작품 「황무지」에서 4월은 잔인(殘忍) 하다고 하였다. 그러나 우리가 느끼는 4월은 그 의미가 다르다. 만화방창(萬化方暢)의 아름다운 봄을 즐길 수 없는 현실이 잔인한 것이다.

자유의 우상으로 상징되는 박근혜 대통령이 얼치기 무당들의 칼춤에 당하는 것을 보니 피를 토하는 심정이다. 나는 수차 언급했지만 정당인도 아니며 특히 박 사모에도 가입한 바 없다. 자유대한민국이 베푸는 온갖 혜택을 받고 교육받고 직장에서 열심히 일한 평범한 일반 시민으로 보고 듣고 느끼면서 살아온 칠십 중반의 늙은일 뿐이다. 이제 와서 하여야 할 일은 분명하다. 어떻게 하면 자유대한민국을 지키느냐이다. 내게는 가진 것이 아무것도 없다. 있다면 오직 늙은 몸뚱이 하나밖에 없다. 그렇지만 내게는 아직도 신성불가침 한 주권이 있다는 말이다. 이 위대한 주권으로 나라를 지키고자 한다.

치킨게임 언제까지? 2018년 4월 10일

오늘도 단선 철로에 서로 마주 보고 달리는 열차처럼 치킨게임은 계속되고 있다. 멀리는 임시정부 때부터 시작되어 70년 전에는 결국 하나였던 나라는 두 쪽 나고 말았다. 1천만 명의 이산가족이 피를 토하면서 일생을 마감하기에 이르기까지 연속 드라마가 연출되기도 하였다. 가깝게는 3년 전부터 검은 기운이 하늘을 가리고 조용하면서 역동적인 자유대한민국을 덮쳐 쑥대밭을 만들었다. 잠시 방심하는 사이에 주체사상으로 의식화(意識化)된 무리들이 나라를 뒤집기 위하여 두 사람의 전직 대통령을 법이라는 올무에 엮어 연금하였다. 대부분의 민초들은 나와는 관계없는 일이니 관심 밖의 일로 치부한 것이 눈덩이 되어 발등에 불이 떨어지고 말았다. 자유대한민국과 주체사상으로 무장된 종북 주의자들 간의 체제 전쟁이 시작되었다. 지키려는 보수 우익들과 진보라는 탈을 쓴 종북 좌익들의 대결이 점입가경을 치닫고 있다. 이들은 음지에서 세를 확산시켜 제도권으로 입성하기에 성공하였으며 드디어 권부를 장악하였다.

도끼 지루를 쥐었으니 그간에 걸림돌로 치부되었던 일들을 적폐(積弊) 청산이란 이름으로 단죄가 계속되고 있다. 이들의 특별한 점은 새로이 조각한 정부는 도저히 납득이 가질 않는 특정지역의 사람들로 구성하였고, 블루하우스에는 철저하게 주체사상으로 의식화로 무장된 종북주의자들이 대한민국 호를 운전하고 있다. 광화문의 광기로 벌인 촟불은 민심이고 태극기 잡은 집회는 늙은이들의 푸념으로 치부한 세력들은 절호의 기회를 놓칠 수 없다는 강박관념에 사로잡혀 광란의 춤을 추고 있다. 저들이 적폐로 단죄한 하나하나를 보면 바로 적폐로 단죄한 그들이 적폐 세력이라는 것을 금방 알 수 있다. 거짓으로 뭉쳐진 집단들이니 하는 일마다 국민을 속이는 일이 밥 먹듯 일상화가 되었다.

국빈 방문이라 대국민 사기 치고도 모자라 성공적인 국빈 방문이라 하였다. 모든 언론을 동원하여 선전선동에 목숨을 걸고 있는듯하다. 흘러나오는 토막 화면에는 아니라고 거짓으로 일관하는 집단들이다. 이러하니 무엇을 하지 못하겠는가. 개만큼도 못한 국회는 대통령도 거짓 선전선동으로 탄핵시키고, 정유(丁酉) 8적들이 탄핵을 인용하고 파면하였다. 법의(法衣)를 입은 무당들의 칼춤으로 영어(囹圄)의 몸이 되게 한 집단들이다. 역사를 왜곡시키고 주체사상이 교단에 뿌리 내린지도 한참은 되었다. 김일성은 항일 영웅이고, 이승만은 나쁜 대통령으로 가르치는 세상이 왔다. 이것이 교육의 현장이다.

이 어린이들이 자라서 나라의 간성(干城)이 되었을 때 어떻게 될 것인지 눈 감아도 훤하게 보인다. 교육은 우리의 미래다. 특히 어릴 때 역사관(歷史觀)을 분명히 심어주어야 하는데 이념적으로 갈등만이 부추기는 집단들이 저들이다. 공산주의 세력들은 치킨게임에서 패배하여 사라진지도 반세기가 가까워지는데 어찌하여 우리만이 말도 안 되는 이념에 빠져 헤어나지 못하는지 참담한 심정이다. 그들은 오래전부터 체제를 뒤집으려는 계획들을 착실히 추진하여 권부에 진입하였으니 때는 바로 지금부터라는 생각에 속도전으로 가고 있다. 모름지기 적어도 내 생각에는 하나 되는 체제는 남쪽이 되었든 북쪽이 되었든 어느 한 체제를 희생되어야만 가능할 것이다. 즉 한쪽을 흡수하는 방식인데 여기에는 전쟁이라는 과정이 필수이기에 흡수하는 체제는 고려 대상에서 제외했다고 보이며, 일찍이 저들이 선호하였던 방식이 낮은 단계의 연방제라고 보인다. 이 주장은 북쪽에서 주장한 내용으로 지난 좌익 정부에서 수용하였기에, 지금의 좌익세력들은 연방제를 위한 몸부림을 치고 있다고 보인다. 한 체제에 두 정부를 인정한다는 내용이다. 이를 이루기 위하여 헌법 개정을 하고자 하는 것이다. 정부 안(案)이라는 것이 불법적 과정을 거쳐서 내놓은 것이 낮은 단계의 연방제를 위한 사회주의 또는 공산주의 사회에 맞는 법적 확보를 담고 있다.

6월에 있을 지방선거와 헌법 개정을 함께 물어 개정하겠다는 꼼수를 부리고 있다. 아마도 현 집권세력들은 6·13 지방선거가 마지막 기회라 생각하고 수단 방법을 가리지 않을 것이다. 이 연방제 안을 가지고 중국이나 미국을 설득하여 승인을 받기 위하여 4월 남북정상회담과 5월의 미북 회담을 성공시키기 위해서는 비핵화가 선결조건임을 알 수 있다. 연방제라는 남과 북의 공동 목표로 일찍이 정하였으니 남은 것은 미국과 중국의 동의를 받는 일이다. 캄캄하였든 안개가 걷히는 순간이다. 그런데 국민들을 설득하기에는 한계가 있을 것이다. 연방제는 바로 공산주의나 사회주의 체제로 가는 전 단계임을 알아가고 있다는 것이다. 생각건대 6·13 지방선거에 헌법 개정을 함께 묻는다면 절대로 통과되기 어려울 것임을 저들은 알고 있을 것이다. 그래서 통과를 위한 수단은 무엇인지 쉽게 짐작이 가고도 남는 일이다. 올바른 주권행사와 감시감독을 게을리하지 말아야 서광이 보일 것이다.

만인을 위한 벚꽃 2018년 4월 10일

나라 전체에 벚꽃이 만개하였다. 진해 군항제 벚꽃 축제를 비롯하여 3월 말경부터 4월 초순경에 만개한다. 봄 날씨의 변덕으로 계속 칩거(蟄居) 하였었는데 오늘(2018년 4월 9일) 마침 햇볕이 거실까지 귀한 손님으로 찾아왔다. 충주댐 벚꽃이 어떤 모습일까 궁금하기도 하고 답답함에 탈출이라도 하고 싶어 집사람과 함께 나들이를 하였다. 며칠 동안 봄비로 황사와 먼지도 깨끗이 씻겨 가시권이 꽤나 멀리 보였다. 내가 살고 있는 충주는 분지의 형태다. 주산은 금봉산[金鳳山(일명 남산)]이며 우백호는 계명산(雞鳴山)이 있고 좌청룡에 해당하는 대림산(大林山)이 병풍처럼 진쳐있는 넓은 분지의 기름진 옥토를 이루고 있다. 멀리 안산으로는 대문산[大門山(탄금대)]이 풍수지리적으로 완벽을 이루고 있는 전략적 요충지이다.

강원도 오대산에서 발원한 남한강은 큰 강을 이루고 흘러 탄금대에서 속리산 문장대에서 발원한 달천(達川)과 합류하여 대천(大川)

이 되어 한강으로 흐르는 국토의 중심 지역이기도 하다. 그래서 예부터 한강을 지배하는 자가 한반도의 주인이 될 수 있는 거점지역이 충주로 삼국이 경쟁한 지역이다. 가금면 입석리에는 장수왕이 세웠다는 고구려비가 있고, 통일신라는 중앙탑을 세워 세력권에 두었다. 산세가 수려하기로 이름난 곳이며 사람들의 인성(人性)이 순후(淳厚)하고 담박(淡泊)하여 인정이 넘쳐나는 곳으로 소문난 지역이다. 마즈막제 주차장 언덕에 세운 대몽 항전에 승리한 기념비가 우뚝 솟아 1253년의 글씨는 승전보를 알려주고 있다.

좌회전하니 종댕이 길로 이어진다. 충주시에서 시민 건강을 위하여 개설한 워킹 도로는 차도를 따라 이어지고 갓길에는 벚꽃들이 길손을 반기며 폼 잡고 있다. 활짝 개화한 놈도 있고 벌써 시들어지고 있는 나무도 있다. 또 추워서 개화를 주저하고 있는 늦둥이도 보이는구나. 굽이굽이 돌아 심향산과 계명산 자연휴양림 사이를 돌아 내려오니 한강수의 원류인 남한강 유역에 역사한 충주댐의 푸른 호수가 답답한 마음마저 깨끗이 씻어 주었다. 어느 시인의 노래처럼 산천은 의구하지만 보이지 않던 건물들이 여기저기 들어선 모습은 어딘가 그림이 맞지 않은 것 같다. 마치 갓 쓰고 자전거 타는 모습이다. 원형 그대로 보전되었으면 좋았을 것을 하는 노파심이 들기도 하였다. 수위(水位)는 조금 내려갔으며 길게 이어지는 호반 도로에는 많은 상춘객들로 이어지고 식당가 주변에는 차량들이 진치고 있다. 조심스럽게 돌아 하종 마을을 지나 댐 전망대로 이어지는 도로에 진입하니 여수로(餘水路) 공사를 몇 년에 걸쳐서 진행하고 있다. 댐의 경관을 확 바꾸는 공사가 진행되고 있다. 공사장 안을 엿볼 수 없게끔 가림막으로 길게 처져 안을 볼 수 없지만 결과물에 관심이 절로 간다. 본 댐을 지나 내려오니 강 건너편 벚꽃 거리에는 수많은 상춘객들로 북새통을 이루었다.

다리를 건너 벚꽃 터널에 진입하니 차량으로 도로는 몸살을 앓는다. 길게 늘어선 꽁무니에 주차를 하고 벚꽃 길을 걷기로 하고 한발한발 옮겨가면서 기록도 하였다. 바람에 휘날리는 꽃잎은 나의 발길을 아는지 모르는지 자연의 순환이 이런 것이라 가르쳐준다. 충주댐은 1985년도에 준공되었으니 33년째가 되었다. 그때 식재(植栽) 한 벚꽃 나무도 성인이 되어 하늘을 뒤덮고 가지마다 잎사귀에는 벌집처럼 하얀 꽃들이 탐스럽게 익어 풍요와 다산을 의미하는 것처럼 내 마음을 앗아갔다. 급박한 시국에 나 혼자 이렇게 즐겨도 되는지 애쓰고 몸부림치는 사람들에게 미안한 마음 금할 길 없다.

나 혼자 바둥바둥 애쓴다고 해결될 일도 아니지마는 그래도 모래알이 모여 산을 이루는 것처럼 빨리 돌아가고 싶은 마음 간절하였다. 사람 사이를 헤집고 댐 발전 통제소 입구까지 갔다가 돌아 나왔다. 벚꽃 거리야 이곳보다 더 화려하고 아름다우며 볼거리도 많은 곳이 많겠지만 그래도 내 지역에 이런 아름다운 꽃숲이 있다는데 위안을 삼아야 할 것이다. 꽃은 역시 아름답다. 우리 주위에 꽃들이 많았으면 좋겠다는 생각이 들기도 하였다. 날마다 아름다운 꽃을 바라본다면 선심(善心)이 발하여 악심(惡心)을 구축(驅逐)하여 세상이 아름다워질 것이기 때문이다.

마당에도 베란다에도 옥상에도 꽃나무를 심자. 길가 갓길에도 꽃나무를 식재하자. 밭둑과 논두락에도 꽃이 피면 얼마나 좋을까? 자연의 천국만 보지 말고 사람들이 만든 천국도 있었으면 좋겠다. 오늘 아내와 함께 모처럼 충주댐 벚꽃 거리를 거닐면서 천국이 따로 있는 것이 아니라 바로 이곳이 천국이라는 분위기에 한때를 함께하였다. 꽃을 통하여 갈등(葛藤)을 해소하는 방안은 없는 것인가. 멍청이 같고 바보 같은 생각을 해 보았다.

비상국민회의 발족 2018년 4월 11일

그간 지리멸렬했던 우익에서 움직이기 시작하였다. 시국(時局)이 엄중하여진다는 증거이다. 지난 1년 4개월 동안 국정운영에 대하여 지켜본 결과 더 이상 머뭇거리다간 정말로 체제 변경이 될 것으로 보인 것이다. 아둔한 국민들을 앞에서 솔선하여 이끌어가겠다는 결의이기도 하다. 자유대한민국을 지키기 위하여 분연히 일어서신 것이다. 국민의 한 사람으로서 크게 환영하는 바이다. 주체사상으로 무장한 종북 빨갱이들의 반국가적 역적질은 온 국민들을 분노케 하였다. 4월에 있을 남북 정상회담에서 무슨 짓을 할는지 우려하지 않을 수 없다.

종전 선언을 하고 평화협정을 하자, 연방제를 하자는 등의 정치 쇼를 통하여 대 혼란을 야기하고 그 틈새를 이용하여 빨갱이들의 전유물인 거짓 선동과 선전에 6·13 지방선거에서 빨갱이 헌법을 통과시키려는 의도는 아닌지 철저히 대비하여야 할 것이다. 각계 원로들께서 체계적인 조직을 하고 발기한다고 하니 이제는 나와는 무관하다는 생각일랑 아예 버리고 그분들의 뜻을 따라 나라를 새로이 만든다는 각오로 임해야 할 것이다. 지금까지 드러난 좌익분자들의 리스트를 작성하고 철저히 감시하여 그 뿌리까지 근절하여 제2의 건국을 한다는데 각오가 있어야 할 것이다. 이에 국민 모두가 동의할 것으로 믿어 의심치 않는다. 저들의 권모술수에 절대로 말려들어서는 안 될 것이다. 그들 대부분은 지금까지 공산주의 이념을 탐구한 자들이다. 나아가 교조적인 김일성 주체사상에 심취하여 학생의 신분을 망각하고 민주화라는 거짓 탈을 쓰고 반역행위를 일삼았다. 국민 기만행위로 국가의 정체성을 훼손시켜 사회주의 또는 공산주의로 체제 변경에 광분하고 있다. 이런 역적들과 한 하늘 아래서 공생하였다니 눈뜬 당달봉사들이 우익이었다. 자만과 오만이 오늘의 시국을 만들었다.

반공을 국시의 제1로 삼아야 할 시점이다. 빨갱이는 밟아도 다시 살아나는 잡초와 같다. 그래서 꺼진 불도 다시 보아야 할 것이다. 지금까지 우리는 자유라는 열차에 무임승차하여 개인의 인권과 자유를 마음껏 누렸지만 그 근원에 대하여는 한 번도 생각해 본 적이 없다. 원래부터 주어진 천부권으로 착각해 왔기에 마음껏 누렸다. 지금 와서 돌아보니 천운이었다고 생각지 않은가. 이제는 그 대가를 톡톡히 치러야 할 것이다. 우리가 매일 숨 쉬고 마시는 공기와 물도 환경이 오염되지 않았을 때는 자유재(自由財)로 분류하였으나 이제는 경제재(經濟財)로 분류하여야 할 것이다. 이처럼 빨갱이들이 자유대한민국과 시장경제체제의 환경을 오염시켰으니 많은 대가를 투자하여야 할 것이다.

이것은 오염된 공기를 정화하여야 하며, 오염된 물도 정수하여야 하는데 필요한 경비를 투자하는 것과 같은 이치일 것이다. 입으로 먹고사는 사람들 중에는 인기 있는 말이 무엇일까. 아마도 평화와 통일일 것이다. 세상에 평화와 통일을 싫어하는 사람 한 사람도 없을 것이기에 매미 노래하듯 국민을 세뇌시켜 왔다. 그 평화와 통일은 그냥 오는 것이 절대로 아니다. 또 우리만이 평화와 통일을 노래한다고 이루어지는 것도 절대로 아니다. 한반도는 국제 역학 질서에서 해방이 되고 분단이 되었기에 남과 북이 우리끼리 노래한다고 이루어지는 것이 절대로 아니다.

고등수학처럼 풀기 어려운 현실임을 잊어버리고 앵무새 노래하듯 책임감 없이 지껄이는 지식인들이 갈등에 크게 일조한 무리들이다. 지금도 그런 부류들이 권부에 개미떼처럼 몰려들었다. 문 아무것이라는 얼간이 같은 놈은 대통령이 미군을 철수하라고 하면 나가야 한다는 쓰레기도 있다. 비판이 가해지니 기막힌 답변이다. 학자적 개인 의견일 뿐이란다. 학자의 자격으로 개인 경비로 여행하였나. 손바닥으로 하늘을 가려라. 그놈은 대한민국 국적이 아닌가. 학자는 반국가적인 언행을 마음대로 하여도 되는 것인지 묻지 않을 수 없다. 빨갱이 잡는 국정원의 기능을 해체하였으며 나라를 지키는 국방을 무력화시키기 위하여 국방개혁이라는 칼로 재단하고 있다. 한마디로 무장해제 하겠다고 한다. 지금 우리는 어떤 처지인가. 한마디로 표현하면 핵 인질이 되었다. 무력으로 위협하는데 무력을 해제하겠다고 한다. 나라를 그대로 받치겠다는 계획인 모양이다. 그들이 권부에서 농락하고 있는 중이다. 이제는 물러나야 할 틈도 시간도 없다. 일선에서 물러나신 원로들께서 보다 못하여 다시 일어났다. 기회는 단 한 번이다. 이 절호의 기회를 놓치면 역사에서 사라질 것이기에 모두 일어나야 한다. 그것이 우리가 다시 사는 것이 될 것이다. 오관을 활짝 열어라. 그리고 들어라 무엇이 진실인지를 판단하여라.

효자손의 처방 2018년 4월 13일

환절기가 되면서 여기저기 가려움증을 많이 앓고 있다. 나이가 들면 체내에 수분 함유가 적어져 피부건조증이 가려움증을 유발한다고 알고 있는 것이 비전문가의 상식이다. 덥고 습한 여름이 가고 가을이 오면 가려움증을 호소하는 사람들이 늘어난다. 환절기에는 피부를 보호하고 있는 장벽이 망가졌기 때문이라고 한다.

몇 년 전에 나들이 갔다가 국도변 휴게소에서 대나무 제품인 효자손이 보여 거금 5,000원에 구입하였다. 실제로 사용하여 보니 효자손의 효력을 넘어 아이들 말처럼 최고다. 집에 노인 두 사람이니 하나 가지고는 부족하여 추가로 하나 더 구입하여 지금껏 유용하게 사용한다. 모양은 손 부분에는 다섯 개의 손가락이 앞으로 90도의 각도로 휘어져있고, 손목 부위는 좁아졌으며 손목뼈를 노출시켜 위로 팔뚝을 지나 손잡이 부분이 겨드랑이까지 45cm 정도다. 이 효자손이 가려움증을 해결하는 것 외에 다용도로 사용하고 있다. 먼저 정의(正

義)의 사도로 사용하고 있다는 것이다.

집에 손주 놈들이 두 놈이 있는데 좌충우돌 무법천지로 매일 할아버지와 전투 아닌 실랑이를 벌이고 있다. 이때가 되면 효자손은 회초리로 그 위력을 발휘한다. 지금은 어느 정도 학년도 높아지니 듣고 보는 것이 있어 사물의 판단력이 높아지기에 사용빈도는 적어졌지만 아직도 효자손이 교장선생님만큼은 아니지만 나에게는 큰 원군이나 다름없다. 또 하나는 잃어버린 물건 찾는데 실력을 발휘하고 있다. 거실 벽 소파 밑 공간에는 여러 가지의 물건들이 숨기에 적당한 곳이다. 없어진 물건들은 대부분 이곳에 모여 있기에 효자손이 집어내는데 이만한 것이 없다. 또한 기(氣)가 막혀 사지(四肢)가 저리고 고통스러울 때는 안마 또는 타격봉으로 진가를 발휘하기도 한다. 효자손은 원래 등이 가려울 때 긁기 위하여 고안되어 제품으로 만들어진 도구이다. 등은 손이 미치지 못하니, 손을 대신하여 긁어주는 대손(代手)이다. 대부분 대나무로 만들지만 요사이는 플라스틱 제품도 있다. 전에는 나무나 고래수염, 거북딱지, 뿔, 케인, 상아 등으로 만들었다는 기록도 보인다. 가려움증은 인체(人體)에만 있는 것이 아니다. 지구촌 어디에도 없는 곳이 없다. 인류가 창조하는 문화에도 있고 조직체나 국가에도 가려움증은 있기 마련이다. 나라 안에는 가려움증을 넘어 피부 트러블이 심하여 회생할지가 의심이 되는 중증(重症)이 있다.

이러한 중병에 걸린 질병은 나라 곳곳에 침투되어 불치병에 이르기까지 하였다고 보는 것이, 양식 있는 자들의 진단(診斷)이다. 치유(治癒)를 할 수 있을 것인지 아니면 이대로 죽고 마는 것은 아닌가 걱정을 넘어 위기에 처하였다고 한다. 강력한 면역력의 기둥을 무너뜨린 원흉들은 잠시도 주저함 없이 질주하고 있다. 흐르는 피를 고갈시키고 운행하는 기운을 약화시키면서 또는 막아버리고 치유의 싹을 잘라버리는 외과와 내과적 수술을 어중이떠중이들이 소 잡는 큰칼로 동서남북 휘두르고 있다. 인체의 모든 기능을 장악하고 멀지 않은 장래에 헹가래를 칠 것이다. 그간 무소불위의 전횡을 보아도 못 본 척 알아도 모르는 척 뒷짐만 지고 계시든 나라의 원로들이 더는 두고 볼 수 없다는 굳은 결기(結氣)로 일어섰다. 앞장서시겠다는 것이다. 참으로 부끄러운 일이다. 그 원로 분들의 피나는 노력으로 이루어놓은 이 나라를 지키지 못하고 바람 앞에 등불이 되게끔 방조한 자들 어디 있느냐, 쥐구멍을 찾고 있는가. 차라리 쥐약이라도 먹고 죽어라. 없는 것보다도 못한 놈들 때문에 나라가 이지경이 되었잖은가. 나라를 지키고자 순국하신 선열들께서 지하에서 통곡할 일 아닌가. 사방팔방 어디에도 속 시원한 구석이 없다. 무성하던 나무는 언제부터인지 시들시들하더니 잎이 누렇게 변색되기 시작하였고 영양분이 차단되어 가지는 말라 고사 직전에 있는데도 남만 탓하고 있다.

준비하자 사즉생(死卽生)의 각오가 절실히 필요한 때이다. 나는 안 해도 다른 사람이 나 대신하겠지 하는 기회주의를 극복하지 못한다면 마수(魔手)의 손에 굴종(屈從) 할 뿐이다. 효자손은 모두 어디에 갔는지 눈에 띄지를 않는구나. 이 나라는 당신의 효자손을 기다리고 있다. 필요할 때 효자손을 사용하자 한 둘이 모이면 태산도 무너뜨리고 넘을 수 있단다. 물방울이 모여 큰 강을 이루고 바위를 뚫는다는 하나님의 가르침을 상기하자 그 효자손으로 가려운 곳을 하나

하나 긁어보자 그러고 영광스러운 이 나라를 후손에게 물려주자. 세상에 제일가는 나라로 만들어보자. 힘없다고 생각지 말고 가진 것 없다고 피하지 말자. 우리에게는 효자손이 있지 않은가. 그들을 욕하지 말고 데모하지 말고 쫓아내지 말자. 응원해야 하지 않겠는가. 도와달라는 것이다. 그 은혜 두고두고 갚을 것이다. 그것이 이 시대가 바라고 요구하는 것이다.

가는 봄이 아쉬워 2018년 4월 15일

어느 가수의 노랫말이 생각난다. "나는 행복합니다." 행복과 불행은 내 마음속에 있다고 한다. 아무리 어려운 역경 속에서도 나는 행복하다고 하는 사람은 행복 그 자체라는 것이다. 아무리 여건이 좋다 하여도 나는 불행하다면 그는 불행한 자라고 한다. 옛날 성현 군자들도 행복한 마음을 붙들려고 평생을 살아온 흔적들을 보고 배우기도 하였다. 그러나 그것이 내 마음먹은 대로 되는 것 역시 아닌 모양이다. 얼마 전에 대구에 뿌리 박은 장형께서 봄이 가기 전에 얼굴 보았으면 좋겠다고 하였다. 그렇지 않아도 따분한 일상이 싫증 날 즈음인데 이심전심으로 통한 모양이다. 날마다 만난다는 기다림에 시간은 어찌나 빨리 가는지 몇 가지 준비물 챙겨서 길을 나섰다.

화창한 봄 날씨는 사람들의 마음을 유혹하고 있다. 달천(達川)을 건너니 도로변 가장자리에 벚꽃들이 피는 놈, 지는 놈, 화려한 몸매를 자랑하는 나무들이 기립 거수경례를 하고 있다. 마치 의장대를 사열하는 장군이나 된듯하였다. 양편 야산에는 산 벚꽃들이 예년에 비하여 엄청나게 많아졌다. 누가 일부러 식재한 것도 아닌데 자연 분식한 하얀 벚꽃은 산천을 수놓았다. 이것이 금수강산이 아니고 무엇인가. 꽃은 사람들을 즐겁게 한다. 화려하고 아름다운 자태는 심성을 즐겁게 하기도 하고 순화하여 세상을 아름답게 하는 매력이 있다. 화무십일홍이라지만 짧은 시간을 놓칠세라 시인 묵객들은 노래하고 화선지에 자취를 남기고 있다.

오늘부터 온천제를 지낸다는 광고를 보았다. 매년 하는 행사이지만 나도 처음이다. 관광협의회가 주관하는 행사라고 한다. 현직에 있을 때는 몇 번 가보기도 하였으나 옷을 벗은 뒤로는 오늘이 처음이다. 강산이 두 번 정도 바뀔 기간이기에 얼마나 많이 변하였는지 궁금하기도 하였다. 관광객들이 많이 오면 주차 문제가 있을 것으로 걱정이 되어 한화리조트에서 만나자고 연락을 취하기도 하였다. 매년 두 번 정도 만나지만 만날 때마다 새롭다. 죽마지우(竹馬之友)는 돌아서면 또 보고 싶어지는 것이다. 꽃 본듯 보고 싶다는 것이 소꿉친구들이다. 만날 때는 반갑고 헤어질 때는 섭섭한 것이 고향 친구들이다. 무슨 이야기나 말을 하더라도 소화를 할 수 있는 것이다. 그들을 만나러 가는 것이다. 대구서 일찍 출발하여 안동에서 박 소장을 만나 먹거리를 준비하여 쉬지 않고 온다고 하였다. 성남에서 오는 박 사장은 서울 김 국장을 만나 함께 오는 것으로 계획하였다고 하는데 전화를 하였더니 벌써 수안보에 도착하였단다. 12시경에 만나기로 하였는데 10시경에 도착하여 이곳저곳 다니면서 구경을 하고 있다 하였다. 시가지 북쪽 낮은 야산에 위치한 한화리조트에 도착해 박 소장과

이 여사님을 먼저 만나 반갑게 인사를 나누었다. 그리고 권 사장과 악수를 하고 서울에 김 국장도 성남에 박 사장도 반갑게 만났다. 변함없다.

치기 어린 언행은 옛날이나 지금이나 그대로이다. 그래서 좋은 모양이다. 우선 체크인을 하고 짐을 풀어 놓은 다음 걸어서 시가지로 가면서 궁금한 소식들을 먼저 주고받으면서 석문천으로 이동하였다. 상록호텔 뒤편으로 흐르는 강을 따라 벚꽃 터널을 바라보고 사진도 몇 장 촬영하였다. 화려한 벚꽃 터널에는 족욕탕이 터널이 끝나는 약 370m에 군데군데 특색있게 조성되었다. 하얀 꽃잎이 족욕탕에 수놓은 모습이 선경이 바로 여기가 아닌가 한다. 관광객들은 발을 담그고 지그시 눈을 감으면서 피로를 풀고 있다. 배꼽시계는 일행을 식당으로 이동케 하여 에너지를 보충하고 행사장으로 이동하니, 축제장 어디에서나 쉽게 볼 수 있는 품바 무대 앞에서 발길을 멈추게 한다. 여성 품바가 걸쭉한 입담에 보는 관광객들을 웃기는 괴담을 과시하고 있다. 이곳저곳 부스를 돌아다니면서 아이쇼핑을 하고 숙소로 돌아왔다. 자리를 정돈하고 개판이 된 시국에 너도 나도 뒤질세라 문 재앙을 씹기 시작하였다. 박 사장과 김 국장은 토요일 평택에서 집회에 참석하여야 하는데 몸이 여기에 있으니 안타깝다는 이야기다. 걱정은 계속 걱정으로 이어진다. 끝나기 어렵다. 판을 바꾸자고 한다. 게임이 시작되면서 지켜보다가 소주 몇 순배 돌아가면서 아웅다웅 길고 짧은 도토리 키 재기를 하는 중에 나는 뒤편에 자리 펴고 잠자리에 들었다.

새벽녘에 깨어보니 1시가 지난 듯 계속이다. 새벽에 일어나 샤워를 하면서 피로를 풀었다. 5시간 정도 잠을 잤다고 한다. 이 여사, 권 여사가 준비한 조반을 맛있게 먹으면서 나라 걱정에 애국운동도 많이 하고 어제 하던 승부를 내자면서 다시금 자리를 폈다. 이 게임은 승자는 원래부터 없다. 모두가 패자라고 한다. 누구 말을 믿어야 할지 알쏭달쏭 한 계산법이다. 고차 방정식을 푸는 사람도 못 푸는 것이 바로 이 게임이라 한다. 체크아웃하고 시내로 나와 산채정식으로 중식을 해결하고 우중에 헤어졌다. 다음을 기약하고 건강하기를 바라면서 발길을 돌렸다. 마지막으로 이 여사님 권 여사님 매번 수고 감사합니다.

손바닥 안에 낮과 밤 2018년 4월 17일

세상만사 부처님 손바닥 안에 있다는 말이 있다. 뛰어 보았자 벼룩이고 기어보았자 토룡(土龍) 아니던가. 오늘 내가 칼자루 잡았다고 하여 기고만장할 일도 아니며, 칼날 쥐고 있다 하여 세상 끝날 일도 아니란 이야기다. 내가 권좌에 앉았다 하여 영생불사할 것 같지만 염라대왕은 어서 오기를 학수고대한다. 시궁창에 몸담고 있다 하여 옥황상제 못 만날 일도 없다는 이야기다. 많이 가졌다 하여 갑(甲)질할 일도 아니며, 빈손이라 하여도 8~90은 마찬가지가 아니던가. 길고 짧다는 것도 오십 보 백 보다. 열흘 가는 꽃 없다는데 무엇을 이루고자 몸부림치는 불쌍한 인간들이 아닌가. 이것이 부처의 손바닥일 것이다. 낮과 밤은 24시간 주기(週期)로 돌아온다. 무엇 때문에 24시간을 두고 낮과 밤이 번갈아가면서 밝음과 어둠이 있는 것일까? 동쪽에 해가 뜨면 세상을 밝히고 만물이 활동하고 자양분을 공급하여 성장하면서 주신 사명을 이루고자 열심히 활동하다, 저녁때가 되면 서쪽 하늘로 사라진다. 이어서 어둠이 깃들기 시작하면 하루를 정리정돈하고 편안히 쉴 수 있게 시공간을 허락한다. 낮과 밤이 얼마나 반복될까. 종류에 따라서 다르게 명(命) 하셨다. 짧게는 겨우 하루를 살다가는 하루살이가 있는가 하면 수백 년, 수천 년을 이어오는 종류도 있다. 길어야 100년도 못 사는 것이 인간이다. 어찌하여 부처님은 사는 것이 곧 고행(苦行)이라 하셨을까. 날마다 즐겁게 살자는 꿈을 이루고자 낮이 모자라 밤에도 일하는데 왜 고(苦)라고 하였을까. 돌아보는 여유를 가져 보았으면 좋겠다.

일하는데 정신이 팔려 돈 버는데 정신 팔려, 남보다 더 잘 살아보자고 옆도 돌아볼 겨를없이 노력하여 자수성가하였다는 평가를 들을 때쯤이면 병들어 서천행에 탑승하는 인생이 아닐까 한다. 그래서 고(苦)라고 하셨는지도 모를 일이다. 공자(孔子)는 자신의 일생을 단계별로 말하기를 15세에 지우학(支于學)하였고 30에 이립(而立)하였으며 40에 불혹(不惑)하고 50에 지천명(知天命)하였으며 60에 이순(耳順)하여 70에 종심소욕불유규(從心所欲不踰矩)라 하였다. 두 성인의 말씀이 동문서답(東問西答)하는 것처럼 보이지만 실제로 궁극적(窮極的)으로 같다는 것이다. 극(極) 점에 도달하기 위한 과정을 다르게 표현한 것에 지나지 않을 것이기 때문이다. 부처는 해탈(解脫)을 위하여 피나는 고통을 감수하면서 기도(祈禱)로 깨우침에 이르는 행로를 고(苦)라 하였을 것이다. 공자(孔子)께서는 성장과정에서 단계별로 자아실현(自我實現)을 위하여 구체적으로 진리를 깨우쳐 가는 과정을 말하였다. 그리고 보면 두 성인(聖人)은 진리를 깨우치기 위하여 수행(修行)하는 과정을 다르게 표현한 것에 지나지 않을 것이다.

수천 년이 지난 오늘에 나는 무엇을 위하여 살아왔는지 앞으로 어떻게 살아야 하는지를 이 두 성인의 가르침으로 상고(詳考) 하면 답이 나온다. 내 나이 칠십 중반이니 종심소욕불유구(從心所欲不踰矩)라 하였지만 능력이 어찌 성인에 비할 수 있겠는가? 보고 배우는 자세로 가까워지려는 노력이 내가 하여야 할 일이라 믿는다. 그렇다고 무슨 철학을 공부한 바도 없고 연구한 바도 없다. 살아오면서 부모님과 선배, 동료, 후배들에게 듣고 보고 배워온 경험이 아니겠는가. 내가 가진 것이라곤 경험(經驗)이다. 이 경험의 지혜는 나를 그곳으로 인도하고 있다. 예수는 나는 길이요 진리며 생명이라 하였듯이 세상 모든 사람들은 그 진리를 깨우치기 위하여 가는 것처럼 나도 그에 동승(同乘)하고자 노력하는 중이다. 그 진리(眞理)라는 것이 멀고도 먼 곳에 있는 것처럼 보일는지도 모르지만 사실은 내 안에 있다. 내 마음속에 있고, 내 주위에 수많이 산재해 있다. 매일 오관으로 보고 듣고 느끼며 향내 맡고 말씀을 하면서 살지만 깨우치지 못할 뿐이다. 과거부터 현재 그리고 미래에 이르기까지 불변하는 것이 진리다. 그것을 찾고자 노력하는 것이 인간의 본성(本性)일 것이다. 대부분의 사람들이 옛날부터 그래왔듯이 그럴 것이라 알며 믿고 인식하여 마지막 단계에 이르는 경지를 사람들은 진리라 일컫는다. 가방끈이 길거나 짧은 것과는 아무런 관계가 없다. 깨우침에는 남녀가 따로 없고, 노소의 구별이 없으며, 빈부귀천이 없다. 깨우친다는 것은 산마루에 올랐다는 이야기다. 산마루에 오르기 위하여 모든 사람들이 알게 모르게 묵묵히 올라가는 것이다. 인생이 새옹지마(塞翁之馬)라고 하지만 결국에는 마루에 오르기 위하여 고행(苦行)을 하는 것이다. 믿거나 말거나 횡설수설(橫說竪說) 하여 보았다. 오늘도 하루해가 저물어 갈 것이다. 이것이 진리다.

더러운 거짓 세상 2018년 4월 18일

매일 아침에 눈만 뜨면 보고 듣는 것들이 모두 거짓으로 가득한 세상에 용케도 중심 잡고 있으니 참으로 기이한 일이다. 김기식이라는 희대의 거짓말쟁이며 사기꾼의 행위는 내가 하면 로맨스고 남이 하면 불륜이라는 말을 대변한다. 두꺼운 민낯을 볼라치면 먹은 음식이 토하려고 한다. 이런 죽일 놈을 그렇게도 보호하려는 무리들이 나라를 움직이는 놈들이라니 무지몽매한 백성들의 앞날이 걱정이다. 하기야 이들이 정권을 쟁취하기까지 정의로운 과정을 거쳤다고는 믿을 수 없는 사람들이다.

민주화라는 가면 속에는 주체사상을 감추고 의식화되어, 세포 분열하듯 국민을 기만하여 권좌를 차지하기까지 온갖 불법 부정을 일삼아 왔으니 그 정통성은 애초부터 없었다. 왠지 가만히 생각하면 눈물이 절로 난다. 소리쳐 통곡이라도 하고 싶다. 금융감독원장이 어떤 자리인가. 금융 분야에 검찰총장이라고 한다. 그 엄중한 자리에 기업을 등치고 협박하는 단체로 알려진 참여연대라는 시민단체에 속하였던 자를 앉히려고 한다. 이 단체에 일원이었던 사람들 중에 현 서울시장 박원순을 비롯하여 청와대 정무수석 조국이 현 정부에 포진되어 끼리끼리 나눠 먹고 보호하는 정치 모리배들이다. 국회의원 시절 발언 내용을 보면 적반하장이라도 이런 경우는 없는 것이다. 인간이기를 포기한 쓰레기다. 사직을 한다 하여도 반드시 단죄하여야 할 것이다. 미국 뉴욕 주재 우리은행의 이란으로 불법 송금 커넥션 때문에 미 재무성의 제재를 받고 있다는 SNS에 떠돌아다니는 기사를 본 적이 있는데 그 자금이 북으로 흘러들어갔다고 한다. 이 사례는 무엇을 의미하는 것인가. 항간에 나라 안에서 비트코인으로 불법 축재된 자금의 행방이 묘연하다고 한다. 여러 추측성이 난무한데 비추어 보면 금융감독원장의 역할이 국민의 눈총을 받을 수밖에 없는 자리다. 이 자리에 대한민국에 사람이 없어서 쓰레기를 책임자로 보직하였다.

웃기는 일이다. 금융개혁에 금융을 모르는 놈에게 대임을 맡기는 현 정부의 인사 난맥상을 어느 누가 믿을 수 있겠는가. 우리 속담에 참외 밭에서는 신발 끈을 고쳐 매지 말라는 경계의 말씀이 있는가 하면 까마귀 노는 골에 백로야 가지 말라는 글도 있다. 공직은 백성의 공복이다. 공복은 제1의 덕목이 청렴해야 한다. 도덕성이 그다음이다. 한데 이 쓰레기를 처리함에 있어 청와대는 책임을 전가하여왔다. 지금까지 저들에게 불리하다는 사안은 직접 처리하지 못하고 타 기관에 물어 추진하였다. 책임회피가 아닌가. 국민 참여와 소통이라는 명분을 앞에 세워 위원회 공화국을 만들었다.

이번 김기식 사건도 선거관리위원회에 불법성이 있는지 물어서 판단한다고 하였다. 웃기는 이야기다. 그럴 능력이 없으면 사표를 모두 내야 하지 않겠는가. 왜 비싼 국민의 세금을 축내고 자리 차지하고 있는지 국민은 알고 싶어 하는 것이다. 마침 중앙 선거관리위원회에서 김기식이 임기가 끝나기 직전인 2016년 5월 19일 정치후원금에서 5천만 원을 연구기금 명목으로 민주당 의원 모임인 "더 좋은 미래"에 기부한 것을 불법성이 있다, 라고 하니 조치를 하겠다고 한다. 현 정부는 도덕성이 생명이다. 지난 정부를 국정 농단으로 매도하기까지 온갖 루머와 불법을 자행하면서 권좌에 오른 자들이다.

우리는 도덕성 하나만큼은 깨끗하다는 프레임으로 국민을 기만한 죄는 언젠가는 천하에 밝혀질 것이다. 지금까지 1원한 장 받은 바 없는 대통령을 인민재판 하듯이 불법 단죄하였으니 그 후과를 생각해야 할 것이다. 노무현 정권이 도덕성 하나로 근근이 명맥을 이어 왔지만 결국에는 그도 청렴의 덫에 걸려 부엉이 바위에서 낙사(落死)하고 말았다는 전철을 밟지 않으려면 어떻게 하여야 할지 자명한 답이 나오지 않는가. 청렴성은 도덕성과 동전의 양면이다. 헌정사(憲政史)를 돌아보면 청렴 클래스에 들 수 있는 대통령은 박정희 전 대통령과 그의 딸 박근혜 대통령뿐이라는 것이 밝혀지고 있다. 이러한데도 지금도 그분들을 매도하는 대한민국의 후진성을 여실히 보여주고 있다. 옳으면 옳다 하고 그르면 그르다 할 수 있는 문화가 바로 선진문화로서 자긍심을 가질 때 비로소 선진국이 되는 것이다. 대한민국의 언론은 시정잡배보다도 못한 쓰레기들이다. 지금 비원(祕苑) 앞 노무현 재단에서 노무현 전 대통령 기념관을 건립 중이라고 하는데 어느 방송에도 보도된 바 없는 쓰레기 방송사들이다. 640만 불 박연

차 게이트로 자살한 사람의 기념관을 조선왕궁 비원 바로 앞에 건립한다고 한다. 이것 빅뉴스가 아닌가. 그런데도 한 곳도 보도된 바 없다. 청렴과 도덕성의 명에로 가신 분을 더는 욕되게 하지 않은 것이 천리이다. 가만히 있으면 중간은 간다고 한다. 권불10년이라 하였는데 정신 차렸으면 좋겠다.

생체의 말로 2018년 4월 19일

사람은 생로병사(生老病死)의 과정을 겪으면서 일생을 보낸다. 기업도 나라도 생체로 보면 생로병사의 과정을 벗어날 수 없다. 개중에는 예외의 경우도 있다. 그런데 현 정부는 생로병사의 과정을 겪지 않고 바로 병사(病死)의 말로(末路)에 이른 듯하다. 인사가 만사라 하는 것도 옛날이야기가 되었다. 집권 후 조각에서 보여준 특정지역의 사람들로 조각을 하였고 특히나 그중에는 특정 고등학교 출신들이 나라의 요직을 장악하였으며, 참여연대라는 시민단체 사람들로 눈에 띈다. 전대협 출신들을 비서진에 포진시키고 무소불위의 권력을 휘두르고 있다. 이들은 장관 머리 위에서 지시하는 자로 등장하였다. 언제부터인지 위계질서가 무너지고 말았다. 책임총리제 운운하였는데 공수표가 되었는지 총리가 있는지도 모를 지경이다. 대통령은 이들 비서진에 갇혀 그들의 계획을 추인하는 것은 아닌지.

시중에는 여러 이야기들이 오가고 있다. 비서 정치는 공산주의 국가에서 하는 정치다. 그런데 자유대한민국에서 비서가 전횡하는 것처럼 비치는 것은 무엇이라 설명이 될까. 아니라 하기는 그간 경과를 보면 증명이 된다. 만약에 비서 정치를 한다면 장관직을 삭제하여야 할 것이다. 괜히 세금 축내가면서 그들의 자리를 보전할 이유가 없기 때문이다. 흔히 정치는 왕도정치를 꿈꾼다. 한국 정치는 입으로는 국민을 위하고 국민을 노래하면서 실행은 정당정치라는 이름으로 정권 쟁탈에만 올인하여왔다. 이 와중에 국민은 희생양이 되고 말았다. 그것이 패거리 정치며 마치 조폭 정치를 하는 모습을 국민들에게 보여주었다. 정권 쟁탈을 위하여 4년 동안 대통령 탄핵을 모의하였다니 입이 다물지 않는다. 이런 자들이 선량이라는 특권에 보호받아 오늘도 웃고 있는지 모르겠다. 국민은 아무것도 할 수 없다. 손발 묶어놓고 하고 싶은 것 마음대로 하는 나라가 대한민국이다. 보수라는 작자들은 기득권을 지키기 위하여 온갖 추잡한 짓을 다하다가 대통령을 배신하고 정치생명을 유지하기 위하여 적과 동침하기를 주저하지 않았다. 오만은 하늘을 찌르고 패거리에 안주하여 내분만 키워 결국에는 배신의 잡놈들로 전락하고 말았다. 이놈들이 보수라고 한다. 자자손손 배신자라는 올무에 갇혀 길이길이 전해질 것이다.

야당이 된 보수는 언제인지는 모르지만 보수라는 보자기만 뒤집어쓰고 있는 형국이다. 전화위복이 된 좌익 정부의 전횡에 대하여 눈치만 보고 있는 자들이 그들이다. 며칠 전에는 대형사건(금융 감독원장 김기식)이 터지니 연이어서 정권의 존폐에 버금가는 사건이 터졌단다. 김경수라는 놈은 문 대통령의 심복으로서 지난 대선 때부터 드루킹이라는 자와 야합하여 수백 개의 아이디를 가지고 댓글을 올렸다고 한다. 이와 관련하여 지난 3월 22일에는 세 사람을 구속하였다. 권력의 시녀가 되어버린 경찰은 잡고 보니 한국 당원이 아니고 더불어 민주당원이라니 자기 발등 자기가 찍은 것이다.

더불어 민주당은 역 댓글에 화들짝 놀라서 경찰에 고소하였는데 다람쥐가 나무에서 떨어진다는 말처럼 궁지에 몰린 생쥐가 되었다. 더욱 가증스러운 것은 경찰은 모든 자료를 은폐시킬 수 있는 시간을 제공하였으니 그 책임 또한 면하기 어렵게 되었다. 자칫 미제 사건으로 묻힐 뻔하였던 불법행위가 경찰 내부의 정의의 사자가 제보함으로써 세상에 알려지게 되었다고 전한다. 기막힌 내용이다. 드루킹이라는 자는 오사카 영사 인사 청탁을 비롯하여 여론을 조작하고 대선에 문재인 후보에게 여론몰이를 하였다고 전한다. 막대한 연간 운영비 11억 원의 출처며, 파주에 있는 느릅나무라는 위장 출판사에서 댓글 조작 사무실로 사용하였다고 취재 파일은 전한다.

모든 자료는 벌써 옮겨가고 은폐되어 빈 사무실만이 보여주었다. 파도 끝이 보이질 않는다고 한다. 이 사건은 초대형 사건으로 정권의 존폐가 달린 문제이다. 조사를 하는 검경은 하루속히 만천하에 낱낱이 밝혀야 할 것이다. 그러나 모두가 아는 바와 같이 이들은 크게 기대할 수 없는 정부의 시녀가 되었기에, 기대는 야당의 몫이다. 사즉생(死卽生)의 각오로 특검을 하여 만천하에 밝혀야 할 것이다. 현 정부는 이명박 정부 때에 국정원 댓글로 관련자들이 줄줄이 재판을 받았다는 것을 상기하여 국민의 알 권리를 충족하여야 할 것이다. 그리고 정의는 반드시 살아있다는 희망을 보여 줄 때 잃어버린 지지를 회복할 것이다. 그리고 사회주의 또는 공산주의로 경도(傾倒)되는 대한민국을 바로 세울 수 있기 때문이다. 북한의 적화에 백척간두(百尺竿頭)에 있다는 현실을 직시하고 잘 훈련된 종북 좌파들을 일거에 단죄(斷罪)한다는 자세로 대응하기 바란다. 국민들이 당신들에게 거는 기대는 마지막이라는 생각을 갖고 있다는 것을 명심하기 바란다.

쓰레기 청소 2018년 4월 20일

내가 작업복을 반납한지 2005년도였으니 벌써 13년이 되었다. 매일 하는 일이 있었는데 하는 일이 없으면 무척이나 좋을 것 같았는데, 마음대로 놀 수 있고 가고 싶으면 마음대로 가고 만날 수 있으니 자유가 넘쳐나면 살 것만 같았다. 당분간은 쉬어보자 마음먹고 일주일을 쉬어보았는데 몸과 마음이 아니라고 한다. 무엇이든지 하라고 암시(暗示)한다. 이것이 무슨 징조인지 마음과 몸이 답답하였다. 36년간 매일 출근하고 주어진 임무를 위하여 내 능력껏 일하였다는 사실을 가마득히 잊어버리고 새로운 환경에 빨리 적응하여야 할 시점에 일하라는 암시인 것 같았다. 찾아야 할 것 두 가지를 선택하였다. 그 하나는 건강을 찾는 일이고 또 하나는 집안 청소로 정하였다. 평생을 나와 자식들과 가정을 위하여 애써온 나의 동반자의 일을 조금이라도 덜어주어야겠다는 생각에 집안 청소를 시작한 지가 13년이 되었다. 아울러 모든 사람들의 꿈인 건강을 위하여 매일 3~4시간 이상을 투자하고 있다. 이 두 가지는 다른 사람을 위하여 하는 것도 아니며 나 자신을 위한 하루의 일과이다. 돌이켜보니 청소와 건강은 노력하고 투자한 만큼 몸의 변화를 가져왔으며 잘하였구나 하는 생각이다.

특히 남이 하는 청소는 그냥 청소를 하는구나 하였는데 내가 직접 청소를 하여 보니 밖에 나가 돈을 벌어오는 것 이상의 가치 있는 일이라는 것을 늦게나마 깨우치게 되었다. 초등학교 때에 교실 마루를 걸레로 윤이 나도록 닦아 보았으며 화장실 당번이 오면 모두 집으로 돌아간 다음 화장실 청소도 하였다. 중고등 시절에는 빗자루로 교실과 교정을 깨끗이 쓸어보기도 하였다. 사람이 생활하는 곳에서는 반드시 청소가 동반한다. 그러고 보니 사람이 쓰레기를 양산하는 장본인이다. 쓰레기는 어디에나 있게 마련이다. 집안은 말할 것도 없고 인도나 차도에도 쓰레기는 있다. 그러하니 청소를 하여야만 한다. 쓰레기는 직장에도 발생하고, 나라에도 쓰레기로 몸살을 앓기도 한다. 쓰레기의 종류도 너무 많아 일일이 열거하기도 어렵다. 요사이 재활용 쓰레기를 중국에서 수입을 금(禁)한다고 하니 우리나라에서는 쓰레기 대란이 일어났다고 한다. 그간 중국으로 수출하여 해결하였는데 큰일이 난 것이다. 잘못하다간 쓰레기 더미에서 먹고 자야 할 판이다. 이렇다 하여도 생활쓰레기는 괜찮은 편인데 진짜로 처분하기 곤란한 쓰레기들이 산재(散在)하여 골머리를 앓고 있다. 바로 인간쓰레기 들이다. 나도 인간쓰레기가 되지 않으려고 매일매일 노력하고 있다. 인간의 탈을 쓰고 있지만 인간이 인간이기를 포기한 자들을 일컬어 쓰레기 같은 인간이라 표현하고 있다.

이런 자들을 처리하기가 매우 곤란하다. 인분(人糞)이나 가축 분뇨(家畜糞尿)처럼 배로 실어서 태평양 가운데 버릴 수도 없고, 그렇다고 소각로에 넣어 태워버릴 수도 없는 쓰레기들이다. 금수(禽獸)보다도 못한 것을 인간쓰레기라 한다. 사람은 사람이 지켜야 할 법도와 도리가 있다. 누구나 다 알고 있고 지키고 있는 보편적 가치를 외면하고 위반하였을 때는 금수(禽獸)만도 못한 놈이라 손가락질하고 비난한다. 이런 자들을 위하여 법이라는 것이 탄생되었다. 법을 위반하게 되면 처벌을 받는다. 위반의 정도에 따라서 죄(罪)의 질에 따라서 처벌의 수위가 무거워지기도 가벼워지기도 한다. 사람들은 행복을 꿈꾸면서 가정을 구성하고 사회를 이루며 국가가 탄생하기도 한다. 요즈음 나라 돌아가는 꼴을 볼라치면 정치 쓰레기들이 너무 많이 양산(量産)되어 처치가 곤란한 지경이다. 권력의 시녀가 된 쓰레기들, 나라를 뒤엎으려는 노동자 쓰레기들, 이념(理念)에 물들어 교단(敎壇)을 붉게 물들이는 쓰레기들, 주체사상(主體思想)에 물들어 나라를 바치려는 쓰레기들, 기업을 협박하고 돈을 뜯어내려는 조폭 같은 쓰레기들 천국이다. 이들은 소위 지능형 쓰레기들이다. 교묘하게 법망(法網)을 피하여 음지에서 세(勢)를 확산하면서 활동하다가 틈새의 기회가 왔다고 하면 구더기처럼 기어 나오는 것이다. 오늘날 이들의 세상이 되었다. 쓰레기들의 세상이 되었다.

이 쓰레기들이 끼리끼리 연대하여 불법으로 권좌를 차지하였다. 오래전부터 기획된 범법 쓰레기들이 정치 도의상 도저히 있을 수 없는 반란을 일으킨 것이다. 70여 년 전 풍전등화 같은 어려운 시기에 자유대한민국을 수립하였다. 밤낮 각고의 노력으로 살만한 세상을 만들었다. 세계 200여 개의 국가들 중에 10위 권에 이르렀다. 이러한 영광을 온 세계인이 부러워하고 있는 자랑스러운 이 나라를 사회주의 또는 공산화를 꾀하고 있는 쓰레기 천국이다. 11개월이 지난 지금에 와서 돌아보면 그들의 의도가 분명히 드러났다. 불법으로 뭉쳐진 집단이다. 쓰레기들이다. 그들은 마지막 수순으로 6·13 지방선거 때를 기하여 헌법 개정에 총력을 기하고 있는 실정이다. 그들의 검은 뜻을 이루기 위하여 평창 동계올림픽을 이용하였고 4월에 있을 남북정상회담을 이용하고 그래도 모자라면 북미 정상회담에 목숨을 걸고 있다. 이제 대한민국에 존재하는 쓰레기들을 대청소를 할 기회가 왔다. 6·13 지방선거에 주권을 올바로 사용할 때에 대청소가 이루어질 것이다. 우리의 후손들이 안심하고 세계를 향하여 마음껏 기량을 발휘할 수 있게 나라를 지켜야 할 것이다.

갈림길에 2018년 4월 21일

한순간의 판단이 천당으로 가는 길일 수도 있고 이와는 반대로 지옥의 염라대왕 앞일 수도 있다. 일생을 사는 동안 수많은 길을 선택하면서 인생 여행을 한다. 자신의 의지대로 선택된 길로 갈 수도 있고 본의 아니게 타인이 선택한 길일 수도 있다. 아침에 가는 길이 잘못 들었다 하여 다른 길을 선택할 수도 있다. 잘된 선택인지 잘못된 선택인지는 오직 자신의 책임하에 생사화복(生死禍福)이 찾아오는 것이다. 태어나 성장하면서 사리(事理)를 분별할 나이에 이르면 대부분은 자신의 판단하에 크고 작은 목적지를 향하여 가게 된다. 판단하여 선택하기에는 주위의 환경이 매우 중요하다. 평화롭고 안정적인 환경에는 길을 선택하기에 용이할 것이다. 목적지에 도달할 수 있는 길이 훤히 보이기 때문이다. 그런데 주위의 환경이 혼란스러워지면 선택이 어려워지기도 한다. 무엇이 옳고 그름인지 판단하기 어려워지는 것이다. 좌로 갈 것인가, 아니면 우로 갈 것인지 한순간의 선택이 천당과 지옥일 수가 있기 때문이다. 선택은 본인의 의지이지만 목적지까지 도달하는 것은 복합적인 요소가 있다. 자신의 역량에 따라서 또는 주위의 환경에 의하여 성공할 수도 있고 실패할 수도 있는 것이 인생사다.

1910년 8월 22일 조선의 이완용과 일본의 데라우치 통감 사이에 한일합병조약이 체결되고 1945년 8월 15일 해방이 되기까지, 위정자(爲政者)들의 판단과 선택들이 옳았는지 잘못된 것인지는 별 논으로 하고 가장 큰 이유는 역량(力量)과 힘이 부족하였기 때문이다. 국권을 빼앗기는 치욕을 장장 36년이나 당했다. 긴 세월 동안 가진 것 모두와 생명까지 그들에게 바쳤다. 천운(天運)이 있어 타의에 의한 광복을 맞이하였으나 인적 물적 모두가 동이 난 처지는 마치 불면 날아갈 허약한 체질이 되었다. 약육강식의 원리에 따라서 온갖 잡병이 침범하였다. 이러한 어려운 환경에 공산주의라는 불치의 암(癌)이 찾아왔다. 대적하였으나 외세의 개입과 힘의 불균형으로 악마의 혓바닥에서 사라지기 직전에 유엔군의 도움으로 기사회생하였다. 그결과 좁은 국토는 두 토막 나고 1천만 명의 이산가족이 발생하여 지금까지 혈육을 만나지 못하는 아픔이 계속 이어지고 있다. 4월 27일은 남북 정상이 만나는 날이다. 흘러나오는 이야기로는 종전 선언을 하고 평화협정에 초점이 맞춰져 있는 것으로 보인다. 여기에 미국의 호가(好價) 소리가 협찬을 한다. 정부 여당은 대형 사건으로 빈사상태에 사경(死境)에 헤맬 때인데 평화 분위기로 바뀌었다. 김기식과 김경수의 거짓과 댓글 사건은 정부의 존립에 관한 엄중한 시기이다.

종전과 평화라는 달콤한 말로 언론을 통하여 반복되는 노래로 국민을 마취시키고 있다. 우리는 광복 후 73년 동안 속아왔다. 또 그들에게 속아야 하는 것인가. 다시는 속을 수 없는 것 아닌가. 종전선언과 평화협정을 맺는다고 하여 한반도에 진정한 평화가 올 것으로 믿는다면 바보는 이보다 더 큰 바보는 없을 것이다. 그 증거로 아래의 남침 자료를 삼태성 님의 시사 블로그에서 인용하였다. 글쓴이는 박병역 기자님이 수고하셨으며 잘 정리된 내용이라 국민 모두는 알고 있어야 할 남침 역사서이다. 끝까지 보시고 올바른 판단을 하시기 바란다. 1958년 KNA 납북 사건을 시작으로 2016년 4차 핵 실험하기까지 총 131건의 도발을 하였다는 엄청난 사건을 잊지 말아야 할 것이다.

1950년 남침 이후 북괴의 도발 일지

〈6·25전쟁의 발발 원인과 휴전 상황까지와 그 후 오늘까지 도발 일지〉

1. 1950. 6. 5. 남북 간의 정치적 대립이 심각해졌다.

1946~1948년 사이에 걸쳐 미소공동위원회 등이 결렬되고 공산주의－민주주의 간의 대립이 심해졌으며 많은 민족 인사들이 죽음을 당하고 더욱이 1948년 즈음에 북한이 일방적으로 전기를 끊어버려 남한－북한의 냉전은 심각해졌다. “김일성은 스탈린에게 49년 초부터 50년 초까지 ‘남조선 적화’를 자신하며 남침 승인을 무려 48차례나 요청했다.”

2. 1949년 미국은 남한이 안전하다고 보고 태평양 안전보장 선으로 빼어 버렸으며, 같은 해 6월 29일 즈음에는 군사고문단 500여

명만 남기고 철수함으로 군사적 공백이 짙어졌다.

3. 남한은 남로당 프락치 사건 같은 정치적 혼란과 여수반란 사건(48) 같은 혼란을 겪으며 수많은 정당들이 갑론을박하며 자유가 지나쳐 방종이 흘러서 제대로 북한의 도발에 대비한 준비가 게을렀다.
4. 북한은 남한을 적화통일시켜서 한반도를 공산주의 시키고자 1948~49년도에 거듭해서 김일성이 직접 소련으로 가서 스탈린의 허락을 받아내어 많은 탱크와 무기 등을 지원받아서 북한의 병사력을 남한의 병사력의 2배가 넘는 수준으로 끌어올렸다.
5. 1949년 중국에서는 국민당이 부유한 중산층 이상을 보호하고 농민들에 대한 관심이 소홀한 방면, 공산당이 나날이 지지층이 늘어나 10억 이상의 국민들이 지지함에 따라, 장제스가 이끄는 국민당은 더 이상 공산당과의 전투를 치룰 수가 없어서 끝내 타이완으로 망명하고 말았다. 이렇게 됨으로써, 한국의 주변은 거의 다 공산국으로 가득 차고 말았다. 김일성은 이 시간을 노려 1950. 6. 5일 새벽을 이용 남침을 감행한 것이다.
6. 1950~1953. 한국 땅에서 6·25전쟁으로 사망한 자가 민간인 992,019명. 군인 255,499명. 경찰 18,519명. UN 군152,440명이다. 다 합치면 백만이 조금 넘는 것으로 집계되었으나 그 이상으로 본다. 미국 남북전쟁 사망자는 80만 명이라고 한다.

사랑하는 국민 여러분 전쟁을 끝내고 휴전협정 이후로 김일성과 그 아들 김정일은 끊임없이 대남 민심을 교란하여 저들이 말하는 적화통일을 위하여 간첩과 인민군을 남한에 침투시키고 심지어는 대한민국 국회에 까지 간첩을 대거 심어놓고 봉기를 부추겼습니다. 이런 환경을 겪은 대한민국 국민에게 북한 측의 평화공세 같지 않은 평화공세에 이명박, 박근혜 정부가 호응하지 않아 남북 관계가 냉각상태라고 주절대는 민주당과 종북 세력들의 이간질에 속지 마시기를 간절하게 부탁을 드리면서 저들의 도발 역사를 살펴보시고 자녀들에게 교육해 주시기 바랍니다.

〈북한 도발 일지〉

휴전 이후 악마 김정일 부자가 남한에 도발 만행을 저지른 역사의 시간들.

58. 2. 15 KNA 납북 사건: 부산 수영비행장을 떠나 서울로 향하던 KNA(창랑호)가 평택 상공에서 무장 북한 공작원들에 의해 납치돼 평양 순안 공항에 강제 착륙했다. 우리 국회는 북한만행을 규탄하는 메시지를 6·25참전 16개국에 보내는 등 강력 항의하자 탑승자 26명 전원을 돌려보냈다.

67. 1. 19 당포함 침몰사건: 동해 북쪽 해상에서 해군 함대 제1전단 소속 당포함이 북한군의 해안포를 맞고 격침된 사건이다. 당포함은 당시 북방한계선 근방에서 명태잡이를 하던 우리 어선을 보호해 남하시키는 임무를 수행하던 중이었다.

68. 1. 21 청와대 습격기도 사건: 북한은 청와대 습격을 목적으로 124군 부대 무장공비 김신조 일당 31명을 남파하였으나

대부분 섬멸(사살 2 명)되고, 김신조 1명 생포.

68. 1. 23 미 푸에블로호 납치 사건: 미 정보함 푸에블로호를 동해(공해)에서 납치, 12월 23일 승무원 82명과 사체 1구 송환, 선체는 억류

68. 1. 25 미군부대 초소 피습 사건: 미군부대 전방 초소 근무자 5명이 무장공비 1,515명가량으로부터 기습사격을 받고 교전하였음. 피해(전사 2명, 부상 8명)

68. 6. 17 DMZ 무장공비 사살 사건: 연천 북방 DMZ에서 잠복근무 중 침투하는 무장공비를 발견, 교전 끝에 1명 사살, 잔당 도주.

68. 6. 19 DMZ 무장공비 사살 사건: 철원북방 DMZ에 무장공비 2개조 7명이 침투한 것을 교전 끝에 모두 사살. 피해(전사 1명, 부상 4명)

68. 7. 10 전방사단 CP 요원 피습 사건: 전방사단 CP 요원이 잠복근무지로 가던 중 무장공비의 기습사격을 받고 교전하였으나 공비는 도주. 피해(부상 2명)

68. 7. 23 DMZ 투입 병력 피습 사건: 아군 병력 8명이 DMZ 투입을 위해 진입 중, 공비로부터 기습사격을 받았음. 피해(전사 4명, 부상 3명)

68. 7. 29 남해 허사도 무장공비 출현 사건: 전남 목포시 허사도에 무장공비 2명이 출현, 민간인 1명 살해하고 도주.

68. 7. 31 연천 백학 공비 사살 사건: 아군 GP 요원4명이 관망대로 가던 중 무장공비 8명과 조우, 교전 끝에 1명 사살 피해

(전사 2명, 부상 1명)

68. 8. 3 전방사단 무장공비 사살 사건: 연대 수색중대 병력이 무장공비와 조우 교전 끝에 2명 사살, 2명 부상 입혔음. 피해(전사 1명, 부상 2명)

68. 8. 4 DMZ GP 병력 피습 사건: 아군 병력 6명이 GP로부터 종격실로 연한 고지로 진입 중, 공비로부터 기습사격을 받고 교전. 피해(부상 1명)

68. 9. 4 DMZ GP 병력 피습 사건: 아군 GP 병력7명이 약 70m 떨어져 있는 우물에서 식수 운반 중, 공비의 기습사격을 받았음. 피해(전사 2명, 부상 2명)

68. 9. 4 DMZ 작업 병력 피습 사건: 아군 병력이 크레모아 설치작업을 위해 진입 중, 공비의 기습사격을 받았음. 피해(전사 2명, 부상 2명)

68. 9. 5 GP 병력 피습 및 납치 사건: 아군 GP 병력이 잠복근무를 마치고 철수 중 공비의 기습사격을 받았음. 피해(전사 1명, 2명 납치)

68. 9. 5 무장공비와 교전 사건: 잠복근무 중이던 병력이 공비 3명을 발견, 사격을 가하자 공비도 자동화기로 응사하며, 수류탄 10발을 투척하고 도주. 피해 (전사 1명)

68. 9. 19 GOP 순찰 병력 피습 사건: GOP 병력이 철책선 순찰 중 공비의 수류탄 공격을 받았음. 피해(전사 1명)

68. 9. 21 GOP 잠복호 피습 사건: GOP잠복근무자가 공비의 기습공격을 받았음. 피해(전사 1명, 부상 2명)

68. 10. 16 DMZ 투입시 피습 사건: 아군 병력이 DMZ로 투입하던 중, 공비의 기습사격을 받았음. 피해(전사 1명)

68. 10. 30~11. 2 울진 · 삼척지구 무장공비 침투사건: 북한 124군부대 무장공비 126명을 침투시켰으나 109명 사살, 7명 생포하였음. 피해(전사 38명, 부상 64명, 민간인 피살 23명)

68. 10. 31 전방사단 GP 병력 피습 사건: 아군 GP 병력이 수색정찰 중, 공비의 기습사격을 받았음. 피해(전사 5명, 부상 4명)

68. 11. 1 서산 무장간첩 사살 사건: 충남 서산 성연면 오사리에 무장괴한 2명이 출현하였다는 신고로 작전을 전개 무장간첩 2명 사살. 피해(전사 1명)

68. 11. 2 전방사단 GP 병력 피습 사건: 아군 GP 병력이 철책선 순찰 중 공비의 기습사격을 받았음. 피해(전사 1명, 부상 1명)

68. 11. 8 전방사단. 피해(전사 2명, 부상 8명)

68. 12. 9 이승복 사건: 강원도 평창군 진부면 노동리 이석우 씨 집에 무장공비 5명 침입, "공산당이 싫어요"라고 말한 이승복 형제 3명과 이 씨 부인 주 씨를 무참히 살해. 공비들에게 가슴을 관통당하는 등 36군데나 칼로 찔린 장남 승복군만 겨우 목숨을 건졌다.

69. 3. 15 미군부대 병력 피격사건: 미군 병력이 GP 앞의 군사분계선 작업을 위해 진입 중 공비의 총격을 받았음. 피해(부

상 3명) ※ 이틀 후 후송하던 헬기 추락으로 7명 사망.

69. 3. 16 주문진 공비 침투사건: 무장공비 8명이 주문진에 침투, 보안부대원을 사칭, 여인숙 투숙객을 검문하고, 수상 파출소에서 경찰관을 납치하려다 사살. 피해(전사 1명, 부상 1명)

69. 5. 14 전방사단 공비 사살 사건: 연대 수색중대 병력이 경계근무 중 침투 공비 1명 발견하고 사살.

69. 5. 15 미군부대 병력 피습 사건: 미군 병력이 철책선 점검 중 공비의 사격을 받고, 응사하자 도주하였음. 피해(부상 2명)

69. 5. 20 미군부대 공비 사살 사건: 미군 잠복근무자(카투사)가 침투하는 공비 3명을 발견, 일제사격을 가하자 응사하며 도주. 수색 결과 공비 시체 1구와 기관단총 등 다수의 유기물 노획.

69. 5. 20 전방사단 공비 사살 사건: 연대 수색중대 잠복조가 침투하는 공비를 발견 집중사격으로 2명을 사살하고 기관 단총 등 다수의 장비 노획. 피해(부상 2명)

69. 5. 23 전방사단 공비 사살 사건: 야간 경계근무자가 3초소 전방에서 공비를 발견하고, 사격으로 1명 사살. 피해(전사 1명)

69. 5. 25 전방사단 공비 사살 사건: 아군 병력이 순찰 중 공비로부터 사격을 받고, 즉시 응사하여 공비 3명 사살. 피해(부상 1명)

69. 6. 14 부안 침투 간첩 사살 사건: 전북 부안 하서면 주민이 해안가에서 고무보트와 배낭 2개를 발견하고 경찰에 신고, 수색작전 끝에 간첩 3명 사살. 피해(경찰관 4명 부상)

69. 7. 24 GOP 부대 공비 사살 사건: 철책 경계병이 약 15m 전방에서 침투하는 공비를 발견, 교전 끝에 3명 사살.

69. 8. 23 GOP 부대 간첩 사살 및 검거 사건: 잠복 호 근무자가 철책선 남방 5m 지점 능선으로 침투하는 간첩을 발견 교전 끝에 1명을 사살하였고, 9월 8일 경기도 가평에서 조장 김은환을 검거. 피해(전사 3명, 부상 5명)

69. 10. 12 전방사단 공비 사살 사건: 연대 수색중대 병력이 OP 점령을 위해 전진 중 공비의 수류탄 공격을 받고, 즉각 응사하여 공비 3명을 사살 피해(전사 1명, 부상 3명)

69. 10. 14 DMZ 침투 공비 사살 사건: 연대 수색중대 잠복호에서 8명이 근무 중 전방 10m 지점에서 침투하는 공비를 발견 1명을 사살. 피해(경상 1명)

69. 12. 11 KAL기 납북 사건: KAL(YS－11)기는 승객 47명과 승무원 4명 등 51명을 태우고 강릉을 출발해 서울로 가던 중 대관령 상공에서 납치돼 원산으로 기수를 돌렸다. 북한 방송은 창랑호 피랍 때처럼 "자진 입북했다"라고 보도했다. 납치 66일 만인 1970년 2월 14일 탑승자 중 승객 39명만 판문점을 통해 돌려보냈으나 승무원·승객 12명(납치범 포함)의 송환은 지금까지 거부하고 있다.

70. 3. 8 영덕 해안 간첩 사살 사건: 해안초소 근무병이 해안 순찰

중, 동력보트와 적탄 통을 발견, 수색작전 끝에 해병대 병력이 간첩 2명 사살.

70. 3. 13 DMZ 공비 사살 사건: 연대 수색중대 병력이 GP 동쪽 300m 지점에서 공비 3명을 발견, 교전 끝에 2명 사살. 피해(부상 2명)

70. 4. 8 금촌 간첩 사살 사건: 경기 파주 금촌 거주 농민이 은신 중인 간첩 3명을 발견하고 신고, 군·경 합동작전으로 전원 사살.

70. 4. 29 전방사단 공비 사살 사건: 사단 수색중대 매복조가 100m 전방에서 공비의 기습사격을 받고, 교전 끝에 2명 사살. 피해(부상 2명)

70. 4. 29 전방사단 공비 사살 사건: 연대 수색중대 매복조가 공비 3명을 발견, 교전 끝에 전원 사살.

70. 5. 3 안면도 침투 간첩 사살 사건: 검거 간첩을 역이용, 안면도에서 접선 공작을 실시 침투한 간첩 3명을 사살.

70. 6·13 전방사단 공비 사살 사건: 연대 잠복초소 근무병이 우측방 개울을 따라 침투하는 공비 2명을 사살.

70. 6. 15 미군부대 공비 사살 사건: 장단반도 거곡리 제1초소에서 공비의 기습사격을 받고, 교전 끝에 1명 사살.

70. 6. 18 전방사단 공비 출현 사건: 연천군 초성리에서 아군 병력이 잠복근무 중 공비 1명이 출현, 권총으로 사격을 가하여 부상을 입히고 도주.

70. 6. 22 국립묘지 현충문 폭파 사건: 북한 간첩이 국립묘지 참배

요인을 살해하기 위해 현충문에 폭발물을 장치하다가 실수로 간첩 1명은 폭사하였고, 잔당은 도주.

70. 6. 28 영홍도 간첩선 격침사건: 아군 초소 경비정이 영홍도 북방에서 간첩선을 발견, 합동작전으로 격침시키고 내륙으로 상륙한 공비 6명 사살.

70. 6. 30 전방사단 공비 사살 사건: 까치봉 서남방 철책선 부근에서 공비를 발견, 교전 끝에 1명 사살 피해(전사 2명)

70. 7. 5 김포 계양산 간첩 사살 사건: 경기 김포 고촌면 뒷산에서 학생이 거동 수상자를 발견 신고하여, 출동한 군 병력이 3명 사살.

70. 7. 22 영덕 해안 간첩선 격침사건: 경북 영덕 해안초소 앞 50m 해상에서 간첩선을 발견 사격하자 응사하며 도주, 합동작전으로 격침. 17명 사살 추정.

70. 9. 19 영종도 침투 간첩 사살 사건: 영종도 중산리 거주 학생이 괴한 2명을 발견하고, 군 · 경 합동작전으로 간첩 2명 사살. 피해(전사 1명, 부상 2명)

70. 9. 22 GOP 부대 공비 사살 사건: 아군 잠복초소 전방 철책선에서 공비가 선제공격하여 교전 끝에 3명 사살. 피해(전사 1명, 부상 1명)

70. 9. 26 부산 가덕도 침투 간첩: 사살 사건 부산 가덕중학교 학생이 산에서 괴한 2명을 발견, 출동한 경찰 · 예비군이 2명 사살. 피해(전사 2명)

70. 10. 6 임진강 수중침투 공비 사살 사건: 연대 수색중대가 임진

강변을 수색 중 공비 3명을 발견, 교전 끝에 모두 사살. 피해(전사 2명, 부상 6명)

70. 10. 10 거진 간첩선 격침 사건: 강원도 거진 북방에서 해군 함정이 간첩선을 발견, 해 · 공군 합동작전으로 휴전선 남방 5마일 해상에서 격침, 4명 사살 추정.

70. 10. 11 해남 침투 간첩 사살 사건: 전남 해남 화산면 거주 박양진 집에 거동수상자 1명 출현, 박 씨의 처가 신고, 경찰이 사살.

70. 10. 14 전방사단 공비 사살 사건: 연대 수색중대가 박달봉 정상 10m 부근에서 공비 2명을 발견, 사살.

70. 10. 18 전방사단 공비 사살 사건: GOP에서 소대장 외 1명이 철책선 점검 중 공비 3명을 발견, 교전 끝에 2명 사살.

70. 10. 22 GOP 사단 지역 간첩 복귀 사건: 철책선 순찰병이 이상한 소음을 청취 후 수하시 총격을 받고 교전, 수색 결과 철책이 절단되어 있어 간첩의 복귀로 판단하였음. 피해(전사 1명, 부상 1명)

70. 10. 22 전방 사단 지역 공비 침투사건: 백석산 동북방 GP 외곽 철책 부근에서 소음을 청취하고 접근하다 기습사격을 받고, 교전 후 확인한 결과 철책 2개소 절단 및 도주 흔적 발견. 피해(전사 1명, 부상 1명)

70. 10. 24 전방사단 공비 사살 사건: 연대 수색중대 매복조가 향로봉 서북방 8㎞ 지점에서 공비 3명을 발견 교전 끝에 1명 사살. 피해(전사 2명)

70. 11. 7 인천지역 간첩 생포 및 사살 사건: 인천 율도 발전소 예비군 초병이 해안에서 침투하는 괴한을 발견하고 수하하자, 초병을 살해하고 도주. 출동한 군 병력이 1명 사살, 1명 생포. 피해(전사 2명, 부상 2명)

71. 6. 16 전방사단 침투 공비 사살 사건: 연대 수색중대 병력이 철원군 백마고지 서남방에서 매복 근무 중 20m 전방에서 접근하는 공비 3명을 발견 교전 끝에 1명 사살, 잔당은 도주.

71. 6. 18 석모도 침투 공비 사살 및 생포 사건: 경찰이 강화 석모도에서 북한 장비를 발견, 수색 중 공비 3명을 발견, 교전 끝에 2명 사살하고, 1명 생포. 피해(부상 1명)

71. 6. 30 임진강 침투 공비 사살 사건: 사단 수색중대 병력이 임진강변에서 잠복근무 중 공비 3명으로부터 기습사격을 받고, 교전 끝에 2명 사살, 1명 자폭. 피해(전사 4명, 부상 12명, 장갑차 1대 전소)

71. 7. 1 GOP 부대 산병호 침투 공비 사살 사건: 아군 병력이 산병호 경계근무 중 수중 철책선 하단부를 굴토하고 침투하는 공비 3명을 발견. 2명 사살, 잔당 도주.

71. 8. 16 DMZ 공비 사살 사건: 아군 병력이 DMZ 수색 중 공비 5명을 발견, 교전 끝에 전원 사살. 피해(전사 1명, 부상 2명)

71. 8. 19 군단 하교대 공비 출현 사건: 군단 하교대 부사관 후보생이 보초 근무 중 괴한 2명을 발견하고 사격을 가하자, 공

비는 도주하고 기관단총, 피 묻은 붕대, 배낭 등을 노획.

71. 8. 20 강화도 침투 안내원 사살 사건: 강화군 길상면 거주 민간인이 괴한 2명을 발견하고 신고. 수색작전 끝에 안내원 2명 사살. 피해(전사 2명)

71. 8. 21 전방사단 공비 사살 사건: 아군 병력이 매복 근무 중 괴한 3명을 발견, 교전 끝에 공비 3명 사살. 피해(부상 1명)

71. 8. 27 임진강 수중침투 간첩 사살 사건: 사단 경계병이 임진강 해안에서 괴물체 4개를 발견, 수색작전을 전개한 군 기동타격대가 간첩 4명 사살. 피해(전사 1명, 부상 1명)

71. 9. 13 월성 해안 침투 간첩 사살 사건: 해병대 병력이 경북 월성 해안에서 공비 3명을 발견, 교전 끝에 2명 사살. 피해(경상 2명)

71. 9. 18 해병여단 공비 사살 사건: 김포군 양촌면에서 민간인이 괴한 4명을 발견 신고, 출동한 해병과 교전 끝에 3명 사살. 피해(전사 9명, 부상 20명)

71. 10. 25 DMZ 침투 공비 사살 사건: DMZ 매복 근무자가 철책선 북방 50m 지점에서 공비를 발견, 교전 끝에 2명 사살.

71. 10. 30 전남 소허사도 간첩 사살 및 간첩선 노획 사건: 전남 소허사도에 괴선박 1척이 출현하였다는 신고를 받고, 출동한 경찰은 산으로 도주하는 간첩 4명을 발견, 교전 끝에 전원 사살하고 유기한 간첩선 나포. 피해(전사 1명)

73. 4. 17 전방사단 공비 사살 사건: 연대 수색중대 병력이 매복 근무 중 공비 3명이 침투하는 것을 발견, 교전 끝에 2명은

사살, 잔당은 도주.

73. 5. 5 완도 침투 간첩 사살 사건: 완도 거주 주민 4명이 괴한 2명을 발견하고 검거하려다 권총에 맞고 부상, 신고를 받은 경찰이 출동 1명 사살, 1명 행방불명.

74. 4. 2 리비교 공비 침투 및 복귀 사건: 대대 후문 보초병이 도로에서 괴한 3명을 발견하고 수하하자 "11중대 병력이다"라고 하여 암구호도 확인하지 않고 통과시켜 북상 도주.

74. 5. 20 추자도 간첩 사살 사건: 간첩 2명이 북제주군 추자면 대서리 본가에 출현한 것을 조카가 신고, 출동한 군 · 경이 1명 사살, 잔당은 도주. 피해(전사 3명)

74. 7. 20 어청도 근해 간첩선 격침사건: 해군 함정이 격렬비열도 25마일 해상에서 의아 선박을 발견, 추격하자 사격하며 도주함으로 집중사격으로 격침. 간첩 사살 7~8명 추정. 피해(경상 3명)

74. 8. 15 육영수 영부인 피살 사건: 8.15 경축행사 때 재일 한국인 문세광의 저격에 박 대통령은 무사했으나 육영수 여사는 목숨을 잃었다.

75. 4. 27 동래 침투 간첩 검거 사건: 부산시 동래구 석대동 거주 민간인이 산에서 거동 수상자 2명을 발견 신고, 출동한 군 · 경은 간첩 1명 체포, 5월 3일 간첩 추가 검거.

75. 6. 28 광주 침투 공비 사살 사건: 광주시 서구동 운동 뒷산에서 괴한 2명 발견하여 신고, 군 · 경은 추격 끝에 1명 사살, 1명 도주. 8월 1일 전북 완주에서 사살.

75. 9. 11 고창 침투 공비 사살 사건: 전경대 해안초소 경계병이 순찰 중 괴한 2명으로부터 사격을 받고 교전, 1명 사살, 1명 도주 피해(전사 3명, 부상 2명)

76. 6. 19 GOP 부대 공비 사살 사건: GOP 근무자가 북한강변 철책선 부근에서 공비를 발견, 교전 끝에 3명 사살. 피해(전사 4명, 부상 6명)

76. 7. 3 완도 공비 침투사건: 전남 완도군 금일읍 화목리 거주 주민 3명이 약초 채취 차귀도(무인도)로 건너간 후, 1명은 공비의 권총에 맞아 살해되고, 2명은 후일 생환.

76. 8. 18 도끼 만행 사건: 휴전선에서 인민군이 도끼로 미군 장병 2명을 살해하는 만행을 저질렀다. 이때는 한미 군 합동으로 전쟁불사 위협으로 김일성의 사과를 받아냈다.

77. 5. 3 GOP 부대 공비 복귀 사건: 초병이 철책선 점검 중 공비의 기습사격으로 전사, 수색 결과 철책 절단 및 복귀 흔적 발견.

78. 10. 5 GOP 부대 공비 강습 복귀 사건: 병사 4명이 전역 및 휴가신고 차 연대본부로 가던 중 공비의 기습사격으로 3명이 사망하고, 생존자 신고로 작전을 전개하였으나 철책을 뚫고 북상 도주.

78. 11. 4 광천 침투 공비 민간인 살해 도주 사건: 충남 광천 말봉산에서 나무하러 갔던 여인 2명이 공비에게 살해되고, 도주하면서 주민 3명을 추가 살해하고 도주.

79. 10. 5 GOP 부대 공비 사살 사건: GOP 병력이 철책선 순찰 중

철책 절단 및 침투 흔적 발견, 수색작전을 전개하여 대암산 서남방 2㎞ 지점에서 공비 1명 사살.

80. 3. 23 한강 수중침투 공비 사살 사건: 초병이 경기 고양 법곳리 한강변으로 침투하는 공비 3명을 발견, 전원 사살.

80. 3. 27 DMZ 침투 공비 사살 사건: 아군 병력이 DMZ 수색 중 공비 3명을 발견, 교전 끝에 1명 사살. 피해(전사 1명, 부상 1명)

80. 5·18 5·18에 남파됐다가 북으로 귀환하지 못하여 전사 처리된 '인민군 정찰총국 정찰대' 354명의 명단 확인, '인민군 영웅들의 열사묘' 추모비에 새겨진 명단 외 5종의 문서 일치하다고 북한군 개입 근거 발표 기자회견을 했다.

80. 6. 20 보령 해안 간첩선 격침사건: 해안 초병이 괴선박을 발견 사격하자 응사하며 도주, 해 · 공군 합동작전으로 격침 후 간첩 김광현 생포 피해(부상 2명)

80. 11. 3 전남 횡간도 침투 간첩 사살 사건: 전남 완도군 횡간도 거주 어민이 괴한 3명을 발견하고 신고, 군 · 경 합동작전으로 전원 사살. 피해(사망 1명, 부상 6명)

80. 12. 1 경남 남해 침투 간첩선 격침사건: 레이더가 남해 목도 남방 7㎞ 해상에서 괴선박 포착, 육 · 해 · 공군 합동작전으로 간첩선 격침, 9명 사살 피해(전사 3명, 부상 3명)

81. 6. 10~6. 21 임진강 수중 침투 공비 복귀 사건: 철책선 경계 병력이 임진강에서 배낭을 습득 조사한 바, 무장공비 3명이 6월 10일 임진강으로 침투, 구파발 지역에서 군사시

설 촬영 후, 6월 21일 복귀하다 분실한 배낭으로 확인.

81. 6. 29 필승교 수중 침투 공비 사살 사건: 필승교 경계병이 다리 밑으로 떠내려가는 물체를 발견하고, 사격하였으나 수중 동물로 오판, 그 후 공비 유기물이 발견되어 작전 끝에 논두렁에 은신 중인 공비 1명을 사살. 피해(부상 1명)

82. 5. 15 해안 침투 공비 사살 사건: 해안초소병이 강원도 고성군 현내면 지경리 해안으로 접근하는 괴한 2명을 발견, 1명 사살, 잔당은 도주.

83. 6. 19 임월교 침투 공비 사살 사건: 초병이 파주군 문산읍 임월교 다리 밑으로 침투하는 공비 3명을 발견, 집중사격으로 전원 사살.

83. 8. 5 월성 해안 침투 간첩 사살 사건: 해병대 병력이 경북 월성군 양남 수렴리에서 침투하는 괴한을 발견, 해 · 공군 합동작전으로 5명 사살. 피해(해경정 1척 침몰)

83. 8. 13 독도 근해 간첩선 격침사건: 독도 근해를 초기 중이던 강원함이 남하하는 의아 선박을 발견, 정선을 명했으나 도주, 함상 헬기가 출동 격침, 19명 사살 추정.

83. 10. 9 아웅산 테러 사건: 당시 전두환 대통령의 서남아 · 대양주 6개국 공식 순방 첫 방문국인 버마(현 미얀마)의 아웅산 묘소에서 일어난 강력한 폭발 사건으로 대통령의 공식 · 비공식 수행원 17명이 사망하고 14명이 중경상을 입었다.

83. 12. 3 부산 다대포 침투 간첩 생포 사건: 해안 초병이 부산 다

대포 해안 매복 근무 중 침투하는 간첩 2명을 발견, 격투 끝에 생포하고, 해 · 공군 합동작전으로 간첩선 격침. 3명 사살.

84. 9. 24 대구 무장간첩 출현 사건: 대구시 동구 신암 2동에 무장간첩이 출현, 미용실 여주인과 식당 종업원 등 2명을 살해하고 1명에게 부상을 입힌 후 자살.

84. 10. 19 부산 수영만 간첩선 격침사건: 해안 레이더가 수영만 동쪽 1마일 해상에서 의아 선박을 포착, 해군 PK 편대가 출동 교전 끝에 격침. 5명 사살 추정.

87. 11. 29 KAL858기 폭파 사건: 주범 김현희로 하여금 중동 건설 근로자들이 많이 탑승한 KAL기에 시한폭탄을 장치해 폭파케한 사건.

92. 5. 22 DMZ 침투 공비사살 사건: 무장공비 3명이 GP 남방 800m 지점에 침투하는 것을 사전에 발견하고, 전원 사살.

95. 10. 17 임진강변 무장 공비 사살 사건: GOP 경계병이 전방 20m 절벽 아래에서 공비 1명이 올라오는 것을 발견하고 사살.

95. 10. 24 부여 무장간첩 사살 및 생포 사건: 충남 부여군 석성면 정각사 입구에 무장간첩 2명이 출현, 교전 끝에 1명을 사살하고, 1명 생포. 피해(전사 2명, 부상 1명)

96. 9. 17 강릉 해안 잠수함 침투사건: 강릉시 강동면 고속도로상에서 택시 기사가 암초에 좌초된 잠수함을 발견하고 신고 군 · 경 합동작전으로 공비 25명 소탕, 잠수함 노획. 피해

(전사 11명, 부상 41명)

98. 6. 22 속초 해안 잠수정 침투사건: 속초 동남방 11.5마일 해상에서 어민이 어망에 걸린 잠수정을 발견하고 신고, 군·경 합동작전으로 잠수정 예인, 자폭 시체 9구 인양. 조사결과 무장간첩으로 확인.

98. 12. 18 남해안 침투 간첩선 격침사건: 해안 레이더에서 간첩선 포착, 해·공군 합동작전을 전개, 욕지도 남방 56마일 해상에서 격침. 반잠수정 1척, 공작원 1명 포함 사체 6구 인양, 간첩 장비 1,209점 노획.

99. 6.15 연평해전: 북한 함정 수십 척이 NLL을 넘어 우리 해군 고속정에 포격을 가해오자 우리 해군 2함대 박정성 사령관이 발포 명령하여 북한 함정 2척 침몰 2척 대파. 북한 해군 수십 명 전사하고 퇴각. 훈장을 받아야 할 박 제독은 북한의 요청에 의해 보직해임 발령을 받는 어이없는 일이 벌어졌음.

02. 6. 29 서해교전: 연평해전의 복수극으로 여겨지는 북한 함정의 기습 포격 공격에 우리 해군 전사자 6명 부상자 수십 명 발생. 선제공격을 못 하게 하고 선미 추돌(船尾追突)대응만 하라는 김대중 대통령 지시에 속수무책으로 당한 전쟁이었음.

07. 7. 12 금강산 관광객 피살 사건: 금강산 관광객 박왕자 주부를 금지구역에 들어왔다고 총격을 가해 사살한 사건.

05.2.5 북한은 미국에서 조지 부시 2기 행정부가 출범한 다음 달인

2005년 2월 외무성 성명을 통해 "우리는 이미 자위를 위해 핵무기를 만들었다"라며 핵무기 보유를 선언했다. 이후 북한은 장거리 로켓 발사와 핵실험을 잇달아 강행하며 국제사회를 위협했다.

06. 7. 5 장거리 미사일 발사.

09. 4. 5 장거리 로켓 은하 2호 발사.

12. 12.12 은하 3호 로켓 발사 성공.

06년 10. 9 제1차 핵실험.

09. 5. 25 제2차 핵실험.

09. 11. 10 대청도 사건: 북한 해군 선제공격에 집중포화로 적함을 반파시켜 퇴각시킨 사건.

10. 3. 26 천안함 초계함 격침사건: 우리 해군의 1천 200t급 초계함인 천안함은 2010년 3월 26일 오후 9시 22분께 서해 백령도 인근 해상에서 정상적인 임무를 수행하던 중 북한 연어급 잠수정에 의한 어뢰 공격으로 침몰해 승조원 104명 중 46명이 전사하고 58명이 살아남았다.

10. 11. 23 연평도 포격(延坪島砲擊)은 2010년 11월 23일 오후 2시 30분경, 조선민주주의인민공화국이 대한민국 인천광역시 옹진군 연평면의 대연평도를 향해 포격을 가한 사건이다. 이에 대한민국 해병대는 피격 직후 대응사격을 가하였으며 대한민국 국군은 서해 5도에 진돗개 하나를 발령한 뒤, 곧 전군으로 진돗개 하나를 확대 발령하였다. 이 사건으로 인해 대한민국의 해병대원 전사자 2명

(서정우 하사, 문광욱 일병), 군인 중경상 16명, 민간인 사망자 2명(김치백, 배복철), 민간인 중경상 3명의 인명 피해와 각종 시설 및 가옥 파괴로 재산 피해를 입었다.

13. 2. 12 제3차 핵실험.

이상이 북한이 남한 측에 우리 민족끼리 운운하며 평화적 제스쳐를 쓰면서 다른 편으로는 끊임없이 적화통일의 야욕을 버리지 않고 도발을 계속하고 있음을 보여주는 사건으로 우리 대한민국 국민들은 철저한 정신무장이 없으면 적화는 순식간에 이루어질 것이다.

저들은 대한민국 국민을 적으로 보고 있는 것이지 같은 민족으로 보지 않는다. 우리는 민주평화통일이지만 저들은 적화통일인 것이다. 이와 같이 북한은 평화공세를 취하면서 뒤로는 끊임없이 도발을 해왔음이 역사가 증명하고 있다.

2015년 8월 4일 목함지뢰 폭발 사건: 비무장지대 철책 통로에서 북한이 매설한 목함지뢰를 밟아 두 병사 중상일 입은 도발사건.

북한 영강도 풍계리 핵 시설 인근에서 4.8의 인공지진이 관측되었다. 2시간 뒤 북한 텔레비전은 정부 성명을 발표하면서 주체 조선의 첫 수소탄 실험이 성공적으로 진행되었다고 선언하였다.

평화(平和)의 전제(前提) 2018년 4월 22일

사람들은 누구나 평화를 기원하고 평화를 위하여 노력한다. 평화는 각자의 생각하는 바에 따라 그 척도가 다를 수 있지마는 신뢰가 마음속에 확신할 때 찾아오는 것이다. 신뢰에는 물질적 비물질적 모두를 포함하여 믿음이 쌓이고 확신되었을 때 비로소 가능한 것이다. 내가 병들어 자리보전하고 있는 중에 여타의 것들이 충족되었다 해서 평화가 내게 있다고 말할 수 없는 것이다. 또한 상대와 더불어 살아야 하는 역사적 문화사적 동질성이 있다고 하여도 신뢰가 없다면 남과 아니면 적과 다름이 없는 것이다. 한쪽이 날마다 평화를 구걸한다 하여도 어렵다는 것은 또한 현실이다. 이는 세상사 모든 이치(理致)가 말해주고 있다.

개인이든 가문이든 아니면 조직체나 국가 간에도 똑같이 믿음이 전제되었을 때 평화는 찾아오는 것이다. 혹자들은 인류사를 전쟁의 역사라 하는 사람도 있다. 전쟁 없는 평화는 없는 것일까? 라고 반문도 하고 노력도 하였지만 이루기 어려운 과제임에는 분명함을 역사는 증명하고 있다. 평화와 전쟁 사이에는 신뢰와 믿음이 있느냐 없느냐에 따라서 결정되지만 당시의 사람들이 신뢰를 위하여 노력을 하였지만 완전한 평화는 영원히 미제 사항이고 희망에 지나지 않았다는 것이다. 우리의 경우를 돌아보면 단군 성조께서 나라를 세우신 이래 980여 회의 침략을 당하였다는 역사적 현실을 보면 5000년의 장구한 역사라 자랑하지만 평균 5년마다 거의 일방적으로 침략을 당하였다는 것이 우리의 역사다.

이 얼마나 참담한 역사가 아닌가 한다. 신뢰와 믿음이 부족하여 시체는 산을 이루었고 피는 바다가 되었을 것이다. 이것이 나의 역사이고 당신의 역사인 것이다. 나를 알고 적을 알아야만 승리할 수 있다는 말씀을 실행하였다면 굴욕적이지는 않았을 것이다. 지나온 역사는 오늘을 사는 사람들에게 거울이 되고 가르침의 교훈이 되어야 할 것이다. 그러나 흘러간 옛날이야기로만 치부하고 더럽고 이기심 가득한 욕망에 사로잡혀 평화로이 생업에 종사하는 대다수 선민들을 위선으로 선전하고 선동하여 판을 그르치는 자들은 역사는 가차없이 준엄하게 단죄할 것이다. 어제는 남북 정상회담과 5월 내지 6월경에 있을 북미 정상 회담을 위하여 북한에서는 형식적이지만 노동당 중앙위 전원회의가 열렸다고 한다. 거기에서 결의한 사안은 풍계리 핵 실험장을 폐기하고 핵실험을 중단하며, 대륙 간 탄도미사일(ICBM) 발사를 중단하겠다고 선언하였다고 전한다. 또한 종전선언과 평화협정, 체제 보장, 북미 간 국교 수립 등이 정상회담의 주요 의제가 될 것이라 한다. 미국과 한국에서 강력한 비핵화 요구에 고기한 점 던져주고 물어라는 것이다. 핵과 대륙 간 탄도미사일은 이미 그간의 연구와 실험으로 과학적 증명이 되었기에 더 이상 핵을 실험하지도 않아도 되고 미사일을 쏘지 않아도 된다는 확신과 자신감에서 내리는 조치라고 보인다.

이제는 먹고사는 문제에 정책 변화를 하겠다는 것이다. 중국식 경제와 정치를 따로 분리하여 변형된 사회주의로 가겠다는 선언인 것이다. 과학적으로 증명되었다는 말은 비핵화를 선언하고 동의하였다 하여도 우리는 언제라도 핵을 만들 수 있고 대륙 간 탄도미사일을 쏘아올릴 수 있기 때문에 비핵화에 동의하거나 안 하거나는 차이가 없다는 것을 알아야 한다. 특히 그들은 개발된 핵무기에 대하여는 한마디 언급도 없었다. 이것은 무엇을 의미하는 것인가 한마디로 핵을 보유하였다는 것을 정상회담에 올리지 않겠다는 것이다.

이것은 비핵화가 아니라는 것을 우리 국민은 알아야 한다. 우리는 1958년부터 2016년 제4차 핵 실험하기까지 131회에 수많은 남침을 당하여 왔기에 콩이 콩이라 하여도 신뢰할 수 없다는 것이다. 이것은 가상도 아니고 당면한 우리의 현실이다. 또한 그들은 어떤 약속이라도 식은 죽 먹듯이 깨어버리기를 자랑으로 여기는 집단들이다. 이런 위선자들의 광기로 뭉친 집단을 어떻게 그들의 약속을 믿을 수 있겠는가. 이제는 벼랑 끝 전술이 미국의 트럼프에게 통하지 않을 것임을 여러 방법으로 실험한 결과 미국이 주장하는 비핵화에 동의하고 그 반대급부를 요구할 것이다. 이미 알려진 바로는 중국에 비핵화 조건으로 600억 불을 요구하였다는 설이 있다.

이것으로 보아도 비핵화 조치에 따른 조건 대부분의 비용은 한국이 부담하는 결과를 가져올 것이기에 철저히 대비하여야 할 것이다. 잘못 하다가는 저들의 호미걸이에 걸려 인질이 될 것이기에 두 번 다시는 검은 마수에 더 이상 넘어가지 말아야 할 것이다. 우리는 어떠한가. 좌파 정부가 들어선지 11개월이 지나고 있다. 그간 추진하였다는 것들이 하나같이 용납이 되질 않는다는 것이다. 더구나 김기식 이라는 금융 감독 원장이라는 놈의 정치 전력과 문재인의 심복이라 알려진 김경수란 놈의 드루킹이라는 놈과의 커넥션이 일파만파 번져나가는 상황이다.

좌파 정부의 존립에까지 미칠 대형 사건이 터졌다고 한다. 이 사건을 유야무야 희석시키기 위하여 무슨 일을 저지를지 모를 위기 상황이다. 날마다 양파 껍질 벗기듯이 거짓은 하늘을 찌르고 있다. 대해로 흘러가는 물결을 어느 누가 막을 수 있겠는가. 사필귀정이다. 늦기 전에 잠자고 있는 국민들이 깨어나야 한다. 댓글 조작으로 대선 승리를 하였으며 여론조작으로 국민의 눈을 가리어 온 종북 주의자들의 광란의 춤사위가 아닌가 한다.

허파에 바람이 가득 2018년 4월 25일

어릴 때 어쩌다 고무풍선 하나 생길 때면 입으로 힘껏 불어서 바람이 가득 들면 실을 매어서 들고 다니는 아이들을 종종 볼 수 있었다. 그 모습은 지금도 아이들의 놀이에서 계속 진행되고 있다. 또 각종 축제장이나 결혼식장 회갑연들에도 어김없이 풍선들이 여러 가지 조형물을 만들어 분위기를 띄우기도 한다. 이것이 발달하여 대형 풍선(애드벌룬)을 하늘을 높이 띄워 이벤트 효과를 거양하는데 빠지지 않고 등장한다. 한발 더 나아가 비행기 조형물을 만들어 광고물을 게시하고 모터를 달아 비행하는 데까지 발전하기도 하였다. 풍선 그 자체는 공기를 가두어 공중으로 띄우듯 형형색색의 풍선들이 있다. 부드럽고 쥐면 터질세라 취급하기에도 매우 조심스럽기도 하다. 풍선의 이미지는 공기보다 가벼워 하늘을 난다. 쥐면 터질세라 매우 부드럽다. 여러 가지의 칼라로 제조되기도 한다. 분위기에 일조한다. 사람들의 마음을 즐겁게 하기도 하고 가볍게 하기도 한다. 그러고 보면 풍선은 매우 긍정적인 이미지가 있다. 그런데 이런 이미지와는 반대로 사람들은 고무풍선 속에 공기를 가두듯이 공기를 코로 마시면 기도를 타고 허파로 들어가는데 허파에 바람이 들었다고 표현하기도 한다.

허파에 바람이 들면 고무풍선 효과가 있어야 하는데 그렇지 못하다고 한다. 부정적인 면으로 허파에 바람이 들었다고 한다. 허파에 바람이 들면 몸도 공중으로 떠야 하는데 육신은 뜨지 않고 마음만이 공중을 떠다니는 것을 비유적 표현일 것이다. 기대치가 큰 경우와 실현하기에도 지난(至難)한 일들을 마치 이루어지는 것으로 바람을 잡는 등의 경우를 말하기도 한다. 하룻밤에 일확천금을 벌어올 수도 있다는 허망함을 꾸는 경우도, 사랑이 이루어질 수도 없는 여건인데도 이루어지는 것으로 착각하는 경우도 있을 것이다. 마치 평화가 온 것처럼 통일이 눈앞에 온 것처럼 착각이나 착시현상을 조장하고 있다. 시하(時下) 현 정부는 국민들의 허파에 너무 많은 바람을 넣었다. 바람을 넣는 방법도 도깨비들 콩 구워 먹는 식도 있다고 한다. 마치 평화가 다 된 듯 허파에 바람을 넣고 있다. 평창 동계 올림픽에서부터 꿈꾸는 평화의 바람은 각종 이물질과 독극물을 가득 안고 선전매체를 총동원하여 선전선동하고 있다. 그것도 모자라서 모바일 기술자들이 마피아 소굴처럼 이곳저곳 아지트에서 여론몰이를 하여 국민들을 기만하여 왔다. 지금도 계속 진행하고 있다. 아둔한 백성은 믿을 수밖에 없는 환경을 조성하였으니 알 수 있는 방법이 없는 것이다. 여론 조사 기관들의 조작된 여론이 마치 실제 여론인 양 발표하는 수치는 고공으로 나타났다.

권력 잡은 자들은 무소불위의 칼을 휘두르고 있다. 국민들의 절대다수가 지지해 주는데 여론의 뜻을 거스를 수는 없다는 것이다. 나라의 체제를 바꾸기 위하여 지나온 정부에서 추진한 것들 중에 눈에 가시로 여겼던 일들을 적폐 청산이란 올가미를 씌워 걸림돌을 제거하면서 질풍처럼 달리고 있다. 4월 27일은 낮은 단계의 연방제를 이루기 위하여 첫 번째 남북 정상회담을 기대하면서 언론매체를 총동원하여 비단으로 포장하기에 급급하다. 몇 차례 예비회담을 하여왔고 오늘은 합동 리허설을 한다고 전한다. 핫라인을 개통하였고, 회담장으로 진입로를 가정하고 걸어서 올까, 아니면 전용차로 넘어올까, 해방 이후 처음 있는 일이라며 허파에 바람을 가득 불어넣는 중이다. 하루 종일 회담을 한다고 전한다. 무엇을 논할까? 1953년 휴전체제를 종전체제로 그리고 평화체제로 하자는 등의 의제(議題)가 될 수도 있을 것이라 한다. 이 회담을 준비하기까지 사전 정비 작업을 지난 11개월 동안 숨가쁘게 진행하였다. 국정원의 기능을 축소하여 있으나 마나 한 기구로 만들었으며 국방은 개혁이라는 이름으로 무장 해지하는 수순에 박차를 가하고 있다. 신북방정책은 조선시대로 돌아간 듯 굴욕적인 국빈 방문으로 온 국민의 자존심을 무너뜨리면서까지 북의 환심을 높였다.

권좌에 앉자마자 친환경 에너지 정책으로 전환하겠다면서 원자력 발전에너지 계획 자체를 무산시킴으로 아랍 에미리트와의 국제적 외교 문제로 비화하기도 하였다. 공사 중인 시설 중단으로 발생되는 추가 비용이 1000억 원을 능가한다고 하는데도 어느 누가 책임지는 사람 하나 없다. 모두가 국민의 세금으로 부담하여야 한다고 한다. 러시아산 천연가스관이 북한을 거치므로 막대한 사용료를 지불하여야 한다고들 하는데 만에 하나 도발로 밸브를 차단한다면 에너지 인질이 되는 것인데도 안중에도 없다. 모름지기 남북 정상 간의 회담은 성공적으로 끝날 확률이 매우 높다. 비핵화의 천명(天命)과 종전선언, 나아가 평화선언을 하고 비무장지대 군 병력과 시설들 철거 등으로까지 갈 확률이 높다고 보인다. 이는 다음에 있을 미북 간의 빅 회담이 있기 때에 전망이 가능하다고 보인다. 국민들에게는 반대 여론의 접근성을 차단하였기에 허파에 바람만이 가득 차게 하여 마지막 단계인 헌법 개정은 6월이 되었던 그 이후가 되었던 헌법 개정이 이루어지기까지 속도전을 낼 것으로 믿어 의심치 않는다. 여기서 중요한 것은 사람들의 마음이라는 것이다. 수학 공식처럼 되는 것이 아니고 아침저녁으로 변하는 것이 사람들의 마음이다. 비록 허파에 바람이 가득하더라도 말이다.

꿈이여 다시 한번 2018년 4월 28일

어제 늦게 집에 돌아왔다. 몇 사람 남지 않은 초등 친구들이 모인다고 오라는 것이다. 매년 한 해 두 번 정도 만나는데 만날 때마다 꿈속에서의 즐거움이었다. 타임머신을 타고 60여 년 전으로 돌아가 6·25전쟁 중에 만난 소꿉친구들을 만났으니 이 아니 즐거웠겠는가? 사람들은 말하기를 나이가 많아지면 과거의 시간여행을 즐긴다고 한다. 딱 맞는 말씀이다. 미래는 암울하지만 받아들일 수밖에 없는 피조물(被造物)이기에 현실에 좋던 싫던 안주(安住)하다가 어느 날 나를 기억하고 오라고 하니 피가 끓는다는 것이다. 벌써 천수를 다하고 부름 받는 친구들도 많았다. 뒤집어보면 그들이 더욱 행복할는지도 모를 일이다. 눈에 거슬리는 꼴들 보지 않아 스트레스 받을 일도 없겠고 자식들 위해 노심초사할 일도 없으니 그들이 오히려 행복할는지도 모를 일이다. 날씨는 보기 드물게 화창하였다. 갈 때는 즐거워 콧노래 불러가면서 3시간 30분 정도 운전대를 잡았다. 아름다운 산천 구경하면서 코흘리개 친구들 얼마나 성숙하였을까 기대하면서 작은 어촌에 도착하였다.

일기예보에 바람이 강하게 분다고 하였는데 정말로 밀려오는 하얀 파도는 멍석말이처럼 끊임없이 밀려오고, 물보라에 시간 가는 줄도 모르게 멍하니 바라보기도 하였다. 한 사람 두 사람 도착을 알려왔다. 박 사장은 옛날이나 지금이나 입담 하나는 변함이 없고 정 사장님도 조용하면서도 의사표현이 분명함은 본받을 만한 친구다. 멀리서 온 임 여사님은 곱게 익어 나이를 초월한 듯, 친구들을 즐겁게 하는 남다른 재능이 있다. 이 여사님도 건강한 모습에 세상사에 관심과 해박함에 나라 걱정에 모두가 본받아야 할 일이다. 영원한 호프 김 여사님은 매번 먹거리를 준비하여 오시느라 참으로 미안한 마음 금할 길이 없다. 이 모임도 김 여사가 아니면 벌써 중단되었을 것으로 보인다. 지금도 왕성하게 활동하는 모습은 십 년 이상 젊어 보이기도 하였으니 모두가 박수 받아 마땅한 일이다. 10여 명이 모여 비록 하룻밤이지만 걱정 근심 없는 아름다운 꿈을 꾸면서 돌아왔다. 오는 길은 꿈에서 깨어나게 하였다. 문경에서 정체되기 시작하였는데 무려 1시간하고도 30분이나 늦게 돌아왔다. 연풍에서 괴산까지 공사중이라 하였다. 집에 도착하고 보니 어린 손자 손녀들이 반갑게 맞이한다. 살아있다는 것에 감사하였다. 나들이의 행장을 정리를 하고 이어서 채널을 열어보니 예상은 했지만 모두가 일색이다. 남북 정상회담에 마치 목숨을 건 것처럼 법석을 떨고 있다.

여러 가지의 어려운 점도 많지만 오직 평화통일이 다 된 것처럼 분위기를 띄우고 있다. 모두가 바라고 있는 바다. 어느 누가 평화통일을 바라지 않은 사람이 있겠는가. 하지만 희망이 클수록 실망감도 함께 동반한다는 것을 잊어서는 안 된다. 북쪽의 사람들은 북쪽으로 평화통일을 꿈꾸고 있고, 남쪽에서는 남쪽으로 평화통일이 되어야 한다고 한다. 그런데 북쪽은 유일체제다 보니 국민들의 의사는 하나이지만 남쪽은 다양한 의견들이 있는데 그중에도 북쪽에 가까운 평화통일을 희망하는 자들이 많이 있다는데 문제의 심각성이 있다. 그것도 권력을 잡은 자들의 정체성이 그렇다. 그래서 국민들은 우려한다.

오늘 판문점에서 남북 정상 간의 회담이 하루 종일 보도되고 있다. 북쪽의 판문각에서 걸어 내려오는 모습에서부터 경계선상에 있는 자유의 집을 거쳐 드디어 남쪽 땅을 밟는 장면을 세계에 중계를 하는 모습도 보았다. 남쪽에서 또는 북쪽에서 기념촬영 장면도 보았고 서로 간의 덕담을 주고받는 말 하나하나에 의미를 부여하고 해설 덧붙이는 언론들의 보도 태도는 입맛을 씁쓸하게 하였다. 평화나 통일은 말로 하는 것이 아니다. 백 번 천 번 평화통일을 부르짖는다 하여도 이루어지는 것이 아니라는 이야기다. 오늘의 두 사람의 만남은 그 이상도 이하도 아닌 만남 그 자체로 평가함이 옳을 듯하다. 여기에서 이야기가 합치되어 보도되는 것들은 정치적 수사에 불과하기 때문이다. 이것을 분명히 국민들에게 알려야 한다.

그것이 국민의 알권리라는 것이다. 평화통일은 우리만이 원한다고 되는 것이 아니기 때문이다. 동북아뿐만 아니고 세계 역학관계에 막대한 영향을 초래하기 때문에 어렵다는 것이다. 그들의 말대로 우리끼리 하면 되질 않느냐고 하는 것은 초등까지는 통할는지 모르지만 그 이상은 어렵다는 것을 모두 알고 있기 때문이다. 동서독의 통일의 사례를 배워야 한다. 그들은 왜 성공을 하였고 시행착오는 무엇인지를 벤치마킹하여 국민들에게 소상히 알려야 한다. 이것이 정부가 하여야 할 일이고 관련자들의 책임이다. 지구촌 시대에 우리라는 의미는 벌써 퇴색되었다. 우리끼리만 살수 없는 세상이 되었기 때문이다. 세상사람 모두가 우리라는 계념에 포함된 지도 꽤나 오래되었다. 쇄국으로 망한 조선의 역사를 반복하지 않도록 저들을 잘 설득하여 세계 속으로 당당히 걸어 나오기를 바라는 마음 간절하다. 핵을 버리고 나온다면 우리 국민 모두는 대 환영을 할 것이다. 그리고 세계인들도 잘하였다 손뼉 칠 것이다. 먹고사는 문제 경제건설은 우리가 반세기 만에 이룬 성공을 그들은 더 잘할 것으로 굳게 믿는다. 아마도 우리보다도 더 빨리 성공할 것이다. 이것이 우리가 가지고 있는 지고한 가치란 이야기다. 핵을 가졌다고 하여 어디에다 쏠 것인가.

남한을 위협한다고 얻을 것을 얻을 수 있다고 믿는 바보는 북쪽에도 없을 것이다. 그렇다고 그들의 말처럼 미국을 향해 쏠 것인가. 자살하려면 무슨 짓은 못할 것인지 그들은 더욱더 잘 알고 있을 것이다 평화와 통일은 그다음에 주변 여건이 조성되면 하는 것이 천리이고 순리라는 말이다. 북미회담의 성공을 위하여 무엇을 할 것인지에 대하여 지혜를 모아야 할 것이다.

만남의 의미 2018년 4월 29일

2018년 4월 27일은 남북의 정상들이 남측 평화의 집에서 만났다. 많은 기대와 우려를 함께 가진 만남이었다. 일단은 정치적인 성과는 거두었다고 보인다. 과거 두 번에 걸쳐서 남과 북의 정상들이 만나 합의하였던 사안들이 지금에 와서 실체적인 성과는 어디에 찾아보아도 없다는 사실을 간과해서는 안 될 것이다. 남북 정상이 만나서 판문점 선언이라는 합의를 하였다고 보도되었다.

〈·남북 공동 연락사무소를 개성에 설치한다. ·남북 교류 협력. ·2018년 아시안게임 공동 대표단 출전. ·이산가족 상봉. ·동해선 및 경의선 철도, 도로 연결하겠다는 합의를 했다. ·서해 NLL에 공동어로구역을 위해 평화수역 설정. ·5월 장성급 군사 회담을 개최. ·군축을 단계적으로. ·남·북·미 3자 회담 또는 남·북·미·중 4자 회담 개최. ·한반도 비핵화 실현. ·문 대통령의 평양 방문 등이 담겨있다.〉

남북 정상회담이 절박하였다고 판단한 정부는 국내 어지러운 정치 상황을 일거에 벗어나고자 또는 북 핵의 완성단계에 이른 시점이라 판단하여 절호의 기회라 보고 무리수를 두면서 추진하였다고 보인다. 국내에서는 좌편향적인 시책들이 쏟아져 분위기를 조성하였고 신 남방정책에 이어 신북방정책을 추진함에 중국에 국빈 방문이라는 화려한 방문이었지만 실제로는 그렇게 대접받지를 못하여 국민들의 자존심에 큰 상처를 주면서도 성공적이었다는 정부여당인들 만의 평가가 나오기도 하였다. 평창 동계 올림픽에서 시작된 평화의 제스처가 4월 남북 정상회담에 이어 5월에 있을 것으로 예상되는 북미간의 정상회담을 기획하였다. 또 6월이 되면 지방선거가 있고 7월에는 휴전협정이 있는 달이니 종전 선언을 하고 8월에는 이산가족 상봉 사업, 연말에는 평화선언에 이르기까지 숨 가쁘게 진행될 것이기에 이 기간이면 북한 핵은 완성될 충분한 시간이 아닌가 한다. 이번 정상간의 합의 내용을 보면 본말이 전도되었다.

첫째로 북한의 비핵화는 어디에도 찾아보아도 없다. 가장 절박한 것이 북의 비핵화인대 이것 때문에 정상회담이 있다는 것에 온 국민들이 기대를 하였지만 빈손이 되었다. 한마디로 하나마나 한 만남이었다. 핵심 사항이 빠진 것에 우려하지 않을 수 없다. 둘째는 서해 NLL 수역을 평화지역으로 선포한 것에 대하여 2007년 NLL 문제 여파가 지금도 있는데 대통령은 그때의 비서실장으로서의 추진된 사항을 또다시 추진하겠다고 한다. 헌법에 명시된 국토수호의 책임을 져야 할 대통령이 취할 태도는 아니다. 대통령의 권한이기 전에 국민의 생명권이 더 중요하지 않는가 한다. 셋째로 한반도 비핵화는 북한의 비핵화가 되어야 하는데도 지금까지 북한이 주장한 한반도(남한과 북한을 포함한) 비핵화에 동의하였다. 이 문제는 북미간 회담의 핵심 의제인데도 외면하였다는 것은 한미 동맹에 상처를 입히고 말았다. 실현 가능한 합의 사항은 어떤 것들이 있을까. 첫째로 남북 장성급 회담이다. 지금까지 줄곧 회담은 이루어졌기에 가능성이 있으며 다음으로는 인도적 견지에서 유엔과 미국을 설득하여 이산가족 상봉은 가능하지 않을까 한다. 나머지는 유엔과 우방이 취하고 있는 대북 제재에 저촉이 됨으로 어려울 것으로 나름대로 진단해 보았다. 이 회담으로 국민여론은 어디로 가고 있는 것인가.

작금의 평화 분위기는 계속 이어질 것으로 보아 정치적 견지에서는 정부 여당의 페이스대로 확산되고 있다고 보아야 할 것이다. 어제 회담의 생중계를 초등생들의 수업 중에도 보였다고 전한다. 내용을 잘 모르는 사람들은 평화에 방점을 두어 긍정적 평가가 될 것으로 믿는다. 어려워지고 있는 현 정부의 정치적 입지는 김기식의 인사 난맥상과 김경수 드루킹과의 커넥션으로 빚어진 여론 조작과 대선 개입으로 전면에 부상하였다. 폭탄의 기폭장치는 정권 핵심에 가까워지는 찰나에 남북정상회담을 기사회생의 전기(轉機)로 보고 수단 방법을 가리지 않을 것이다. 남북 정상회담을 보아온 우리의 정치 지형도를 보면 잘 나타나고 있다.

자유한국당을 제외하고는 야 3 당은 모두 성공적인 회담이었다고 대환영 일색인데 반하여 자유한국당만 노무현 정부 때의 10·4 남북 공동선언보다도 후퇴한 위장 평화 정치쇼에 지나지 않은 회담이었다고 평가 절하하였다. 나라의 운명과 국민의 생명과 재산을 담보하는 중차대한 사안들을 양측이 만나 합의하였다는 것은 실현과는 별개의 사안이다. 종이쪽에 서명하고 입으로 선언하였다고 하여 실행된 것은 하나도 없다. 지난 두 번의 좌파 정부가 추진한 선례가 그렇다. 2000년 김대중 정부의 6·15남북공동선언과 2007년 노무현 정부 때의 10·4 남북 간 공동선언들이 지금에 와서 실현되었는지 돌아본다면 누구나 쉽게 판단이 가능할 것이다.

평화공존은 인류의 꿈이기도 하지만 특히 지구촌에서 유일하게 남은 분단국가의 입장에서는 반드시 이루어야 하고 넘어서야 할 국민적 소망이고 꿈이다. 내가 하지 않으면 아니 된다는 오만함은 일을 그르칠 확률이 매우 높다는 것을 기억했으면 좋겠다. 이 시점에서 우리가 할 수 있는 일은 북의 비핵화를 실현하기 위한 모든 조치를 강구하는 일이다. 북미 회담에서 기 북한이 운용한 핵시설 그리고 핵물질과 핵무기들을 포함하여 완전한 비핵화가 이루어지도록 적극적인 역할을 하는 일이다. 다음에 각종 제재를 풀어가면서 지원하여 경제를 살리고 주위의 여건들을 조성하여 평화통일에 이르는 길이 최선은 아니지만 차선책은 된다고 믿는다. 국민들을 감성적이 아닌 이성적으로 판단하게끔 정책을 펴는 길이 박수 받을 일이 아니겠는가. 정책 변화를 기대한다.

3대 걸친 홀로 사랑 2018년 4월 29일

우리의 역사를 흔히들 수난(受難)의 역사 또는 전쟁의 역사라고도 한다. 그것도 일방적으로 침략을 당한 경우라고 한다. 한마디로 말하면 힘이 모자라서 당한 것이다. 힘을 키워 대응하여야 할 터인데 힘을 키우지 못하고 피아(彼我)가 누구인지 내가 옳고 네가 그르다는 등 우물 안의 개구리처럼 살아왔다. 지금도 별반 다를 바 없는 실정이다. 눈에 안개가 끼었는지 마음에 철벽을 쳤는지 한번 빠지면 헤어나오지 못한다. 그까짓 것이 무엇이 그리도 목숨처럼 중하다고 죽기 살기다. 인류의 꿈은 잘 사는 것이 아니겠는가. 잘 산다는 것의 의미 속에는 평화도 있어야 하고 부(富)도 축적되어야 하며, 사랑도 넘쳐나야 한다. 이럴 때 비로소 잘 산다고 할 것이 아니겠는가. 지금까지 우리가 잊고 살았던 것을 이야기하고자 한다. 어제는 현 정부 홀로 사랑의 만남이 판문점 우리 지역 평화의 집에서 있었다. 그것도 구애의 열정이 지나칠 정도였다 사랑은 원래 한번 빠지면 부모의 말씀도 소용없다고 한다. 흔히들 자식이기는 부모 없다는 말처럼 이들은 홀로 러브콜을 할 정도로 심한 상사병에 걸려 좌우를 분별할 수 없는 중증 환자였다. 국민들의 우려도 소용없었다. 초록은 동색인 것처럼 생각이 비슷하고 이념이 또한 유사하니 구애를 한 원인인지도 모르지만 비단 이들만의 문제는 아니다. 무려 3대에 걸친 홀로 사랑에 빠진 것이 우리의 좌파 정부다.

무엇을 이루었으며 무엇을 얻었는가. 태평세월이 도래하였는지 아니면 나라 경제와 가정 경제가 획기적으로 나아졌는지. 좌우상하 소통이 마음대로 되었는가. 박근혜 대통령 공격의 주요 이슈 중에 하나인 소통 부재라 하였는데, 현 정부는 소통을 잘하였다고 자평하는지 묻지 않을 수 없다. 누구와 소통하였는가. 비서진들과 소통하였기에 소통에는 문제가 없다는 것인지 결과는 무엇인가. 바로 홀로 러브콜이다. 짝사랑으로 얻은 것이 있다면 핵을 머리에 이고 있다는 것이다. 금강산에서 휴전선에서 서해 바다에서 수없는 침략을 당하면서 얻은 결과가 아니던가. 3대에 걸친 좌파 정부의 홀로 사랑의 결과는 핵이라는 무기가 부메랑으로 돌아왔다. 핵 인질이 되어 좌로 가라면 가야하고 우로 가라면 가야 하는 대한민국 5000천만 국민은 그들의 노예가 되었다는 이야기다. 그것도 2대에 걸쳐 실패한 사업을 3대에 걸쳐서 앙코르 송을 하다니 믿어지질 않는다. 치매 정부가 아닌지 염려가 앞선다. 삼 셋 판이니 꼭 성공하여야 갰다는 오기는 아닌지 뒤돌아볼 여유도 없는 모양이다. 정책을 바꿔볼 생각들을 한 번이라도 해 본 적이 있는지, 만약에 있었다면 희망은 있다고 믿는다. 전향을 한다는 것이 어렵다고 하지만 목숨을 바꿀 만큼의 가치 있는 일인가. 나라를 망하게 하여도 좋을 만큼의 위대한 일인가. 그것도 벌써 경쟁에서 패하여 수장고에 들어간 이념이 아닌가.

실패하여 사라진 것을 붙들고 목을 매는 사람들을 아무리 이해를 하려 해도 좋게 평가를 하려고 하지만 나의 상식이 허용치 않는다. 권좌에 오른 지 1년밖에 안 되었으니 이번 만큼 전철을 밟지 않고 속도전을 하면 반드시 성공하리라고 철석같이 믿는 자들이다. 지옥의 문 앞에 이르렀다는 것을 다른 사람들은 모두 알고 있는데 저들만이 모르고 있다. 하기야 자신들을 반대하는 세력들은 적으로 간주하기 때문에 그들이 주장하는 것들은 귀담아들으려 하지 않고 방어하기에만 급급하다. 이것이 당신들이 이야기하는 수구세력이란 것이다. 수구가 별것인가 자신의 생각과 행위만이 옳고 여타의 것은 모두 잘못되었으니 내 것만 지키면 된다는 것이 수구가 아니겠는가. 그래서 성공하리라 확신하는 것인지 묻지 않을 수 없다. 해방 후 73년 동안 자유를 지키기 위하여 피 흘려왔는데 때로는 방종으로 위기도 맞았지만 많은 시행착오를 거치면서 탄탄대로를 굳건히 이어왔다. 여기에는 우방들의 절대적인 신뢰와 지원이 있었지만 그것만이 전부는 아니다. 대다수 국민들이 근면하고 성실하게 열심히 살아온 백성들이다. 하나하나 피와 눈물의 결정체가 반세기 만에 한강의 기적을 이루어낸 우리의 저력이다. 지금에 와서는 세계 10위 권에 들 정도로 성장하였다는 것은 자타가 공인하며 부러워하는 실정이다.

이 위대한 업적을 이룬 자유대한민국을 하루아침에 무너뜨리려고 생각한다고 하면 이런 경우를 치매에 걸렸다 하지 않을 수 없는 일이다. 그것도 아니면 어디 꿈속에서 나무다리를 긁고 있다 할 것이다. 내가 하면 로맨스고 남이 하면 불륜이란 말이 딱 맞는 말이다. 요사이 이슈로 등장한 미투는 당신들이 하면 로맨스고 반대세력이 하면 불륜이란 말인지 답이 되질 않는다. 그래서 전 정부가 한 일들은 모두가 적폐로 몰아 법의 칼잡이로 단죄하는 것으로 보인다. 청산(淸算)은 또 다른 청산을 가져온다는 것은 진리나 다름없다. 이 평범한 진리를 모르면서 나라를 어찌 경영할 것인지에 우려가 더욱 가중된다. 쉽게 말해서 보복은 또 보복을 불러온다는 말이다. 권불(權不) 10년이란 말도 있지만 우리의 경우는 5년의 짧은 기간이다. 백성들의 눈동자 1억 개가 감시감독을 하고 있다는 것을 잊지 말았으면 좋겠다. 감추고 은폐한다고 없어지는 것이 아니다. 반드시 백일하에 드러나게 되어있고 그것은 자자손손 대를 이어 올무가 될 것을 생각해 보았으면 좋겠다. 아마도 이완용이가 역적이 아니었다는 말은 염라부에서나 할 수 있는 일이 아닐까 한다.

당대에만 미치지 않고 대대로 대물림이 된다는 것을 생각한다면 감히 꿈도 꾸지 못할 일이 아닌가 한다. 지금 입고 있는 주체사상이라는 것이 갑옷이라 생각할지 모르지만 벗어버리자. 하루속히 벗어버리자. 병아리 부화하듯이 스스로 벗고 나오기 바란다. 그것이 당신들이 살고 나라가 살고 5천만 국민들이 사는 길이다. 무엇이 두려운가. 밥을 못 먹을까 봐 두려운가. 친구가 무서워서 동료의 눈치 보기가 어려워서 손에 잡고 있는 권력을 놓기 싫어서인가. 모두가 내 것이라고는 하나도 없다. 현실을 똑바로 보았으면 기대해 본다.

우리 사회 건강한가? 2018년 5월 1일

사람 사는 세상은 모두가 이상사회(理想社會)는 아니더라도 건강한 사회이기를 바라고 있다. 정신 건강에서부터 육체적인 물질적 건강에 이르기까지 개인 건강, 가족 건강, 나라 건강 등 다양한 분야에 걸쳐 건강하여야 할 것이다. 특히 정치인들의 건강한 사고(思考)는 국민의 삶의 질을 높일 수도 있고 나락으로 떨어뜨릴 수도 있다. 건강한 사회는 발전을 거듭하여왔다. 사람들이 정한 일정한 규칙 속에서 자유롭고 선의의 경쟁을 할 때에 비로소 건전한 성장과 발전이 있다고 한다. 경쟁 없는 개인이나 집단과 나라에는 성장을 기대할 수 없다.

고여 있는 물은 썩어 부패하는 것처럼 자연은 경쟁하면서 보다 나은 환경을 창조한다. 인류가 창조한 역사 속에서 중단되었던 문화나 지속되었던 것들 전부는 사상과 도덕, 종교를 비롯하여 정치체제가 사람들을 병들게 만들었다. 특히나 근대 우리 사회의 경우를 보면 민주주의나 사회주의와 같은 평등 사고(思考)에 입각한 가치 체계가 오늘의 한국 사회를 갈등의 원초적인 접근을 가능케 한 결과물이다. 때문에 정치를 통하여 해결 방안을 모색하여야 할 것이다. 다시 말해서 정치를 새롭게 하는 것이 바로 건강한 사회, 건강한 사유(思惟)를 가진 개인이나 집단의 파이를 키워서 해결하는 기초를 닦는 것이다. 마음은 콩 밭에 가있는데 아무리 목청 높여 아니라고 부르짖어 보았자 허공에 대고 부르는 타령이다. 우리는 평등(平等)이라는 단어에 매우 주의하여야 한다. 자칫 잘못 이해하기 쉬운 단어가 평등이다. 일반적으로 평등은 누구나 매력 있는 단어이다. 평등은 민주주의나 사회주의에도 없어서는 안 되는 주요 가치다. 사람들은 원한다. 정치에 요구하기를 평등한 사회를 만들어 달라고. 언뜻 보고 듣기에는 모두가 바라는 이상이라 할 수 있다. 그런데 여기 평등이라는 가치에는 반드시 알아야 할 매우 중요한 의미가 있다.

사람 개개인은 태어날 때 천부께서 주신 차이(差異)가 있다는 점을 잊어서는 안 된다. 절대적인 차이를 부정하고 평준화를 계속 밀어붙인다면 어떤 현상이 올까 심사숙고하여야 할 문제다. 흔히 이야기하기를 하향평준화라는 말을 사용하는데 여기에 딱 맞는 말씀이다. 사회가 하향평준화가 되어 간다면 끔찍한 일이 아닐 수 없다. 가장 대표되는 곳이 북한이다. 한민족 또는 동족이라는 나라가 하향평준화의 대표적인 모델이다. 지구촌에서 최빈국의 나락으로 떨어진 동족들이다. 왜 일까. 그들의 정치체제가 70년 동안 하향평준화를 지속하여 왔기에 나타나는 현상이다. 대부분의 백성들은 먹을 것을 구하려고 산야에서 초근목피(草根木皮)를 하여 피골이 상접하고 아이들은 꽃제비가 되어 장마당에서 떨어진 쌀알을 주워 먹는 참혹한 광경을 보아왔다. 굶어 죽는 자가 얼마가 되는지 통계치도 없다. 권좌를 위하여 아첨(阿諂)은 목불인견(目不忍見)이다. 친척이나 측근을 하루아침에 없애고 권좌에 걸림돌이 되는 고모부나 형님도 가차 없이 죽이는 지구촌의 패륜(悖倫)을 보았다. 서구 유럽의 사회보장이 잘 되었다는 나라들이 디폴트(default: 국가부도)를 검토한다느니 하는 보도를 보았다. 국민이 평등을 원하니까 재정지출이 늘어나고 부족한 재원은 국체를 발행한다던가 아니면 외채를 빌려서 욕구 불만을 해결하다 보니 빚 갚을 일이 지난하니 디폴트 이야기가 나오는 것이다.

과거 역사의 한 페이지를 남겼던 로마, 프랑스, 스위스, 스페인 등등 여러 나라가 지금도 재정운용에 어려움을 겪고 있다고 한다. 이들 모두는 사회보장 수준을 낮추는 방향으로 재정지출을 줄인다고 한다. 우리에게는 반면 교훈이 되어야 할 것이다. 그래서 평등의 가치를 올바로 알아야 공동체 삶의 질이 높아질 수 있다고 믿는다. 예를 들어서 건강한 사람과 병든 사람 사이에 불평등은 당연시되는 일이다. 이러한 차이(差異)의 인정을 거부한다면, 무차별적인 평등은 당연히 비판받아야 할 것이다. 때문에 불평등은 있을 수밖에 없는 일이며 다만 정부의 역할은 사회가 인정하는 범위 내에서 허용되어야 할 것이다. 일부의 사람들이 요구하고, 이에 부화뇌동(附和雷同)한 정치권에서는 자신들의 목적을 이루고자 무상복지를 부르짖는 무리들이 있다면 그들을 경계하여야 할 것이다. 그들이 하향평준화를 추구하는 주체이며 나라의 재정을 파탄내면서 빚더미에 앉게 되고 지속된다면 유럽 나라들처럼 디폴트에 이르는 나라로 전락될 것이다. 모든 것의 선택은 국민의 몫이다. 건강한 사회는 그냥 이루어지는 것이 아니다. 지속적인 교육과 투자만이 가능하다고 믿는다. 하루아침에 해결될 문제는 아니고 장기적인 국가계획하에 추진되어야 할 것이다.

교육은 나라의 기반이고 기초이며 주춧돌이 되는 것이다. 아무리 급하다 하여도 모래 위에 집을 지을 수는 없지 않은가. 돌다리도 두드려가라는 교훈이 있듯이 교육이 제대로 되어야 건강한 사람 건강한 사회 건강한 나라를 만드는 것이다. 교육은 우리의 미래이고 우리의 희망이다. 교육은 평등의 가치를 이해하는데 최적의 방법이다. 기성세대들에게는 사회 여러 교육망을 통하여 지속적인 교육이 필요하며 그들이 변할 때 정치권도 새로운 정치 구상을 할 것이다. 지난 4월 27일 남과 북이 마주 앉았다. 판문점 선언을 보면 대부분은 주는 것이다. 머리 위에 핵을 이고 있다 할지라도 주어야겠다는 계산이다. 우리가 그들보다는 잘 살고 있으니 많이 주자는 것이다. 하향평준화에 참혹한 현실을 보니 그냥 있기에는 민망한 면도 있을 것이다. 형님의 입장에서 아우의 형편이 딱하여 주자고 한다면 이해 못할 이유도 없다. 그런데 그것이 아니지 않은가? 핵을 완전히 포기하고 그간의 불법 남침한 것에 대하여 머리 숙여 피해자의 가족과 국민들에게 정중히 사과하고 앞으로 다시는 재발하지 않겠다는 등의 선결 예(禮)를 한다면 그보다도 더한 것도 줄 수 있다는 것이 국민들의 마음일 것이다. 우리 모두 평등의 가치를 알았으면 한다.

빛의 요지경(瑤池鏡) 세상이 충주에 2018년 5월 2일

나라의 중심 고을인 충주에 환상적인 빛의 조형물들이 설치되었다. 남한강과 달천이 만나는 탄금대 일원에 라이트 월드(빛의 세계)가 개장하여 관광객을 맞아하고 있다. 대부분의 지방도시가 그렇듯이 지방화 시대에 살아남기 위하여 치열한 경쟁을 하고 있다. 각 지방마다 특색 있는 주제를 설정하고 각종 이벤트 행사를 개최하여 관광객을 유치하였다. 지역 경제를 살리고 지역을 발전시키고자 노력한지도 강산이 두 번이나 변하고 또 변하는 오늘이다. 뒤 돌아보면 한마디로 정체 현상을 벗어날 수 없다는 것이다.

흔히들 관광에는 볼거리 먹을거리 즐길 거리 등 삼박자가 갖추어야 사람들이 몰려온다고 한다. 좁은 땅이다 보니 자연환경은 이곳이나 그곳이나 모두가 비슷하다. 특별한 것이 없다는 이야기이며 지역에서 생산되는 물산들도 모두가 비슷한 것이 또한 사실이다. 손님들이 온다 하여도 머무는 것이 아니고 지나가는 사람들이다 보니 별로 도움이 되지 않으며 특산물들도 비슷한 수준에 머물고 있다. 지역마다 각종 이벤트 축제가 많다지만 모두가 지역의 관련자들을 위한, 그들만의 축제다. 지역마다 수장(首長)의 인기 유지관리 측면이 더 많은 것이라 보고 있다.

투자는 곧 생산을 가져와야 하는데 소모성 투자만이 성행한다고들 비판하고 있다. 지역 경제가 살아나고 소비형 도시가 생산형 도시로 탈바꿈하여 인구가 늘어나야 발전하는 것이라 한다. 지역의 자원을 최대한 활용하고자 노력들을 하지만 뜻대로 성과를 거두는지는 의문이다. 지역의 자원과 자본이 유입보다는 유출이 더욱 많다고 한다면 정체가 아닌 퇴보가 될 것이다. 성장하는 중소도시 사례를 보면 나라의 정책들에 의하여 발전하는 것이 전부다. 한마디로 행정적 요인으로 발전한다고 한다. 그 외의 여타의 도시들은 빈사상태가 아닌가 한다. 이런 현실에 충주에서는 이제까지의 기존의 우물 안의 발상을 뛰어넘는 획기적인 빛의 요지경 사업을 추진하여 시민은 물론이며 외지 관광객들에게 크게 반향을 일으키고 있다는 것이다. 탄금대 일원 27만여㎡에 세계 최대의 “루미나리에(색깔과 크기가 다른 전구나 전등을 사용하여 화려하고 환상적인 분위기를 연출하는 조명 건축물 축제)”를 유치하였다고 한다. 이 빛이라는 특별한 소재로 구성된 테마파크를 “라이트 월드”라 명명하고 지난 4월 중순경에 개장하였다고 한다. 빛과 첨단 IT 기술을 융합하여 펼치는 “라이트 월드”는 마치 동화책에는 나오는 요술의 궁전처럼 보는 사람들의 오관(五官)과 마음을 마취시키고 있다. 세계의 유수한 조형물이나 예술품들 동식물들이 펼치는 환상의 무대다. 설치 조형물들 중에 바티칸 베드로 성당은 보는 이들을 탄성하기에 충분하다.

환상적인 모습을 이곳 충주시 탄금대 라이트 월드에서 볼 수 있다니 꿈만 같은 일이 아닐 수 없다. 투입된 비용은 총 100억 원이며 시설 업체는 이탈리아 전문 업체로서 세계적으로 인정받는 루미나리에 제작 업체라고 한다. 반세기를 이곳에 못 박고 살아오면서 보고 느낀 것들 중에 처음 있는 일이다. 시민 모두는 홍보 대사가 되어 이 귀중한 볼거리를 세상에 널리 알려 지역의 침체된 경제가 살아나고 도시가 발전하고 성장하여 많은 일자리가 생겨나고 삶이 윤택하여졌으면 기대한다. 또한 지역을 이끌어가는 수장(首長)을 비롯하여 관련되신 모든 분들을 격려하고 지원하여 "라이트 월드"가 세계적인 명소로 정착될 수 있게 노력하시기를 기원해 본다.

최고의 기술인 수상 2018년 5월 3일

5월 1일 저녁에 막내며느리가 큰 아주버니께서 수상을 하였다고 한다. 무슨 소리냐 하면서 휴대폰에 전송된 상패 사진을 보았다. "Device Solutions 최고 기술인"이라는 상패였다. 상은 기쁘고 즐거운 것이다. 물론 전부는 아니고 때론 의미가 나쁜 상도 있다고 한다. 지금은 흘러간 이야기지만 직장에 활동할 때는 받은 상들을 돌아보면 자신을 돌아보는 좋은 계기가 되었다. 성과에 상응하는 부분도 있었고 지켜야 할 이도(吏道)의 내용도 있었으며 인륜 지도에 관한 분야도 있다. 국가 발전에 헌신하였다는 정부표창도 받아보았다. 마지막에는 대한민국이 수여하는 상도 받아보았다. 상은 자신이 노력하며 성장하고 발전하는 과정에 자신감과 긍지를 주는 아주 귀중한 포인트가 되기도 한다.

큰 아이가 최고의 기술인상을 받았다니 내가 받은 것처럼 기쁘고 즐거운 일이다. 어려서부터 공부한답시고 집을 떠나 지금까지 생활하는 중에, 나는 직장에 다닌다는 핑계로 온전히 돌보지도 못하였고 따뜻한 말 한마디 하지도 못하여 항상 마음에 걸렸다. 이는 모든 부모들이 마음일 것이라 자위해 본다. 험한 세상 잘못된 길을 걸을까 노심초사하기는 지금도 마찬가지다. 나는 이 기쁨을 내 가족에게 알리고 형제자매들에게도 알렸다. 그리고 생각하기를 지인들에게도 알려야 하느냐 마느냐 고민 끝에 알리기로 하고 키보드를 움직이고 있다. 기쁘고 슬픈 일은 여러 사람에게 알려 기쁨은 더욱 확산되고 슬픈 일은 가벼워진다는 말처럼 함께 기뻐하고 함께 슬퍼한다는 우리의 풍습은 있지마는, 자식 사랑은 팔불출(八不出)에 속한다는 이야기도 있다. 나는 팔불출이 되더라도 함께 기쁜 소식을 세상에 전하기로 하였다. 지난 4월 27일 자, NEWS1의 장은지 기자가 입력한 기사 중 최고기술인을 뽑는다는 기사를 보았다. 글로벌 기업으로 성장한 대한민국 대표기업인 삼성전자는 작년에 대망의 꿈인 인켈을 제치고 종합 반도체 세계 1위에 오르는 기염을 토하였다.

김기남 대표는 기술만이 살아남을 수 있다는 본인의 경영철학을 실현하고자 세계 1위를 수성하기 위하여 최고기술인 시상제를 만들었다. 첫 시상은 지난 4월 20일에 수여되었는데 첫 수상의 영예는 부장급 3명에게 수여되었다고 한다. 그중에 큰 아이가 "우수한 성능의 8나노 파운드리 공정 개발에 기여한 파운드리 사업부 김일룡 PE"에 선정되었다는 내용이다. 김기남 대표의 반도체 사업의 성패는 초일류 기술에 있으니, 엔지니어들의 경쟁의식을 고취시켜 "최고기술인상"에 도전하라는 메시지였다. 삼성전자의 반도체 부분이 인켈을 제치고 세계 1위로 등극하였으니 삼성이 수여하는 "최고인 상"의 의미는 바로 자신이 연구하는 분야에서는 세계 1인이 되었다는 것이나 다름없는 일이다. 장한 일이 아닐 수 없어 공유하고자 결정하였다. 앞으로 최고인들이 무수히 나타나 확고하게 성과를 나타내기를 기원하는 바다. 일반적으로 도전(挑戰)보다는 수성(守城) 하는 것이 더 어렵다고 한다. 앞으로 수많은 어려움에 봉착하게 될 것이다. 실패를 거듭하며 좌절과 절망도 있을 것이다 작은 성과, 큰 성과에 즐거움도 함께 할 것이다. 이것이 인간 세상이고 기업의 세상이라 믿는다. 이를 극복하기 위해서는 인성(人性)이 각 부서에 가득하여 진력한다면 기업 발전에 큰 변화가 일어날 것으로 믿는다. 어디에서 무엇을 하든지 건강이 최고 기술인보다도 더 중요함을 잊지 말아야 할 것이다.

삼성반도체가 앞으로의 비전을 DS(디바이스 설루션)에 두고 기술인을 양성한다는 운영 방침이라 보인다. 비전문인들에게는 무슨 이야기인지 생소한 말이지만, 한국 전자 통신원의 이야기로는 “사용자 맞춤형 통합인 IoT(internet of Things :모든 사물이 인터넷에 연결되는 것을 의미)”에 진력 한다고 하는데 경쟁력이 생명인 기업으로서는 생존적(生存的) 가치 창출이라 믿는다. 앞으로 삼성전자의 영원한 발전을 축원하는 바다.

북풍(北風)이 광풍(狂風)이 되어 2018년 5월 4일

요즈음 북풍(北風)이 정말로 실감난다. 보수진영에서 북쪽에 대한 이야기가 나오면 진보진영에서는 무조건 북풍으로 몰아 공격하던 때가 엊그제다. 그때의 시대와 상황에 따라서 공격과 효과의 차이는 있었다고 기억되지만 이번만큼 광풍(狂風)처럼 휘몰아칠 것으로는 믿지 않았다. 그런데 진행되는 이상한 조짐들이 여기저기에 나타나고 있는 것에 대하여 염려하지 않을 수 없다. 전형적인 내로 남불이다. 내가 하는 것은 북풍이 아니며 정상적이라는 것이고 비판하는 쪽은 정신 나간 얼간이 취급하는 모양새다.

4월 27일을 기획하면서 그 결과에 희열을 느끼면서 회심의 미소를 짓지 않았을까 유추해 본다. 왜냐고 하면 지배 계층이 젊어졌고 받아들이는 세대들도 젊어졌기에 북풍에 대한 인식들이 해태(懈怠)되어 주지(周知) 하여 보았자 쇠귀에 경 읽기가 되었다고 보인다. 복잡한 남북 관계의 진실을 알고 싶어 하지 않는데 큰 문제가 있다. 관심을 가지고 들여다보면 그 심각성을 곧 알 수 있지만 나와는 먼 거리에 있으니 관심 있는 당신들이 가져라는 태도이다. 이러하니 이들에게 달콤한 말이 바로 생약이 되는 것이다. 이를 노려 평화의 사도인 것처럼 김정은에 대하여 친숙감을 갖도록 하는 무대를 열었다. 무대에 오른 그는 위협의 대상이 아니고 이웃 4촌쯤으로 인식하기에 적당한 연출을 하였다고 보인다. 평화가 금방 올 것으로 착시현상을 일으키도록 유도하였다. 며칠 사이에 나팔수들을 아름답게 포장하기에 급급하여 그 효과가 점점 나타나는 것은 아닌지 염려가 앞선다. 내가 하는 북풍은 고무풍선처럼 확산된다는 분위기에 취하여 오버하는 것이 보이기도 한다. 선언(宣言)의 의미는 사실 휴지조각도 못되지만 침소봉대(針小棒大)하여 밀어붙이려는 모양새다. 조작된 여론몰이를 배경으로 발 빠르게 나아가고 있다. 에워싸고 있는 무리들이 공격수가 되어 비포장도로를 포장시키고 없는 길은 닦아나가는 형세가 눈에 보인다.

두 사람이 만나 한 이야기들 중에 믿을 수 있는 곳이 한 곳이라도 있는지 한번쯤은 생각해 보아야 할 것이다. 회담의 내용들은 위정자들의 일이니 나는 몰라도 되고 그들이 주장하는 대로 따라만 가면 된다는 것이다. 이것이 현실이 아닐는지 걱정이 된다는 말이다. 문 아무개 안보 보좌관이라 하는 놈은 또 헛소리를 하는 모양이다. 미군철수의 이야기를 더러운 주둥이로 씹는 모양이다. 이런 자들이 많이 나타나 먼저 길을 닦는 것이다. 그것이 현 정부의 전략이고 전술이다. 오늘은 북미회담 성공을 위하여 중재자가 될 것이며 또는 북·미·한 삼자 회담도 가능성을 띄우고 있다. 개인이나 국가나 신뢰의 바탕에서 대화가 이루어져야 믿음이 가는 것이 인간 세상사다. 그런데 그러한 믿음 없이 대화는 또 다른 문제를 야기하는 것이다. 지금까지 그들이 행한 잔혹한 일들에 대하여 가타부타의 용서를 빌고 관련자들의 처벌이 있은 다음에 대화하자고 하는 것이 대화 시작의 기본이다. 그런데 이상하게도 대화는 피해를 입은 남쪽에서 하고 싶어 환장한 사람처럼 되었다. 우리가 가진 것도 많고 힘도 있는데 무엇 때문에 애걸복걸하여 대화의 문을 열었을까. 국민들은 묻고 있다. 그런데 국민의 뜻은 안중에도 없었다. 소통의 대명사처럼 날뛰던 사람들이 대화는 어디에도 없다.

대화는 오직 북쪽만 하겠다는 것이다. 북 핵을 없애는 것이 회담의 주목적이 되어야 하는데 그것이 아닌 대화였다. 결과는 퍼다 주는 것이 목적이었다. 고유한 영토 주권도 포기하고 함께 사용하고자 하였다. 그러지 말고 아예 남쪽의 모든 땅도 함께 사용하자 하였으면 더 더욱 좋았을 것이 아닌가 한다. 뱉은 말은 다시 주워 담을 수 없다고 한다. 주자고 하였으니 유엔이나 맹방의 제재를 무시하고 퍼다 주자 그래야만이 평화를 유지할 수 있다는 계산이 아닌가. 핵만 개발하면 쇠고기 국물도 쌀밥도 먹여 준다고 하였으니 실현시키기 위하여, 우리는 밤잠 제대로 자지도 못하고 눈물 콧물 흘러가면서 일한 형세가 되었다. 우리가 바로 개돼지가 되고 말았다. 이래도 되는 것인지 억장이 무너진다. 나이 많은 사람들이야 살아야 얼마나 더 살겠나마는 까만 눈동자 굴리면 천진난만하게 귀염 떠는 어린아이들의 앞날을 생각하면 잠이 오질 않는다. 왜 이 어려운 시기에 태어나 애물단지로 전락될 위기에 처하였을까. 어느 누구도 대답해주는 사람 하나 없다. 저들은 오직 행동으로 암시하여준다. 의식이 있는 사람이라면 누구나 바로 진의(眞意)를 알 수 있지만 모두가 외면하면서 설마 그렇게 까지 하랴 하는 뱃장이 크다. 권좌를 둘러싸고 있는 칼잡이들은 모두가 준비된 자들로 포진하고 있다.

외곽에는 특정지역 사람들로 포진시키고 핵심부에는 주사파와 참여연대로 구성된 친위부대가 근접하고 있으면서 중심축을 이루고 있다. 그들의 생각은 자유민주주의와는 거리가 멀다. 지금까지 추진한 것들은 모두가 사회주의 또는 공산주의로 가자는 것임을 모두가 알고 있는 일이다. 그런데도 나와는 상관없는 일이니 관심 있는 사람만 전유물처럼 된 것이 현실이다. 아무리 이야기하여 보았자 붉게 물든 나팔수들은 한마디 한 토막의 보도도 없으니 나라 전체가 넘어간 것이나 다름이 없다. 무소불위의 칼날은 오늘에도 여실히 드러났다. 대기업으로부터 2700억을 기부하라고 통보하였다. 칼 들었으니 죽지 않으려면 찍소리 말고 가져오라는 것이다. 날강도도 이런 강도는 없는 것이다. 그들이 오대양 육대주를 밤을 낮으로 삼아 뛰어다니면서 벌어오기까지 지원해 준일이 있는가. 아니면 함께 노력해 본 일이 있는지 대한민국의 정부는 날강도 정부다. 이제 멀지 않아 연방제가 눈앞이니 모두가 나라의 소유물이니 당연한 일이라 말할 것이다. 북의 비핵화는 새빨간 거짓말이다. 펴다 주면서 연방제를 위하여 속도전을 내자고 한 것이 회담의 진의다. 말 없는 대다수 국민의 뜻은 안중에도 없다. 그들의 뜻은 모두 묵살하였고 구걸 회담을 보고 생각 없는 사람들이 높이 들어 손뼉 치니 문 정부는 이 어찌 좋지 않을 손가. 날마다 들리는 소식은 암담함 그 자체다. 나라는 어디로 갈 것인가?

빛과 그리고 그림자 2018년 5월 7일

빛을 이야기하면 으레 따라오는 것이 그림자다. 빛의 속성은 천체나 불, 인공적인 조명 또는 특수한 생물체 따위에서 스스로 발하는 현상을 말하기도 하고 또한 파장이 짧은 전자기파(電磁氣波)의 하나로 넓은 뜻으로는 가시광선(可視光線) 뿐만 아니라 자외선과 적외선도 포함한다. 이에 비하여 그림자는 여러 의미로 사용되고 있다. 형상에 비치는 빛은 투시되지 못하는 반대편에 그림자가 나타난다. 근심이나 불행으로 어두워지는 마음이나 그 마음이 드러나는 표정을 말하기도 하고, 자취나 흔적을 이르기도 한다. 물에 비치는 여러 형상들, 어떤 대상과 늘 붙어 다니거나 분리되기 힘든 것을 비유적으로 이르는 말이기도 하다. 불우하거나 부정적인 환경이나 상황을 비유적으로 말하기도 한다. 노래 가사 제목 중에 패티 김이 부른 “빛과 그리고 그림자”란 노래가 있다. 노랫말처럼 빛과 그림자는 바로 내 마음속에 있다고 하였다.

빛은 바늘과 실과 같이 하나의 조합을 이루고 있는지도 모를 일이다. 호사다마(好事多魔)란 말처럼 좋은 일이 있으면 반드시 나쁜 일이 따라온다는 경계(警戒)의 말이 있기도 하지만 오늘 나의 기쁨은 마치 영원한 것처럼 보이고 생각될 것처럼 느끼지만 인생사 새옹지마(塞翁之馬)처럼 한치 앞을 바라볼 수 없는 변화 망측한 것이 인간의 길흉화복(吉凶禍福)이라 하였지 않은가. 사람들은 항상 빛을 좇는다. 그림자를 좇아다닌다는 말은 쉴만한 그늘을 찾는 것이다. 잎이 무성한 큰 나무 아래 그늘에는 삶에 지친 자들이 쉬어가는 공간을 제공하기도 한다. 빛을 이야기할 때는 그림자를 빼놓을 수 없는 동전의 양면과 같은 것이다. 그러니 세상 모든 사람들이 빛을 좇아다니다가 가는 인생들이다. 빛을 좇을 때는 그림자가 있다는 사실을 모르거나 가마득히 잊어버리고 오직 죽기 살기로 빛을 좇는다. 이게 사람들의 속성이고 사람 사는 세상이다. 그러다 세월이 많이 흘러 높고 낮은 고지에 이를 때쯤이면 그림자의 존재를 어렴풋이 알게 될 때는 남은 시간이 얼마 없다는 것을 알게 된다. 개구리 올챙이 때를 알지 못한다는 말처럼 지나온 자신의 그림자처럼 벌써 가마득히 잊히고 지금이 바로 전부인 것같이 망아지처럼 날뛰고 있다.

지금으로부터 113년 전 일본의 이토 히로부미의 강요에 따라서 고종황제의 반대에도 불구하고 을사조약에 찬성한 학부대신 이완용, 내부대신 이지용, 외부대신 박재순, 군부대신 이근택, 농상공대신 권중현은 나라를 팔아먹은 5적으로 지금까지 또 나라가 존재하는 한 역적(逆賊)으로 전해질 것이다. 이들은 왜 찬성하였을까? 일본의 힘이 너무나 강하여 굴복하지 않으면 나라는 초토화될 것을 염려하여 우국충정(憂國衷情)에서 굴종(屈從)하였을까. 이래나 저래나 청일전쟁과 러일전쟁에서 승리한 그 여세는 조선을 삼키기도 남음이 있다고 판단하고 5백 년의 조선의 사직을 팔아먹었다고 지하에서 항변할는지도 모를 일이다. 그러나 이들 역시나 햇빛을 좇았다는 기록은 바로 일본이 주는 작위(爵位)를 받았다는 것이다. 그들 역시나 햇볕 뒤의 그림자는 보지 못한 자들에 불과하다. 역사는 반복한다는 말이 있다. 흥망성쇠(興亡盛衰)는 또한 역사가 말해 준다. 오늘 자유대한민국의 국운이 바람 앞에 등불이라 수많은 사람들이 우려하고 있다. 치밀하게 오래전부터 계획되어 추진한 종북주의자들과 동조하는 세력들은 거짓과 선동으로 정치 개(犬)들이 되어 탄핵을 하였다. 헌법재판관(이정미, 김이수, 이진성, 김창종, 안창호, 강일원, 서기석, 조용호)이라는 정유(丁酉) 8적들이 전원 찬성하고 인용하였다. 1원 한 장 받은 바 없는 국민들이 직접 선출한 대통령을 파면하고도 모자라 국정 농단이라는 듣도 보도 못한 죄를 뒤집어 씌워 가두고 불법으로 권좌에 올랐다.

무소불위의 권력의 칼로 재단하고 있다. 지금의 상황이 100여 년 전의 조선 말기적 현상과 별반 다르지 않다고들 한다. 다만 대상이 바뀌었다는 것뿐이다. 일본 제국주의에서 역사에서 사라진 공산주의 세력으로 바뀌었다는 것뿐이다. 모두가 변하였다. 아무리 말하여 보았자 우이독경(牛耳讀經)이다. 귀 담아 들으려 하지 않는다. 늙은이들 신세 한탄쯤으로 치부한다. 모두가 넘어가고 말았다. 적화되었다는 것이다. 되돌릴 수 없는 지경에 이르렀다. 젊은 세대들은 빨리 세상이 바뀌었으면 한다. 뒤집어졌으면 좋다고 한다. 그곳이 지옥이라도 가겠다는 것이다. 그놈이 회담장에서 취한 모습이 귀엽다고 한다.

몇 시간 동안 무대에 오른 효과는 상상을 초월한다. 마치 평화가 왔다는 생각들이다. 이제는 전쟁은 영원히 사라졌다고 만세 삼창이라도 할 분위기이다. 반론을 제시하면 이상한 나라에서 온 덜떨어진 미개인으로 취급할 태세이다. 불과 1년 만에 70여 년 쌓은 공든 탑이 하루아침에 무너지게 되었다. 그간의 햇빛은 사라지고 그림자만이 천지를 뒤덮고 있다. 누구를 원망하고 한탄할 것인가. 모두가 내 탓인 것을 대비하자. 연방제에 대하여 옥쇄(玉碎) 할 것인지 아니면 바늘구멍이라도 찾아보아야 할 것인지, 눈물이 앞을 가려 시야가 확보되질 않는다. 내가 내 자식들을 잘못 가르쳐 일어난 일인데 누구를 원망하겠는가. 죄가 있다면 내게 죄를 물으소서. 이것이 나의 솔직한 심정이다.

이들이 지난 1년 동안 펼치는 화려한 칼춤은 마지막 단계에 도달하였다. 어느 누구도 항변하여 보았자 고양이 앞에 생쥐의 신세다. 몇 가지의 대형 사건이 터졌지만 권력 앞에는 찻잔에 이는 바람 정도가 되었다. 아마도 세상이 뒤집히기 전에는 묻히고 말 것이다. 우리 속담에 중매를 잘하면 막걸리가 석 잔이요, 잘못하면 뺨이 세 대라는 말이 있다. 북미회담을 앞두고 치열한 준비를 하고 있다. 22일은 한미 간 회담으로 마지막 조율을 한다고 보도되었다. 내가 가진 것 없고 힘이 없으니 그곳에 희망이라도 걸어보는 수밖에 없는 나의 처지 정말로 용서가 되질 않는다. 빛과 그림자는 내 마음속에 있다는데 나는 8순을 바라보지만 덜떨어진 사람인 모양이다.

하늘 밝은 길! 2018년 5월 9일

그 이름 "오용하." 내 사지(四肢) 중에 하나인 그는 떠났다. 하늘 밝은 길로 갔다. 하나님께서 예비하신 영원히 밝히시는 꽃길로 갔다. 눈에 보이는 육신은 한 줌의 흙으로 돌아갔다. 외피(外皮)는 명하신 원래되고 벗어버리고 영원한 영혼은 붕(鵬)새가 되어 훨훨 날아 하나님 계신 천상(天上) 열차에 승차하셨다. 그래서 갈 때는 소리 내어 울지도 않고 얼굴에 주름도 온화한 모습으로, 쥐고 있던 손도 활짝 펴면서 속 시원히 날아갔다. 근심 걱정 고통 무거운 짐 모두 벗어버리고 천상에 올랐다. 살 같은 처자식 남겨두고 형제자매 모두 뒤로하고 아쉬움 가득히 숙제로 남기고 부모님 계신 곳으로 가셨다. 누구나 한번 오고 한번 가는 길은 찰라간이다. 하나님이 주신 진액(津液)을 모두 다 쓰고 갔다. 세상에 나올 때 두 손 꼭 쥐고 큰 울음으로 이 땅에 태어났음을 만인(萬人)에게 고(告)하면서 보무도 당당하였다. 사는 동안 열심히 최선을 다하였다. 그의 눈동자는 호수처럼 맑았고 그의 안색은 초장에 노니는 양털같이 부드러웠으며 목소리는 듣는 이들의 귀를 편안히 하였다. 일거수일투족은 항상 여유와 재치가 있었다. 그와 만나면 항상 내 마음마저 편안함을 주는 천사(天使) 같은 사람이었다. 작년 무더운 여름 어느 날 백운에 있는 처소로 찾아갔을 때 마침 그의 친구 권대기 씨가 있어 이야기하는 중에 숙환이 위급함을 알게 되었다. 매우 황당하였고 어찌하여야 할지 방향이 서질 않았다.

이전에 집에 온다던지 밖에서 만날 때면 항상 별것 아닌 것으로 이야기하기에 그런 것으로만 알았는데 이 무슨 청천 벼락같은 소리인지 밤새 잠 못 이룬 적이 있었다. 병원에서 지방간(脂肪肝)이 조금 있다 하여 주기적으로 치료하러 다닌다는 그의 이야기다. 의학적인 상식이 전무한 나로서는 치료하면 완쾌될 것으로만 믿었다. 이 보시게 매제(妹弟)님 무엇이 급하여 그리가셨는가. 이 세상이 귀찮아서인가. 누가 가자고 유혹을 받았는가. 그도 아니면 짐이 너무나 무거워서인가. 왜 벙어리가 되셨는가. 아이들 성혼 다 시키고 이제 두 내외 알콩달콩 살아갈 보석 같은 기간인데 어찌 이리도 무정하게 가셨는가. 요사이 말로는 중년이라 하였는데 향년 67세를 일기로 혼자 가시다니 너무나 아깝지 않으신가. 매제님을 보내기 아쉬워 살 같은 친구님들이 구름처럼 몰려와 끝까지 함께 하였다네. 자네는 물론 다 보았고 그들과 대화하였으리라 믿네만 이것만 보아도 자네의 인품을 알고도 남음이 있다네, 이 세상에 남겨둔 매제님의 흔적들이 오히려 애통 절통하면서 보내기 아쉬워 가슴을 짜는 통곡도 마다하지 않고 슬프고 애통한 이별식을 하였다. 그는 항상 긍정적인 생각을 소유하였다. 무엇이든지 자신이 손해를 보더라도 남을 우선시하는 삶을 살았다고 방관자인 나는 사는 동안 그를 보고 느끼는 바이다.

모두 떠나갔다. 이생에 살아있는 자식들도 곧 보금자리로 떠날 것이다. 형제자매님들도 아쉬움 뒤로하고 처소로 돌아갈 것이다. 올 때나 혼자 왔듯이 갈 때 또한 나 혼자만 멀고도 먼 천상 길을 어찌 갈고 생각하면 마음이 찢어지고 눈물이 앞을 가리며 당분간은 애절한 마음 지속될 것이다. 살아있는 모든 사람들의 애증(愛憎)이다. 이것이 인간 세상이다. 혹독한 추위와 더위를 느끼듯이 마음에 일어나는 사랑과 증오심 또한 살아있는 자의 몫이다. 동서고금을 통하여 모두가 갖는 마음이다. 내가 그처럼 아끼고 사랑하던 사람이 하루아침에 보이질 않는다. 그것도 잠시도 아닌 계속 만날 수 없다는 생각이 떠오르면 미치지 않은 사람이 오히려 이상하게 보일 것이다. 우리는 이렇게 창조되었다. 이것이 하나님의 마음일 것이다. 당신의 형상대로 창조하셨으니까. 이것은 살아있는 자의 모습이다.

가시기까지의 고통과 미련은 순간이지만 하늘가는 길에 오른 매제님은 세상 것 훌훌 벗어버리고 학처럼 천사처럼 훨훨 날아 유유자적할 것으로 믿어 의심치 않는다네. 이 땅에서 하지 못한 일이 있다면 천상에서 마음껏 이루어보시길 간절히 바란다네. 매제님이 이 땅에 남겨놓은 남겨둔 가족들과 미완의 일들은 하나하나 위로하고 이루어지도록 인도하여 주시게나. 또한 믿음이 약한 자 있으면 하나님을 믿음으로서 구원의 반열에 오르도록 하시는 일이 가장 중요한 일이라 믿는다네. 이곳과 그곳은 건너지 못할 강이 있지만 우리도 언젠가는 예비하신 강을 건너야 하기에 좋은 곳을 예비해 두시길 간절한 마음일세. 하나님께서 우리들에게 준비하신 기간이 언제일는지는 모르지만 그때 만나 옛날이야기에 밤새워보았으면 한다네. 미련하고 아둔한 큰 처남이 매제에게 전하는 나의 카톡 전송문일세.

소용돌이 2018년 5월 10일

우리가 지금 어디쯤 와있는 것인지 한치 앞을 바라볼 수 없는 미망(迷妄) 속에서 거세지는 소용돌이에 빨려 들고 있다. 나라는 두 쪽이 난지 70년도 넘었는데 설상가상으로 반쪽인 이곳은 산산조각나 빗자루로 쓸어 담을 수도 없을 만큼 쓰레기로 전락하고 말았다. 시시각각으로 들려오는 정보들은 웃지도 울지도 못할 만큼 어느 장단에 춤을 추어야 할지 혼동의 연속이다. 시민의 의식은 게으르고 나태하며 힘든 일은 너나 가지고 가고 나는 오직 편안함만 추구하면 된다는 무사안일의 극치를 보여주고 있으니 문밖에 사냥개가 짖어대는 데도 나의 일은 아니라 한다.

맛있는 것 먹고 즐겁게 놀면서 많이 가지는 것이 최대의 꿈이다. 나라는 정치개들에게 맡겨놓으면 되는데 설마하니 나라를 팔아먹겠는가, 망하게야 하겠는가. 진보니 보수니 너희들끼리 열심히 치고받고 하더라도 나의 행복에 손대지 말라고 하는 것이다. 방관자다. 남의 나라 일로 바라보니 거짓은 진실로 둔갑하고 불법은 정의로운 사회로 뒤집히고 말았다. 아무리 떠들어 보았자 보는 자, 듣는 자, 말하는 자 없다. 외눈 가진 원숭이 사회에 두 눈 가진 원숭이는 병신 취급받는 것과 같은 현상이 나라 안에 가득한데 변화 조짐은 전혀 보이질 않다. 자연현상에서 일어나는 소용돌이는 불규칙한 기류의 회전으로 일어난다고 한다. 움직이는 유체는 중심축을 회전하면서 물결치는 것을 말한다. 또는 선와(旋渦)라고도 불린다. 회오리라는 표현을 사용하기도 한다. 바람 없고 파도 없는 잔잔한 바다나 호수와 소(沼)에는 소용돌이가 일어나질 않는다. 인간 세상에도 태평성대에는 소용돌이가 없다. 인세의 소용돌이는 사람들이 만드는 것이다. 사람의 언동에서 직접적 원인이 되기도 한다. 이해관계가 대립하면서 많이 가진 자가 적게 가진자를 압박하고 압박받는다. 압박받는 자는 굴복에 항의하면서 충돌이 일어난다.

전통 사회나 단순한 사회에는 조정하고 협의하여 공통점을 찾기가 쉽다고 하지만 다원화된 사회는 모두가 결정권자다. 그러하니 조정이 어렵다고 보는 것이다. 우리는 전통사회, 단순한 사회를 거치면서 국권을 상실하였고 외세에 의한 나라를 찾았으나 두 개의 이념에 갇혀 6·25라는 전쟁으로 1천만 명의 이산가족이 오늘도 울부짖고 있다. 나라는 두 쪽으로 고착화된 지도 68년이 지나고 있다. 그 짧은 기간에 잠시 동안 지도자 잘 만나나 열심히 일한 덕분에 오늘의 굶주림을 해결하여 부국강병을 이루고 보니 뱃가죽에 기름이 끼어 민주화라는 소용돌이에 값비싼 대가를 치르기도 하였다. 5천 년 동안 굶주려 왔는데 쌀밥에 고깃국 해결되었고, 정치 건달들이 부르짖던 민주화도 이루었으니 태평성대가 왔어야 하는데 무엇이 문제인가. 온 세상이 부러워하는 나라로 성장하였는데 이제는 자식들 잘 가르쳐서 1등 국가로 발전하는 것이 모두의 소망이고 꿈이었는데, 누구 말처럼 정말로 꿈에 지나지 않는다는 것인지 가슴치고 통곡할 일이다. 거대한 외세의 소용돌이는 언제 삼킬 것인지 두려움이 앞선다. 정통성이 없는 나라, 한마디로 우습게 보는 것이다. 처음 들어보는 드루킹이며, 경인선, 매트로, 등등 들어보지도 못한 악마의 탈을 쓴 단체들이 국민여론을 조작하고 탄생된 정부이니 우리만이 모르는 것이다.

외국에서는 벌써 다 알고 있는데, 그러하니 G20 회의에서 대 왕따 당하고, 시진핑이 허울 좋은 국빈 방문으로 초청하여서 웬 떡이냐 하고 덥석 물고 보니 혼밥이나 먹는 완전히 개밥에 도토리 취급을 당하였으니 이것은 무엇을 의미하는 것인가. 한마디로 정통성을 확보하지 못하였다는 증표이다. 여론 조작에 동조한 모든 세력은 나라를 팔아먹은 을사 5적이나 죄 없는 박근혜 대통령을 탄핵한 정치개들과 정유 8적들은 모두 역적이나 진배없는 쓰레기들이다.

정부를 믿고 열심히 살아온 국민들을 배신한 그들이 바로 역적이란 말이다. 그에 동조한 언론들, 전교조, 황제 노동단체들, 공산주의와 김일성 주체사상에 물든 모든 자들을 단죄하여야 할 것이다. 정부의 일방적인 나팔수 언론개들, 좌경화에 일조한 지식인들 모두 다. 누가 할 것인가. 믿을 놈 아무도 없다. 바로 주권자인 국민의 손으로 단죄하여야 할 것이다. 북미 회담은 시시각각 쪼아오고 있다. 벌써 우리 정부는 패싱 당하고 있는 것이 눈에 보인다. 중매를 잘 하겠다나, 아직도 꿈에서 헤어나지 못하는 얼간이들 집합소가 바로 그곳이다. 김정은 이가 타고 온 차를 누가 선물하였다고 한다. 유엔의 금지

한 것은 내게는 소용이 없는 모양이다. 이러고도 중매를 하겠다고 하니 세상이 손바닥 안에 있는 모양새다. 어제는 이웃나라 일본으로 건너가 3자 회담을 하였다고 언론에서는 야단났다. 마치 크나큰 성과를 이룬 것처럼 판문점 선언에 모두가 동조하였다고 일색으로 국민을 세뇌시키고 있다.

우방이라는 미국의 생각은 조금씩 다르게 나타나고 있는 것이 감지되고 있는데도 중매쟁이 역할을 충실히 한다나. 이러한 여세로 분위기를 띄우고, 악마 같은 여론몰이 집단을 조종하여 백성을 마취시킨 다음에는 6·13 지방선거에 대승을 하고 마지막 수순으로 헌법 개정에 총력을 기할 것으로 보인다. 야당 측에서 특검이 최선임에는 틀림없지만 들어줄리 만무한 저들이 아닌가. 칼 가진 자의 횡포를 잊어서는 안 된다는 말이다. 유일한 방법은 6·13 지방선거에서 국민들이 결정하여야 하는 마지막 찬스다. 이 기회를 놓친다면 8천만 명의 생명과 재산은 돌이킬 수 없는 소용돌이에 묻히고 마는 것이 자명해 보인다. 깨어나야 한다. 나도 너도 깨어 일어나야 이 절체절명의 위기를 벗어날 수 있다는 것이 나의 한결같은 지론이다. 오늘도 깨어나시기를 기원하면서.

솔 바위의 환상의 세계 2018년 5월 12일

어제는 송암(松巖)의 또 다른 세상을 내 눈으로 직접 보았다. 위대한 대자연을 창조하시어 응축하고 압축한 송암은 하나님의 솜씨라는 것이 믿음의 증거였다. 넓고 넓은 세상에 살아생전에 보지 못한 아름답고 기이한 보물들을 찾아 오늘도 수많은 사람들이 활동하고 있다. 그는 공복(公僕)의 귀감(龜鑑)으로 칭송(稱頌)이 자자하였으며 향리(鄕里)를 위하여 웅부(雄府: 경북도청))를 유치한 시장(市長)으로 오래도록 기억될 것이다. 옷을 벗어버리고 미완의 과제들은 후배들에게 맡기고 그는 새로운 변신을 시도하였다. 그의 아호(雅號)가 솔바위(松巖), 성(姓)은 김(金)이요, 명(名)은 휘동(揮東)으로 송암의 세상을 찾아 골골마다 명산대천을 찾은 지도 꽤나 오래된듯하다. 먼저 가신 선인들께서는 선비의 기개를 말할 때 항상 등장하는 것이 송죽(松竹)을 노래하였다.

마음가짐은 사시사철 푸름을 그리고, 어떤 상황이나 역경에도 굳건히 위용을 나타내는 푸른 소나무는 우리 민족의 얼(혼)이었고 자랑스러운 모습이었다. 단군의 후예들을 대표하는 나무는 바로 송목(松木)이다. 지금도 그에 반하여 사시사철 찾는 기인이사들이 많다. 가까운 인근 동산에도 어김없이 소나무는 우리를 반기고 바라보고 인도한다. 특히 첫눈이 내릴 때는 휘영청 늘어진 가지마다 하얀 눈꽃이 활짝핀 모습은 탄성이 절로 나온다. 꽃이 아름답다 하지만 이렇게 아름다운 설화는 보지 못하였다. 곧 녹아 사라질 아름다움이지만 오래도록 기억에 남는다.

솔바위님은 무거운 장비를 어깨에 메고 천인단애(千仞斷崖)의 절벽도 마다하지 않고 발 디딜 곳도 없는 무인지경을 한발에 처자식 생각하며 두발에 목숨 걸고 오르고 또 올라 하나의 작품을 남기고자 꿈을 키워 온 지도 십수 년이 되었다. 사람의 집념이란 것이 참으로 이해하기 어려운 것이다. 편안히 여생을 보낼 수 있는 환경인데도 무엇을 이루고자 무엇을 남기려고 7~8십의 나이도 잊어버리고 송암에 중독되었을까. 하나의 작품은 그냥 탄생되는 것이 아니라 하지만 그의 집념은 과히 넘볼 수 없는 경지임에 틀림없는 것 같다. 학창시절에 그는 까놓은 붉게 잘 익은 알밤 같았다. 영민하였고 영특하여 천재성의 싹수가 엿보인 친구였다고 기억된다.

그의 공복(公僕) 기간은 지역에서 중앙으로 블루하우스로 지방관으로 전전하여 향리에서 민선으로 나래를 접었다. 또 빼놓을 수 없는 일은 공직에서 터득한 살아있는 경험적 지식들을 바탕으로 대학에서 후학들을 가르치는 교수이기도 하다. 그가 이룬 업적은 영원히 기억될 것이며 비문에 기록하여 세세토록 전하여야 될 것으로 기회 있을 때마다 죽마지우들에게 이야기하지만 아직도 이루어지지 않은 미완의 과제다. 산촌에서 태어나 성장하기까지 발군의 기량을 보였다고 그의 고향 친구 김회동의 자서전에 잘 나타나 있다. 어려운 시절에 태어나 초근목피(草根木皮)하면서 자식(子息) 하나 성공시키기 위하여 허리 한번 펴지 못한 우리들의 부모님을 생각하면 눈물이 앞을 가리지만 그분들의 노력과 헌신과 애정으로 오늘 우리가 이만큼이나 성장하였으니 죽을 때까지 감사하여야 할 것이다. 그의 작가적 경력은 공직의 경력만큼이나 화려하다. 창립된지 63년이나 된 대구 사광회의 자문위원으로, 사단법인 한국 소나무 보호협회 자문위원으로, 안동 청솔 사진동호 회원으로 활동 중이며, 대구문화예술회관에서 사광회 회원전 4회를 비롯하여, 대구 사진작가 동호회 회원전 3회, 안동문화예술의전당 청솔 사진동우회 회원전. 안동시, 일본 가마 구라시 청소년 교류 초대전, 2013년 광주 비엔날레 전시관 "A&C ARTFESTIVAL" 초대전, 2018년 서울 예술의전당 "A&C ARTFE STIVAL" 초대 개인전. 금년(2018년) 안동문화 예술의 전당 개인전, 등 총 12회 전시회를 성공적으로 개최하였다.

또한 조선일보사 발간한 저널지 『산(山)』에 7회에 걸쳐서 송암과 글을 기고(寄稿)하였으며, 현재는 문예 종합 계간지인 『시선』에 솔바위를 찾아서라는 제하(題下)로 사진과 탐방기를 연재 중에 있다. 각 협회의 자문위원으로, 작가로 활동하는 솔바위님의 피눈물로 이룬 작품과 글을 대면하면서 그가 소나무에 대한 새로운 영역을 개척한 선구자임을 안다. 작품 하나하나는 그저 얻어지는 것이 아니다. 피사체를 찾는 것도 중요하지만 송암이 접근을 허용할 것인지 모델이 되어줄 것이지, 어떻게 가까이 갈 것인지 종합적으로 검토가 되어야 하지만 이것으로 충족되는 것은 아니다. 주변의 여건도 고려하여야 하고 포인트를 어디에서 잡을 것인지 빛을 언제쯤 활용하는 것이 최대의 효과를 거양할 것인지, 다시 말해서 시간과 공간은 물론이며 장비를 어떻게 활용할 것인지도 중요한 과제다. 깊은 지식이 없는 나로서는 전시된 작품을 하나하나 바라보면서 각각의 형상 송목과 기암이 거대한 작품으로 탄생되었다는 데 놀라지 않을 수 없었다. 송목의 포자는 바람에 날리어 사람이 접근을 허용하지 않은 절벽 바위에 천신만고 끝에 붙어 기생하였다. 수많은 역경을 딛고 자라 먼지와 눈비와 이슬이 길어주는 영양분으로 자란 그의 인고(忍苦)를 생각하면 하나님의 마음을 조금이나마 알 것 같다.

유목에서 성목으로 자라면서 고난은 연속으로 이어졌다. 가물어서 말라 고사하기도 하고, 살을 에는 추위에 얼어 죽는 놈도 있다. 매서운 바람에 가지가 꺾기는 아픔도 있었으며 폭풍우에 뿌리째로 뽑히는 경우도 있었다. 살아남기 위하여 뿌리는 수십 갈래로 노출되어 바위를 기어 영양분을 찾는 광경은 눈물이 절로 난다. 끈질긴 생명체의 놀라운 모습은 사람들의 삶과 별반 차이가 없어 보인다. 이 놀라운 광경을 보여주기 위하여 밤과 낮을 가리지 않고 활동하신 솔바위(김휘동) 님 더욱 정진하시고 발전하시어 미망에 허덕이는 자들에게 빛이 되시길 기원합니다. 감사합니다.

만남의 찬스 2018년 5월 14일

세상이 바뀌려는 모양이다. 5월 22일은 한미 간의 만남이 있고 이어서 6월 12일은 북미 간의 만남이 있다고 한다. 서로 간의 만남을 성공시키기 위하여 띄우는 모습을 바라보니 격세지감이다. 어제까지만 하여도 입에 담을 수 없는 욕설이 공중파를 타고 세상에 전파되었는데 오늘은 마치 언제 그런 일이 있었느냐 하는 정도다. 이쯤되면 관련이 있든 없든 간에 흥미를 일으키기에 충분하다. 세기의 이벤트에 지구촌 모두는 큰 관심을 가지고 있기에 성공을 시키기 위하여 사전에 기름칠하는 모습이다. 22일 한미 간의 만남은 무슨 이야기가 있을까.

본 게임을 위하여 마지막 조율을 하는 것은 누구나 다 아는 사실이지만 되돌릴 수 없는 완전한 비핵화를 위하여 대응전략을 세우는 자리가 되어야 할 것이다. 그것은 어디까지나 자유대한민국의 가치를 훼손하는 일은 절대로 있어서는 안 될 것이다. 지금까지 굳건히 이어온 한미 동맹에 어떤 흠이 있는 일은 일어나지 않아야 할 것이다. 이것은 대한민국 국민이라면 모두가 바라는 일이다. 현 정부는 분명히 알아야 한다. 지금까지 좌파 정부는 매우 우려스러운 국정 운영을 하였다. 지금도 계속 진행되고 있다. 나라 안에서 우리끼리 좌우의 갈등은 심히 우려스러운 일이지만 한미 간의 조율에 어떤 경우라도 자유대한민국에 흠이 되는 일은 절대로 있어서는 안 될 것이기 때문이다.

미국에서 들리는 소리는 김 위원장이 되돌릴 수 없는 완전한 비핵화에 합의한다면 체제보장은 물론이며 한국처럼 짧은 시간에 성장할 수 있게 경제적 지원을 아끼지 않을 것이며, 미국은 물론 민간 자본이 직접 진출하여 어려운 경제건설 지원을 적극적으로 하겠다는 보도를 보았다. 마치 2차 세계대전 후 황폐화된 유럽 동맹국을 지원하기 위하여 시행한 조지 마셜 장관의 플랜을 상기하는 보도 내용이었다. 우리말에 호사다마(好事多魔)라는 말이 생각난다. 좋은 일 끝에 좋지 못한 일이 있다는 것이다. 기대가 큰 만큼 실망도 있는 것이다.

지금까지 북한은 단계적 비핵화를 하겠다는 것이 그들이 한결같은 주장이었다. 이에 중국과 우리 정부도 동의하는 것으로 보인다. 그러나 미국은 리비아식으로 한꺼번에 되돌릴 수 없는 완전한 비핵화를 주장하는 것으로 전해지고 있는데 합의가 과연 이루어질 것인지에 대하여는 상반된 여론이 있다. 우리가 경계하여야 할 것은 저들은 절대로 핵을 포기하지 않을 것이라는 견해다. 지금까지 몇 건의 남북 간 합의사항은 모두 휴지조각이 되어버렸기 때문이다. 콩이 콩이라 하여도 믿을 수 없다는 것이다. 나도 물론 동의하는 바다. 그들은 3대에 걸쳐서 백성들의 고혈을 짜서 핵 개발에 목숨 걸다시피 하였는데 과연 핵 없는 정권을 꿈이라도 꿀 수 있겠는가 하는 것이다.

핵이 없다는 것은 곧 북한의 유일체제가 지구상에서 바로 사라지는 것과 같은 것이다. 핵보유국으로서의 북미회담 자리에 임할 것이 불문가지(不問可知)다. 한 건 주고 체제(體制) 보장받고 또 한 건 주고 경제 지원받는 식의 단계적 폐기(廢棄)를 주장할 것이다. 이것이 북한의 속셈이다. 핵보유국으로 남아서 하나하나 얻을 것 모두 얻는다는 꿈이다. 북은 가장 두려운 피폭에 대한 아킬레스를 해결하기 위하여 다시 시진핑을 만나 혈맹의 보장을 다시 받고 돌아왔다고 보인다. 이것으로 북은 회담 준비를 마쳤을 것이다. 남은 일은 회담장에서 결판을 내겠다는 복심(腹心)으로 보인다.

우리의 입장은 22일 북미회담이 매우 중요한 분기점이 될 것으로 점쳐진다. 1여 년 동안 우리 정부 국정의 열쇠는 바로 사회주의에의 길로 일로 매진하였다. 이것은 모두가 알고 있는 상식이 되었다. 모든 정책들이 하향평준화에 맞추어졌다는 것이다. 이것은 변명의 여지가 없는 현실임에도 국민들은 설마하니 그렇게 하겠느냐 하는 것이다. 지금까지 지하에서 주도면밀하게 계획하고 추진하여 좌파정권이 아닌 주체사상으로 무장된 새로운 정부가 탄생하였다. 오늘의 자유민주주의 체제를 교체하고자 하는 세력들이 눈덩이처럼 늘어났다. 그들은 여론몰이 조작에 수단 방법을 가리지 않고 추진하다가 꼬리가 잡히기 시작하였는데도 내로 남 탓이다.

드루킹, 킹클렙, 매크로, 경인선 등등 수많은 여론몰이 단체들의 상투적 불법적인 수법이 국정을 진짜로 농단하였다고 한다. 그의 위력은 점점 점입가경으로 접어들지만 특검 깜도 되지 않는다고 더불어민주당 대표께서 말씀하셨다. 소가 웃을 일이 아닌가. 경찰에 고발한 것은 정부여당인데도 뚜껑 열고 보니 뱀굴은 바로 정부여당 사람들이라니 황당하였을 것이다. 만약 이 진실이 밝혀지는 날에는 핵폭탄급 위력으로 현 정권 유지에도 심각한 도전이기에 죽기 살기 식으로 막아야 할 것이다. 적어도 6·13 지방선거까지는 국정은 올 스톱 될 것이기 때문이다. 22일 한미 회담에서 아마도 우리 정부는 한미동맹을 굳건히 지킬 것이다. 그리고 자유대한민국 체제를 견지한다고 위장전술을 펼치지 않을까 하는 우려를 불식시키기 위하여 사전 약속을 하였을 것이다. 미국으로부터 선물로 받은 것이 북미 회담 일정을 6·13 지방선거 하루 전날을 받은 것이 아닌가 생각하는 대목이다. 작금의 분위기로는 여러 가설들이 오가지만 아마도 성공적인 회담이었다고 발표되는 날에는 지방선거는 하나마나 하는 상황이 도래할 것이다. 나는 이것을 우려하는 바다. 나라를 걱정하는 원로들의 말씀에 귀 기울이는 사람 찾아 볼 수 없으니 보나 마나 하나 마나 하는 결과가 될 것이 자명해 보인다.

주권재민(主權在民)의 헌법적 가치는 찾아보려 해도 쓰레기더미에 묻혔는지 보이질 않고 찾는 자도 없다. 누구 말처럼 삼패인을 너무 일찍 터트린 결과가 아닌지 돌아볼 기회도 앞으로 별로 없다는데 탄식이 절로 나온다. 죽음이 무엇인지 모르는 천방지축의 세상이지만 목에 칼이 왔을 때야 비로소 이것은 아니라 한탄하여보지만 그때는 벌써 열차는 떠나고 난 다음이다. 나의 작은 소망마저 점점 사라진다는 생각에 눈물이 절로 난다. 믿거나 말거나 보거나 말거나 횡설수설하였다.

매듭이 풀어질까? 2018년 5월 15일

얽히고설킨 실타래의 매듭을 풀기 위해서는 많은 시간과 노력이 필요하다. 한울 한울풀기에는 많은 인내도 필요하다. 사람 사는 세상에는 이렇게 수많은 매듭들이 발생하고 또 풀기 위하여 홀로 노력도 하다가 아니면 상대와 협의하여 해결방안을 찾기도 한다. 이도 저도 아니면 한판 승부를 내기도 하였다. 오늘 우리의 현실이 이와 같은 매듭 때문에 오랜 세월 동안 갈등의 연속이라 보인다. 그 뿌리는 냉전 체제로 거슬러 올라가는 것이 정설이다. 우리끼리만 살자고 외세와 철벽을 쌓은 결과 국권은 일본 제국주의자들에게 빼앗긴 체 공산진영과 민주진영의 거대한 울타리에 싹을 틔우고 자라기 시작한 것은 임시정부 수립 시기인 약 100여 년 전 부터다. 해방과 더불어 소련의 사주를 받은 공산세력과 서방의 체제를 선호하는 민주세력 간의 갈등이 본격적으로 매듭지어졌다. 갈라선지 70여 년 동안 6·25전쟁을 비롯하여 수많은 매듭들이 발생하였다. 남과 북은 국가 발전 목표를 달리함으로써 남은 위대한 지도자를 만나 한강의 기적을 이루어 세계 경제 10위권에 이르는 기염을 토하였지만 북쪽은 핵 개발로 세계 최빈국에 이르는 참혹한 현실이 더는 지탱하기도 어려워졌다고 한다. 이웃 4촌이 땅 사면 배 아파한다는 우리의 속담처럼 잘 살고 잘 나가는 남쪽을 바라보는 북한은 배 아픈 정도를 넘어 끊임없는 도발을 계속하여 왔다. 남쪽은 항상 한민족이라는 아량으로 관대하게 처리하여 왔다고 자위하여 본다. 크고 작은 침략행위는 모두가 알고 있는 매듭들이다. 그들은 자나 깨나 오직 핵 개발에 목숨 걸고 불법과 절도는 물론 사기, 강박, 기만으로 기술을 취득하고 외화를 벌어 가시적 성과를 이루었다고 공언하였다. 이제는 그 핵을 이용하여 고립무원의 체제를 보장받고 나아가 경제이득을 구할 때가 왔다고 판단하였다. 차제에 남쪽에서는 그간 공들여 씨앗을 뿌려놓은 싹들이 자라 주체사상으로 무장한 새로운 정부가 탄생하니 대한민국이라는 연방이 탄생하였음을 기뻐하였을 것이다.

과연 그들이 나와 생각을 같이하는지 실험을 통하여 검증하고자 지켜보았다. 몇 달 동안 사회주의로 또는 연방제로 가기 위한 국정운영 사례를 지켜보았다. 끊임없는 러브콜에 이제는 시기가 왔다고 판단하고 평창 동계올림픽에 전격 참여하였다고 보인다. 그들이 평창에서 평화무드를 어느 정도 조성하고 이어서 남북 정상이 판문점에서 만나 판문점 선언이라는 것이 탄생하게 되었다. 우리는 그 내용도 문제이지만 더 큰 문제는 고모부와, 이복형을 죽인 폐륜의 살인마가 펼치는 짤막한 평화쇼에 대한민국의 젊은이들이 마취되었다는 사실에 더욱 큰 충격을 받았다. 소름끼치는 일이 되었다. 어찌하여 우리가 이렇게까지 자유민주주의 가치가 허물어졌는지 통탄을 금할 수 없다. 판문점 선언에 관하여 보고를 들은 미국은 더 이상 북에 시간을 벌어줄 수는 없다는 판단하에 김정은을 만나기로 결정하였다고 보인다. 어디에서 대국할 것인지 여러 곳을 검토한 결과 싱가포르에서 마주 앉기로 하였다고 한다. 중재를 자청한 우리 정부는 중대한 변환점에서 나라를 넘길 것인지 지킬 것인지 고민을 거듭할 것으로 예측된다. 북쪽은 피의 혈맹이라며 중요 사안이 있을 때마다 노래한 중국을 찾아 알현하고 그간 북미 간의 일련의 진행되는 일들을 설명하면서 국제무대에 당당히 출사하였음을 전 세계에 알렸다.

미국은 당근을 적당히 조절하면서 되돌릴 수 없는 비핵화 즉 리비아식 일괄 타결을 노래처럼 부르고 있다.

이에 긴장한 북한은 다시금 시진핑에게 달려가 피의 혈맹임을 다시 확인하고 단계적 비핵화를 보고한 다음에 피폭이라는 불행한 사태가 발생하지 않도록 막아 주도록 알현하였다고 보인다. 거대한 세기의 매듭을 미국은 일괄 타결을, 북한은 천만의 말씀 단계적 타결을 반상에 올려놓고 바둑 수를 놓기 시작할 것이다. 과연 이 협상의 타협점을 찾을 수 있을 것인지는 아무도 모른다. 다만 당사국들 간에는 비장의 카드와 감춰둔 수들이 있을 것이다. 이 광경을 바라볼 수밖에 없는 나약한 국력에 참을 수 없는 나 자신을 보았다. 국력은 아무리 강조하여도 부족하다는 지론이 나의 생각이었는데 나는 어디에도 없다. 내가 없으니 내 나라도 어디에도 찾아볼 수 없다는 말이다. 만남은 무엇인가를 만들어내기 위한 마지막 수순이다. 반상은 한쪽이 패하던지 아니면 빅이 되든지 하는 수 싸움이다. 나는 장사꾼이라고 말한 트럼프는 분명히 주고받을 것을 이미 손아귀에 넣고 있을 것이 자명해 보인다. 그것이 홍정이라는 것이다. 시전에 나가면 수요자와 공급자 간의 가격 경쟁을 하듯이 힘이 지배하는 외교에서도 마찬가지로 힘 있는 자의 승리로 점쳐지지만 그것만이 아닐 것이다.

미국 이익에 반하는 수는 두지 않을 것으로 전망되지만 적어도 우리가 패싱 당하는 일은 없어야 할 것이다. 이웃나라 일본이 우려하는 것도 바로 이 문제이다. 우리 정부가 자유민주주의에 반하는 정책들을 봇물처럼 쏟아내는데 우려를 금할 수 없다. 세계를 손바닥 보듯 하는 미국이 조그마한 우리나라에서 일어나는 일련의 우려스러운 일들을 모르고 있지는 않을 것이기에 더욱 마음 쓰인다. 북한은 이제 더는 문을 닫고 지탱할 수 있는 능력이 없어졌다. 때문에 어떤 일이 있어도 회담을 성공시키려 할 것이다. 무엇을 주고 무엇을 얻을 것인지 수십 년 동안 고민하고 검토되었을 것이다. 당면한 먹고사는 문제가 나라를 지키는 존립에까지 이르렀기에 첫째는 체제 보장을 득한다는 바탕 위에서 경제지원을 얻기에 온 힘을 다할 것이다. 일부 외국 연구기관에서 완전한 비핵화에 필요한 돈이 한화로 향후 10년 2,100조에 소요될 것으로 발표되고 있다. 이를 관련국인 한국, 미국, 일본, 중국이 평균 부담한다면 1년 52,5조를 10년 동안 부담하는 계산이 나온다. 우리나라의 경우 1년 정부 예산 총규모를 400조로 본다면 약 13%가 넘는 부담을 10년 동안 하여야 한다면 심각한 문제가 야기될 수 있다는 것이다. 회담은 성공에 무게가 실린다고 보아야 하며 이럴 경우 정치 경제 사회 모든 영역에서 우리에게 미치는 영향을 면밀히 준비하여야 할 것으로 보인다.

얼마나 만족하십니까? 2018년 5월 16일

우리는 흔히들 행복하십니까? 라는 말을 많이 사용한다. 행복이란 마음이 만족하였을 때 나오는 용어다. 마음이 흡족하지 않는데 어찌 행복이 있을 수 있겠는가. 그러하니 행복을 찾기 위하여 평생을 노력한다는 것은 바로 마음의 만족을 찾기 위하여 살아간다는 이야기다. 만족을 주는 요인들은 여러 가지가 있을 것이다. 삭막하였던 마음에 사랑의 불꽃일 수도 있겠고, 풀리지 않았던 일들이 한꺼번에 풀린 경우도 있으며, 어려웠던 경제사정이 좋아진 것도 한몫일 수 있다. 신혼에 사글세에서 전세로 또 이어서 내 집을 마련하였을 때 오는 만족도 많이들 느껴보았을 것이다. 시간과 공간에 따라서 자신과 연관된 일에서 만족을 얻는다는 것이다. 어려운 경쟁시험에 합격한 만족도 있을 것이다. 어렵다는 자격시험에 통과되었을 때, 직장에 취업되었을 때 직장에서 성과를 내여 표창을 받는다든지 진급을 하는 일들 모두가 즐겁고 만족을 가져다주는 요인들이다.

자식들과 손자 손녀들이 명문학교에 입학하였을 때도, 질병으로 고생한 자가 완쾌되었다는 진료에 크게 만족도 하였다. 나라의 부름을 받고 복무한 후 제대 특명을 받은 기쁨의 만족도는 경험해보지 못한 사람은 모를 것이다. 세상사 인생사 모두가 만족을 얻기 위하여 밤을 낮으로 삼아 일하고 있는 인간의 군상들이다. 수많은 만족을 가져다주는 요인들이 많고도 많지만 그중에도 건강의 만족도가 제일이 아닐까 한다. 건강을 잃으면 모두를 잃는다는 말처럼 백부자면 무엇하며 왕후장상이면 무엇하겠는가. 건강이 보증할 때 비로소 행복도 만족도 있는 것일 것이다. 문명이 발달하는 과정에서 환경은 날로 악화되어 사람 살아가는 환경이 생명을 위협하기까지 이르렀다. 요사이 같으면 미세먼지가 매일매일 사람들의 건강을 위협하는데 전에 같으면 황사(黃砂)라는 용어를 사용하였는데 언제부터인지 모르지만 황사란 용어 자체가 사라졌다. 입만 열면 공기(公器)라고 자처는 언론에서 미세먼지로 표현하고 있다. 우리의 하늘에는 황사는 없고 미세먼지만 가득하다는 이야긴지 알 수 없는 일이다. 종전에 황사로 표현한 언론은 모두 사라진 것인지 백성 알기를 발바닥 밑에 때만큼도 여기지 않는지 어느 누가 설명하는 사람도 없다. 신북방정책의 일환으로 중국에서 발원하는 황사라는 용어를 사용하기가 사대하는 방침에 어긋난다는 것인지 아니면 그들의 항의에 굴종하였는지 알 수 없는 일이다.

옛날 삼국시대부터 황사로 표현되었는데 이것 모두가 잘못되었다는 것인지 알다가도 모를 일이다. 환경이 얼마나 생명을 위협하는지 물을 돈 주고 사서 먹는 일도 수십 년이 된듯한데 이어서 공기도 돈을 주고 사서 먹어야 하는 세상이 되었다. 당신은 얼마나 만족하십니까? 어려서 자랄 때는 이들 모두가 자유재(自由財)로서 누구나 값없이 무한대로 사용하였는데 문명의 발달은 어쩌면 필요악일 수도 있다는 생각이 들기도 한다. 사람들은 언제나 투입(投入)되는 비용 대비 편익(便益)을 생각하면서 발전하여왔다. 만족에는 편익만이 존재하는 것은 아니라는 것이 증명되었다. 쌀밥이 건강에 미치는 정도는 거친 잡곡보다 못하다는 사실은 과학이 증명하고 있는 것처럼 편익만이 전부는 아니다. 누가 이야기하였던가. 걸어가는 것보다 앉는 것이 편하고 앉는 것보다는 눕는 것이 더 편하며 이것보다 더 편한 것은 잠자는 것이며 가장 편한 것은 영원히 자는 것이라 하였다. 인간의 욕망은 끝도 한도 없는 모양새다. 건강하려면 걸어라 나이가 많고 적고 간에 걸어라는 말은 인간이 한 말이 아니라 창조하신 하나님의 말씀일 게다. 직립으로 창조하셨으니 인간의 주요 경락이 발과 연결되었기에 걸으면 살고 걷지 않으면 죽는다는 말까지 돌아다닌다.

만족의 시작은 건강에서 찾아야 하고 건강하려면 걸으라고 말하고 싶다. 내가 이 세상에 존재함으로 모든 것이 존재한다는 말이다. 내가 없는데 무엇이 존재하겠는가. 병들어 자리보전하면 모든 것은 부질없는 것이 되고 만다. 양귀비 같은 마누라가 있으면 무슨 소용이며 토끼 같은 자식이 있은들 무슨 위안이 되겠는지 잠시나마 돌아보았으면 좋겠다. 요사이 웰빙이니 하면서 모든 방송사들이 건강 관련 프로그램을 제작 보도하고 있다. 바람직한 일이다. 생명은 하나님이 하늘같은 부모님을 통하여 주셨지만 이후 관리는 자신의 몫이란 말이다. 건강에 우선순위는 각자가 선호도에 따라 시작되겠지만 자신의 신체 부위 중에 가장 취약한 부분에 제일 먼저 방점을 두고 실시하며 그다음, 또 그다음 순으로 끈기 있게 지속하다 보면 소위 명반(明礬)현상이 오기 시작한다. 두려워하지 말고 계속한다면 자신도 모르게 좋아졌다는 것을 느끼게 될 것이다. 이때가 만족이라 말하여도 무방할 것이다. 내게는 초등생 3학년에 다니는 손녀가 있다. 지난 3월 22일에 학교에서 그림 한 장을 가져와서 내게 하는 말이 할아버지 이 그림을 내가 학교에서 그렸는데 선생님이 잘 그렸다고 해요 하면서 내게 보여 주었다. 나는 그 그림을 대하면서 무슨 생각을 하고 그렸을까 살펴보았다.

우선 초록색 풀밭이 있고 푸른 강물과 붉은 담벼락 그리고 벚꽃과 튤립 두 송이 개나리가 그려져 있었다. 가까이 푸른 초원에는 튤립 두 나무에 빨간 튤립 두 송이를 표한하였다. 그 옆에는 개나리 한 그루에 노란 작은 개나리꽃이 나무에 비하여 비대칭 되게 그렸다. 밑을 흐르는 푸른 강물은 전체 구도에 비하여 작게 표현하였으나 강력한 채색으로 생명력이 있어 보였다. 그 푸른 강물 위로는 하얀 벚꽃을 위에서 아래로 널어진 가지에 흰꽃을 표현하였는데 꽃을 강조하고자 테두리에 붉은색으로 돋보이게 하였다. 그리고 강 건너편에는 붉은 담벼락을 힘있게 강조하였으며 담장 너머에는 벚꽃 가로수를 배치한 것이 전부다.

나는 그림에 대하여 문외한이지만 어린 손녀가 이 그림에서 표현한 것은 무엇일까? 초록 풀밭에 푸른 강물을 그리고 그 바탕에서 꽃나무를 그림으로서 자신 내면의 만족도를 표현하였구나 하는 평(評)을 해 보았다. 인간은 일평생 만족을 구하고자 오늘도 쉼없는 경쟁이 전개된다. 이 모든 것들도 나라가 안정되고 시국이 평화로울 때 만족이 배가가 될 것이기에 위정자들은 무엇하는 사람들인지 모르겠다. 눈곱만큼이라도 백성을 생각했으면 좋겠다.

숨통은 조여 오는데 2018년 5월 17일

재깍재깍 초침 가는 소리가 내 숨통을 조여온다. 언젠가는 모두 가는 것이지만 지금의 경우는 그것과는 전혀 다르다는데 심각성이 있다. 숨을 못 쉬면 세상을 하직하는 것이다. 명(命)대로 살다가 간다면 무슨 여한(餘恨)이 있겠나마는 타의(他意)에 의해서 간다고 생각하니 얄팍한 내 자존심이 용서를 하지 않는다는 현실이 정말로 싫다. 날마다 내 생명 내가 조금씩 갉아 먹는 모습을 바라보는 것도 힘에 버겁다. 내가 태어난 이 땅에서 조상님이 피로서 만든 대한민국에서 자라고 배웠다. 6·25전쟁이란 살육의 현장도 목격하였다. 먹을 것을 받아먹고 일가를 이루며 자식들과 손 자녀를 둔 보금자리도 가졌다. 국가라는 울타리를 송두리째 빼앗긴다는 생각에 잠 못 이룬 밤이 어찌 하루 이틀이겠는가. 내 부모님께서 하세(下世)한 이후 이렇게 참담해지기는 처음인 것 같다. 나라 안에는 언제부터인지 주체사상으로 무장된 잘 훈련되고 준비한자들이 핵분열 하듯 세를 확산하였다. 이들은 지원 단체를 이용하여 국민여론을 조작하였다는 증거들이 속속 드러나고 있는데도 아니라고 한다.

더구나 기 장악된 나팔수들을 동원한 선전선동의 효과를 마치 사실로 둔갑시켜 혹세무민한 백성들을 손바닥 안에 넣고 쥐락펴락하고 있다. 타고 있는 배는 평형수는 간곳없고 주체사상 무리들만이 가득하다. 바닥 여기저기 구멍이 뚫려 물이 스며들기 시작하더니 배는 기울어지고 돛은 바람에 꺾어져 난파선이 된지도 한 해가 지났다. 도적의 무리들이 살판난 듯 거칠 것 없이 난도질하고 있다. 여기저기 걸레가 되어버린 배를 몰고 가는 선장은 무소불위로 총칼을 휘두르고 있다. 적과 내통되어 온갖 술수를 동원하여 국민들을 속이고 기만하여왔다. 나라를 되찾아주었고 6·25전쟁도 막아준 혈맹마저 속이려는 간덩이가 배밖에 나온 자들이 무서워지기 시작하였다. 공산당이 싫어요! 라고 소리친 이승복 군의 죽음을 생각나게 한다. 기막힌 일은 그 이승복 군의 동상도 잡초 더미에 나뒹굴고 있다니 기막힌 일이 아닐 수 없다. 기절초풍할 일들이 어디 하나 둘이겠는가. 백두혈통이 무엇인지 모르지만 그놈을 불러 놓고 세기의 사기극을 벌였다. 비핵화에 합의를 하였다나. 누구 말처럼 짜고 치는 고스톱처럼 손바닥으로 하늘을 가리고자 기고만장한 모습에 전율을 느끼지 않는다면 사람이기를 포기한 것이나 다름없을 것이다.

대부분의 백성들은 좌든 우든 관심 밖의 일이다. 먹고 사는데 바빠서 옆길 한번 눈길 주지도 못한 백성들이 불쌍하지도 않는 모양이다. 비핵화가 불가능하다는 것은 그들도 모두 알고 있는 현실이다. 나 같은 사람도 불가능을 믿고 있는데 어찌 그들이 모르고 있다는 것이 말이나 되는 소리인가. 비핵화를 한다고 하였으니 평화는 금방 저절로 걸어서 대문 안으로 들어오는 줄로 착각하기에 포장하고 꽃가마에 태워 날마다 나팔수들이 노래 부르도록 하고 있다. 마주 앉을 트럼프는 모르고 있겠는가. 천만의 말씀이다. 그들의 정보력은 세계를 꽤 뚫고 있는데 그들을 속일 수 있다고 판단하였다면 문외한인 나만큼도 모르는 도둑들이다. 6월 12일 운명의 날짜에 초침은 쉬지 않고 다가가고 있다.

내 숨통도 그에 따라 가빠지고 있다. 나라를 불법으로 도둑질하였다는 증거가 하나둘씩 나타나고 있다. 여론 조사라는 것이 어찌하여 매번 80% 수준인지 의심의 눈총이 5천만 명의 1억 개가 감시하고 있다는 사실을 잊어버린 모양이다. 이름도 듣도 보도 못한 해괴한 단체들이 숙주(宿主)가 되어 여론 조작으로 국민의 눈을 가리고 탈취된 도둑들이라는 것이 양파 껍질 벗기듯 한 꺼풀 두 꺼풀 벗겨지고 있다. 혼란의 시대가 도래할 것이다. 이 혼란이 어떤 방향으로 전개될 것인지 설왕설래하겠지만 분명한 것은 내전이 일어날 수밖에 없는 경지로 몰아가게 될 것이다. 그들은 내전의 상황을 사선 계획에 처음부터 포함돼 있다고 믿어진다.

내전의 상황이 도래한다면 바로 계엄령을 선포하고 이어서 반대 세력들을 체포 구금은 기본으로 하여 우파들의 씨를 말릴 것이 자명해진다. 이어서 평화라는 명분에 붉은 무리들이 자연스럽게 개입하여 무혈 혁명을 일으키고자 하는 것은 아닌지 우려되는 바다. 세상이 도둑들의 계획대로 바뀐다면 우파는 무조건 숙청이 되겠지만 좌파도 모두 숙청대상이라는 참혹한 사실을 외면하고 있는 것은 아닌지 묻고 싶다. 물론 살아남기 위하여 비장의 수는 가지고 있을 것으로 보이지만 그들의 뜻대로 될 것인지는 의문사항이다. 화살은 쏘아졌다. 되돌릴 수 있는 기회는 이미 사라졌다. 내 운명이나 내 나라 운명도 그들 두 사람에게 달렸다고 생각하니 기막힌 일이 아니겠는가. 목숨도 중요하지만 지금껏 밤잠 자지 못하고 쌓아온 자유대한민국의 번영이 하루아침에 무너진다고 생각해 보았는가. 애써 감아버린 눈을 떠보자. 북쪽에서 무슨 일이 일어났는지 알아본다면 당신은 분명히 해답을 얻을 것이다. 무엇이 옳고 그름인지 최소한의 판단력만 있다면 갇혀버린 철갑을 풀고 스스로 해방될 것이기 때문이다. 우리의 삶이 감시당하고 통제당한다고 생각해 보았는가. 내 노력으로 내가 벌어먹고 사는데 누가 감히 감 내라 떡 내라 한다면 어떤 마음이 들것인지 조금만 아주 조금만 생각해 보시기 바란다.

해답은 먼 곳에 있는 것이 아니고 바로 내 안에 내 가까이에 있다는 것을 깨우치면 가능성이 보인다는 것이다. 아직은 갈 길이 조금은 남아있다. 우리는 이 절호의 기회마저 놓친다면 인류사의 뒤안길로 유감없이 사라지고 말 것이다. 세상이 어지러워지니 별의별 가설과 이설들이 난무한다. 물론 나도 이 글을 쓰면서 그들과 동류라고 생각한다. 다만 1%의 가능성만 보여도 좋다는 심정이다. 허무맹랑한 이야기라도 눈여겨보고 귀담아들어야 할 것이다. 그것이 쌓이고 반복된다면 당신의 통찰력은 높아지고 정확도가 믿음으로 이어질 것이다. 아무리 바쁘더라도 조금의 시간만 할애한다면 또 다른 세상이 활짝 열릴 것이다.

혼돈(混沌)은 언제까지 2018년 5월 18일

북한은 마음에 들지 않으면 거칠게 몽니를 부린다. 남북 간의 판문점 선언에 따른 후속 조치와 6월 12일 북미회담을 앞두고 있다. 조율할 내용이 분명히 있을 것이다. 이를 조정하기 위한 남북 간의 고위급 회담을 16일 개최키로 약속하고도 없는 것으로 트집을 잡고 있다. 상투적인 망나니 수법이, 혹시나 했는데 역시나 변함이 없다. 우려했던 대로 배후에는 중국의 그림자가 드리우고 있다는 것이 예상이 된다. 국가 안보보좌관인 정의용은 미국을 방문하여 한미 간의 연래 훈련은 김정은도 이해를 한다고 하였다. 그런데 왜 생트집인지 상식이 통하지 않는다.

몽니의 외형은 한미연합 공중훈련을 트집 잡았고, 다음으로 귀순한 전 영국 주재 대사관 태영호 공사를 입에 담기도 거북한 인간쓰레기니 추방하라는 보도를 들었다. 마치 광견병에 전염된 미친개 같다. 고 박정희 대통령께서 하신 말씀이 기억난다. 미친개는 몽둥이가 약이라 하셨다. 아주 명언이라 생각된다. 입만 열면 존엄이란다. 2,500만

명의 북한 주민의 존엄이란 놈이 장성택 고모부를 고사포로 쏘아 공중분해하였으며 그도 모자라 이복형인 김정남을 인도네시아에서 독극물로 살해한 패륜을 저질렀는데도 존엄이란다. 세상이 요절복통할 일이 아닌가. 이런 자를 받들어 모시는 히스테리 집단의 광기는 모르는 바는 아니지만 잊을만하면 또 나타나는 모습에 경악하지 않을 수 없다. 약속을 밥 먹듯 어기는 사람은 사회에서도 당연히 매장당하는 것이라 배워왔고 후인들을 가르치면서 불문처럼 지키면서 살아온 우리가 아닌가. 그 사회의 질서는 약속을 지킴으로서 확보되는 것은 동서고금을 통한 진리다. 우리의 선인들께서는 약속을 곧 생명처럼 중시하신 분들이다. 약속을 지키는 일은 곧 명예를 세우는 일로 간주되었기에 동방의 예의지국이란 평가를 얻기도 하였다. 그런 역사와 전통은 어디로 갔는지 찾아볼래야 찾을 수 없다.

몽니는 흔히들 어린아이들이 부리는 재롱쯤으로 받아들였다. 모든 것이 미성숙한 어린아이들의 떼쓰는 것을 몽니 부린다는 말로 쓰였다. 약속은 믿음이고 신의다. 개인과 개인 간에도 믿음이 깨어지면 모든 교류는 등을 돌리고 다시는 상종을 하지 않을 것이다. 하물며 나라와 나라 간의 약속을 헌신짝 버리듯 한다면 국제사회에서 뒷방 신세는 물론이며 전쟁까지 일어나기도 하는 사례를 역사는 가르치고 있다. 우리는 북한을 너무나 잘 알고 있다. 매번 속아 온 지가 어디 한두 번이 아니기에 그들의 속내를 훤히 알고 있다는 이야기다. 오늘 아침에 청와대에서는 국가안전보장회의를 소집한다는 보도를 보았다. 북한이 무엇 때문에 고위급 회담을 깨어버렸는지 검토가 되고 대응 방안을 세울 것으로 믿어진다. 5월 22일 한미 회담을 앞두고 마지막 북미 간의 회담이 성공적으로 이루어지도록 조율하기 위한 남북 간의 고위급 회담을 북한이 깨어버렸으니 한국이나 미국 공히 전략회의를 할 것으로 믿어진다. 그간 미국은 당근질을 계속하였다. CVID〈완전하고 검증 가능하며 불가역적인 비핵화〉며 더 나아가 PVID〈영구적이고 검증 가능하며 돌이킬 수 없는 핵 폐기〉로 압박을 가하였다. 기존의 핵물질은 물론이며 개발된 핵무기도 미국으로 이송하여 폐기하여야 한다고 하였다. 생화학무기며 정치범 수용소, 인권문제 이르기까지 전 방위로 압력을 가하니 도저히 굴복할 수 없다는 복심에서 판을 흔들어 자신들의 페이스로 바꾸려는 의도로 보인다.

마지막 자존심을 세우려는 끝판 전술인지도 모르겠다. 어찌하겠는가. 뛰어봐야 벼룩이 아닌가. 중국에 두 번이나 찾아가 시진핑을 만나 목숨줄 이어달라고 알현까지 하여 보았지만 효과는 못 얻을 것으로 보인다. 중국도 남을 위할 처지는 아니라 한다. 사면이 초가(楚歌)로 진치고 있으니 어디 한 곳이라도 이상이 생기면 중국 진체 판이 위태로워지는 위기가 올 것이기에 외교적인 위로 이상도 이하도 아닐 것이다. 이를 감지한 그들은 결국은 문(門)은 열지만 미국이 주도하는 것에는 반대한다는 뉘앙스를 보이기 위하여 사절단을 중국에 파견하여 중국식 사회주의 경제체제를 배운다는 쇼를 벌이고 있다. 지금 그들의 행보는 절체절명의 두 가지 난제에 직면하였다. 첫째는 국가 존립의 문제인데 체제 보장은 미국 이외에는 없다고 판단하고 미국으로부터 보장받는다. 또한 핵을 빌미로 대단위의 경제 지원을 받아야 한다. 둘째 목구멍이 생명줄이니 경제적 지원과 개방은 중국을 모델로 하는 것이 가장 이상적이라 믿고 있는 것 같다. 우리는 이 시점에서 무엇을 준비하고 있을까. 22일 한미 회담을 앞두고 정리하여야 할 문제들을 사전 협의하고자 남북 고위급 회담을 개최키로 하였는데 북한이 깽판을 치고 말았으니 딜레마에 처하게 되었다.

미국은 한미 회담에서 조율이 불가능하다고 판단되면 북한과 직접 거래를 할 것으로 점쳐진다. 이 경우 우리나라는 뒷방 신세에 놓이고 만다. 주체사상으로 뭉쳐진 우리 정부는 안으로는 핵폭탄을 가슴에 안고 점화 직전에 연방제로 질주하고 있고, 밖으로는 북 핵을 머리에 이고 날마다 시시각각으로 협박을 당하면서 달라는 것 모두 주는 형세이다. 또한 핵 협상에서 중재 역할도 화력이 꺼져가며 오히려 중국이 밥상에 주인 자격으로 등장하고자 노리고 있다고 보아야 할 것이다. 가뜩이나 정통성에 의문을 갖는 나라들이 많다고들 하는데 주도권을 빼앗긴다면 무슨 일이 터질지 걱정이 앞선다.

외교에 있어서는 실패하는 정상회담은 없다는 것이 정설이다. 사전에 충분한 협상을 거쳐서 마지막 서명 단계가 이루어지기 때문이다. 북한은 북미회담까지 없을 수도 있다는 벼랑끝 전술이 말해주듯 미국 당신들이 주도하는 대로는 안 될 것이라는 뉘앙스를 줌으로서 얻어야 할 파이를 최대한 키우겠다는 의미일 것으로 보인다. 북미회담의 사전 정비 작업은 순조롭게 진행되다가 브레이크가 걸렸지만 곧 정리될 것으로 전망해 본다. 대한민국 운명에 순기능이 되었으면 하고 5,000천만 국민들이 간절히 소망하고 있다.

무엇을 찾고 있나 2018년 5월 19일

매일 잠에서 깨어나 10분간 명상을 하면서 감사기도부터 시작한다. 어지러운 세상에 숨통 끊지 않으시고 지켜주신 은혜에 감사합니다. 이것도 감사하고 저것도 감사하며 세상만사 모두 감사합니다. 내가 역경에 처할지라도 감사함을 잊지 않게 하소서. 잠 잘 때에도 눈을 떠서도 감사가 생활이 되게 하여 주옵소서. 믿는 자의 소임을 일탈하지 않게 하소서. 감사는 즐거움이고 감사는 행복이며 감사는 새로운 에너지다. 감사가 내 마음속에 있을 때 보석은 바로 내 안에 있는 것이다. 그것은 보석 광산에만 있는 것이 아니고 내 안에 있는 감사야말로 진정한 보석이다. 감사가 무엇인지 알고만 있다고 해서 보석이 되는 것은 아니다. 뜻과 행함이 함께할 때 비로소 세상에 둘도 없는 보석이 될 것이다. 머릿속에 저장된 감사는 생각을 통하여 알고는 있지만 실천이 되질 않으니 모르고 있는 것만도 못한 것이 되고 만다. 이것이 나의 실체다. 여물지 않은 곡식과 같은 존재다. 어디에도 쓸모가 없다는 말이다.

기뻐하실 일이 없는지, 내가 하는 것 중에 적어도 한두 가지 만이라도 보시고 기뻐하였으면 좋겠다. 나의 자만이고 오만이 넘쳐나 섭섭해 하지는 않으실까, 외면하시고 등을 돌리지는 않으실까, 노하시며 벌을 내리실지도 모를 일을 매일매일 반복하는 아둔함이 나를 경계한다는 것이 정말로 싫어진다. 완전하지는 않지만 용서받고 인정받을 수만 있다면 내 안의 선악의 경쟁을 부추겨 보지만 깨끗하게 정리되질 않는다. 역시나 나는 모자람이 많은 사람인가 보다. 때로는 내가 정말로 싫어진다. 인고(忍苦)의 짐을 모두 벗어버리고 싶은 충동을 자주 느끼게 한다. 기력이 쇠함인가. 정신이 산만해지는 것인가. 능력의 부족 때문인지, 주위의 환경이 나를 핍박하는지, 내가 나를 모르니 어디 가서 한탄이라도 하고 싶은데 그곳도 찾지 못하겠다. 철석같이 믿고 있는 내 안의 감사의 정의는 어디에 갔는가. 둘러보지만 찾을 길이 막연하다. 세상이 온통 나와는 거리가 너무도 멀리 있는 이방 지역처럼 보인다. 모름지기 내가 문제가 많은 모양이다. 세상이 뒤죽박죽되어 무엇이 옳고 그름인지 짙은 안개로 식별이 되질 않는다. 지금까지 부모님으로부터 하늘같은 선생님으로부터 배워오고 사회생활에서 깨우치며 터득한 모든 것들이 잘못된 것인지 나의 지적(知的) 능력이 의심이 되기도 한다. 나 홀로 독야청청 한다고 지나는 개도 돌아보지 않은 세상에 어서 빨리 벗어나고 싶기도 하다.

마음 같아서는 아직도 하여야 할 일이 분명 있는데 이를 두고 속도위반하는 생각은 아닌지 갈팡질팡이다. 불법이 마치 법적 안정성을 확보한 사회처럼 되어버려도 어느 누가 말하는 자 찾아보기 어려운 사회다. 불의와 부당함이 정당함을 구축하는 사회, 거짓과 폭력이 난

무해도 정의로운 사회라고 한다. 나는 이렇게 배우지도 않았으며 깨우치지도 않았으니 보는 것 귀로 듣는 것 모두가 심화(心火)를 돋우는 일들이다. 옳은 소리 바른 말하는 소리를 들을 수가 없다. 내가 이상한지 세상이 이상한지 헷갈린다. 앞에서 내놓으라고 날뛰는 사람들 대부분이 이상한 나라에서 오신 분들 같다. 어찌나 달콤한 말씀을 잘 하시는지 잠시만 듣고 있어도 나도 모르게 감동되고 만다. 스피치에 달인들이다. 모두 다 잘한다고 손뼉 칠 것이다. 우리들 말에 나무 잘 타는 사람 나무에서 떨어져 죽고, 말 많은 사람 자신의 말 때문에 죽는다는 속담이 있다. 이런 것들은 안중에도 없다. 말 잘하고 나무 잘 타는 장기(長技)로 얻을 것 얻고 이룰 것 이루고자 하는 이상한 사람들의 유혹에 준비되지 않은 세인(世人)들은 그냥 넘어가고 만다. 이것이 요사이 일어나는 현상들이다. 거리마다 높은 건물마다 나 여기 있소 자신들을 알리기에 여념이 없다. 대형 현수막은 미관을 흐리게 한다. 물론 모두가 그렇다는 것은 아니다.

개중에는 진흙 속에 장미꽃처럼 귀중한 보배들도 있다. 그것을 찾는다는 것은 간단한 일이 아니다. 뱃속에 들어가 볼 수도 없는 일이고 겨우 알린다는 것이 선거 홍보지나 정견발표 등일 것이다. 그것을 보고 신성한 주권을 행사해야 한다. 맞으면 그보다 다행한 일은 없고 맞지 않는다 하여도 내 책임은 아니니 죄책감 같은 것은 없다. 이런 게임을 확 줄였으면 좋겠다. 그곳에 한번 발을 들려놓으면 빠져나오기가 그리 쉽지 않다고 한다. 여러 사람들이 가사를 탕진하고 정치 건달들 양산하며 국민 세금 축내는 일을 무엇 때문에 하는지 아무리 살펴보아도 답이 나오질 않는다. 많을수록 민주주의인가. 민주주의 좋아하는 사람들에게 묻고 싶다.

조선민주주의인민공화국도 민주주의인가? 5·18도 민주화 운동인가. 수많은 의문점이 몸통인데 힘 가졌다고 비판세력 억압하는 세상이 민주주의 세상인지 독재주의 세상인지 눈 감고 보아도 바로 알 수 있는 일인데, 5·18정신과 세월호 희생정신을 훼손하는 자 그 누구도 용서하지 않는다고 하였다. 할 말이 있고 참아야 할 말도 있는 것이다. 내게 칼이 있으니 아무 말이라도 마음대로 한다면 이는 민주주의가 아니지 않는가. 민주주의를 위해 몸 바쳤다는 사람들의 의식세계가 이래서는 안 될 것이다. 내가 권력 부근에 있을 때에 그렇게도 반대하였는데 입장이 바뀌어 칼을 들고 보니 세상이 돈짝만한 모양이다.

모두 적폐로 몰아 단죄를 하는 민주주의 듣지도 못했고 보지도 못했는데 칼날이 녹슬까 보아 휘두르는 칼바람이 원한이 가득하다. 꼬리가 밟혀 서서히 드러나고 있는 드루킹이니 경인선, 경공모, 메크로, 킹클렙 등등 수많은 여론조작은 권력의 핵심부에 접근하니 막기에 힘에 겨운 모양이다. 손바닥으로 하늘을 가리는 일이 아닌가. 수많은 사람들이 여론조작에 관여하였는데 언제까지 은폐할 수 있다고 하는지 안타까움뿐이다. 우리가 지금까지 무엇을 찾고자 밤낮으로 일하였는지 보물찾기를 하였는지 생각해 보자. 해답은 바로 거기에 있다.

가는 길 2018년 5월 20일

눈뜨고 나면 으레 어떤 길을, 선택하던 길을 가는 것이다. 혼자일 수도 있고 두 사람일 수도 있으며 더 많은 사람들과 갈 수도 있다. 또 어떤 길을 선택할 것인지는 오직 자신의 선택이다. 오솔길, 미로길, 논둑길, 밭둑길을 가기도 한다. 이도 저도 아니면 전인미답의 새로운 길을 내어가기도 하지만 모든 사람들의 꿈은 넓고 잘 닦아진 포장된 도로를 걷기 원할 것이다. 그것도 무거운 짐 벗어버리고 가벼운 차림으로 콧노래 불러가며. 문제는 항상 자신의 몫이다. 과거 농업사회에서는 산다는 것 자체가 단순하였다. 길의 종류도 많지 않았고 먼 길 가기도 그리 쉬운 일은 아니었다.

가구단위는 대가족 사회였으며 씨족 마을을 이루고 살았기에 오늘날에는 그들의 흔적들이 귀중한 문화재로 남아 세인들의 이목을 집중하기도 한다. 불과 두 세대 전의 일이다. 세상이 참으로 많이도 변하였다. 농자천하대본(農者天下大本)이라 하던 시대에는 잘 나고 못 나고, 잘 살고 못 사는 사람이 그저 그렇고 그렇게 도토리 키 재기식 정도였다. 길로 말미암아 갈등의 소지로 사회문제가 발생하는 경우는 보이질 않았다. 땅에서 태어나 땅에서 생활하다 보니 순박한 성품은 인륜 지도가 무엇인지는 삶 자체가 스승이었다. 별도로 서당에 가서 문명의 혜택을 직접 받지 않았어도 알고 지켜왔다. 기쁜 길이든 슬픈 길이든 모두가 함께 나누면서 인정(人情)이 넘치는 길들만이 가득하였다고 기억된다. 사람 냄새가 물씬 풍기는 아름다운 세상이었다. 나는 간혹 5일 장터에 나가곤 한다. 그곳에 가면 사람의 진정한 냄새를 맡을 수 있기 때문이다. 사람들의 생각을 알 수 있기 때문이다. 어물도 팔고 과일도 팔며 옷 가게서도 싸게 판다고 한다. 이곳 5일마다 서는 장터에는 없는 것이 없는 만물상회다. 하나라도 더 팔고자 구수한 입담에 가는 길 유혹하고 사는 사람 에누리에 만족하는 모습이 민초들의 환한 웃음에 잘 나타난다.

이웃 마을 김 씨도 만나고 박 씨도 만나 악수하였다. 오랜만에 사돈어른 만나 국말이 밥 한 그릇, 막걸리 한 잔에 인정의 꽃은 활짝 핀다. 세상사는 이야기에 집에 가는 길도 잃어버리고 한 잔 두 잔에 왕후장삼되어 집에 돌아오는 길이 너무도 짧았다는 시전(市廛)이다. 백사 만사 마음먹기에 달렸다고 한다. 세월이 유수 같다고 하더니 정말이다. 실감이 난다. 지나가는 시간을 생각하며 살아야 할 여유가 내게는 없는 모양이었다. 앞만 바라보고 왔으니 흘러가는 강물이 매일 머물러있는 것으로 착각하고 지내왔기에 머리에 백설이 하얗게 내려도 심각하지 않았다. 오늘은 왠지 나를 놀라게 한다. 나는 아직도 늙지 않았다. 나는 젊음을 지금도 유지하고 있다. 어디 가든지 일당백을 감당할 수 있다고 철석같이 믿고 살았는데 아닌 모양이다. 나는 꿈속에서 살아온 모양이다. 밀치면 곧바로 넘어지고 불면 날아가는 겨와 같은 하잘것없는 8순을 바라보는 늙은이다. 쭉적만 남은 신세인데도 까마귀 고기를 먹지도 않았는데 어찌하여 망각(忘却)이 내 안에 있는지 눈물이 앞을 가린다. 사람들이 모두가 그렇다고 하는데도 나는 아니라고 하는 오만(傲慢)의 극치를 생각하니 참으로 아둔함을 금할 길이 없다. 낮잠 한잠 자고 나니 세상이 바뀌었다. 잘 살아보자는 새마을 노래에 매료되어 천지가 개벽하였고, 모두가 타향살이에 직장이 있으니 기뻐 일하였다.

가문을 이어야 한다는 가르침에 새로운 일가를 이루고 아들딸 낳아 성장하는 모습에 내 꿈을 묻었다. 밤과 낮을 가리지 않고 열심히 일하였다. 옆도 돌아볼 여유마저도 내게는 사치였다. 일을 하지 않으면 안 되는 일 중독증이 아닌가 하는 우려마저도 들었다. 내가 세월에 속았는지 세월이 나를 속였는지 또 속고 말았다. 내 안의 시계는 언제부터인지 멈춰지고 있다는 사실을 물러날 때가 되었다는 통보에 화들짝 깨우치고 준비된 바도 없이 나왔다. 새로운 세상이 내 앞에 성큼 다가왔다. 전통사회에서 시작하여 산업화 시대를 거치고 정보화 시대에서 청춘을 불살랐다. 옷을 벗고 나온 새로운 환경은 모든 것이 낯설고 물설은 남의 나라에 있는 것처럼 착각이 들기도 한다. 살아가는 길이 너무도 많아 선택의 폭은 많아졌지만 길의 종류에 따라서 포용과 만족도는 천차만별이다. 여기저기에서 불만 불평의 소리가 들리더니 거대한 강물되어 거리마다 넘쳐난다. 집단이기주의가 만연되어 감당하기에도 버거운 모양이다. 꿈을 키우던 어린 시절이 그리워지고 간절하게 생각이 난다. 늦깎이에 사람 구실하고자 그간 잊고 살았던 그리움 묻어두었던 친지들 친구들도 만나기 시작하였다. 상하고 헤어진 육신도 돌보고자 본격적으로 새로운 삶에 매료되었다. 직장에서 조금씩 익혔던 IT도 열심히 공부하면서 새로운 영역에 도전하는 기쁨으로 활력을 찾아갔다.

죽마지우들 만나니 변한 것은 없었다. 그때 그 시절로 시간을 돌리고 나니 잊고 살았던 세월이 아쉽기만 하였다. 지금은 일 년에 두 번 정도 만나 회포를 풀고 있다는 사실에, 살아있다는데 감사하고 있다. 코흘리개 친구들도 만나고 있다. 지나온 삶의 흔적과 정보들을 주고받으면서 비록 어려운 시절에 태어나 만난 친구들의 면면을 대하고 돌아설 때면 또다시 보고 싶은 친구들이다. 모바일 기기가 보편화가 되니 매일 이들 200여 명과 날마다 잊지 않고 대화하고 있다. 나이 많아지면 지인들 한두 사람 서천에 가고 병들어 기동력 떨어져 외로워지고 심하여지면 우울증에 고생한다는데 맞는 말씀이다. 그런데 나는 바빠서 쉴만한 틈도 별로 없다. 날마다 정보화 기기들 덕분에 국내 친구들은 물론이며 외국에 살고 있는 친구들도 옆에 있는 것처럼 대화하고 있다. 뜻이 비슷한 친구들이니 마음속의 이야기들 풀어 전하고 있으니 얼마나 좋은 세상이 아닌가. 비록 몸은 늙어 옛날 같지는 않지만 오늘도 마음은 파랑새를 쫓는 심정이다. 꿈꾸던 일들이 현실이 되기도 하지만 그렇지 못하고 꿈으로 남아있는 일도 많이 있다. 길은 길로서 누구나 함께 하기를 원하는 것처럼 어떤 장애나 방해는 있어서는 안 될 것이다. 모든 국민들이 바라는 희망이고 꿈이다.

진실이 있기는 있는 것인가? 2018년 5월 25일

날마다 새로운 날이 밝으면 오늘은 즐거운 소식들이 있으려나. 기대 반 우려 반이다. 듣는 것 보는 것, 느끼는 것 모두가 음모(陰謀)가 가득한 세상이다 보니 어떤 때는 내가 나를 의심하는 일까지 발생한다. 이곳은 괜찮으려니 또 저곳은 새로운 것이 있으려나, 하면서 고개를 기웃기웃해 보기도 한다. 정말로 심각한 세상이다. 그중에도 언론은 거짓의 대명사가 된지도 몇 년이 되었넌 모양인네 지금도 거짓으로 가득하니 진실을 찾는다는 것은 모래사장에서 바늘을 찾는 정도로 희귀한 보물처럼 되었다. 1997년도인가 기억도 가물가물하다. 어느 날 세상을 깜짝 놀랄만한 소식을 들었다. 북쪽 황장엽 비서가 대한민국으로 망명하였다는 소식이다. 망명 당시 황장엽의 서신에는 국내에 고정간첩 5만 명이 암약하고 있다 하였다. 그들은 권력 핵심부에도 있다고 했다.

어느 날 우연히 김정일 집무실에서 책상 위에 놓인 서류를 보았는데 바로 그날 아침에 남한 여권 핵심기관의 회의 내용과 참석자들의

발언 등이 상세하게 기록되었다는 것이다.〈가장자리 닷컴 인용〉

기막힌 이야기가 아닌가. 고정간첩 5만 명이 각 분야에 걸쳐 지하에서, 기생하여 활동하였다는 증거가 아닌가 한다. 그가 망명한지 27년이 지나고 있다. 그때 고정간첩 5만 명이 있다고 하였는데 지금은 얼마나 불어났을까, 한 번쯤 생각해 본 국민들이 있는지. 김대중 정부를 거쳐서 노무현 정부, 문재인 정부까지 간첩이라는 용어 자체가 사라졌다. 햇볕정책으로 우리 사회에는 간첩은 없다는 이야기다. 물만난 고기처럼 고정간첩 5만 명이 활동하기에 천국 같은 세상이 되었다. 우후죽순처럼 번져나간 좌파 세력들에 기생하면서 세를 확장시키기에 절호의 보금자리가 되었을 것이다. 사회 전반에 걸쳐서 암약하는 간첩들의 수는 몇 십만 명이 되었는지 쉽게 짐작이 가고도 남는다. 좌파 측에서는 간첩 이야기만 나오면 북풍으로 한몫 잡으려 한다고 맹공을 하여왔다. 실제로 북풍을 이용하는 세력들은 좌파들인데도 우파 병신들은 묵묵부답으로 이권과 안일에 자신이 앉은 방석이 썩는지도 모르는 어병이들의 집단이었다. 지성의 전당이라고 하는 각 대학에 주체사상이 침투되어 젊은 청년 학도들을 세뇌시켜 거리의 투사가 되어 국민 전체에게 큰 영향을 끼쳤다. 이들을 비호하는 기성 좌익 정치집단과 지식인들 시민단체들의 엄호하에 눈덩이처럼 불어났다.

교단을 굳건히 지켜야 할 선생들도 선생이기를 포기하고 노동자로 전락하였다. 여기에 붉은 세력들이 침투되어 양심의 상징인 선생들이 주체사상으로 의식화되어 전교조(전국교직원노동조합) 단체로 태어났다. 이들은 어린 학생들에게도 주체사상이 우월하다는 이념교육을 시키고 덕분에 좌파 동조세력과 간첩을 양산하는데 에너지를 주입하였다. 노동자들은 노동의 신성권을 악용하여 귀족 노조단체들이 여기저기 탄생되어 노동 천국을 만들고자 정치 투쟁에 앞장섰다. 그들은 거대한 정치집단으로 거듭 태어나 언론을 장악하여 민주노총의 명에 따르도록 하였다. 그들의 하수인들은 언론 본연의 사명은 어디에도 찾아볼 수 없었다. 정론도 없었고 직필도 없었다. 오직 민주노총의 하수인이 되어 거짓 제조기의 숙주가 되어 거짓선동의 대명사가 되었다. 국민의식을 올바로 이끌어야 할 언론은 어디에도 없었다. 국민 51%의 찬성으로 뽑아 놓은 대통령을 국정 농단이라는 희대의 거짓과 선동으로 몰아 붙여 탄핵에 일등공신들로 우뚝 섰다. 이들이 과연 어디까지 가려는지 불쌍하기도 하다. 거짓과 왜곡은 날로 확대 재생산되어 국민 전체가 거짓이 사실로 인식하도록 나팔수들의 공로로 돌아갔다. 금방 드러날 일들도 아니라고 오리발 내밀고 있다. 그 원흉은 아직도 건재를 과시하고 있는 세상이니 갈 때까지 간 모양이다. 과학적 증거를 제시해도 경찰이나 검찰 또는 법원의 판사들은 아니라고 한다.

고발하여도 조사한다는 소식을 듣지 못했다. 하기야 김일성 장학금 타고 학교 다녔으며 고시 합격하고 높은 지위에 앉아 칼자루 쥐었으니 발을 빼려고 해도 아니 되지, 돈 준 놈들이 그냥 둘리 없으니까. 스스로 동조하는 놈들은 간첩의 멍에를 벗어날 수 없고 아니더라도 동조할 수밖에 없는 올무에 걸려 벗어나지 못하고 있는 실정이다. 우리나라 법은 이현령비현령(耳懸鈴鼻懸鈴)이라 한다. 이렇게 생각하면 이렇고 저렇게 생각하면 저렇다는 것이다. 일사부재리(一事不再

理) 원칙도 책에나 있는 모양이다. 법을 만드는 입법부는 국민들 일부에서는 여의도 개 사육장에서 날마다 나라 말아먹는 일들만 골라 한다는 것이다. 들어도 싸다고 한다. 1원 한 장 받은 바 없는 대통령을 탄핵하였으니 백 번 천 번을 들어도 싸다. 이것은 영원히 세세토록 목줄이 될 것이라 한다. 무슨 특혜법이라나, 여야가 합의하여 통과시킨 법은 국민 세금을 물 쓰듯 퍼주고도 모자라 입에 담기도 거북한 각종 혜택을 준다니 이것도 법인지 국민들 불화만 하늘을 치솟는다. 사회 불평등을 촉진시켜 새로운 귀족세력들을 양산하였으니 하는 이야기다. 불법을 저질러도 끼리끼리는 동침을 하는 그들이다. 한국 정치는 도덕성을 빼고 나면 시중의 말처럼 시체나 다름없다고 한다.

그런데 현 정부는 다를 줄 믿었는데 한국 정치사에 그 유례를 찾아보기 어려운 불법 사례가 터지고 말았다. 그것도 여당 대표라는 자가 고발한 건인데 조사를 하고 보니 자기당의 권리당원(당비를 내는 당원)으로 밝혀지니 자폭 일보 직전이라 한다. 그 규모도 매머드급이라 하니 날아가는 참새도 웃고 갈 형편이다. 조사를 한다고 하는 자들은 감추기에 혈안이 되어 있다. 수많은 사람들이 댓글을 달았다고 고백을 하고 있다. 지난 대선부터 그 위력을 유감없이 발휘하였다는 증거들이 양파 껍질 벗기듯 하나하나 벗기고 있는 실정이다. 그 끝이 어디까지인지는 모르지만 참담한 심정이다. 이게 진짜로 나라인지 묻지 않을 수 없다. 서두에서 말한 것처럼 우리 사회에 구석구석 세작들이 구더기처럼 들끓고 있는데도 못 본 척 외면한다면 우리의 운명은 정해져 있다고 볼 수밖에 없다. 이것을 청산하여야 희망이 보이는데 그럴 능력도 의지도 없는 오늘의 실정에 원성만 하늘을 찌르고 있다.

우려가 현실로 2018년 5월 26일

날마다 경악할 일이 터지는 세상이다. 한반도는 용암 위에서 방황하는 무동력선이나 다름이 없다. 오늘 새벽에는 트럼프 대통령이 북미회담을 없는 것으로 하겠다고 한다. 세상이 깜짝 놀랐다. 22일에 한미 회담부터 이상한 조짐이 보이더니 그제는 북의 외상 김개남의 공격에 이어 최선희 부상이라 하는 자가 미국 부통령을 향해 입에 담지 못할 막말을 쏟아내더니 결국에는 트럼프 대통령의 울화가 터지고 말았다. 마피아 조직도 이렇게 막가파식은 아니다. 공격할 때는 철저히 상대를 고려하여 예를 갖추고 공격하는 것으로 알려져 있다. 그런데 유엔 회원국으로서 소위 나라라고 하는 북한이 마피아 폭력 집단보다도 못한 쓰레기 외교가 무슨 벼슬이라도 되는 것처럼 저질스러운 용어를 사용한다는 것은 설화(舌禍)가 무엇인지 보여주었다. 저들의 입장에는 벼랑끝 전술이라고 하지만 이를 당하는 입장이나 또 달리 지켜보는 나라에서는 어떻게 보일지 짐작이 가고도 남는 일이다. 개인 간에도 할 말이 있고 참아야 할 말이 따로 있다. 자존심을 건드리는 막말을 듣는다면 아마도 큰 싸움이 벌어졌을 것이다. 같은 조상님을 모시고 있는 동족이라는데 얼굴을 들지 못할 정도다.

외국 사람들이 무엇이라 생각할 것인가. 야! 너들 형제라고 하는 북쪽 사람들에게서 나라 간에 지켜야 할 신의와 예의는 찾아보려 해도 못 보겠다. 덤터기로 동질 취급할 것이 자명한 일이 아니겠는가. 창피하여 한국인이라 말도 못할 것 같다. 갈라선 이후로 항상 당하여도 찍소리 한번 내보지 못한 꺼벙이는 진짜로 남한이다. 마치 갓난아기 다루듯 오지랖에 싸서 이래도 좋고 저래도 좋다 하였다. 제 버릇 개도 못 준다는 말처럼 우리에게 하던 버릇 아무데나 통할 것으로 보는 모양이다. 시진핑을 두 번째 만나서 모종의 보호조치의 언약을 받고 간덩이가 배밖에 나와 외교적 참사를 일으키고 말았다. 완전한 비핵화는 처음부터 이루어질 수 없는 꿈이었다. 2100억 불로 비핵화 하겠다는 설이 있었지만 그것은 기만술에 지나지 않은 것이다. 돈에 나라를 팔아먹겠다는 것을 어느 누가 믿겠는가. 백두혈통 3대로 이어온 왕국을 돈에 매수되어 넘겨준다. 꿈같은 이야기다. 해결방안 중에 여러 가능성들을 제시하고 있지만 설상 미국이 원하는 북미 회담이 이루어진다 하여도 북한의 페이스대로 단계적으로 갈 수밖에 없을 것이고 이는 곧 북의 계획대로 가는 것이다. 이 경우에 우리는 계속 핵을 머리 위에 얹고 살아야 할 운명에 처할 것이다. 달라는 것은 무조건 줘야 하고 수시로 침범하고 만행을 저지를 것이 예상된다. 북은 이것을 원하는 것이다. 다음에는 어떤 방법이 있을까. 경제적 압박을 계속 가하여 고사작전으로 갈 것이다.

주변국들의 적극적인 협조가 선행될 때 쥐꼬리만 한 가능성이 보일 것이고, 이 경우에는 쥐가 고양이를 무는 경우가 발생할 것에 대비하여야 할 것이다. 또한 주변국들의 지속적인 협조도 의문이다. 다음에는 언론 보도처럼 코피 작전이 예상된다. 즉 필요한 곳에 필요한 만큼 폭격하여 항복을 받게 하는 방안이 검토될 것이다. 이것은 곧 김정은 정권 교체를 의미하고 체제를 바꾸는 방안 중에 하나일 것이다. 다만 남쪽도 상응하는 피해를 예상하여야 한다는 것이다. 가능성이 있다고 보인다. 다음에는 전 방위로 포격하는 방안이 이야기되고 있다. 이 경우에는 아마도 북한 땅은 지구상에서 사라질지도 모를 일이다. 중국의 개입도 염려가 되는 일이며 남쪽도 막대한 피해가 예상되는 대목이다. 다음에는 애치슨라인으로 후퇴하는 방안이 예상된다. 대한민국을 포기하는 방안인데 한미연합사를 해체하고 한미 방위조약을 무력화하며 미군 병력과 무기 장비 그리고 군속 요원까지 철수시키고 대한민국을 저들의 손에 넘겨주겠다는 것이다. 대신 일본과 대만 필리핀으로 태평양을 지키는데 큰 무리가 없다는 계획이다. 이 계획은 남한에서 결단코 반대할 것이다. 대한민국과 북한을 중국 관할권에 넘겨주는 방안도 검토 대상이다. 이를 경우에는 대만과의 빅딜을, 아니면 남중국해를 포함한 거래를 할 수도 있을 것이다. 이것도 남한에서는 도저히 수용 못할 일이다.

우리는 이 시점에서 무엇을 선택하여야 하는지. 현 문재인 정부가 추진하는 것은 연방제로 가자는 것이다. 연방제 장단점들은 이미 모두 노출되었다. 자유대한민국을 포기하고 북에 흡수되는 방안으로 가자고 한다. 이 경우에 자유민주주의를 포기하여야 하는데 외세의 개입없이 가능하리라 믿어지지 않는다. 대통령 외교 특보라고 하는 문재인은 입만 열면 미군 철수를 노래하고 문재인은 묵인하는 모습을 보면서 미국이 70년 공들여 키우고 지원한 대한민국을 포기하고 순순히 물러가리라고 생각하는 사람은 없을 것이다. 다른 하나의 우려는 대한민국 내에 심어진 세작들을 포함한 자생 좌파세력들과 우파들과의 내전을 예상해 볼 수 있다. 북은 이것을 노리고 있을지도 모를 일이다. 남쪽에서 지원세력들이 봉기한다면 남한을 접수하기에 한결 수월해지기 때문이다. 이 시나리오가 북의 입장에서는 가장 선호하는 방안 중에 하나일 것이다. 마지막으로 핵보유국으로 묵인하고 인정하는 경우를 생각해 볼 수 있다. 이 경우는 미국과 우방들이 반대할 것이기 때문이다. 핵무기로 세계질서를 위협하기 때문이다. 예를 들면 무장 이슬람 원리주의자들에게 핵무기를 팔아 핵전쟁을 야기할 수도 있기 때문이며, 반미 체제의 나라에 밀매하여 대미 카드로 사용될 수도 있기 때문에 미국은 모든 수단과 방법을 동원하여 이를 막을 것이다.

우리의 입장은 자유대한민국으로 흡수되길 우파뿐만 아니라 대부분의 좌파에서도 바라고 있다. 그러나 이것 또한 실현 가능성이 높지 않다는 분석이다. 그러면 서로 간의 최대 공약수는 무엇인가. 트럼프의 말처럼 일괄 타결이지만 단계적일 수밖에 없다는 것이다. 이것은 주변국들도 이해를 할 것이며 북이나 남한에서도 최선은 아니지만 차선은 된다고 보는 것이 현실적일 것이다. 통일은 역사에 맡겨야 한다. 역사는 반드시 기회를 만들어 주기 때문이다. 믿을 수도 있고 안 믿을 수도 있다는 전제하에 횡설수설하였다.

오월의 푸른 하늘 2018년 5월 27일

사람들은 오월을 계절의 여왕이라 한다. 오월에는 행사가 가장 많은 달이다. 아마도 사람 사는데 가장 적합한 달이기 때문일 것이다. 기온도 활동하기에 알맞고, 하늘도 푸른 날이 많으며 초목의 장생이 본격적으로 성장기에 접어들고, 각종 파종한 씨앗들도 새싹들이 모습들을 보이며 자연이 주는 혜택이 가장 많은 달로 보인다. 그중에도 고개를 조금만 들면 푸른 하늘은 사람들의 마음을 기쁘게 하고 희망을 심어주기 때문이다. 훨훨 날아다니는 새들처럼 비록 날지는 못할지라도 마음이라도 하늘 끝까지 날고 싶은 오월이다.

오늘을 살아가는 모든 사람들은 즐거움보다는 걱정거리로 고민하면서 세상과 더불어 함께한다. 눈만 뜨면 오늘은 황사(黃砂)가 많은지 적은 지부터 알아본다. 각종 정보기기들을 열어보고 황사가 적다, 또는 없다고 한다면 마음마저 기쁘게 하루를 열어갈 것이다. 황사 먼지를 마시지 않아도 좋기 때문이다. 구름 한 점 없는 푸른 하늘을 본다면 금상첨화가 될 것이다. 발걸음도 가벼워지고 콧노래도 절로 나올 것이다. 무엇인지 좋은 일들이 있을 것만 같은 마음이다. 해결되지 않았던 일들도 잘 풀릴 것으로 기대된다.

병상에 자리한 사람들은 창밖 푸른 하늘을 바라본다면 완쾌되리라는 희망도 있을 것이다. 누구나 마음의 여유가 생기며 사랑도 싹트기 시작할 것이다. 넉넉한 마음은 가족이며 친구나 이웃들과 함께 나눌 수 있기 때문이다. 사람들과 맺힌 매듭들을 풀어보고도 싶을 것이다. 보는 것 듣는 것 모두가 아름답고 즐거워질 것이다. 날마다 푸른 하늘이었으면 좋겠다. 환경의 소중함을 이처럼 간절하게 느끼게 하는 일들이 언제부터인지는 모르지만 생활화가 되었다. 어린 시절에는 환경이라는 것을 생각해 보지도 못한 시절이었다. 365일 구름 끼고 눈비 오는 날을 제외하면 남마다 깨끗하였으니 누구도 걱정 같은 것은 없었다.

태양이 가까워지면 강가 아지랑이가 하늘하늘 하늘로 올라가고 물안개에 졸졸 흐르는 개울물 소리는 어린 아기 자장가처럼 귀를 간지럽히고 있다. 개울가 버늘가지에 물이 올라가면 풀피를 민들이 불어보는 오월의 푸른 하늘이다. 에덴의 동산이 바로 이런 곳이라 생각되는 것은 무엇일까. 문명의 이기(利器)를 위하여 살아온 우리의 지난날 때문이라 생각하니 아쉬움만 남는다. 아무리 편익이 좋다지만 조금만 아주 조금만 생각하면서 개발하였다면 지금보다는 조금은 나아지지나 않았을까 생각하니 아쉬움만 남는다. 마스크를 쓰지 않으면 안 되는 세상이다. 밖은 항상 황사나 미세먼지로 가득하니 목구멍이 텁텁하고 입안에 먼지를 물고 살아가면서 각종 유해물질들이 함유된 독극물을 마시면서 생활하기를 얼마나 하였던가. 각종 질병들이 나타나는데 전에 없던 새로운 질병이 나타나니 이제 와서 그 심각성에 눈을 돌리기 시작한 모양이다. 기상청에서 발표하는 공기 질에 대하여 좋음, 보통, 나쁨, 아주 나쁨 등으로 분류한다니 그 심각성을 인정한다는 것 아닌가. 각종 가전제품 판매소에는 공기 정화기가 가득하니 얼마나 오염된 공기 속에 살아가는지 증명하고 있다. 오염된 공기는 모든 사람들이 보고 싶어 하는 푸른 하늘을 가리니 백해무익하다 할 것이다.

모름지기 오염된 공기로 인하여 인류가 멸망될지도 모르겠다. 그만큼 심각한 상태인데도 위정자들은 관심 밖의 일로 치부하는 것은 아닌지 염려가 된다. 푸른 하늘이 점점 줄어들면 어떻게 될까. 어둠의 그림자는 발등에까지 다가왔는데 젯밥에만 관심들 가지고 있으니 이를 마시면서 살아가는 만물들은 죽을 맛일 것이다. 과거에 1급수로 알려졌던 곳들은 발을 담글 정도도 못된다고 하며 1급수에서 살던 어종들은 찾아보려 해도 볼 수 없다고 한다. 국토 전체가 아니 지구 전체가 오염되었기에 하는 이야기다. 위로는 오염된 공기고, 아래로는 오염된 토양과 물로 생존하기 어려운 환경이 점점 심화되는데도 나와는 관계가 없다는 것이다. 어찌하여 관계가 없다는 말인가. 생존하는 모든 것들은 다 관련이 있다. 세상 참 편하게 살려는 사람들뿐이다. 조금만 어렵고 힘들면 모두가 고개를 절레절레 흔든다. 이것은 아니지 않는가. 너도 죽고 나도 함께 죽자는 것 밖에 안 되는 것이다. 서로 믿고 도우며 함께 해결하려는 노력이라도 있어야 하지 않겠는가. 두 개도 아닌 하나뿐인 땅이 아닌가. 매일매일 중국발 황사는 편서풍을 타고 황해바다를 건너 우리나라로 넘어 일본까지 오염시키고 있다. 그런데 중국은 아니라고 하는 현실에 대응 한번 못하는 우리나라를 보면 화가 절로 치민다. 현 정부는 신북방정책으로 중국을 중시하는 정책을 한다 하였는데 바로 황사로부터 북방정책이 시작되는 모양이다.

각 거짓의 대명사인 언론에서는 황사를 황사라 하지 않고 미세 먼지라고 한다. 황사 하면 중국이다 하는 이미지를 희석하고자 하는 모양인데 말도 안 되는 소리다. 아주 옛적부터 황사라 하였는데 지금에 와서는 미세먼지라고 한다. 각종 오염물질을 함유한 황사는 국민 건강을 크게 해칠 뿐만 아니라 푸른 하늘마저 가리고 있으니 그 피해는 오로지 우리만 당하는 것이다. 오월은 푸른 하늘이다. 가정의 달이다. 각종 행사가 많은 달이다. 만물이 본격적으로 생장한다. 어린이들의 세상이다. 자라고 활동 영역이 넓어지는 달이다. 꽃들이 만개한다. 세상이 넓어진다. 행락철이라 한다. 조상님을 생각나게 하는 달이다.

주말마다 도로는 주차장이 되고, 황사로 몸살을 앓는다. 높아진 푸른 하늘을 보는 날이 많아지기 시작한다. 마음이 설레게 한다. 집안에 있는 것보다 밖으로 나가고 싶어진다. 친구들도 만나보며 지나온 이야기도 듣고 싶어진다. 거칠 것이 없는 우리들의 세상이다. 그래서 오월은 계절의 여왕이라 하는 모양이다.

내일이 있어 행복하다 2018년 5월 29일

사람의 감정 기복(起伏)은 다양하다고 한다. 즐거움이나 슬픔, 고통들은 희로애락(喜怒哀樂) 속에 기인(起因) 하는 모양이다. 아침에 날이 밝아오면 다행한 일이다. 만약에는 아니지만 오늘이 없다면 또 내일이 없다면 사람들의 마음은 어떻게 나타날까 하는 의문이 가끔 의식을 일깨우기도 한다. 이 모든 것이 살아있다는 증거일 것이기 때문이다. 나의 존재는 곧 오늘이며 내일이 있다는 데서 시작이다. 그래서 내일이 있다는 것이 얼마나 소중한가에 대하여 감사하여야 할 것이다. 나는 곧 내일이며 내일은 바로 나 자신이란 이야기다. 내일은 기다림이고 꿈이며 희망이고 바람이다. 우리 마음속에 희로애락들이 끊임없이 경쟁한다. 기쁘고 즐거운 일이 있을 때는 그때가 바로 천국 같을 것이고 슬픔과 고통이 오면 지옥 같은 세상이 펼쳐질 것이다. 각고의 노력들이 내일이라는 시간 속에서 완성된다는 기대감을 갖게 하는 오늘이다. 오랜 병상에서 고생하다다가 천운으로 완쾌할 수 있다는 기대감을 갖게 하는 내일은, 행복한 내일이 될 것이다. 교통사고로 위급한 환자는 집도한 의사에게 제발 나를 살려달라고 애원하는 심정이며, 각자가 믿는 종교는 기도로서 구원하여 달라고 피를 토하는 기도를 할 것이다. 내일이 없다는 것을 생각해 보았는지, 무슨 의미를 부여할 수 있을까.

한 달 두 달 지나는 동안 그 이름마저도 잊힐 것이기에 내일은 매우 중요한 의미를 가진다. 나는 무엇인가. 나는 오늘이고 바로 내일이다. 나의 존재는 오늘이라는 시공간에 존재하며 내일이라는 기대치가 될 것이기 때문이다. 나는 나이지만 또한 나는 오늘이며 내일이기도 하다. 오늘과 내일이라는 속에서 나를 인식할 수밖에 없는 피창조물 중에 하나이다. 사람은 누구나 꿈을 먹고 살아간다. 꿈이 없다는 것은 희망이 없다는 것이고 심장의 고동 소리는 듣지만 의식세계가 없다는 것과 다를 바가 없다. 내일은 무엇인가. 행복인가 절망인가. 마음먹기 달렸다고 한다. 마음을 어디에 두느냐에 따라서 오늘이 즐거울 수도 있고 내일은 기쁨이 될 수도 있는 것이다. 내일은 사람들의 신뢰 속에 자리하고 있다. 창조주께서는 억겁의 세월 동안 내일이 있어왔다는 신뢰를 쌓이게 한 것이다. 그래서 사람들은 내일을 준비한다. 내일의 행복이라는 아이콘이 있기에 오늘이 즐거운 것이다. 그것을 위해서 죽을 수도 있는 것이 사람이다. 사람은 누구나 행복을 위해서 일생 동안 수고로움을 아끼지 않는다. 보폭을 느리게 빨리하기도 하고 때로는 쉬어가기도 하면서 앞서거니 뒤서거니 한다. 높은 고지를 향하여 평지도 골짜기도 낮은 언덕도 넘어지며 자빠지며 올라간다.

오직 오르고 또 오르는 것이 내일의 존재를 철석같이 믿고 있기 때문이다. 엎어지고 자빠지면서 영혼과 육신의 상처도 마다하지 않고 어떤 고통도 기꺼이 감수하면서 그리고 잠깐 동안이지만 즐겁고 기쁠 때도 함께하는 것이다. 마치 그것이 세상 전부인 것처럼 최선을 다하는 것이다. 저승사자가 문밖에 와있든지 않든지 문제시하지 않는다. 길가 만들레와 같이 밟아도 또다시 돋아나는 잡초처럼 오뚝이처럼 일어나는 것이 사람이다. 무엇 때문에, 이 모두 내일의 행복을 찾아서다. 천석꾼이나 만석꾼도 갈 때는 손바닥 활짝 펴고 간다. 무엇 하나 가지고 못 간다. 끼니를 걱정하는 사람이나 유리걸식하는 사람이나 마찬가지다. 그런데도 피를 튀는 경쟁을 하면서 내일의 행복을 찾아간다. 과연 그곳에 행복이라는 놈이 있는지도 모르고 꿈을 가졌으니 너도 그리고 나도 간다. 그것이 창조주께서 주신 사명이다. 오늘도 그 내일을 위하여 수많은 사람들이 오고 가는 길목에 자리하고 행복은 어서 오라고 손짓한다. 가다가 죽을지도 모르고 그냥 가는 것이다. 살고 싶어 가는 것이 아니라 심장이 뛰니 가는 것이다. 살아있으니 가는 것이다. 나도 뛰고 너도 가니, 나도 따라서 가는 것이다. 뚜렷한 목적이 있든지 없든지 별개다. 이웃사촌이 장터에 가니 나도 그냥 따라나서는 것이다. 끼리끼리 무리지어 함께 가는 것이다.

나의 존재는 고귀한 것이다. 존재는 곧 오늘이고 내일이다. 빛없는데 그림자 없는 것과 같은 것이다. 빛과 물체의 관계처럼 존재는 오늘과 내일이란 뜻이다. 김 서방 박 서방 같이 가세나 험하고 험한 세상 조금만 발을 헛디딜라치면 천길만길 낭떠러지에 떨어질 신세들인데 어깨동무하면서 가세나. 기쁜 일이나 즐거웠던 일 그리고 슬프고 고통스러운 이야기도 함께 나누면서 더불어 같이 가세나. 가야 할 길 아직도 가마득한데 어찌 혼자 외로이 간다는 말인가. 오늘아, 함께 즐겁게 동행하자구나. 내일은 꿈이란 놈이 기다리고 있으니 너와 내가 하나 되어 가자구나. 이것이 운명인지 숙명인지는 모르지만 계획된 길이 아니겠는가. 예정된 프로그램에 따라서 즐겁고 기쁜 마음으로 가자구나. 우리말에 기왕이면 다홍치마란 말처럼 기왕 가는 길 웃고 즐겁게 갔으면 좋겠다. 불평불만 가득히 얼굴 찡그리고 간다고 하여 누구 위로하여 줄 사람 없으니 더불어 가자구나. 한 번의 생각이 잘못되면 백 번 천 번에 이르도록 심화되어 돌이킬 수 없는 경지에 이른다고 한다. 믿음 가지고 신념을 가진다는 것은 좋기도 하지만 자신을 망치는 일이기도 하다.

오늘이 만족하였으니 내일 또 만족하리라 생각지 말아라. 그것은 또 내일의 일이다. 지금 내가 너보다 많이 가졌으니 너보다 더 행복하다고 한다면 오만하고 위험한 생각일 것이다. 내가 지금 높은 지위와 권력을 가졌으니 너희들보다 행복하다는 생각은 오만의 극치란 말이다. 이들 모두는 오늘만 알았지 내일의 행복은 모르는 사람들일 것이다. 아프리카 사바나의 동물처럼 더불어 살아간다. 떨어져 낙오하면 바로 오늘은 물론이며 내일도 없다. 나의 삶이나 우리들의 행복도 이와 무관하지 않은 교훈이다.

영면(永眠)의 세계 2018년 5월 30일

죽마지우 한 사람이 5월 24일 영면하였다. 메시지를 보는 순간 아 드디어 올 것이 왔구나, 내 가슴에 구멍이 나는 것처럼 찬바람의 휭하니 지났다. 웬일일까. 때 되면 누구나 모두 가는 길인데 허접한 마음 금할 수 없어 가슴앓이 하였다. 그는 향년 75세를 일기로 이 세상의 모든 일들을 훌훌 벗어버리고 하늘에 올랐다. 성은 김이요 이름은 광열이다. 코흘리개 친구 각자 형편에 따라서 전국 각지로 흩어져 열심히도 살았다. 만난 지 10여 년 전이다. 어려서부터 영민하였고 장래가 촉망된 친구라 기억하고 있다. 시골이지만 그런대로 밥술이나 먹는 집안에서 태어나 세상을 열심히 살았다.

5월 25일 아침에 폰 메시지에 부고(訃告)라는 글귀가 눈에 들었다. 마음부터 무거웠다. 내용인즉 5월 24일에 아버님께서 하세(下世)하셨다는 내용이고 26일 발인하여 경산시로 모신다는 내용이다. 며칠 전에 직접 통화를 했는데 말귀를 알아들을 수 없어서 옆에 누가 있으면 전화기를 바꾸라 하였더니 부인께서 받았다. 경과 얘기를 들어 보니 기동을 못한다고 하면서 울먹였다. 그것이 마지막이 되었다. 몇 년 전에 발병하여 서울로 정기적으로 진료를 하면서도 옛 친구 보고파서 모임에는 꼭 참석하였는데 매년 초췌해지는 모습이 안타까웠지만 별반 도움이 되지 못함이 아쉬움으로 남는다. 친구들 위하는 마음 남달리 헌신적이고 책임감이 매우 강한 친구였는데 그렇게도 만나고 싶어 했던 친구들도 남겨두고 떠났다. 돌아보면 그의 온기가 지금도 따뜻하게 전해오는 보배로운 친구였는데 무엇이 그리도 급하였는지 멀고 먼 외로운 길로 홀로 가버렸다. 기쁨도 즐거움도 슬픔과 고통도 모두 일거에 벗어던지고 영원의 세계에 입적하였다. 그곳이 너무도 아름다웠던 모양이다. 잔잔한 물가 푸른 풀밭 꽃들은 사시사철 만개하였고 천사들의 날갯짓에 벌 나비들이 춤을 추고 사자와 강아지가 함께 친구하여 뒹굴고 있는 소박하면서도 화려한 천국이다.

하늘은 푸르고 온갖 잡새들 노래하며 무지개 호수에 뿌리박고 하늘을 가라며 보이는 언덕에의 모두가 함께 하는 아름다운 궁전은 더불어 생활하는 곳. 그곳에서 그는 환한 웃음으로 내 꿈의 세계에 나타나 자랑할 것이다. 친구야 걱정하지 마라, 애석해 하지도 말아라. 눈물도 보이지 마라. 보는 바와 같이 나는 이곳 하늘나라에서 잘 지내고 있단다. 먹을 것, 입을 것 부족함이 없으며 필요한 만큼 채워주는 곳이 이곳이란 말일세! 어느 누가 시비 거는 사람 없으며 무엇을 할까 말까 하는 선택의 고민도 없단다. 살인이나 방화도 없다. 다툼도 없으니 전쟁도 물론 없다. 남을 시기하지도 않으며 질시하지도 협박이나 폭력도 없단다. 도둑이란 말도 없으며 사기 협잡도 없단다. 잘 살고 못 사는 것도 없으며 잘 나고 못난 사람도 물론 없단다. 권력을 가진 자 못 가진 자도 없으며 모두가 평등하단다. 이곳에는 민주주의도 공산주의도 없단다. 이념의 갈등은 찾아보려 해도 없단다. 환경을 오염시켜 생활에 불편함도 없는 곳이지, 황사나 미세먼지로 고통 받는 일도 없단다. 특히 나처럼 질병으로 고통스러워하는 사람이 없단다. 그러니 의사들을 눈 닦고 찾아보려 해도 없구나. 병이란 용어 자체가 없단다. 그러하니 백세 시대란 말도 없단다. 수천 년 수 만 년 세세토록 영원히 사는 곳이 이곳이란다.

이렇게 아름다운 세상에 왔으니 슬퍼하시지 말게나. 필요한 것 생각만 하면 채워주는 곳이 이곳이란다. 창공을 날아다니는 새들처럼 언제라도 훨훨 날아가고 싶은 곳 마음대로 구경한단다. 근심 걱정 없는 곳이야. 때로는 풀밭에 누워 푸른 하늘을 바라보면서 생각하곤 한단다. 내가 왜 일찍이 이런 아름다운 곳을 찾지 못하여 방황하였는지 모르겠다는 생각이 들기도 한다. 졸졸 흐르는 시냇가에 발을 담그고 있노라면 온갖 물고기들이 다가와 친구하자며 물장구치는 모습에 붉은 저녁노을에 비친 두루미의 은빛 날개가 유난히도 아름답게 보이기도 한단다. 수중의 세계는 또 다른 천국이란다. 나는 날마다 이곳에서 배고픔이 무엇인지, 아픔과 걱정도, 고통이란 것도 모르고 있으니 살판난 것 아닌가. 그곳에 나로 인하여 맺어진 인연들에게 너무나 미안한 마음 금할 길 없구나. 나 혼자 이 아름다운 곳에서 있다고 하니 정(情)이라는 것이 이다지도 질긴 것이구나 생각이 나기도 한단다. 친구는 갔다. 지인들에게 메시지로 연락하여 소식을 전하였다. 모임의 책임자에게 조문토록 하였으면 좋겠다는 의견을 제시하였다. 여기저기 친구들로부터 애석함을 주고받았다. 딱 두 번도 아니고 한

번뿐인 인생 그의 흔적들은 세월이 가면 서서히 잊힐 것이지. 남아있는 자들은 그의 살아온 발자취를 더듬어 후회 없는 여생이 되었으면 좋겠다. 기껏 살아야 8~9십인데 피붙이는 당연하며 옆에는 무엇이 있는지 돌아보고 이웃에는 누가 사는지 생각하며 친구들이랑 더불어 같이 살았으면 좋겠다.

경상도는 무엇이며 전라도는 또 무엇인가. 죽어 육신은 흙이요 바람인 것을 모두 하늘에 들기 전에 심판대에 설 것인데 천상의 길과 연옥의 길 두 길밖에 없는데 내 마음대로 선택할 수 있는 길이 아니라 공과를 따져 명하시는 길로 갈 수밖에 없는 이치를 수시로 가르치지만 나와는 관계가 없다 한다. 여보시오! 거기 벗님네야! 당신은 당신의 욕망에 합당하다고 생각하시는가. 아니면 부족하니 더 가져야 하고, 더 있어야 한다고 생각하는가. 욕심이 고무풍선이 되지 않기를 간절한 마음으로 기도한다. 고무풍선은 바람을 많이 불어넣으면 곧 터지고 말지, 한도가 있다는 말일세. 차면 곧 넘치는 것은 자연의 현상이지 넘치지 않은 것 무엇인지 찾아보시게나. 친구가 영원한 영면(永眠)에 들고 보니 세상이 새롭게 보이는구나. 한 단계 성숙하였으면 좋겠다. 친구들아 내 말에 귀 기울이기 간절히 바라네.

오르고 내리는 길 2018년 5월 31일

오늘도 수많은 사람들이 산에 오른다. 가까이는 뒷동산이나 앞산도 좋고 이름 있는 명산을 찾기도 한다. 전문가들은 해외로 원정 등산도 한다. 에베레스트를 정복한 세기의 등반가들도 있다. 정상에 올라본 자는 그 성취감에 매료되어 오르고 또 오른다. 사람의 성장과정도 정상에 오르기 위하여 밤과 낮을 가리지 않고 노력한다. 자신을 바로 세우기 위하여 단련(鍛鍊)하는 것이다. 바로 세운다는 의미는 정상에 오른다는 말과 다름이 없다. 누구나 모두 그것을 찾기 위하여 꿈을 먹고 살아간다. 정상에 올라보지 않은 자는 그것이 무엇인지 잘 알지 못할 것이다. 성취감이라 할까, 이루었다는 포만감이나 또는 자신감, 고통으로 이룩한 성공의 기쁨 등으로 표현될 것이다. 기독교에서는 예수께서 나는 길이요 진리며 영원한 생명이라 하였다. 나로 말미암지 않고는 하나님에게 올라갈 수 없다고 하셨다. 그 진리를 찾아야만 한다. 그 진리는 곧 예수를 찾았을 때를 말한다. 석가모니는 왕자의 신분을 헌신짝처럼 버리고 7년 동안 고행 끝에 각(覺)을 얻었다. 진리를 깨우쳤다는 말씀이다. 그리고 중생을 구제하려고 설법하였다. 유교는 견성(見性)하기 위함이라 하였다. 견성 역시 이치(理致)가 밝아졌다는 말씀이다. 진리를 깨우쳤다는 말씀이기도 하다.

마음을 바로잡고, 자리를 바로잡고, 이를 위해서 몸을 바로잡는다고 공자는 말씀하셨다. 이를 정위거체(正位居體)라 한다. 여기에서 몸을 바로잡는다는 것을 "도(道)"라고 하며, 나의 도(道)는 오직 일이관지(一以貫之)라 공자는 말씀하셨다. 이 말씀은 나는 오직 진리(眞理)만을 나의 길이라 말씀하신 것으로 이해하고자 한다. 여러 가지의 꿈과 희망 그리고 목적 달성을 위한 계획들을 실천하면서 열심히 살아가지만 종국에는 역시 성인들이 가고자 하는 그 길을 우리도 가고자 오르고 또 오르는 것이다. 오르고자 할 때는 사전에 준비를 철저히 하여야 한다. 우선 오르기에 합당한 체력을 위하여 열심히 단련하여야 하며 몸 구석구석 점검하고 이상이 없는지 자가진단이나 아니면 전문가의 도움을 받아서라도 반드시 거쳐야 한다. 등반에는 혼자는 힘들고 어려우며 때로는 위험이 닥치기도 하니 함께 너불어 오르는 것이 좋다. 우리 말에 세 사람이 가노라면 그중에 한 사람은 스승이 있다는 말이 있다. 무리 속에 유능한 스승이 있다면 등반에 필요한 지식을 습득하면서 힘은 들지만 즐겁고 기쁜 마음으로 오를 수 있을 것이다. 시야는 어디에 두어야 하고 발과 발목 그리고 무릎의 자세와 허리의 각도며 팔의 앞뒤 흔들기까지 호흡과 속도는 어떻게 하는 것이 이상적인 지도를 받는다면 정상에 쉽게 오를 것이다. 홀로 4시간 정도라면 스승과 더불어라면 2시간이면 목적지에 도달할 수 있다는 것이다.

인생도 마찬가지다. 그래서 스승을 찾는 것이다. 초등 6년 중고 6년 대학 4년 기본적으로 16년을 스승님을 모시고 배우면서 사회활동에 부족함이 없도록 나라에서는 제도권 교육을 시키고 있다. 이 얼마나 좋은 세상이냐. 사회에 나오면 먼저 활동하시는 선배들 모두가 스승이다. 각 기관 단체 등에서 수많은 무료 또는 저렴한 비용으로 교육받을 수 있는 기회가 많으니 이곳이 바로 천국이 아니겠는가. 옛날처럼 돈이 없어서 배우지 못하였다는 말은 지금에는 그 의미가 주목받지 못하는 것에 나는 동의하지 못한다. 먹을 것이 없어 배고픔을 느껴 보았는가. 입을 것이 마땅하지 않아 헤어지고 기워 입는 시대인가. 매서운 문풍지 우는 밤에 손바닥만한 이불에 사오 남매 발만 넣고 잠자는 어려웠던 시절 전설이 되었다지만, 여기에는 편익만 추구하고 힘들고 어려운 환경을 헤쳐가려는 의지도 노력도 보이질 않는다. 배에는 기름기 끼여 맛있는 것만 골라 먹는 오늘의 먹통들이다. 저 친구는 고급 승용차 타는데 나는 왜 못 타는 것이냐 하는 생각들, 저 친구는 군에도 안 가는데 나는 왜 군에 가야만 하느냐, 나는 거지 같은데 너는 왜 귀공자처럼 없는 것이 없느냐. 항상 내 탓이 아니고 남 탓에 익숙해졌으니 사회는 곪아 냄새가 천지에 진동한다. 이것이 오늘날의 우리 사회의 큰 병리현상이다.

젖 달라고 자꾸 보채니 정부에서는 무상복지만 눈덩이처럼 키우고 있다. 칼을 대면 반작용에 표 떨어지는 소리에 겁을 먹고 가장 쉬운 곳간 털어 무상으로 주니 적대적이던 사람들도 내 편으로 돌아오고, 흩어졌던 표들도 쓸어 담을 수 있는 방법만 골라하는 것이다. 곳간이 부족하면 빚을 얻어서 하면 해결되니 어찌 즐겁지 아니한가. 그 책임을 지는 세대들은 저놈들의 자식이라는 것을 잊고 있는 멍청이들의 집단인 모양이다. 나도 지금껏 살아오면서 듣도 보도 못한 소득 위주 경제성장 정책, 분배에 초점을 두어 퍼줌으로써 소득을 키워야 경제가 발전한다는 정책이다. 이름 있는 경제학자들도 한 번도 들어보지 못한 천국 나라 경제정책인 모양이라 비웃고 있는데도 아니라고 한다. 일자리 많이 만들어 고용 늘리고, 성장 위주 경제정책으로 오늘의 번영을 인정하지 못한다는 무리들이 청와대에 가득하니 앞이 보이질 않는다. 우리가 지금 정상에 머물고 있는 모양 세다. 대한민국호의 한계가 보인다는 이야기다. 이제는 내려갈 준비를 하여야 할 때가 왔다고 여기저기 그 징조들이 보이기 시작하였다. 특히 올라갈 때보다도 내려올 때 더욱 조심하여야 한다. 그것이 안전하게 하산하는 방안이다. 한 발 한 발 디딜 곳을 잘 찾아 조심스럽게 내려와야 한다. 그렇지 않을 경우에는 발목 관절이나 무릎이며 허리에 이상이 올 수 있다. 내려오는 속도를 조절하지 못한다면 큰 낭패를 당할 수밖에 없다.

그런데 우리의 현실은 그렇지 못하다. 마치 100미터 경주를 하는 것처럼 쾌속하는 모습에 모두가 걱정을 하지만 저들은 아니라고 한다. 무상 이전 소득이 근로소득을 앞질렀다고 하니 보통 낭패가 아닌 것 같다. 우리가 너무 잘 살고 있으니 빨리 못살게 하여 북쪽과 어느 정도 밸런스를 맞추려는 의심이 들기도 한다. 그것이 연방제에 도움이 될는지는 모르지만 이것에 동의하는 좌빨들도 그리 많지 않다고 보이며 손뼉 치는 사람들은 간첩들뿐이라 생각된다. 문재인 정부의 경제정책은 세계사에 처음 시도해보는 연습장이 대한민국인 모양이다. 홍망성쇠란 역사 속에서 배웠는데 내 대에서 내 나라에서 본다니 말문이 막힌다. 소리 질러 보았자 어느 누가 귀담아들을 사람도 없는 현실에 눈물이 앞을 가린다.

미련은 꼬리를 물고 2018년 6월 1일

어릴 때 술래잡기 놀이가 생각난다. 꼭꼭 숨어라 머리카락 보인다. 술래가 된 아이는 열심히 찾아다는 게임이다. 요사이 세상 돌아가는 꼴을 보니 숨고 찾고 하는 연속 게임이다. 그런데 이상한 점은 게임의 주인공은 분명히 미국과 북한인데 나도 너도 끼워달라고 한다. 우리나라를 비롯해서 일본, 중국, 러시아다. 서로 찾고 숨고 하는 경과를 보니 지금쯤 게임에 참여하고자 하는 적당한 시점이라 생각하는 모양이다. 우리나라는 밥상을 차리기까지 노력하였다. 또 국운(國運)이 걸린 당사자다 보니 참여하여야겠다는 의지가 강하여 과욕을 부림으로써 패싱의 우려가 짙어지고 있다. 국민들은 안타깝다는 것이다. 지금도 반미에 앞장섰던 종북 좌빨들이 나라를 경영하는 입장임을 그들은 너무도 잘 알고 있는데 패싱을 당하여도 당연한 일이 아닌가 한다. 밥상에 숟가락 놓겠다고 한다. 중국과 러시아가 그들이다. 북·중·러시아 3국이 회담을 한다는 보도를 보았다. 본색을 드러내고 있다. 바다 건너 일본은 트럼프를 시도 때도 없이 만나 몫을 챙기려는 모양이다. 이쯤되면 조선말을 연상케 한다. 먹잇감을 앞에 놓고 너도 나도 집어삼키던지 아니면 이권을 챙기려는 마수의 손길들이 100여 년 만에 재현하고 있다. 무엇이 잘되고 잘못된 것인지 따지는 일은 시기가 지났다. 그럴 시간이 없다는 현실이 참담하다. 매일 들려오는 소식들에 일희일비할 일은 아니지만 분명한 것은 짙은 안개로 한치 앞을 바라볼 수 없다는 것이다.

막연히 잘 될 것으로 미련이 지속된다는 것이다. 입만 열면 우리끼리라고 노래하였는데 우리끼리는 들개가 물어갔는지 사냥개가 챙겨갔는지 찾아볼 수 없다. 또 당국자 회담을 한다고 한다. 넘치려는 모양이다. 6·12 북미 회담의 진행을 보아가면서 돌다리도 두드려 가면서 해도 충분하다고 한다. 그런데 그간을 참지 못하고 우물가에서 숭늉 찾고 있다. 며칠 전에 민간인 방북을 허용하였다. 나팔수들이 너도 나도 자랑하는 것 보고 불편한 마음 가득하였다. 고질병이 재현되는 모습이다. 이번 남북 당국자 회담에는 마치 완전한 비핵화가 이루어진 것처럼 철도 전문가를 참여시켜 북쪽의 전근대적인 기간산업에 적극 참여하겠다는 것이다. 또한 이산가족 상봉 사업도 논의하겠다고 한다. 변수(變數)들이 너무 많아 상수(常數) 계획에 차질이 생길지도 모른다. 안갯속에 막연한 미련만 갖고 넘치는 것을 바라만 보고 들어도 스트레스다. 중국과 러시아가 미국이 주도하는 CVID(완전하고 거슬릴 수 없는 비핵화)에 젊은 김정은을 요리하려는 것은 매우 염려되는 대목이다. 그들은 6·25전쟁을 사주하였고 직접 참여한 분단 70년의 원흉들이다. 어제의 적이 오늘의 동지가 된다는 국제사회이지만 염려하지 않을 수 없다. 북·중·러 회담에는 분명히 새로운 변수를 생각하지 않을 수 없다. 아마도 미국도 크게 염려할 것이다.

아침 뉴스에 트럼프는 6·12회담이 열릴 수도 있고 연기될 수도 있다고 한다. 또 두 번, 세 번에 걸쳐 열릴 수도 있다고 한다. 그의 전직이 사업가였다고 하니 장사꾼의 홍정은 익히 예상은 되지만 도를 넘는 것 같다. 마치 시전(市廛)에 물건 사고파는 홍정의 모습이란 말이다. 더욱 안갯속이다. 연막을 치고 있는 것은 아닌지 들여다보고 대응하여야 할 것이다. 정말로 낙동강 오리알이 되는지도 모르겠다. 비핵화라는 것도 형식은 일괄 타결이라지만 전문가들의 얘기로는 상당한 시간이 걸린다고 한다. 이를 북측에서는 단계적 비핵화로 보는 것일 것이다. 핵 시설물을 제거하고 핵물질과 핵폭탄을 포함한 미국으로 반출하는 일이며 또한 운반수단들도 반출하여야 한다고 한다. 그리고 마지막으로 핵과학자들까지 국외로 이주시켜야 하며 완전한 검증이 이루어질 때를 가리키는 것이다. 맞는 말일 수도 있다. 이러한 수많은 난제들을 하나하나 풀어보자는 것이 북미의 6·12회담이다. 말꼬투리 잡고 늘어지는 북측의 주장들을 볼라치면 거의 불가능에 가까울지 않을까 한다. 무슨 존엄이라는데 신성불가침이다. 여기를 건들면 지병(持病)이 발작하곤 하는 것이 상례다. 전지전능하신 존엄이다. 살아있는 지존인데 누가 감히 헐뜯느냐는 것이다. 절대군주도 없을 때는 마음 놓고 욕도 하였다는데 안중에도 없다. 지존을 입에 올린 것 자체가 금기사항이다. 고모부를 고사포로 공중분해하고 이복형을 독살시키는 폐륜 중에 폐륜을 저지르고도 아무 일 없단다. 이런 나라와 회담한다. 과연 성공할 것인지에 대하여는 의문이다. 다만 미련만큼은 못 버리겠다. 내가 살아 숨 쉬고 있고 내 자식들과 손

자녀들이 살아 숨 쉬는 이곳에 혹여라도 무슨 나쁜 일은 일어나지 않아야 되겠다는 자그마한 미련 말이다. 그런 미련 때문에 나는 이 글을 쓰지 않을 수 없다는 것이다. 이 생각은 혼자만의 생각은 아니다. 모든 국민들이 바라고 있는 미련이다. 어떻게 전개될 것인가에 대하여는 우리가 힘이 모자라니 남의 힘을 빌려보고자 하는 것이다. 어찌하겠는가. 핵 개발에 크게 일조하였는데 지금도 하는지는 모르지만 걱정이 앞선다. 날마다 못 주어서 안달이 난 현 정부이지만 불법과 적법을 떠나서 현실적으로 칼자루를 갖고 있으니 감시감독을 철저히 하여 더 이상 국민들을 배신하는 일은 없어야겠다는 것이 나의 생각이다. 우리에게는 다가오는 6·13 지방선거가 분기점이 될 것이다. 현 정부여당은 압도적인 승리를 지금부터 자축하고 있다. 북미 회담이 성공을 하던 실패를 하던 승리는 따놓았다고 기염을 토하고 있다. 모든 국민들이 바라고 좋아하는 평화 이미지를 확실히 씌웠기에 실패한다면 그것은 우리의 문제가 아니라고 회담 당사자라 할 것이다. 반미 분위기를 즐기면서 지금껏 해왔듯이 선전선동에 광분할 것이다.

회담이 성공한다면 현 정부의 치적으로 돌릴 수 있기에 해보나 마나 한 선거라는 것이 저들의 선거 전략이 될 것이다. 우파라고 하는 어중이떠중이 작자들은 아직도 남의 다리만 긁고 있는 것은 아닌지 지피지기면 백전백승한다는데 백전백패하는 우(愚)를 범한다면 모두가 동해 바다로 가야 할 운명에 처할지도 모를 일이다. 미련을 버리지 못하고 가슴앓이 하면서.

협상의 미로 2018년 6월 2일

나이가 많아지면 노안(老眼)의 온다고 한다. 대부분의 노인들은 안질(眼疾)로 고생을 하지만 그러려니 하면서 살아간다. 사물(事物)을 제대로 보지 못하니 알기도 어려워진다. 상(像)이 이중(二重)으로 보일 때도 있고, 뒤틀려 보이기도 하며 식별이 어려울 정도로 흐려지기도 한다. 안과에는 노인으로 북새통을 이룬다. 백내장이 온다니 관리를 잘 하시라고도 하며, 심하면 수술을 하여야 한다고 한다. 또 다른 사람은 녹내장이 와서 수술하러 왔다고 하는 사람도 있다. 기계도 사용 연수가 많아지면 여기저기 고장이 난다. 이와 마찬가지로 사람도 거쳐 가는 과정이다. 이러한 현상은 비록 눈에만 한정된 것은 아니고 몸 전체에 일어나는 필연이란 것이다. 또 육신에만 있는 것도 아니다. 의식(意識) 세계에도 나타난다. 사물의 이치(理致)를 궁구(窮究)하는 일련의 능력을 인식(認識) 하는 작용을 이르는 말로서의 의식(意識)도 올바른 견해를 할 수 없다는 것이다. 다시 말해 사물이나 일에 대하여 개인적 또는 집단적 감정이나 견해나 사상 등에 문제가 일어난다. 늙어가는 일반적인 현상을 부인하고 싶지는 않지만 아직은 아니고 싶다. 이것이 대부분의 늙은이들이 한결같이 주장하는 노래다. 몸은 늙어도 마음은 청춘이라 한다. 이 말은 곧 나는 늙었소이다 하는 말이다. 작금의 한반도 비핵 문제로 6월 12일에 북미 회담이 있을 것으로 보인다. 한반도 주변에 첨예한 이해관계가 있다고 주장한 한국, 일본, 중국, 러시아 간의 뜨거운 외교전이 진행되고 있다. 한국은 미국에 업혀있으니 당연한 것이고 한발 비켜있는 일본 중국 러시아는 아전인수식으로 이권을 챙기려는 모습을 바라보니 마음 편할 리 없는 것 당연한 일이다. 막말로 집안싸움에 재판관이 재판을 하고 있는 중에 검사의 논고에 대하여 변호사들이 변호 비용이라도 챙기려는 모습과 흡사하다. 아니면 조폭들의 다툼의 자리에 동서남북 내노라 세를 과시한 폭력조직들이 자파 이익에 지원을 하는 것과 같은 이치다.

협상이라고 하는 것이 주고받는 것이 있어야 테이블에 앉는 것이다. 미국은 재판관으로 모두가 인정하고 있으니 제외하고 한국은 무엇을 가지고 있고 무엇을 줄 수 있는가. 아마도 첨단 기술과 경제력에 무게를 둘 수 있으며 다른 나라에서 침을 삼킬 수 있는 먹잇감이다. 북한이 가진 것은 핵무기이며, 남한을 좌지우지하는 역사적 사실이나 정보를 가지고 있을 것으로 보인다. 아쉬운 것은 체제 보장이 최대 숙원이며, 경제개발에 필요한 자원이다. 중국은 힘과 돈을 가지고 있으니 덩칫값을 할 수 있다고 생각하는 모양이다. 피로 맺어진 혈맹이며 먹고사는 문제를 해결해 주겠다는 점을 강조하면서 한반도 통일에 필요충분조건을 갖추고 있다는 것이다. 또 중국이 바라는 바는 미국을 넘어 세계 1위로 등극하는 꿈을 이루기 위해서는 한국이 갖고 있는 첨단 기술이 절대적으로 필요한 것이다. 러시아는 천연가스라는 지하자원이 풍부하다는 이점과 극동지역 개발에 참여 기회를 주겠다는 것이며 체제 보장에 일조할 수 있는 우방임을 강조할 것으로 보인다. 일본은 주변국들과 역사적 껄끄러운 문제를 해결하고자 미국을 등에 업고 기술과 자본을 줄 수 있으며 각종 개발에 참여하여 이익을 추구하겠다는 속내이다. 각국이 협상에 유리한 고지에 오르기 위하여 갖고 있는 장단점들을 검토해 보고 퍼즐을 짜 맞추는 작업이 협상이다.

얽히고설킨 실타래를 풀기는 미로만큼이나 어려울 것이다. 미국은 한반도 완전한 비핵화에 무엇을 기대할까. 수십 년간 앓던 이빨과 같은 북 핵을 해결함으로써의 핵 위협으로부터 벗어나고, 세계질서의 지도국으로서의 위상을 확고히 할 것을 기대하면서 미국의 국익을 극대화할 것으로 보인다. 그러기 위하여 분쟁이 있는 곳은 해결할 수 있다는 능력을 보여줌으로써 활용할 것으로 믿어진다. 이를 이루기 위하여 동맹국들과 함께 아니면 독자적으로 능력(무력)을 과시하고자 할 것이다. 예를 들어 비핵화를 이루고 북한을 개방하여 우군에 편입시켜 체제 보장을 한다는 시나리오도 검토 대상이 될 것이다. 이럴 경우 남한이 자국에 필요한 위치인지 검토 대상이 될 수 있다는 것이다. 한마디로 남한을 패싱시켜도 태평양을 지키는데 아무 문제없다면 그 가능성이 있다고 보인다. 또한 경쟁국인 중국에 대하여는 북한에 미군이 주둔한다면 확실한 제어가 가능하기 때문이다. 이는 오직 김정은의 결단에 의하지만 그 가능성은 희박한 것으로 보인다.

다음으로 한국을 동맹국으로 남겨두고 비핵화에 성공하고 북한 체제를 보장하는 경우를, 주변국들 포함하여 최선은 아니지만 차선은 될 것으로 보이는데 개방 물결로 북한 내부의 동요를 염두에 두어야 할 것이다.

이렇게 된다는 가정에서 미국의 국익에는 마이너스 요인은 없다는 것이다. 다만 한국이 현 정부가 신북방정책으로 중국 쪽에 기울어지는 경우를 감안하여야 할 것으로 보인다. 다음은 중국과 한국 그리고 북한과의 얽히고설킨 문제는 먼저 중국에서는 역사적으로 사대를 받아왔기에 그러한 자세는 지속될 것으로 보인다. 중국은 국내적으로 여러 문제들이 있지만 오직 세계를 제패하는 것이 꿈이다. 현재 삼성이 보유하고 있는 최첨단 기술을 들여와야 하는데 실현 가능성은 희박하다. 한국에 힘으로 밀어붙일 수도 없으니 북한을 이용하고자 할 여지가 있다. 우리가 너의 체제 보장과 경제개발을 시켜 줄 것이니 한국에 영향력을 행사하여 한국의 첨단 기술을 공개토록 압력을 넣는 방법이다. 이 방법이 가시적 우려를 낳을 수 있는 일이 발생하였다. 정부에서는 삼성이 세계 1위로 보유하고 있는 반도체 메모리 분야의 공장 위치와 내부 그리고 제작 과정을 공개하라고 하는 보도가 그것이다. 도저히 있을 수 없는 일을 정부가 요구하고 있다. 정부가 보호에 앞장서야 할 입장인데 그대로 넘겨주자는 것이다. 여기에 어떤 힘이 존재하였을까? 중국 미국 러시아 그리고 일본을 둘러보아도 북한 외에는 없다는 결론이다. 한국이 북한의 말을 듣지 않을 수 없는 조건이 무엇인지 살펴보자는 것이다.

현재 좌파 정부의 뿌리는 김일성 주체사상이라는 것은 모두가 인정할 것인데 한국 내의 주체사상은 김대중 전 대통령 사단으로 거슬러 올라간다. 김대중 사단은 바로 5·18로 보아야 할 것이다. 5·18에 대하여 북한 관련 사실을 김정은이 가지고 있다. 이것을 공개하겠다는 협박을 하고 그 협박에 꼼짝달싹할 수 없는 한국의 좌파 정부이기 때문이다. 5·18의 진실이 밝혀진다면 바로 좌파 정부는 무너지고 대 혼란이 일어나기 때문이다. 김대중은 5·18이고 그 5·18은 바로 현 좌파 정부이며 좌파세력들이기 때문이다. 이것이 공개되고 중국이 돈 한 푼들이지 않고 세계 제1의 첨단 기술을 갖는다. 반대 급부로 상상할 수 없는 보상이 한국 정부에 그리고 북한으로 보상될 것이기 때문이다. 북한 입장은 꿩 먹고 알 먹는 협상이다. 한국의 소득위주 경제정책은 하향평준화에 초점을 두었으니 기업을 옥죈다는 것은 바로 연방제에 가까운 환경에 부합되며, 막대한 보상금이 중국으로부터 들어오니 횡재하는 셈법이다. 대한민국 5천만 국민들이 바람앞의 촛불이다. 이 엄청난 위난을 우파라고 하는 어중이떠중이들이 감당하기에는 역부족이다. 위급할 때는 언제나 그래왔듯이 이웃에게 도와달라고 하소연하는 것이다. 이것이 우리의 우파들의 민낯일 것이다. 오늘은 이쯤에서 맺고자 한다.

나라는 풍전등화 같은데 2018년 6월 8일

날마다 새로운 소식이 국민을 깜짝 놀라게 한다. 눈과 귀를 의심케 하는 내용들이다. 한마디로 나라는 풍전등화에 처하였다. 모든 것이 좌파 정부의 계획대로 진행되고 있는 경천동지할 만한 드루킹 사건이 완전히 묻히고 말았다. 지방의 일꾼 뽑는 선거에 매몰되어 사라지고 말았다. 민주노총이 장악한 언론노조에 의하여 전파에서 사라지고 말았다. 어찌하여 모든 언론에서 한결같이 보도창을 닫고 있는지 이해를 할 수 없다. 자유대한민국이 맞는지 돌아보지만 답이 나오질 않는다. 마치 북한 방송을 보는 것 같다. 이 땅이 벌써 적화되지 않고는 도저히 있을 수 없는 현상이 문재인 정부가 탄생하자마자 일어난 현상이다. 밀고 당기면서 어렵게 특검이 발족하였다. 선거 기간 중에는 소환할 수 없단다. 무슨 이런 개 같은 주장이 있는가. 핵심 관련자로 드러난 경남지사에 출마한 문재인의 복심이라는 김경수를 두고 하는 이야기다.

이를 소환할 수 없다고 모든 언론에서 김 빼기 작전에 동원령이 내린 모양이다. 댓글 조작이 있었는지 없는지도 가마득히 잊혀버리고 말았다. 가뜩이나 냄비근성으로 쉽게 잊어버리는 국민성을 잘 활용한다면 영원히 묻힐 수 있다고 보는 것은 아닌지. 특검이 발족하여 본격적으로 활동하기까지는 준비기간을 감안한다면 아마도 6월 하순이 되어야 가능하다고 한다. 권력을 추종하며 권력에 시녀가 된 세력들인 경찰이나 검찰 등도 감추고 은폐하기에 상당한 시간을 소비하였는데 백일하에 속속들이 드러날지는 의문이다. 정치적 소란만 요란하다가 지방선거와 비핵화에 묻히고 말 소지가 상당한 개연성이 있다. 그러나 힘없는 국민들은 하늘만 쳐다보듯 작은 희망이라도 가져 볼 수밖에 없다. 더구나 한술 더 떠서 과거 정부에서도 댓글 조작이 있었다고 모든 나팔수들을 동원하여 보도하고 있다. 저들의 상투적인 물타기 수법이 재현되고 있는 모습을 보았다. 이런 와중에 우리에게는 운명을 결정지을 만한 대형 사건들이 두 가지가 있다. 그 하나는 북미 비핵화 회담이요, 다음으로는 6·13 지방선거다. 나라 밖에서는 6월 12일 북미 회담을 두고 치열한 외교전이 진행되고 있다. 완전한 비핵화에 목적을 두었다지만 쉽사리 이루어지리라고는 보지 않는다. 북한의 목숨줄이 핵 개발이었는데 그것도 3대에 걸쳐서 개발하였는데 포기한다, 가능하겠는가. 오히려 목숨을 내놓으라고 하는 것이 쉽지 않을까 한다.

그러니 절대로 비핵화는 불가능한 것이다. 태영호 공사의 말처럼 남한 정부의 멸절(滅絶)을 오래전 조부 김일성으로부터 계획되었다고 폭로하였는데 딱 맞는 말이다. 무력통일도 미국 때문에 불가능하고, 남한 내 심어 놓은 세작들을 통하여 반정부 세력들을 키워 폭동이나 시위를 일으킴으로써 적화통일을 노려보았지만 찾아온 기회도 놓치고 말았다. 비핵화의 문제는 남북한의 통일만큼이나 어렵다. 그것은 모두 잘 아는 바와 같이 한반도를 둘러싼 역학관계가 복잡하기 때문에 남과 북이 원한다고 하여 이루어지는 것이 아니기 때문이다. 북미 회담이 6월 12일이면 5일 남았는데 지금까지 진행된 내용을 보면 점점 미궁 속으로 빠지는 중이다. 조선 말에 한반도를 차지하기 위한 주변국들 마수(魔手)의 손길과 6·25전쟁 전후를 통한 주변국들의 침략과 이권다툼이 지금의 상황과 너무나도 같지 않은가. 그것도 100여 년 만에 두 번씩이나 먹히느냐 아니냐의 풍전등화(風前燈火)에 놓이고 말았다. 트럼프의 말처럼 형식은 일괄타결에 두고 각론은 단계적일 수밖에 없는 것이 현실이다. 이것이 미국으로서는 최선은 아니지만 차선책은 될 것으로 보이며 북한과 남한을 비롯한 주변의 이해당사들은 적어도 당분간은 현상 유지가 될 것으로 보인다는 것이다.

특히 밥상을 함께 하였다는데 좋아할 것으로 보인다. 또한 간과할 수 없는 일은 비핵화는 바로 남북한의 통일로의 길이 열릴 수 있다는 전망이 빠르게 다가올지도 모를 일이다. 통일은 원한다고 이루어지는 것이 아니고 흘러가는 역사가 만들어 줄 때 이루이지는 것으로 보고 역량을 키우는 일이 대천명(大天命)하는 길이다. 역사라는 것은 호수처럼 고인 물이 아니고 대해를 향해 끊임없이 흘러가는 것이다. 소리 없이 조용히 흘러가다가 여울을 만나 졸졸 노래도 하면서 흐른다. 경사가 심하면 급하게 물결을 이루고 속력을 내기도 한다. 또 바위에 부딪쳐 깨어지면서 가다가 폭포수를 만나 곡예도 하면서 흐르는 것처럼 역사도 그렇게 흘러가는 이치를 안다면 때를 기다리면서 힘을 키우는 것이 최선의 방안이다. 내가 아니면 안 된다는 오만은 버려야 나라가 살고 국민이 사는 것이다. 나라 안에서는 사라진 이념(理念)갈등으로 한치 앞을 예측하기 어려운 실정이다. 6·13 지방선거에 좌우의 대립을 목전에 두고 있다. 목하 분위기는 우파에서 대패하는 것으로 전문가라고 하는 평론가들이 주장하고 있다. 그것이 사실인지 아닌지는 뚜껑을 열어보아야 하지만 염려하지 않을 수 없는 현실이다. 좌파는 지방선거 승리를 하고 여세를 몰아 해가 바뀌기 전에 헌법을 개정하여 낮은 단계 연방제의 법적 근거를 마련하고자 질주하고 있는 실정이다.

그러기 위하여 나라의 모든 틀을 개조하기에 앞장서 왔다. 소통은 누구와 소통하였는지 반대하는 사람들하고 소통 한 번이라도 해 보았는지 묻고 싶다. 누구 말처럼 내 갈 길을 가겠다는 것이다. 대화해 보았자 별 소득도 없을 것이 자명하니 아까운 시간 낭비하지 말고 계획대로 밀고 나가겠다는 것이다. 이러한 무소불위의 독재를 보다 못한 역전의 어른들께서 현충일날 광화문 광장에서 대한민국 수호 비상국민회의 대규모 집회를 가졌다. 모름지기 100만이 훨씬 넘는 국민들이 태극기 들고 외쳤는데 TV조선에서 약 10초가량 보도된 것이 전부다. 대다수의 우익단체들이 모여 외친 집회를 보도할 가치가 없다고 판단한 모양이다. 이것이 문재인 정부와 추종하는 모든 집단들의 생각이다. 여론조작이라는 것이 증명해 주고 있는데도 아니라는 것이다. 우리가 왜 분단되었을까 하는 의문이 꼬리를 문다. 해방 이후 좌우의 갈등이 결국에는 하나 되지 못하고 두 개로 나누어진지 70

돌을 맞이하였는데 그때의 현상이 남한 내에서 다시 일어나니 풍전등화라는 것이다. 어떻게 하여야 할까. 가장 손쉬운 방법은 남한 내에서 또 갈라서는 게 가장 쉬운 방법은 아닌지 염려가 되는 대목이다. 이것이 아니면 좌파라고 생각되는 사람들은 남로당 당원들처럼 봇짐 싸서 북으로 넘어가는 방안도 있다.

그도 아니라면 적화통일을 하는 방안도 꿈꿀 수 있을 것이다. 어느 하나 실현 가능성은 하나도 없다. 이념이 다른 사람들끼리 동거하는 사례는 한쪽의 힘이 월등히 강하였을 경우에는 가능하다. 그러나 엇비슷하다면 내전이 일어날 수밖에 없는 것이다. 이것으로 세력 불균형이 되어야 적어도 당분간은 동침이 가능하다고 보인다. 두 개의 난제를 어떻게 풀어야 할까. 비핵화의 문제는 한발 비켜있으니 그렇다 하더라도 지방선거는 나라 안에서의 선거이니 우리 손으로 바로 세울 수 있는 절호의 기회라는 것이다. 이 기회를 놓친다면 어떤 위난이 올 것인지는 각자의 몫이다.

정말로 싫다 2018년 6월 11일

너무 오래 살았는가? 요사이 무척이나 그런 생각이 들기도 한다. 볼 것 못 볼 것 많이도 보고 들었지만 요사이만큼 싫은 적도 없다. 국가가 처한 여러 상황이 창자가 끊어질 만큼 싫다는 이야기다. 나의 조상님들께서 이보다 더한 고통도 당하였다고 생각하니 눈물이 앞을 가린다. 이민족들에게 금수(禽獸)만도 못한 취급을 당하였다는 지난 역사를 돌아보면 저주하여도 모자랄 원한에 나도 모르게 치가 떨린다. 대한민국이 누구의 나라인가. 김정은의 나라인지 트럼프의 나라인지 분간이 가질 않는다.

어찌하여 내가 살고 있고 우리나라라고 굳게 믿고 살아온 지난 세월은 무엇인가. 모두가 거짓이란 말인지. 아니면 남의 나라에 살아왔다는 것인지 나 자신이 싫다. "하느님이 보우하사 우리나라 만세!"라고 노래하였는데 우리나라 만세는 어디론가 사라져버렸다. 태어나면서부터 목이 쉬도록 노래한 대한민국은 어디에 가버렸나. 조상님들께서는 초근목피(草根木皮) 하면서도 의식(意識)세계는 공자님도 부러워하였는데 동방의 등불이라 하였는데 그 등불은 어디로 가버리고 암흑천지가 되어버렸는지 통곡할 일이다. 불의(不義)한 일에는 목숨도 초개(草芥)같이 버렸는데 정의(正義)가 살아 세상에 충만하였는데 어디로 가버렸나. 누가 어느 놈들이 몹쓸 짓을 하였는지 주리를 틀고 싶구나. 예의(禮儀)는 온 세상이 부러워하였는데 하늘로 올라가버렸는지 땅속으로 숨어버렸는지. 찾아보아도 찾을 길이 막연하구나. 나라 안에서는 멍청한 보수 우익이라고 하는 자들은 이권과 안일에 안주하여 깔고 앉은 방석이 썩는 것도 외면하였다. 사리사욕과 끼리끼리 정권욕에 빠져 국민들이 뽑아 놓은 대통령을 탄핵하였으니 백 번 천 번 욕먹어도 싸다. 자손대대로 올가미가 씌워질 것이다. 정의는 사라졌고, 의리(義理) 또한 사라졌다. 배신이 낳은 오늘의 풍전등화(風前燈火) 같은 위기다.

이러한 상황을 초래한 개만도 못한 쓰레기들이 아직도 화면에 등장하니 갈 때까지 가버렸다. 돌이킬 수 없는 원행(遠行)을 하고 말았다. 조용히 물러나 대대로 자숙하고 반성하면서 용서를 빌어도 될동말동한 잡놈들이 얼굴에 철판 깔고 어깨띠 두르고 유세장에 나타는 모습 정말로 보기 싫다. 이를 보도하는 언론 쓰레기들도 같은 부류들이다. 이런 병신들은 결국에는 적과 동침하여 1원 한 장 받은 바 없는 역사 이래 가장 청렴한 대통령을 탄핵하고 파면한 것도 모자라 영어(囹圄)의 몸이 되게 하고 일주일에 4번씩 살인 재판을 서슴없이 감행하였다. 뚜렷한 범법행위가 없으니 그것을 빙자(憑藉)하여 구속기간 연장하였으니 법이 사라진 지가 오래되었다. 현직 대통령은 형사소추(刑事訴追)권이 없다고 하는데도 마이동풍이다. 결국에는 주체사상으로 의식화된 자들이 정권을 잡게 되었다. 세상이 온통 똥통에 빠지고 말았다. 헤쳐나올 여지가 전혀 보이질 않으니 우리의 한계인 모양이다. 주사파들은 광풍처럼 질주하고 있다. 지난해 5월 9일 대선의 매우 중요한 불법성 두 가지가 드러났다. 여론 조작에 드루킹 사건이 그 하나요, 사전투표용지에 바코드가 있고 투표구 선거관리위원장의 날인을 하여야 법적 효력이 있음에도, 바코드 대신에 QR코드로 투표구 선거관리위원장의 날인 없는 투표용지를 불법 사용하였으니 선거는 당연히 무효라고 6건의 소를 제기하였는데도 한 건도 심의하지 아니하였다고 한다.

불법 투표용지는 금번 지방선거에도 그대로 나타나고 있는대도 대한민국 헌법기관인 선거 관리위원회는 해명 한마디 없다. 모든 사정기관과 쓰레기 언론들은 함구하고 있다. 여론조작 드루킹건은 특검이 준비 중에 있으니 조사는 하겠지만 큰 기대는 안 하는 것이 좋을 듯하다. 이미 검경은 충분한 시간을 벌어주었으니 대부분의 자료들은 은폐되었을 것으로 보기 때문이다. 이것이 대한민국의 현실이다. 이것은 국기를 흔드는 대형 사건이다. 원전 정책으로 국가 망신을 시켰고, G20 회의에서 왕따 당하는 모습에 국민들의 마음에 큰 상처를 주었다. 베트남에 가서는 미군이 패망하여 돌아가는 모습에 희열을 느꼈다고 하지 않았나. 신북방정책을 한다고 선언하고 중국에 국빈 방문 초청되었다면서 난리 법석을 떨기도 하였다. 정작 뚜껑을 열고 보니 일반 여행객 취급받아 국민 자존심을 여지없이 망가뜨려 놓고도 성공적인 국빈 방문이었다고 한다. 북한은 날마다 침략의 근성을 버리지 못하고 협박을 하고 있는데 음으로 양으로 그들의 지원받아 탄생한 현 주사파 정부는 구걸하다시피 러브콜을 하고, 지원해주지 못해 안달하였다. 고도의 김정은 계략에 의하여 평창 올림픽이라는 대형 이벤트를 활용하여 화해의 물고를 틀었다고 쓰레기 나팔수들을 동원하여 평화라는 마약을 투입하였다.

그 결과물로 남북 정상회담이 열리고 판문점 선언이라는 것이 탄생하였다. 목적은 비핵인데 비핵화는 미국으로 떠넘기는 선언이었다. 나머지는 모두 무·유상 지원해 주는 것뿐이다. 경제는 점점 파탄의 조짐이 여기저기 나타나고 있다. 경제학자들도 처음 들어보는 소득 위주 성장 정책을 추진한다고 하였는데 기초 임금 인상으로 실업자는 늘어나고 고용한 자들도 그 수를 줄이며 문을 닫는 업체가 부지기수로 늘어났음에도 아니라고 한다. 통계청의 조사 보도에 따르면 이전소득이 근로소득을 앞질렀다고 한다. 기업들에게는 자율성을 줄이고 규제를 강화하여 경영 위축을 가져와 분기점이 가까워지는 것에 대하여 모두가 걱정을 하지만 아니라고 한다. 근로시간 주당 52시간 단축으로 근로자는 임금이 줄어들고 사업자는 비용이 늘어나는 현상에 대하여도 별 뾰족한 수가 없다. 적폐 아닌 적폐를 없앤다고 하면서 모든 기관마다 TF(각종 위원회)를 만들어 국민 세금을 쏟아붓고 책임은 그들에게 지우는 모습에 아연실색을 금할 수 없다. 물론 범법자는 반드시 처벌을 받아야 하지만 고무줄처럼 법 적응은 안 된다는 이야기다. 이렇게 지금까지 숨쉴 틈도 없이 질풍처럼 달려왔다. 내일이면 우리의 운명을 가름할 북미 간의 회담이 싱가포르에서 열린다. 이런 현실이 정말로 싫다.

우리를 대신하여 미국이 나설 것이 아니라 미국을 대신하여 우리가 앞장서야 하는 것이 정도다. 우리의 문제를 우리가 해결하려는 의지가 없었기 때문이다. 북이 핵을 개발하고 있을 때 우리는 경제 개발에 초점을 두고 자주국방을 한다고 하였으나 경제개발에 밀린 현상이 오늘의 결과를 초래하였다. 한미 동맹을 중시하면서 자주국방에 진력하였더라면 북한을 우리 페이스로 대응할 수 있지 않았을까 한다. 주사파 정부는 완전한 비핵화가 이루어지던지 안 이루어지던지에 대하여는 관심이 없는 모양이다. 어차피 연방제가 된다면 비핵화가 되어도 좋고 안 되어도 좋다는 것이 아닐까 한다. 이것이 적어도 주사파 정부 내심의 목표일 것으로 보인다. 다만 염려하는 것은 회담이 별 성과 없이 끝난다면 한반도 북쪽에 닥칠 암울한 구름을 걱정하고 주사파 정부에 닥칠 결정적인 나쁜 운명에 직면하기 때문에 이것만은 막아야 한다는 생각일 것이다. 쓰레기 언론들의 보도 내용을 보면 보도거리도 되지 않은 것들만 시간 때우기 위해 하는 것을 바라보니 저것도 언론인가 하는 생각이다. 무슨 비행기를 타고 누가 올까, 몇 시에 오며 누구와 만나 이야기할까 등등 온갖 추측성 보도가 전부다. 국민들의 관심사는 회담의 내용이며 나라 안에서 일어나는 관심사에 대하여는 한 마디 한 줄도 보도 되질 않으니 정부 대변기능에 지나지 않는다. 내일의 회담 결과에 마음 졸이면서 쓴다.

미북 회담 관전 2018년 6월 12일

한마디로 기대는 여지없이 무너지고 말았다. 북한 핵에 가장 위협에 직면한 대한민국인데 완전하고 불가역적인 비핵화는 어디에도 없었었다. 폼페이오 국무장관은 입만 열면 완전한 비핵화를 노래처럼 불렀는데 어찌하여 합의문에는 찾을 길이 없었다. 트럼프 대통령의 말과 국무장관과의 말이 이렇게 다를 수 있는 것인가. 이는 중재자로 자처하였던 문재인 정부의 책임이다. 판문점 선언에 비핵화는 미국으로 떠넘기고 강 건너 불구경하듯 미국에 책임을 전가하였다. 이것이 문재인 정부 고도의 기만전술이다. 김정은과 트럼프에게 속고 말았다는 결론이다. 한미 연합훈련에 돈도 많이 들어가기 때문에 그 의미를 격하시켜 축소하거나 아니면 하지 않을 수도 있다는 말을 서슴없이 트럼프는 말하였다. 이는 무엇을 말하는 것일까. 미군의 주둔 필요성에 대하여 의문을 제기한 것이다. 우리는 미국을 어떻게 생각하였는지 한마디로 양키고 홈이다. 문정인 대통령 안보특보라고 하는 자는 공공연히 미국에 가서 우리 대통령이 미군 나가라 하면 나가야 한다고 하였다. 좌파단체와 종북 추종세력들은 끊임없이 미국이 이 땅에서 물러가라고 반미 시위를 조직적 지속적으로 하고 있지만 경찰은 구경꾼에 지나지 않고 있다. 인공기를 불에 태우면 즉시 채포하지만 성조기 불에 태웠다고 채포되었다는 보도를 보지도 듣지도 못하였다. 주사파 정부가 집권하면서 한미관계는 급속히 균열이 오기에 이르렀다. 한미 동맹은 튼튼하다는 말로 국민들을 기만하였음이 이번 북미 회담에서 여실히 드러났다. 회담의 주제 1번인 비핵화에 온 국민들이 기대를 걸었는데 대한민국 국민들은 완전히 패싱 당하였다. 여기에는 우리가 미국을 몰라도 너무 몰랐다는 것이다. 미국의 트럼프 체제는 제1의 과제가 미국 우선주의다. 모든 정책들이 미국 우선주의에 집중되어 왔다는 사실을 알면서도 애써 외면한 소의다. 70년 동안 다져온 한미 동맹의 우산 속에서 지켜지고 양육되어온 혈맹인데 설마하니 하는 안일한 생각들이 참담한 결과를 가져왔다. 그간 지켜보면서 우려하였던 일들이 현실로 다가왔다. 4개 항의 합의 내용은 완전히 김정은의 페이스에 말려들었다.

김정은은 얻을 것 모두 이루었다고 믿어진다. 핵은 3번째 항목으로 밀려났으니 해결되었다고 보는 것이다. 이 말은 핵보유국으로 인정을 받았다는 이야기다. 그것도 세계 최강대국 미국으로부터 체제보장받고, 경제지원을 받으며 평화 협정한다고 하였으니 북 치고 장구 치면서 개선장군처럼 귀국할 것이다. 미국으로 초청까지 한다고 트럼프는 정치게임을 하였으며 앞으로 여러 번 만날 것이라 하였다. 미북 간의 국교정상화가 이루어지면 미국에 핵위협은 자연히 사라지게 되었다. 또 북한을 이용하여 적당히 중국을 견제할 수 있는 여건을 조성하였다. 은혜도 모르는 한국에는 있어도 그만 없어도 그만이다, 라는 뉘앙스를 보여 줌으로서 동북아뿐만 아니고 세계 역학관계에 새로운 틀을 만들겠다는 미국의 속셈이 들여다보인다. 미국의 입장은 북한 핵 위협으로부터 벗어나게 되었고 북한을 우군으로 끌어들여, 중국을 효율적으로 견제할 수 있는 여건을 만들게 되었다는 여지를 두었으며 11월에 있을 중간선거에 유리한 고지를 점령하게 되었으니 꿩 먹고 알 먹는 회담이었다고 보인다. 다만 이번 북미 회담결과에 대하여 미국 내 비판의 여론에 직면하게 될 것으로 전망된다. 중국과 러시아는 적어도 현상 유지는 하였다고 안도의 한숨을 쉬지 않을까 하면서도 북한 달래고 지원하기에 발 벗고 나설 것이다. 적어도 미국에 기울어지는 것은 절대로 묵인하고 용인할 수 없을 테니까.

우리는 어떻게 하여야 할까? 첫째로 굳건한 한미관계 복원을 생각해 볼 수 있는데 좌파 정부에서는 복원이 불가능할 것으로 보이니 정권교체가 된다면 검토해 볼 수 있다는 것이다. 그러나 정권교체는 아직도 임기가 3년 넘는 기간이 있으니 불가능하며 새로운 정치적 변화가 오기 전에는 기대할 수 없는 현실이다. 두 번째 연방제가 더욱 속도전을 펼칠 것으로 보인다. 종전 선언을 추진하고 8·15 대한민국 정부 수립 행사를 하지 않으며 가을쯤에 평화협정을 체결하고 연말에 헌법 개정으로 마무리하는 것으로 보아야 할 것이다. 이것은 곧 북에 병합되는 것이다. 지금까지 좌파 정부가 추진하였던 모든 정책들이 빛을 발하는 시기가 점점 도래하는 것이다. 내일이면 지방선거일이다. 실낱같은 희망이라도 걸어보는 수밖에 없는 실정이 너무도 안타깝다. 어찌하여 우리나라가 이렇게 형편없이 무너지고 마는지 정말로 나 자신이 싫다. 어디에 희망을 걸어보려면 비빌 언덕이라도 있어야 할 것이 아닌가. 동서남북 아무리 찾아보아도 없다. 망망대해에 돛은 부러지고 꺾였으며 파도는 하늘을 치솟고 여기저기 구멍 난 틈새는 바닷물이 스며들어 퍼내보지만 역부족이다. 이대로 파산하는 대한민국호다. 단 한 번의 기회는 있다. 내일 있을 지방선거에 올바른 주권을 행사하자! 비빌 언덕을 만들어보자. 그러하니 모두 깨어나자.

제방(堤防)이 무너졌다 2018년 6월 14일

일찍 예상은 하였지만 참담한 심정 금할 수 없다. 마지막 기대마저도 허물어졌다. 그간의 지나온 날을 회고하면 어쩌면 필연의 결과일 것이다. 의식 속에 저장된 소중한 가치는 세대를 거치면서 변화에 적응하지 못한 나의 잘못이라 할 수밖에 없지만 이 순간에도 아니라고 내심은 소리친다. 어디서부터 잘못되었는지는 백일하에 드러났지만 이해(利害)에 매몰되어 대응치 못하였으니 구축한 제방마저 터지고 말았다. 진정한 민심이 무엇을 갈망하는지 소중하게 생각하고 출구를 찾아야 할 것이다. 민심은 천심(天心)이라 하였지 않은가. 천심이 이러할진대 새로운 변화를 요구하는 천명(天命)이라 생각하여야 할 것이다. 부정할 수 없는 현실을 직시하고 승리에 축포를 쏘는 사람들에게 축하를 드리는 것이 패자의 도리일 것이다.

반성할 줄 모르는 사람은 자기만족에 취하여 다른 목소리에는 귀기울이지 않는다. 이것이 우리들의 모습이라는 것을 솔직히 인정하는데서부터 시작되어야 할 것이다. 모든 것 내려놓고 백지에서 새로이 그림을 그려야 할 것이다. 처절하게 자기반성에서 출발하여야 할 것이다. 수습 차원이 아니라 새로운 터를 닦고 기초를 놓으며 새로운 집을 건축하지 않는다면 어디에도 희망은 없다. 오뚝이는 넘어졌다가 곧바로 다시 일어난다. 힘의 중심이 올바로 잡혀있기에 가능하다. 이처럼 아직도 국민들 중심 의식 속에서는 지켜야 할 소중한 가치가 분명히 있을 것이다. 70년 동안 축적된 자유대한민국의 기본 질서 속에서 배우고 실천하였기 때문이다. 이 소중한 가치를 어떻게 자랑스럽게 밖으로 유인하여 공감을 형성하고 하나로 결집시켜야 희망이 보일 것이다. 나와 생각이 다르다고 외면하고 배척한다면 벽은 더욱 높아지며 공통의 분모를 찾기는 점점 멀어질 것이다. 이것은 우리 모두가 바라지 않는 일이다. 어찌 하나의 하늘 아래서 공존이 가능하겠는가. 그렇다고 다시 쪼갤 수는 없지 않은가. 사회주의나 공산주의로도 갈 수는 더욱 없다는 이야기다. 현실을 인정하고, 승리한 자들의 공약과 정책들은 직접 간접으로 모두 알고 있는 사실이다. 그들은 이번 지방선거를 통하여 대승하였으니 더욱 속도전을 펼칠 것으로 예상된다.

인정할 것은 적극 동참하고 지원하여야 할 것이다. 대한민국의 정통성에 반하는 정책들은 수정하도록 역량을 모아야 할 것이다. 이것은 철저하게 패배한 국민들의 몫이다. 우리 모두의 과제(課題)이며 사명(使命)이기에 너와 내가 따로 없다. 그리고 사람이나 국가는 받은 은혜를 모르면 금수(禽獸)와 다를 바가 없지 않은가. 이 나라가 우리의 손으로 일제 식민지로부터 독립하였는가. 우리의 능력으로 대한민국 정부를 수립하였는지, 우리의 능력만으로 사회질서를 유지하고 경제발전을 이룩하였다고 할 수 없지 않은가. 우방(友邦)으로부터 안전의 울타리가 되어주었으며 전쟁에서 수많은 병사들이 이름도 모르는 이 땅에 와서 순직한 사람이 없었다면 어찌 오늘 우리가 있었겠는가. 이것은 좌(左)든 우(右)든 은혜를 잊지 말아야 할 대의명분(大義名分)이다. 지금도 많은 돈을 들이고 병력과 전략 자산으로 지켜주는 고마운 분들에게 감사하여야 할 것이다. 다원화 사회라는 명분으로 그들을 비방하고 그들의 자존심에 상처를 주며, 국민과 위정자들을 화나게 하는 일들은 적극적으로 막아야 할 것이다. 싱가포르 북미 간의 회담 결과에 나타난 합의문에는 매우 우려스러운 것이 사실로 드러났다. 하나하나 뜯어보면 우리의 책임이 매우 크다 아니할 수 없다. 북 핵을 직접적으로 머리에 이고 사는 우리는 합의문 어디에도 없었다. 모두가 북한을 배려한 내용뿐이었다는 점을 간과해서는 절대로 안 될 것이다.

정부를 압력과 설득시킬 절호의 기회가 지방선거였는데 참패하고 말았으니 절벽 끝에 선 입장이다. 그러나 설령 어려운 여건이 조성되었지만 바라볼 수만은 없지 않은가. 이순신 장군의 말처럼 아직도 내게는 12척의 배가 있다고 한 그 용기가 교훈으로 남아있지 않은가. 수많은 애국 국민들과 지식인들이 설득에 앞장서야 할 것이다. 누가 뭐라 해도 연방제는 절대로 수용할 수 없는 일이며, 적화되는 일 또한 꿈에라도 나타나지 말아야 할 일이다. 적어도 이 두 가지는 목숨을 걸고라도 막아야 할 일이다. 또한 한미 동맹을 더욱 굳건히 다져야 하며 그들의 은혜에 감사하여야 할 것이다. 야권은 하루속히 패배의 그늘에서 벗어나고 새로운 출로를 모색하여 국민들을 실망시키는 일은 없어야 할 것이다. 쥐고 있는 모든 것 놓아라. 기득권이라는 그것 때문에 될 것도 안 되는 일이다. 그러니 비울 때 비로소 해결방안이 나온다. 수많은 국민들께서 실망하고 허탈할 것이다. 하루속히 이성(理性)을 찾아 일어나시길 간절히 바란다.

꽃잎은 떨어져 강물 되고 2018년 6월 15일

마음 졸이면서 살아온 지도 몇 년이 된 듯하다. 이웃 아파트 담장에는 언제 피었는지 덩굴장미가 활짝 피어 오가는 사람들의 마음을 즐겁게 한 모습에 아름답다 느낀지도 오랜만이다. 마음의 평정을 찾기에 시간이 약이었다. 우리가 만들어 놓은 6월은 호국보훈의 달이다. 나라를 위하여 순국하신 선열들을 추모하고 위대하신 정신을 기리기 위한 달이다. 세상이 많이도 변하였다. 추모는 마음속으로만 하는 모양이다. 추모 태극기를 게양하는 가정을 찾아보기 어려우니 하는 이야기다. 그분들의 흘린 피의 역사로 오늘의 번영을 가마득히 잊어버린 모양이다. 현충원(顯忠院)을 찾아 기념식을 하면 끝이다. 호국보훈은 끝났다. 어디에도 관심 있는 행사나 보도는 보지도 듣지도 못하였다. 보국하라는 말은 옛날에나 있었던 단어다. 지금은 애국하고 보국하여라는 말은 하지 않아도 모두 다 아는 사실로 애국 보국하고 있으니 잔소리가 되고 군소리가 되었다. 그러니 어디에도 나라사랑 이야기하는 소리 듣지도 보지도 못하였다. 왜냐고. 귀에 딱지가 앉았으니 이야기하지 않아도 모두가 애국 국민이라고 마음속으로 외치고 있다. 나라사랑하는 것은 말로 되는 것이 아니고 관련자들만의 전유물이니 그들만 하면 되고 나머지는 관심 밖의 일이다. 아마도 어려서 선생님으로부터 배워온 교육이 잘못되었는지 알다가도 모를 일이다. 흘러간 유행가라도 되었으면 좋겠는데 그것도 못 들어 주겠다는 세상이며 버려진 노틀들이다. 그들의 소리를 들을만한 가치도 필요도 없다는 것이다. 이것이 세월이라는 것이다. 앞에 흘러가는 강물은 반드시 뒤에서 오는 물에 밀려가는 이치를 가마득히 잊고 살아온 노옹들이다. 그러하니 외치고 주장하여 보았지만 쇠귀에 경 읽기가 되었다. 어린아이들과 젊은이들이 즐기는 이야기들은 밤과 낮을 가리지 않고 주야장창 보도되지만 늙은이들의 이야기는 고리타분하니 아예 관심 밖의 일로 치부하는 세상이다. 나이 먹었으면 나이답게 처신하라고 하는 것이다. 세상을 이끌어가는 주역들의 하는 일에 관심 끄라는 것이다. 밥상 차려 주는 것 고맙게 먹고 뒷방에서 죽은 듯이 있어 달라는 주문이기도 하다. 자연이 주는 6월에 합당하게 살라고 주문하는 것이다. 이른 봄에 새싹 돋아나고 잎이 자라서 아름다운 꽃이 만개하더니 언제인지 한 잎 두 잎 낙화되어 강물처럼 된 6월이다. 아름답고 화려한 꽃들은 자신들의 소임을 다하고 봄의 뒤안길로 사라졌다. 그리고 6월부터는 잎새와 가지가 무성히 자라는 초하(初夏)의 계절이다. 성숙하는 계절이다. 농부들이 피땀 흘려 뿌린 씨앗들인 잎이 돋아 본격적으로 자라는 6월이다. 초목들도 잎새와 가지가 무성히 자라 하늘을 가리어 그늘막을 만들고 지나는 사람들의 쉼터를 만들어 주는 계절이기도 하다.

세상사 힘들어 이마에 맺힌 땀방울 손으로 훔치면서 시원한 마파람에 천국이 여기가 아닌지 느끼게 하는 계절이 6월이다. 친구들아 내 마음속에 조금의 틈이라도 있는지 돌아보세나. 없다면 조금이라도 만들어보고, 있다면 그 틈새 넓게 키워나 보세. 새로운 세상이 기다리고 있으니 두려워하지 말고 내 것으로 만들어 보시지 않겠는가. 요지경(瑤池鏡) 같은 세상이니 꿀맛 같은 곳이 너무나 많이 늘려있단다. 인생 100세 시대라고 하지 않은가. 아직도 살아야 할 날들이 새털같이 많고도 많지 않은가. 내 인생 내가 연출하면서 살아야 하지 않겠는가. 다른 어느 누구도 대신 살아갈 수 없다는 말 아닌가. 기분 좋으면 좋은 대로 나쁘면 좋게 만들어 가면 살아도 부족한 시간들 아닌가. 있으면 있는 대로 없으면 없는 대로 맞추어 가면 되지 않겠니. 산전수전 다 겪은 역전의 용사처럼 입장과 형편에 따라서 묻혀있는 진주를 찾아보시게나. 케다 보면 꿩도 나오고 매도 나올 것일세. 어려운 세상에 태어나 부모님 은혜로 오늘 이렇게 좋은 세상 맞이 하였는데 감사하면서 살아야지 불평 불만하여 보았자 자신만이 상한다네. 내일부터 시작하지 하는 것은 하지 않겠다는 것이야. 지금 바로 시작하여야 할 것이야. 시간은 나를 기다려 주질 않는단다. 이것은 내가 하는 이야기가 아니고 하나님의 가르침일세. 이 시각까지도 희망도 꿈도 없다면 만들어 보시게나. 마음속에 누구나 다 있는 것이니까. 찾아 밖으로 집어내 보시게나. 당신이 찾고자 하는 그 무엇이 그곳에 반드시 있을 것이야. 고통도 미움도 한번 허허 웃음으로 날려버리자구나. 만나면 헤어지는 것이 진리임을 잊지 않았다면 당신은 행복한 사람이야.

토네이도의 환상

초판 1쇄인쇄 2019년 2월 23일
초판 1쇄발행 2019년 2월 25일

저 자 김광수
발행인 박지연
발행처 도서출판 도화
등 록 2013년 11월 19일 제2013－000124호

주 소 서울시 송파구 중대로34길 9 3
전 화 02) 3012－1030
팩 스 02) 3012－1031
전자우편 dohwa1030@daum.net

인 쇄 (주)상현디앤피

ISBN | 979－11－86644－80－5*03810
정가 15,000원

도화道化, fool는

고정적인 질서에 대한 익살맞은 비판자,
고정화된 사고의 틀을 해체한다는 뜻입니다.